푸줏간 소년

푸줏간 소년

THE BUTCHER BOY

패트릭 매케이브 _ 김승욱 옮김

비채

THE
BUTCHER
BOY

나는 살인과 폭력 그 자체에 대한 글을 쓰는 것에 관심이 있는 것이 아니다. 나는 그것이 세상을 향한 상상력을 굴절시키거나 밀어붙이게 만드는 일종의 뇌관이나 여과장치라고 생각한다. 태어나서 살다가 죽는 것이 바로 폭력이고 혼란이고 광기다. 사람들은 내 책 속의 모든 인물이 미쳤거나 망가졌다는 말을 자주 한다. 하지만 그들을 사회의 여러 감정들이 반사되는 프리즘이라고 봐야 한다.

_패트릭 매케이브

이십 년인가 삼십 년인가 사십 년 전 아직 어렸을 때 나는 작은 마을에 살았는데 그 마을 사람들은 모두 내가 누전트 부인에게 저지른 일 때문에 나를 잡으려고 들었다. 나는 강가의 찔레 덤불 밑에 있는 구멍 속에 몸을 숨겼다. 그곳은 나와 조가 만든 은신처였다. 이곳에 들어오는 모든 개들에게 죽음을, 우리는 말했다. 물론 우리는 예외였다.

안에서는 많은 것을 볼 수 있지만 밖에서는 아무도 우리를 볼 수 없었다. 잡초와 부목과 그 밖의 모든 것이 어두운 아치 같은 다리 밑을 지나 하류로 떠내려갔다. 어딘지 이름도 알 수 없는 오지로 떠가는 것 같았다. 잡초들아 행운을 빈다, 내가 말했다.

그러다가 나는 사정을 알아보려고 구멍 밖으로 코를 내밀었다. 또록…… 뭐야, 비잖아!

하지만 불평할 생각은 없었다. 나는 비를 좋아했다. 비가 쉿쉿거리며 떨어지고 땅은 아주 부드러워져서 밝은 초록색 식물들이 바로 옆에서 쑥쑥 솟아날 것 같았다. 이런 게 바로 사는 거야 하고 내가 말했다. 나는 거기 앉아서 이파리 끝에 매달린 물방울을 빤히 바라보았다. 녀석은 아래로 떨어질 건지 말 건지 마음을 정할 수 없는 모양이었다. 상관없었다. 나야 급한 일도 없었으니까. 천천히 생각해도 돼 물방울아, 내가 말했다. 시간이야 얼마든지 있으니까.

세상의 모든 시간이 다 우리 거야.

멀리서 비행기가 윙윙 날아가는 소리가 들렸다. 예전에 언젠가 조와 함께 주택들 뒤의 길에서 햇빛을 막으려고 눈에 손 그늘을 만든 채 서 있었을 때 조가 말한다. 저 비행기 봤어 프랜시? 나는 봤다고 말했다. 저 멀리서 날아가는 아주 작은 은색 새 같았다고. 내가 알고 싶은 건 말이야, 조가 말했다, 그 안에 탈 수 있을 만큼 사람을 작게 만드는 방법이야. 나는 모른다고 말했다. 그 시절에 나는 비행기에 대해 아는 것이 별로 없었다.

나는 눈알이 빠지게 울고 서 있던 누전트 부인을 생각했다. 당신이 모든 일의 화근인데 울어서 뭘 하나요 당신이 여기저기 끼어들어서 참견하지만 않았다면 아무 일도 없었을 거예요 하고 내가 말했다. 사실이었다. 내가 부인의 아들인 필립을 해칠 이유가 없다. 나는 필립을 좋아했다. 필립이 처음으로 학교에 온 날 조가 내게 새로 온 아이를 봤느냐고 말한다. 이름이 필립 누전트래. 아, 내가 말한다, 꼭 봐야겠다. 필립은 사립학교에 다니던 아이라서 가슴 주머니에는 교표가 붙어 있고 금색 끈으로 장식된 재킷을 입고 있었다. 군청색 모자에는 배지가 달렸고 양말은 잿빛이었다. 어떠냐 하고 조가 말한다. 아이고 이런, 내가 말했다, 필립 누전트. 이 아이가 필립 누전트다, 선생이 말했다, 이제부터 우리와 함께 공부할 거야 필립은 원래 런던에서 살았지만 부모님이 여기 출신이라서 이리로 함께 돌아왔다. 너희 모두 필립이 이곳을 고향처럼 느끼게 해주겠니? 필립은 차림새 때문에 만화 《댄디》에 나오는 윙커 왓슨 같았지만 윙커는 항상 사악한 장난을 꾸미는 반면 필립은 정반대였다. 필립은 언제 봐도 돌멩이 밑의 벌레들을 조사하거나 누런 콧물이 줄줄 흐르는 얼뜨기에게 물의 끓는점에 대해 설명하고 있었다. 나와 조는 필립에게 그 학교에 대해 온갖 것을 물어보곤 했다. 우리가 말했다. 비밀회합이니 암호니 하는 것들은 뭐야? 학교 근처의 과자가게 이야기 좀 해봐. 어서 필립 하지만 필립은 우리가 무슨 소리를 하는 건지 몰랐던 것 같다. 필립의 가장 좋은 점은 만화를 잔뜩 갖고 있다는 것이었다. 진짜 끝내줘, 조가 말했다, 그런 건 어디서도 못 봤어. 필립의 만화책은 모두 셔츠 상자들 속에 깔끔하게 정리

되어 있어서 주름 하나 접힌 모서리 하나 보이지 않았다. 방금 서점에서 사온 책들 같았다. 평생 한 번도 본 적이 없는 만화책들이었다 우리는 평소에 만화책에 대해 아주 잘 안다고 생각했는데. 누전트 부인이 말한다. 비싼 거니까 책이 조금이라도 망가지지 않게 조심해. 우리가 말했다. **걱정 마세요!** 하지만 나중에 조가 내게 말했다. 프랜시 우리가 그걸 가져오자. 그러니 사고를 친 건 내가 아니라 조라고 말할 수도 있을 것이다. 우리는 오랫동안 의논한 끝에 결정을 내렸다.

우리가 그 책들을 가져야 한다 반드시.

우리는 필립의 집으로 가서 책들을 가로챘다.

아주 깨끗이 털어왔다. 인정한다. 그건 그냥 웃자고 한 짓이었다. 필립이 돌려달라고 했으면 돌려줬을 것이다. 필립이 야, 내 만화책을 돌려주면 좋겠는데 하고 말하기만 했다면 우리는 알았어 필이라고 말했을 것이다.

하지만 물론 누전트는 참을성이 없었다. 어쨌든 우리는 필립의 잡동사니 책들을 들고 은신처로 가서 눈물이 줄줄 흐를 때까지 읽어댔다. 이것 좀 들어봐 하고 조가 말하곤 했다 벼룩이 친구 벼룩한테 걸을까 아니면 개를 타고 갈까 하고 말했대. 조가 이런 우스갯소리를 잔뜩 읽어주어서 나는 웃음을 그치지 못하고 숨이 넘어갈 지경이었다. 그게 너무 심해져서 나는 주먹으로 풀밭을 때리며 그만해 조 그만

해 하고 외쳤다. 하지만 다음 날 누전트가 본격적으로 나섰을 때는 웃을 수 없었다.

나는 다이아몬드를 가로질러 오는 조와 마주쳤다 조가 내게 조심해 프랜시 우리는 지금 누전트와 전쟁중이야 하고 말한다. 그 여자가 우리 집에 왔었어 너한테도 갈 거야. 아니나 다를까 내가 이층에서 침대에 누워 있는데 누가 현관문을 두드린다. 엄마의 콧노래 소리와 장판 위에서 슬리퍼를 끌며 걷는 소리가 들렸다. 아 안녕하세요 누전트 부인 들어오세요 하지만 누전트는 아 안녕하세요 들어오세요 같은 말에 맞장구를 칠 기분이 전혀 아니었다. 누전트가 만화책 이야기를 몽땅 엄마에게 늘어놓자 엄마가 **네 네 알아요 그럼요 물론 그렇게 해야죠!** 하고 말하는 소리가 들렸고 나는 엄마가 계단을 날아 올라와서 내 귀를 붙잡고 나를 계단 밑의 누전트 앞에 던지기를 기다렸다 누전트가 돼지 이야기를 시작하지 않았다면 엄마는 정말로 그렇게 했을 것이다. 누전트는 영국으로 가기 훨씬 전부터 우리 같은 족속들을 알고 있었다면서 자기 아들이 나 같은 놈들 근처에도 못 가게 할 걸 그랬다고 말했다 아비가 아침부터 밤까지 주점에 널브러져서 아예 집에 안 들어오는 집에서 달리 무엇을 기대하겠어요, 그런 아버지는 돼지보다 나을 게 없어요. 이 집구석이 어떻게 돌아가는지 우리가 모르는 줄 알아요 모르긴 왜 몰라요! 아이가 이 꼴이 될 만도 하죠 항상 헐렁한 옷을 입고 돌아다니는 애한테 무슨 가망이 있겠어요 아이한테 옷을 사주는 데 돈이 얼마나 든다고 하나님은 그 아이를 사랑하세요 그 아이 잘못은 없지만 그 아이가 우리 필립 근처에 한 번만 더 얼씬거리면 가만히 안 있겠어요. 가만히 안 있을 테니까 명심해줘요!

이 말이 끝난 뒤 엄마가 내 편을 들었고 내 귀에 마지막으로 들린 것은 누전트가 길을 걸어가면서 **돼지들 같으니, 온 마을 사람들이 다 알아!** 하고 외치는 소리였다.

엄마는 나를 끌고 계단을 내려가 나를 흠씬 때렸지만 맞는 나보다 때리는 엄마가 더 기운이 빠졌는지 산들바람에 흔들리는 나뭇잎처럼 손이 떨려서 회초리를 던져버리고 부엌에서 떨리는 몸을 가누며 미안하다고 몇 번이나 말했다. 엄마는 이 세상에서 엄마에게 내가 가장 소중하다고 말했다. 그러고는 양팔로 나를 끌어안고 모든 것이 엄마의 소심함 때문이라고 말했다. 네 아버지와 내가 항상 이랬던 건 아니야 하고 엄마가 말했다. 그러고는 내 눈을 들여다보며 또 말을 이었다. 프랜시 넌 절대 날 실망시키지 않을 거지?

이건 아빠처럼 엄마를 실망시키지 말라는 뜻이었고 나는 엄마가 나를 회초리로 아무리 때려도 앞으로 억만 년이 흘러도 엄마를 실망시키지 않을 거라고 말했다. 엄마는 때려서 미안하다면서 앞으로 평생 다시는 그런 짓을 하지 않겠다고 말했다.

엄마는 세상에는 온통 실망스러운 사람들뿐이라고 말했다. 누전트 부인이 마을에 나타났을 때 그런 사람은 처음 본다고 생각했다는 말도 했다. 예전에 내가 매일 그 여자랑 같이 시내로 나갔어. 엄마는 이 말을 하고 나서 울음을 터 뜨리면서 이 마을은 정말이지 끔찍하다며 앞치마 주머니에서 꺼낸 아주 작은 티슈 조각으로 눈가를 콕콕 찍었다. 하지만 아무 소용이 없어서 티슈는 작은 조각으로 산산이 찢어져버렸다.

빛이 창문으로 비스듬히 들어오고 바깥의 길에서 아이들이 노는 소리가 들렸다. 아이들은 가게를 차려놓고 자갈을 돈으로 삼아 장을 보는 놀이를 하고 있었다. 빈 가루비누 상자와 콩 통조림통이 있었다. 아냐, 이번엔 내 차례야 하고 한 아이가 말했다. 그라우스 암스트롱은 제 귀를 긁고 캥캥 짖으면서 아이들 사이를 뛰어다녔다.

나는 엄마 말이 정말 옳다는 생각을 하고 있었다. 우리와 만났을 때 누전트 부인은 환하게 웃으면서 어떻게 지내세요 부인과 프랜시 모두 잘 지내시죠 하고 말했다. 그런 말을 할 때 누전트의 진심은 **아 안녕하세요 돼지 부인 필립 저기 좀 봐라 돼지 가족이 온다!**였다는 걸 믿기 힘들었다.

하지만 나와 엄마에게 그건 별로 중요하지 않았다 우리는 그 뒤로 아주 좋은 친구가 되었고 나는 기회가 있을 때마다 엄마에게 시내에 전할 말 없어요 하고 말했다 엄마가 그렇다고 할 때도 있고 아니라고 할 때도 있었지만 나는 어떤 대답이 나오든 항상 엄마에게 꼭 물어보았다. 엄마는 내게 저녁을 차려주면서 프랜시 혹시 애인이 생기거든 그 아이한테 항상 진실을 이야기하고 그 아이를 절대 실망시키지 마라 그럴 거지 하고 말한다.

내가 그럴게요 엄마 하고 말하면 엄마는 그래 너라면 반드시 그럴 거야 하고 말한다. 그러고 나서 우리는 몇 시간동안 그냥 가만히 앉아 있곤 했다 어떤 때는 벽난로의 쇠살대만 빤히 바라보기도 했는데 거기에 불을 지핀 적이 한 번도 없다는 게 좀 그랬다 엄마는 귀찮아서 좀처럼 불을 지피지 않았고 나는 불을 지피는 법을 잘 몰랐다. 나는 가만히 앉아서 재만 바라보는 것도 좋은데 불이 왜 필요하냐고 말했다.

어느 날인지는 모르지만 우리 마을이 우승했던 날 밤인 것 같은데 아빠가 반드시 집에 있어야 했기 때문에 철도원이 아빠를 문 앞에 떨어뜨려 놓고 갔다. 나는 계단 위에 서 있었지만 들리는 것이라고는 중얼거리는 소리와 동전이 바닥에 떨어지는 소리뿐이었다. 방으로 돌아가려고 하는데 뭔가가 깨지는 소리가 났다 뭔지는 잘 모르지만 유리 깨지는 소리 같았다. 그러고는 아빠가 이 마을과 온 마을 사람에게 욕을 퍼붓는 소리가 들렸다 아빠는 에디 캘버트*만 만나지 않았다면 자기도 그럴듯한 사람이 되었을 거라고 말했다 이 마을에서 또 누가 에디 캘버트를 만났을까 에디 캘버트가 누구인지 **아는** 사람이 이 마을에 있기나 할까? 누가 알아? 아빠가 말했다. **누구야?** 아빠는 엄마에게 고함을 질렀다. 내 말 안 들려?

엄마가 뭐라고 말했는지 아빠가 자기 아버지 이야기를 시작했다 자기가 일곱 살 때 아버지가 집을 떠났는데 아무도 자기를 이해해주지 않았고 엄마는 아빠의 음악에 관심을 잃은 지 오래라서 신경도 안 썼는데 그건 아빠 탓이 아니라 엄마가 원래 그런 사람이라는 거였다 그러고 나서 아빠는 엄마가 매기 일가처럼 미쳤다면서, 결혼한 날부터 집에서 빈둥거리며 손 하나 까딱하지 않았다고 엄마가 평생단 한 번도 저녁을 차려준 적이 없으니 자기가 주점에 안가게 생겼느냐고 말했다.

이번에는 사기그릇인지 뭔지가 깨졌고 엄마가 울음을 터뜨렸다. 당신은 자기 잘못도 인정 못 하는 주제에 나만 탓하지 마, 기회란 기회는 모두 당신이 술로 날려버렸잖아!

* 1950년대에 전성기를 구가한 영국의 트럼펫 연주자

그런 식으로 한참 이어지는 동안 나는 그냥 가만히 서서 듣기만 했다 일찌감치 아래층으로 내려갔어야 한다는 건 알고 있었지만 내려가지 않았으니 이젠 아무 소용이 없었다 내가 내려가지 않았으니까 그렇지? 내가 내려가지 않았으니 그걸로 끝이었다. 나는 뉴타운 로드를 지나가는 자동차 소리에 열심히 귀를 기울이면서 혼자 속으로 말했다. 부엌에서 아무 소리가 들리지 않는 걸 보니 다 끝났나 봐.

하지만 다 끝난 게 아니어서 내가 차 소리에 귀를 기울이는 걸 그만두자 아빠 목소리가 들렸다. 내가 그 망할 놈의 날에 너한테 눈길을 준 건 하나님의 저주였어!

다음 날 우리는 마을이 우승했다는 핑계로 학교에서 일찍 나왔다 엄마는 집 뒷문 앞에서 나를 보고는 완전히 당황해서 괜히 우스갯소리를 하기 시작했다. 그러더니 창문에 놓아둔 지갑을 가져와서 말한다 자 프랜시, 6펜스다……메리네 과자가게에 가서 돌리 믹스처*라도 좀 사먹지 그러니? 아니 엄마, 내가 말한다, 난 돌리 믹스처 말고 플래시 바 두 개랑 마카롱 한 개를 사먹을 거야 그래도 되지? 물론이지 하고 엄마가 말한다. 자 얼른 얼른 가라 엄마의 얼굴이 빨갛고 울긋불긋하고 뜨거워서 꼭 불 위에 얼굴을 대고

* 색색의 작은 사탕들을 섞어놓은 것

있었던 사람 같지만 불은 없었다. 아쉽게도 메리네 가게가 닫혀 있어서 나는 다시 집으로 돌아갈 수밖에 없었다. 그래도 그냥 6펜스를 가지고 싶다고 말하고 싶었다. 하지만 문이 열리지 않았다. 창문을 두드려도 들리는 것이라고는 수도꼭지에서 나는 스스스스 하는 소리뿐이었다. 나는 6펜스 동전을 손바닥에서 이리저리 굴리고 휘파람을 불면서 엄마가 이층에 있나 보다 하고 말했다 플래시바를 먹을지, 아니면 혹시 기침을 멎게 해준다는 검은 태피*를 먹을지 고민스러웠다. 그때 시끄러운 소리가 들려서 창문을 통해 안으로 들어가 무슨 소리인지 살펴봐야 할 것 같았다 어쩌면 그라우스 암스트롱이나 아니면 어떤 사람이 또 집에 들어와 소시지를 훔치는 건가 싶었지만 부엌에 들어가니 누가 있었냐면 엄마뿐이고 의자가 식탁 위에 모로 쓰러져 있었다. 저게 왜 저 위에 있어 엄마 하고 내가 말한다 아빠 것인 전선이 대롱거리고 있었지만 엄마는 뭐가 어떻게 된 건지 말하지 않고 가만히 서서 자기 손톱을 뜯으며 뭔가 말하려다가 그만두었다. 나는 엄마에게 메리네 가게가 문을 닫았으니 6펜스를 그냥 가져도 되냐고 말했고 엄마는 그래도 된다고 말했다. **야호!** 나는 이렇게 말하고서 밖으로 튀어나가 기침을 멎게 해주는 과자를 사러 가게로 갔지만 정작 가게에

---

* 설탕이나 버터 등으로 만든 과자

가서는 플래시바 두 개랑 마카롱 하나 주세요 하고 말했다. 집으로 돌아와 보니 엄마가 꺼져버린 난롯가의 의자에 웅크리고 있어서 순간적으로 엄마가 추워서 떠는 건가 하는 생각이 들었지만 엄마가 나를 보며 말했다. 넌 태어났을 때 몸무게가 겨우 2.3킬로그램밖에 안 나갔어 프랜시.

그러고 얼마 되지 않아서 엄마는 정비소로 나갔다. 엄마가 내게 말한다. 시내에 가봐야겠다 프랜시 앨로 삼촌의 크리스마스 파티에 쓸 빵을 구워야 돼. 알았어, 내가 말한다, 난 여기서 텔레비전이나 보고 있을게 그러고 나서 엄마가 나간 뒤 나는 시간 가는 줄 모르고 있다가 코널리 부인이 아빠랑 다른 여자들과 함께 문 앞에 나타난 소리를 들었다 코널리 부인은 엄마가 길에서 가방을 바닥에 내려놓고 콩 통조림 한 통이 인도를 굴러다니는데도 창문으로 낚시도구 가게 안을 들여다보며 두 시간이나 서 있었다고 말했다. 아빠는 얼굴을 붉혔는데 여자들이 잠옷을 한번 봐야겠다고 말하자 더욱더 얼굴을 붉혔다 그러니까 코널리 부인이 신경 쓰지 마세요 베니 내가 알아서 할게요 하고 말하고는 엄마처럼 아빠의 어깨를 톡톡 두드리더니 치마를 걷어 올리고 노래를 부르며 이층으로 올라갔다. 아빠가 싱크대로 간 뒤에 외투 밑에 위스키를 숨기는 소리가 들렸다. 아빠는 사람들이 메가폰으로 외치는 소리를 기다리고 있었다. **꼼짝**

마! 거기 그대로 있어! 얌전히 위스키를 내려놓고 속임수 같은 건 생각도 하지 마! 여자들이 몇 명 더 들어와 불가에 서서 수근거렸다. 코널리 부인이 실내복 지퍼를 한심하고 한심하게 올렸다 내렸다 하는 것이 보였지만 나는 신경 쓰지 않았다. 놈들을 미주리로 데려가! 존 웨인은 이렇게 말하고 히야! 하고 외치며 천둥 같은 말굽소리와 함께 사라졌다. 여자들은 한동안 빈둥거리며 이런저런 이야기를 했다, 아빠가 좋아할 만한, 마을 밴드에 관한 이야기와 정부가 나라를 망치고 있다는 이야기였지만 아빠도 그 사람들만큼이나 흥미가 없어서 그냥 계속 고개만 끄덕였다 그 사람들이 무슨 말을 했어도 아빠는 고개를 끄덕였을 것이다. 레이버리 부인의 딸이 다이아몬드에서 늑대한테 잡아먹히다니 정말 끔찍하지 않아요 하고 말했어도 아빠는 고개를 끄덕이며 그러게요 정말 끔찍하네요 하고 말했을 것이다. 코널리 부인은 불에 저녁식사를 올려놨으니 그만 가봐야겠다면서 우리가 돌봐주지 않으면 남자들이 어떻게 되는지 알죠 하고 말했다. 아 무슨 소리예요, 여자들이 말했다, 그리고 코널리 부인을 밀었다, 그래도 댁의 남편은 먹기라도 하지만 내 남편은 내가 주는 건 하나도 안 먹을 거예요. 아 남자들은 아주 골칫거리예요, 이 세상의 골칫거리. 존이 남긴 거라고는 구름 같은 흙먼지와 말굽자국이 곰보처럼 새겨진 사막뿐이었다. 난 할 일이 좀 있다 하고 아빠가 말했다, 넌 괜찮을 거다, 그리고 아빠는 내게 2실링을 주었다. 그러고 나서 볼일을 보러 갔는데 볼일이란 바로 타워 술집에 가는 것이다. 나는 엄마가 어떻게 됐는지 이건 다 무슨 일인지 전혀 몰랐지만 조가 이야기해주었다. 코널리 부인이 신경발작이라고 말하던데 그게 뭐야 조. 내가 말한다. 아 그건 정비소로 가는 거야, 조가 내게 말했다, 트럭이 와서 사람들을 끌고 가. 그거 좋은 일이라는 생각이 들었다, 엄마가 외투를 입은 채 거리에서 끌려가는 것. 저거 누구야, 사람들이 말할 것이다. 아 브래디 부인을 정비소로 끌고 가는 거야.

조는 이 마을에 문제가 좀 있다고 했는데, 그건 정말이었다. 스패너 좀 줘 브래디 부인의 발목을 좀 더 조여야 할 것 같아. 아, 이런, 내가 말했다, 진짜 웃긴다.

그때는 때로 기분 좋게 웃을 수 있었다, 나와 조는 강가에서 물속에 코를 박고 금방이라도 빠질 것 같은 자세로 매달렸다. 물고기들의 다트판 같은 눈과 **나한테 원하는 게 뭐야** 하고 말하는 듯한 얼굴이 보였다. 어이 물고기, 조는 이렇게 말하곤 했다, 물고기? 꺼져! 이건 어떠냐, 물고기? 우리는 이렇게 말하곤 했다.

그러다가 우리는 여행을 떠났다.

텔레비전이 먹통이 되기 전까지는 모든 게 좋았다. 펑!

그것으로 끝이었다, 아무것도 없는 회색 화면이 우리를 마주 보았다. 내가 만지작거려 보았지만 눈보라 같은 화면 밖에 안 나와서 나는 뭔가가 나올지도 모른다는 희망을 안고 가만히 앉아서 바라보았지만 아무것도 나오지 않았기 때문에 아빠가 집에 왔을 때도 화면에는 아무것도 없었다. 왜 이렇게 되었느냐고 아빠가 말해서 내가 이야기했다. 그냥 가만히 앉아 있었는데 갑자기 불이 나가는 것처럼 나갔어. 아빠가 외투를 벗자 외투가 바닥에 떨어졌다. 알았다, 아빠가 완전 진지하게 말한다, 어디 한번 보자. 아빠는 아주 즐겁게 콧노래를 부르고 있었다. 그러더니 미키 트레이너 같은 놈들이 말하는 것처럼 이 텔레비전이 대단한 물건이 아니라는 건 너도 알지 하고 말한다. 아빠는 거룩한 텔레비전 장수 미키 트레이너한테서 그것을 샀다 그런 이름이 붙은 건 트레이너가 부업으로 거룩한 사진들을 팔고 있기 때문이다. 아빠는 한동안 텔레비전을 만지작거렸지만 아무 소용이 없자 텔레비전을 창가로 옮기면서 전파 때문일 수도 있다고 말했는데 오히려 더 나빠지기만 했다. 아빠가 텔레비전을 쿵 하고 치자 어떻게 됐냐면 심지어 눈보라마저 사라져버렸다. 아빠는 미키에 대해 마구 욕설을 퍼부어대기 시작했다. 아빠는 트레이너 같은 자식들을 믿지 말아야 하는 건데 그랬다, 그 녀석과 그 거룩한 사진들에 내가 속아 넘어갈 것 같냐고 말했다. 나한테 고물 텔레비전을 팔고 무사할 것 같아? 베니 브래디한테 여우 같은 술수를 썼단 봐라. 미키 트레이너 같은 놈들은 얼마든지 상대할 수 있어 착각하지 마. 아빠는 손으로 텔레비전을 후려쳤다. **얼른 켜져!** 아빠가 소리쳤다. 그래봤자 소용이 없다는 것쯤은 미리 알고 있어야 하는 건데. 얼른 켜져! 얼마나 됐지? 육 개월이야. 내가 힘들게 번 돈으로 샀는데. 잘 들어. 트레이너한테서 내 돈을 한 푼도 남김없이 전부 돌려받고 말 테다 젠장 꼭 받아낼 거야!

아빠가 장화를 벗어 후려치자 유리가 사방으로 날아갔다. 내가 고칠 거야, 아빠가 말했다, 내가 이 망할 물건을 제대로 고칠 거야.

그러고는 나머지 한쪽 장화를 대롱대롱 매단 채 소파에서 잠이 들었다.

나는 할 일이 별로 없어서 새들이 마당 담장을 따라 폴짝폴짝 뛰어다니는 걸 보는 데도 질려버렸기 때문에 밖으로 나갔다. 나는 존 웨인도 이제 못 보겠구나 하고 혼잣말을 했다 유리는 사방에 널려 있을 것이고 그걸 고치러 오는 사람은 영영 하나도 없을 것이다. 아, 그래도 조라면 항상 나한테 어떻게 됐는지 이야기를 해줄 수 있지 하고 말하면서 생각하고 있는데 필립과 누전트 부인이 다가오는 것이 보였다. 누전트 부인은 내가 틀림없이 자기들을 보고 돌아설 거라고 생각했을 것이다. 누전트 부인이 몸을 기울여 필립에게 뭐라고 말했다. 나는 누전트 부인이 무슨 말을 하는지 알고 있었지만, 그 여자는 내가 안다는 걸 몰랐을 것이다. 누전트 부인은 콧잔등에 주름을 잡으며 아주 작은 소리로 속삭였다. **제 아버지가 엄마한테 그런 짓을 하는데도 그냥 계단에 서 있기만 하다니. 넌 절대 안 그럴 거지 필립? 넌 항상 내 편이 되어줄 거지?**

필립은 고개를 끄덕이며 싱긋 웃었다. 누전트 부인은 행복한 미소를 짓더니 살짝 표정을 비틀며 다시 한 손을 올려서 입을 가리고 말했다. **그 여자가 전선으로 뭘 할 생각이었는지 너도 당연히 알지 필립?**

누전트 부인은 이 말을 하면서 내가 온통 빨갛게 달아올라 돌아설 거라고 생각했겠지만 나는 그렇게 하지 않았다. 그냥 계속 걸었다. 아 안녕하세요 누전트 부인 하고 나는 활짝 웃으며 말한다, 필립도 있었구나. 누전트 부인은 나를 없는 사람처럼 취급하며 내 뒤를 바라보았는데 상대가 완전히 오그라들어서 죽어버리게 만드는 표정을 짓고 있었지만 나는 훨씬 더 환하게 웃기만 했다. 나는 인도 한가운데에 서 있었다. 누전트 부인은 한 손으로 자기 모자를 붙들고 다른 손으로 필립의 손을 잡더니 우리가 지나가게 좀 비켜주겠니 하고 말한다.

아 그럴 수는 없어요 하고 내가 말했다, 지나가려면 돈을 내야 해요. 누전트 부인은 코에 온통 끊어진 신경이 모여 있는 듯하고 눈썹이 쑥 올라가서 머리카락과 맞닿을 것 같다 그거 무슨 소리니 도대체 무슨 소리야 하고 부인이 말했다 필립이 교수처럼 얼굴을 찡그리며 어쩌면 이것이 심각한 일일지도 몰라, 내가 조사를 해보거나 프로젝트를 할수 있는 일인지도 몰라 하고 생각하는 것이 보였다. 그런걸 하고 싶다면 얼마든지 해도 상관없었다 필립이 돈만 낸다면 나는 상관없었다. 이름하여 돼지 통행세. 그래요, 누전트 부인 하고 내가 말했다, 돼지 통행세예요 여길 지나가고 싶을 때마다 1실링을 내야 돼요. 누전트 부인의 입술이어찌나 얇아졌는지 마치 연필로 그려놓은 것 같고 이마의피부가 어찌나 팽팽한지 금방이라도 뼈가 살갗을 뚫고 나올 것 같았다. 하지만 뼈는 튀어나오지 않았고 나는 필립에게 있잖아 필립 네가 절반을 가져도 돼 하고 말한다. 그럼누지 부인한테는 1실링, 필립한테는 6펜스네 하고 내가 말했다. 내가 왜 누지 부인이라고 말했는지는 모르겠다 그 이름이 그냥 머리에 떠올랐다. 그 여자를 그렇게 부르면 좋을것 같았는데 그 여자는 아니었다. 누지 부인은 순무처럼 새빨개졌다. 그럼요, 내가 다시 말했다, 세금을 내야 돼요 누지 부인, 그러고 나서 나는 옛날 서부 영화에 나오는 사람처럼 양손 엄지손가락을 바지 멜빵에 걸고 서 있었다. 누지 부인은 완전히 열이 받았다 정말로 뜨겁고 화가 났다. 필립은 어찌할 바를 몰랐다 돼지 통행세를 조사해보는 건 이미 포기했고 그냥 도망칠 생각뿐이었던 것 같지만 나는 돼지 통행세를 낼 때까지 놓아줄 수 없었다, 그것이 돼지 나라의 규칙이라고 나는 그들에게 말했다. 미안해요 나는 남에게 돈을 요구하는 사람들이 항상 그러는 것처럼 말했다, 나한테 너무 비싸다고 하셔도 원래 이런 거라고 할 수밖에 없어요. 세금을 거둬야 하니 **누군가는 이 일을 해야죠 하하.** 누지 부인은 나를 밀치고 지나가려 했지만 내가 그 여자의 소매를 움켜쥐었기 때문에 자세가 아주 어색해져서 그 여자는 자신을 붙든 것이 무엇인지 볼 수 없었다. 누지 부인의 모자가 옆으로 기우뚱해지고 차양 위에 레몬 하나가 매달려 있었다. 누지 부인은 팔을 빼내려 했지만 내가 소매를 단단히 붙들고 있었기 때문에 그럴 수 없었다.

  망할 놈의 세금, 내가 말했다, 그런 걸 내야 한다니 너무하죠. 내가 다시 봤더니 누지 부인은 눈물이 글썽거렸지만 그 눈물이 흘러내리는 걸 보고 내가 기뻐하는 걸 원하지 않았다. 그걸 보고 나는 그 여자의 소매를 놓고 싱긋 웃었다. 좋아요, 이렇게 하죠, 이번에는 보내줄 테니 다음에는 꼭 명심해요 돼지 통행세를 반드시 준비해요. 나는 두 사람의 뒷 모습을 빤히 바라보며 서 있었다, 누지 부인은 모자 위의 레몬을 제자리로 돌려놓으려고 애쓰고 필립에게 빨리 오라고 말하면서 필립보다 빨리 걸었다. 두 사람이 영화관 앞을 지나갈 때 나는 누지 부인을 놀린 게 아니라고 소리쳤지만 누지 부인이 그 말을 들었는지는 잘 모르겠다. 내가 마지막으로 본 것은 필립이 뒤를 돌아보려고 고개를 돌리는 모습이었지만 누지 부인이 필립을 끌고 앞으로 나아갔다.

누가 지나가서 나는 그 사람에게 그거 알아요 사람들이 세금을 안 내는 건 나쁜 일이에요 하고 말한다. 너는 누구냐 하고 그 남자가 말한다. 브래디예요 하고 내가 말했다.

그 남자는 핸들에 외투를 걸쳐놓은 검은 자전거를 끌고 가던 중이었다. 그 남자는 멈춰 서서 자전거를 기둥에 기대어 세워두고는 바지 주머니에 깊숙이 손을 찔러 넣어 파이프와 담배통을 꺼냈다. 브래디? 남자가 말한다, 테라스의 브래디? 맞아요 내가 말한다. 아, 남자가 말한다, 그렇군. 뭐가 그렇다는 거예요, 내가 말했다. 네 아버지는 예전에 아주 훌륭한 분이었지, 남자가 말한다. 이 마을 역사상 최고의 음악가 중 한 명이었어. 에디 캘버트를 만나러 갔었지, 남자가 말한다. 나는 에디 캘버트 얘기는 더 이상 듣기 싫다고 말했다. 음악을 싫어하는군, 남자가 말한다, 이 마을이 토요

일에 또 이길 것 같니? 나는 축구 이야기도 전혀 하고 싶지 않다고 말했다. 이 마을이 우승하는 게 좋은 일이 아니라는 거야? 남자가 말한다. 맞아요, 내가 말한다. 나는 우리 마을이 지지 않아서 유감이라고 말했다. 그렇군, 남자가 말한다, 그런데 그 세금 얘기는 뭐지, 신경을 많이 쓰는 것 같은데. 남자는 정부와 지금까지의 상황에 대해 본격적으로 이야기할 태세였다. 남자에게서는 불붙은 풀과 버터밀크 냄새가 났다. 남자는 파이프를 허벅지에 톡톡 두드리고는 무슨 세금을 말하는 거냐고 말한다.

남자는 정부가 터무니없는 세금이라도 도입한 줄 알고 정부가 물러나지 않으면 이 나라가 망가질 거라고 말하려 했지만 나는 아 정부와는 전혀 상관없는 얘기예요 하고 말했다. 그건 내가 만들어낸 거고, 사람들하고만 관련된 거예요 하고 내가 말한다.

네가 누군데, 남자가 말한다.

통행세 징수꾼 프랜시 돼지예요, 내가 말하자 남자는 고개를 저으며 다시 파이프를 두드렸다. 그거 진짜 재미있군 남자가 말한다.

웃으세요, 내가 말했다, 이걸 왜 재미있다고 생각하는지 모르겠지만. 그러나 남자는 쯧쯧 혀를 차면서 넌 정말로 형편없는 놈이라고 말했다. 그리고 파이프를 빨았다. 돼지 통행세라, 남자가 말한다, 그런 말은 처음 들어봐. 남자는 담배를 피우는 물고기처럼 갈색 파이프 빨부리를 물고 계속 입을 벌렸다 닫았다 했다. 그런 걸로 고민할 필요 없어요 내가 말했다, 아저씨하고는 아무 상관없는 일이니까요. 사실 그 세금은 '누전트 부인 외에는 아무도 상관없는 세금'이라고 불러야 하지만 나는 남자한테 그 말을 하지 않았다. 남자는 그렇다면 난 가던 길이나 가야겠다고 말한다.

남자는 집게손가락으로 이마를 튕기고 나서 자전거를 옆으로 잡고 탁탁탁탁 바퀴 굴러가는 소리를 내며 가버렸다.

나는 가게 안으로 들어갔다. 베이컨 절단기가 윙윙거리는 소리와 점원 아가씨가 종이봉투 뒷면에 비틀거리는 탑처럼 쌓여 있는 숫자를 몽당연필로 오르락내리락 짚어가며 연필을 핥는 소리가 났다. 여자들은 콘플레이크 진열대 옆에 서서 물가가 많이 올랐다고 말했다. 요즘은 살기가 정말 힘들어요 아 정말이에요 저 위쪽 가게에서 피터의 신발을 얼마에 샀는지 아세요. 여자들은 내가 들어오는 것을 보고 딱 말을 멈췄다. 한 여자가 뒤로 물러나다가 진열대에 부딪혔다. 안녕하세요 하고 내가 말하자 여자들은 일제히 당황했다. 왜 그러세요? 내가 말한다, 다들 머리만 세 개고 몸은 하나가 되기라도 한 거예요? 내가 이 말을 하자 여자들은 그리 못되게 굴지 않았다. 분위기가 휙 바뀌어서 미소가 되돌아온다. 아 프랜시, 여자들이 말했다, 너로구나. 저예요 내가 말했다. 여자들은 내게 바싹 몸을 기울이고 최고 기밀을 이야기하듯이 목소리를 낮춰 네 어머니는 어떠시니 프랜시 하고 말했다. 아 내가 말한다 엄마는 날아다니시죠 지금 저기 정비소에 가 있는데 금방 집에 오실 거예요. 정비소에서 서비스를 받을 거예요 내가 말한다, 스패너 좀 주겠니 마이크! 하, 하, 여자들은 웃었다, 그거 재미있구나. 그럼요, 내가 말한다, 앨로 삼촌의 파티에 쓸 빵을 구워야 하기 때문에 엄마는 금방 집에 오실 거예요. 너희 앨로 삼촌이 집에 오는구나! 여자들이 말했다. 크리스마스이브에요 내가 말했다, 런던에서 여기까지 오는 거예요. 그거 굉장하구나 코널리 부인이 따스한 표정으로 살짝 몸을 떨며 말한다, 여기 오래 계실 거라니? 이 주요 내가 말한다. 이 주 코널리 부인이 이렇게 말하고 나서 미소를 지었다 나는 제 말을 못 믿으시는 거예요 하고 말할 생각이었지만 말하지 않았다 이미 누전트 부인과의 일이 있으니 코널리 부인과 또 새로운 일을 시작할 수는 없었다. 런던에서 잘 살고 있었어, 프랜시, 네 앨로 삼촌 말이야, 다른 여자가 말한다. 그러자 모두들 한꺼번에 말을 시작했다. 그래요 정말 잘나갔죠 진짜예요, 최고의 직장에 운도 따랐고요 런던 같은 대도시에서는 쉬운 일이 아니죠. 아니고말고요! 코널리 부인이 이렇게 말하면 누군가가 똑같은 말을 반복한다. 마치 '앨로의 과거'라는 제목의 프로그램을 보는 것 같았다. 하지만 나는 상관없었다. 나는 잘 알고 계시네요 등등 맞장구를 쳤다. 코널리 부인이 말했다. 내가 마지막으로 봤을 때 네 앨로 삼촌은 아름다운 파란색 양복을 입고 가슴 주머니에 아주 예쁜 빨간색 손수건을 꽂은 차림으로 집에 와 있었어.

나도 그 모습을 보았다, 삼촌은 정부에서 일하는 사람 같았다.

정말 그랬어요. 브래디 집안이잖아요, 여자들이 말했다.

언제나 그렇죠, 내가 말했다.

착하구나 프랜시, 여자들이 말했다.

앨로 삼촌이 집에 오면 아줌마들을 한번 찾아뵈라고 말할게요, 내가 말했다, 런던 얘기도 듣고 그러세요.

그래 그래라 프랜시, 여자들이 말했다. 그럴게요, 내가 말했다. 그러고 나서 나는 죄송하지만 이제 가봐야겠어요 갈 데가 있거든요 하고 말했다.

이런 이런 표는 있니 프랜시? 여자들이 물었다.

통행세 일 때문에 시내로 가는 거예요.

통행세? 그런 말은 처음 듣는구나 프랜시. 그게 뭐니?

아 그건 제가 만들어낸 거예요, 내가 말했다. 하지만 누전트는 당연히 안 낼 거예요. 차라리 돌에서 피가 나기를 기다리는 게 낫죠.

누전트? 코널리 부인이 말한다, 누전트 **부인?**

네, 내가 말했다. 어쨌든 그건 누전트 부인 책임이에요.

다음번에는 그렇게 쉽사리 빠져나가지 못할걸요.

누전트 부인 이야기가 나오자 다들 귀가 쫑긋해졌다.

빠져나가? **어디로** 빠져나간다는 거니, 프랜시, 여자들이 계속 말했다.

길이죠 내가 말했다 어딘 줄 아셨어요, 길 말고 달리 지나가고 싶은 데가 있어요?

길? 여자들이 말했다.

네, 내가 다시 말했다, **길**이요. 세 여자들이 나를 빤히 바라보는 모습을 누가 봤으면 그 사람들이 갑자기 장애인이 되었다 했을 것이다.

코널리 부인이 브로치를 만지작거리며 입꼬리로 뭐라고 말하는 것이 보였다.

그러더니 코널리 부인이 말했다. 정말 어쩔 수가 없구나 프랜시, 넌 보기 드문 아이야!

다른 두 여자는 코널리 부인 뒤에 숨어 있었다 내가 자기들한테도 세금을 내라고 할 거라고 생각하는 모양이었다.

아 이런 나는 이렇게 말하고서 밖으로 나갔다 창가를 지나갈 때 코널리 부인이 뭔가 말하자 다른 여자들이 고개를 끄덕이더니 하늘로 시선을 올리는 것이 보였다.

나는 다이아몬드에 서 있었다. 트랙터 한 대가 방귀를 뀌며 집에서 나와 거름 트레일러를 매달고 산으로 갔다. 이게 누군가 멋지게 멋지게 옷을 입고 광택을 낸 구두가 삐걱거리는 도미니크 신부였다 아 프랜시스 신부가 말한다 잘 지내니, 부르르릉 부르르르릉. 세상에 신부님 춤네요 나는 진짜 찌질이처럼 손을 비비며 말했다. 흠, 신부가 말한다, 정말 그렇구나, 누굴 기다리는 중이니?

아뇨, 내가 말했다, 일이 좀 있어서요.

일이라 신부가 말한다, 무슨 일?

만약 내가 돼지 통행세 이야기를 하면 신부가 무슨 말을 할지 뻔했다. 통행세라 흠 그것 참 흥미롭구나 그래 우리가 그걸 막을 수 있는지 방법을 알아봐야겠는걸 그래서 나는 신부에게 아무 말도 하지 않았다. 조 퍼셀을 기다리는 중이에요, 나는 이렇게 말했지만 사실은 아니었다 조는 제 삼촌 집에 가 있었다.

아 그래, 돔 신부가 구식 왈츠를 추는 난쟁이처럼 엄지손가락 두 개를 작고 검은 단추 뒤에서 넣었다 뺐다 하면서 말한다.

네 아버지는 어떠시니? 신부가 말한다.

최고죠 내가 말한다, 지금만큼 좋으실 때가 없었어요.

잘됐군 잘됐어, 신부가 말한다, 그럼 어머니도 곧 집에 오신다니?

네. 크리스마스 때까지는 돌아오실 거예요.

크리스마스라, 그것 참 굉장한 소식이구나 신부가 말한다.

네, 내가 말했다 앨로 삼촌이 오실 거예요.

신부는 앨로 삼촌의 소식을 몹시 궁금해 했다.

앨로, 신부가 말한다. 으쓱하겠는걸.

맞아요, 내가 말했다.

크리스마스이브라고 했지.

맞아요 내가 말했다.

운이 좋으면 내가 네 앨로 삼촌과 마주칠지도 모르겠다. 이 마을은 네 삼촌을 자랑스러워해야 돼. 네 어머니한테서 삼촌 얘기 다 들었다 런던에서 굉장한 직장에 다닌다고.

부하가 열 명이래요, 내가 말했다. 그러자 신부가 내게 미소를 지으며 나를 위아래로 훑어보았다. 자리를 뜰 때가 되자 신부는 매트리스 내부를 들여다보듯이 콧구멍 안쪽의 빳빳한 갈색 털까지 다 보일 정도로 내게 몸을 확 기울이고 이제 착한 아이답게 집으로 달려가야지, 음? 하고 말한다.

내가 집으로 뛰어가면 동전이라도 몇 개 줄 것 같은 말투였다. 귀가세로 5실링만 주신다면 정말로 갈게요 하고 말할 걸 그랬다. 하지만 말하지 않았다. 나는 그저 당연히 갈 거예요라고만 말했다. 하지만 가지 않았다. 나는 거리로 나갔다가 신부가 사제관으로 들어가는 걸 보자마자 뉴타운 로드를 깡충깡충 돌아서 되돌아왔다. 찢어진 외투를 입고 술에 취한 남자가 타워 문간에 누워 술병을 향해 〈지금은 누가 그녀에게 키스하고 있을까〉를 부르고 있었다. 남자는 그러다가 잠시 노래를 멈추고 자동차 뒷좌석의 헝겊 인형처럼 고개를 까딱거리며 **어! 어!** 하고 말하곤 했다. 남자가 나를 향해 소리쳤다. **너 나랑 아는 사이냐 너, 너 나를 알아?** 나는 가만히 서서 남자를 바라보기만 했다. 집에 가고 싶지도 않고 거기에 가만히 서 있기도 싫었다. 남자는 제정신이 아닌 눈으로 계속 **너 나랑 아는 사이냐?** 하고 말했다. 날이 점점 어두워지고 있어서 고개를 들어 보았더니 있는지 없는지 확실히 알 수 없는 달 하나가 떠 있고 칙칙한 첫 눈송이가 떨어지기 시작했다. 올해는 빠르네 하고 사람들이 말했다 하지만 확실히 이편이 더 나아. 맞아요 나는 혀로 눈송이를 하나 받아서 빨아 먹으며 말했다.

젠장 조가 말했다 저 얼굴. 화려한 상점 진열창에서 턱이 머리보다 더 큰 원숭이가 드럼을 치고 있었다. 농부들은 **엄마**라고 말하는 커다란 금발 인형들을 자동차 지붕에 밧줄로 묶고 산으로 갔다. 진창눈 속의 타이어 자국이 거리에 거미줄처럼 나 있고 타워 이층에서는 밤새 음악소리가 났다. 누군가가 냇 킹 콜을 죽어라 때려대고 있었고 아코디언이 반쯤 목이 졸렸는지 천식환자 같은 소리로 살려주세요!를 외쳤다. 하얀 페어웨이에 아이들과 개 한 마리가 있었다 마을 밴드는 제대로 연주할 수 있을 때까지 영원히 방랑하라는 저주라도 받았는지 마을을 네 번째로 돌고 있었다. 싸리눈이 내렸다. 얼어붙을 듯이 차가운 강물 위에서는 부빙이 물살을 따라 오르락내리락했다.

이제 어떻게 낚시를 할 거야 이 자식아, 조가 말했다, 지금쯤이면 손에 넣었어야지!

우리는 물속에 코를 들이밀었지만 다트판 같은 눈이 하나도 보이지 않았다. 미안해, 가버렸어, 물고기가 몸으로 말했다. 똑같이 생긴 우리 낚싯대 두 개는 손도 대지 않은 채 며칠 동안 그 자리에 가만히 있었다.

정비소에서 돌아온 어머니를 막을 길은 없었다, 여기서 수다를 떨고 있나 싶으면 순식간에 휭 하고 저쪽에 나타났다, 바닥만 얼굴이 비칠 정도로 반짝이는 것이 아니라 모든 것이 그랬다. 엄마는 계단 위에 올라가 있나 싶으면 순식간에 바로 내 옆에 와서 다른 이야기를 마구 해댔다. 엄마는 이 마을에서 다시는 우리를 욕할 사람이 없을 거다 우리도 다른 사람들 못지않다는 걸 보여줄 거야 하고 말했다. 엄마는 내 눈을 들여다보며 말했다. 우리는 누전트 식구들처럼 되면 안 돼. 그 인간들을 닮으면 절대 안 돼! 우리가 그 인간들한테 본때를 보여줄 거야, 그렇지 프랜시? 그쪽이 우릴 부러워하게 될 거야! 우린 브래디야. 프랜시! 브래디라고!

나는 물론 그렇다고 말했다. 의기양양했다. 모든 것이 다시 시작되고 있었고 이번에는 다 잘 될 것 같았다. 봐 봐 엄마가 내게 말한다 내가 뭘 사왔는지 봐 엄마가 말한다 레코드야 세상에서 제일 좋은 레코드. 넌 이렇게 좋은 레코드를 틀림없이 한 번도 못 들어봤을 거야 프랜시 엄마가 말한다. 제목이 뭐예요 엄마 내가 말하자 푸줏간 소년이야 하고 엄마가 말한다 이리와 우리 춤추자. 엄마가 레코드를 올리자 쉿쉿 칙칙 소리를 내며 레코드가 돌아갔다. 아아 우리는 방 안을 빙빙 돌았다 엄마는 가사를 속속들이 알고 있었다. 엄마가 노래를 하면 할수록 엄마의 얼굴이 붉게 변했다. 이제 그만해요 엄마 내가 말했지만 우리는 또 방 안을 돌았다.

내 아기가 태어났더라면
그래서 제 아빠의 무릎에서 웃고 있다면
그리고 나처럼 보잘것없는 여자는 죽어서 사라져버렸더라면
내 몸 위로 초록색 풀들이 길게 자라게

그는 이층으로 올라가서 문을 부쉈어
그녀가 밧줄에 매달려 있는 것이 보였지
그는 칼을 꺼내서 줄을 자르고 그녀를 내려주었어
그녀의 주머니 속에 이런 말들이 있었어

아 내 무덤을 크고 넓고 깊게 만들어줘요
머리와 발에 대리석을 놓아줘요

그리고 중간에는 호도애*를

내가 사랑을 위해 죽었다는 걸 온 세상이 알게

좋은 노래였지만 나는 내용을 알 수 없었다. 노래가 끝나
자 엄마는 이걸 어떻게 생각하니 프랜시 하고 말한다. **그는
이층으로 올라가서 문을 부쉈어 그녀가 밧줄에 매달려 있는 것이 보
였지!** 그 남자는 별로 똑똑하지 않았다 푸줏간 소년이 바로
그 남자였다. 엄마는 그 노래에 대해 온갖 이야기를 늘어놓
기 시작하지만 나는 더 이상 듣고 싶지 않았다. 그러다가
엄마는 싱크대로 휑하니 간다 다른 노래를 흥얼거리면서
어머 안 돼 엄마가 말한다. 그 시절은 다 끝났어 그건 모두
과거 일이야. 이제 어느 누구도 다시는 애니 브래디를 실망
시키지 않을 거야 프랜시!

엄마는 한동안 레코드를 꺼두었다가 안으로 들어가서 다
시 켜곤 했다. 언제든 네가 돌아오면, 학교든 어디든 갔다
오면, 이게 켜져 있을 거야. 그러고 나서 엄마는 부엌에서
노래를 불러댔다.

엄마의 이름을 '휑하니 엄마'라고 새로 지었어야 했다.
조금 전까지만 해도 코널리 부인이 예쁜 새 외투를 입었구

* 암수의 사이가 좋기로 유명한 새

나 하고 말하다가도 내가 미처 대답할 새도 없이 곧 수돗물이 끊길 거라든가 내가 태어난 병원이 어땠다든가 하는 이야기를 했다. 그러다가 다시 패스트리 반죽을 밀기 시작해서 나비 모양 빵을 수많은 쟁반에 차곡차곡 쌓아 올렸다.

집이 케이크로 가득했다.

앨로 삼촌을 위한 케이크로 가득해요, 내가 말했다.

맞아 엄마가 말한다, 앨로는 케이크를 좋아하거든. 네 삼촌이 좋아하는 걸 하나 꼽는다면 바로 케이크야.

그리고 나비 모양 빵도요, 내가 말했다.

맞아, 엄마가 말했다, 그걸 좀 더 만들 거야.

점점 너무 심해져서 나중에는 케이크가 가득한 집으로 들어가려면 거의 굴을 파야 할 정도였다. 나는 아빠가 한마디 하려고 벼르는 걸 몇 번 눈치챘다. **그 망할 놈의 노래 좀 그만 불러!** 하지만 아빠는 엄마가 또 정비소로 횡하니 가버릴까봐 아무 말도 하지 않았다. 그냥 타워로 가서 거기가 문 닫을 시간이 지난 뒤에야 돌아왔다.

나는 악어가죽 악보가방을 들고 음악 수업을 하러 가는 필립 누전트를 보았다. 필립은 제과점 앞에서 걸음을 멈추고 일 분 정도 기다렸다. 그랬더니 여자가 나와서 내 쪽을 바라보았다. 여자는 케이크를 쌀 때 쓰는 하얀 마분지 상자를 필립에게 건네주었다. 진짜로 느리게 건네주었다. 하찮은 누전트 할망구 같으니. 내가 자기나 자기 케이크에 정말로 신경이라도 쓰는 줄 아나보지. 나는 웃을 수밖에 없었다. 우리 집에는 군대를 먹여도 될 만큼 케이크가 있어!

내가 누전트와 관련된 일에 조금이라도 신경을 쓰던 것이 아주, 아주 오래전 일인 것 같았다. 나는 이제 그 사람들 근처에도 가지 않았다. 나는 그냥 몸을 돌려 떠났다, 계속 웃으면서. 누전트 부인은 내가 자기 같은 사람들에게 신경을 쓰는 걸 보려면 오래 기다려야 할 것이다.

부하가 열 명이래, 내가 조에게 말했다.

조는 휘파람을 불고 납작한 돌을 강에 던져 물수제비 놀이를 했다.

열 명이라, 조가 말했다, 남자 열 명이란 말이지. 그건 이기기 힘들겠는걸 프랜시.

그날 밤 우리 집에서 파티가 열릴 거야 조, 내가 말한다.

앨로 파티군 조가 말한다.

그 파티가 그 인간들을 모두 끝장낼 거야, 내가 말했다.

히이호! 조가 소리쳤다 눈을 감으면 뾰족한 화살 같은 햇살이 나무들 틈새로 폭우처럼 쏟아졌다.

앨로 삼촌이 오기 전 며칠 동안 나는 삼촌을 생각하느라 한숨도 자지 못했다. 우리가 거리를 걷다 보면 누전트가 있을 것이다. 우리가 말을 걸면 누전트 부인은 미친 듯이 화를 낼 것이다. 저 여자 누구야 하고 앨로 삼촌이 영국식 말씨로 내게 말할 것이다, 저 여자가 계속 이쪽을 보는데. 나도 몰라요, 나는 이렇게 말할 것이다, 생전 처음 보는 여자예요. 그러고 나서 우리는 누전트 부인이 퍼매나 거리에 서 있는 점처럼 작아질 때까지 계속 걸을 것이다. 그다음에는 나와 앨로 삼촌이 다이아몬드에서 다시 거리를 걸을 준비를 하고 있을 때 누전트 부인이 우리의 주의를 끌려고 애쓰는 상상이 처음부터 또 반복되었다. 부탁이다 프랜시, 원하는 게 있으면 뭐든 줄게 누전트 부인은 이렇게 말할 것이다. 죄송해요 나는 이렇게 말할 것이다, 너무 늦었어요. 그리고 누전트 부인의 말을 막으며 이렇게 말을 이을 것이다. 방금 뭐라고 했어요 앨로 삼촌?

술집이 문을 닫은 뒤에는 마을이 조용했다. 들리는 것이라고는 그라우스 암스트롱이 울부짖으며 멀어져가는 소리뿐이었다.

저 녀석이 저럴 때 무슨 소리를 하는 건지 알아 조가 말한다.

아니, 내가 말한다, 무슨 소리인데.

그걸 내가 어떻게 아냐 나도 개 말은 몰라 조가 말한다.

사람들의 목소리가 들렸다. 우리 은신처 밖에 누군가가 있었다. 산에서 온 벗시다. 누전트 부인과는 남매 사이다. 벗시는 아주 나쁜 의미로 가여운 녀석이다. 주근깨와 눈을 덮으며 내려온 당근 색깔 머리카락 때문에 겉모습은 아프리카 잡지의 표지에 실린 사제처럼 보였다. 여러분 제가 여기 병원을 세울 수 있게 도와주세요. 하지만 벗시가 지금 병원을 생각하는 건 순전히 나를 병원에 집어넣기 위해서였다. 벗시는 계속 외쳤다. **브래디!** 그러고는 싸구려 담배에 불을 붙였는데 손이 덜덜 떨리는 것이 보였다. 데블린이 계속 벗시에게 말했다. 걱정 마 벗시 우리가 녀석을 찾을 거야 녀석이 멀리 갔을 리 없어. 벗시는 두통에 시달리고 있었다 나는 벗시가 계속 눈을 비비는 것을 보고 알아차렸다. 데블린이 말한다 금방 그 녀석을 찾아내서 그 녀석한테 원하는 대로 할 수 있을 거야. 온 마을이 그 녀석한테 마

땅한 벌을 주고 싶어 해. 만약 우리가 경찰보다 먼저 그 녀석을 붙잡으면 어떻게 할까, 녀석을 물에 빠뜨리자 벗시 어때? 데블린이 말했다. 하지만 벗시는 좀 더 분별이 있었다. 그는 자신들이 시간낭비를 하고 있다는 걸 알고 있었다 아직까지도 나를 찾지 못했으니 그들도 경찰도 결국 나를 찾지 못할 것이다. 벗시는 팔꿈치를 무릎에 괴고 강가에 가만히 앉아 있었다. 담배에 2센티미터가 넘는 재가 매달려 있었다. 그 자식 틀림없이 이쪽으로 나왔을 텐데, 데블린이 막대기로 덤불을 찌르며 말했다. **야 브래디!** 그가 다시 외쳤다. 그 소리가 산에 부딪혀 삼중 메아리가 되었다. **덤불 속에 있으면 당장 나오는 게 좋을 걸 브래디.** 하지만 아무 소용이 없었기 때문에 결국 그들은 마을로 돌아갔다.

그들이 사라진 뒤 나는 밖으로 나와 강에 얼굴을 박았다. 안녕 물고기야 내가 말했다 내 말 들리니? 유후!

나와 이 자식들아!

케이크가 의자들 위에 탑처럼 쌓여 있었다. 옷장 위에
도 세탁기 위에도 몇 개가 있었다. 겉에 하얀 설탕 옷을 입
힌 것도 있고 입히지 않은 것도 있고, 모두 스프링클과 마
지팬*과 다양한 디자인으로 장식되어 있었다. 나는 몰려드
는 파리를 쫓느라고 애를 먹었다. 나는 신문지를 돌돌 말
아 들고 녀석들에게 달려들었다. 물러나, 개 같은 놈들! 내
가 말했다. 녀석들이 만약 설탕 옷 위에 내려앉으면 케이크
가 완전히 망가질까봐 녀석들을 칠 수 없기 때문에 녀석들
이 설탕 옷에 내려앉는 것만은 반드시 막아야 했다. 케이크
한 조각 더 먹을래 프랜시스? 엄마가 싱크대에서 말했다.
나는 먹기 싫었다. 벌써 여덟 조각이나 먹었다. 나는 시내로
가서 누굴 만나든 앨로 삼촌 이야기를 했다. 그러고는 다시

* 설탕, 달걀, 밀가루, 호두, 으깬 아몬드를 섞어서 만든 과자

돌아왔다. 아직 소식 없어요? 또 휑하니 나간다. 오랫동안 시내에서 즐겁게 보냈다. 빵가게 주인은 방금 구운 빵을 선물 포장지로 싸서 쟁반에 담아 들고 가게 안으로 뛰어 들어왔다. 아이들은 자갈을 던져서 하얗고 거칠게 얼어붙은 커다란 샘의 표면에 자갈이 핑 하고 부딪쳐 오르는 것을 지켜보았다. 조금만 베풀면 큰 도움이 될 거예요 하고 라디오가 말했다. 집에 돌아왔더니 엄마는 하얀 장갑을 낀 것처럼 손에 밀가루를 묻히고 또 패스트리 반죽을 밀고 있었다. 혹시 빵이 떨어질지도 몰라서 하고 엄마가 말했다. 그때 밖에 차가 서더니 그들이 들어왔다, 과자가게의 메리와 그 밖의 사람들이 코르크를 따고 옷깃에서 눈을 털었다. 나는 앨로 삼촌에게서 눈을 뗄 수 없었다. 삼촌의 가슴 주머니에는 틀림없이 빨간 손수건이 꽂혀 있고 가느다란 줄무늬가 있는 파란색 양복의 바지에는 손이라도 벨 것 같은 주름이 잡혀 있었다. 강철 같은 회색 머리는 귀 뒤로 깔끔한 날개 두 장처럼 깔끔하게 빗질되어 있었다. 삼촌은 벽난로 옆에 당당하게 서 있었고 나는 혼자 속으로 누전트? 하고 생각했다. 하! 누전트는 앨로 삼촌의 근처에도 오지 못한다. 나는 환성을 지르고 싶었다. 케이크 하우스에 잘 왔어요 하고 엄마가 말했다, 여기가 바로 케이크 하우스예요, 엄마는 앞치마에 손을 닦았다. 이름이야 마음대로 붙여요, 나한테는 여기가 집이니까요 앨로 삼촌이 빙긋 웃으며 엄마를 강하게 끌어안

왔다. 아빠는 늦었지만 그래도 파티는 시작되었다. 크리스마스와 이 방에 있는 모든 사람에게 건배, 앨로 삼촌이 환하게 웃으며 위스키 잔을 들어올렸다.

말 한번 잘했네 앨로, 그들이 말했다, 앨로 브래디 본인에게 건배.

아 그래요, 앨로 삼촌이 말한다, 정말 그렇군요 그러고는 자기 잔에 담긴 위스키를 소용돌이처럼 흔들었다.

시간은 다 어디로 가는 걸까요, 도대체 어디로 가는 거죠?

올 겨울이면 캠든 타운에서 산 지 이십 년이 돼요, 믿을 수 있겠어요?

자넨 결코 돌아오지 않을 거야 앨로.

돌아와요? 여기에 뭐가 있다고 돌아와요, 내 말이 맞지 앨로? 저쪽에 좋은 게 너무나 많은데.

부하가 열 명이에요, 엄마가 부엌에서 소리쳤다.

여기 계신 모든 분께 하나님의 축복이 내리기를 앨로 삼촌이 말했다 그리고 모두 만수무강하기를.

나는 삼촌에게서 눈을 뗄 수 없었다, 황금색 넥타이핀과 반짝반짝 광택을 낸 손톱, 영국식 말씨. 누전트의 영국식 말씨는 반쪽짜리에 불과했다. 생각하면 할수록 누전트는 말할 가치도 없는 사람들인 것 같았다. 아 그렇지, 앨로 삼촌이 말을 이었다, 평생 못 잊을 거예요. 런던의 유스턴 역!

핑장한 곳이에요 앨로, 그 먼 곳까지 가다니!

외투랑 가방 외에는 아무것도 없었죠, 내가 무엇에 발을 들여놓은 걸까 하고 내가 말했어요.

피커딜리의 거리들이지, 앨로!

맞아요. YMCA에서 밤을 보냈어요. 말하지 마세요!

세상의 구석구석을 봤다고 했어!

맞아요!

그건 인정해야 돼요!

아이고 이런 아이고.

오늘까지 이십 년이라고 했어!

이제 당신이 왔으니 당신의 건강과 이 방에 있는 모든 사람을 위해 건배!

그들은 건배라고 말했고 현관문이 찰칵 하고 닫히는 소리가 들리더니 아빠가 나타났다 그들은 아빠를 알아차리지도 못했다. 아빠의 눈은 볼베어링처럼 작았다 아빠는 방 가장자리를 따라 움직이면서 아무 말도 없이 술을 집었다. 그러자 그들이 왔군요 베니 하고 말하고는 다시 과거 속으로 빠져 들어갔다.

아 지금 피트가 이 자리에 있으면 얼마나 좋을까.

마을에서 제일 성격 좋은 놈 중 하나였죠 가엾은 피트는.

음악 실력은 또 어떻고? 피트가 모르는 노래는 하나도 없었어요.

〈나 말고 다른 사람하고는 사과나무 밑에 앉지 마〉!

그게 피트의 노래였어요!

그렇게 일찍 갈 줄이야, 누가 생각이나 했겠어?

선하신 주님은 추수를 하실 때 어느 누구도 잊는 법이 없어요!

빙! 피트는 빙의 노래를 부를 줄 알았어! 〈상냥한 마음씨와 착한 사람들〉!

피트보다 잘 부르는 사람은 없었죠!

오 주님 피트가 지금 행복하게 지내고 있으면 좋으련만!

앨로 삼촌의 눈이 밝게 빛났다 노래 한 곡 어때요 삼촌이 말해서 우리는 거실로 갔다. 삼촌이 피아노에 팔꿈치를 비스듬히 기댔고, 사람들은 〈화이트 크리스마스〉를 불렀다 삼촌이 온 마음을 노래에 쏟았기 때문에 다른 사람들 목소리보다 삼촌의 목소리가 확실히 들렸다. 삼촌이 높은 음을 내려고 힘을 쓰는 바람에 이마에 핏줄이 도드라진 것이 보였다. 노래가 끝난 뒤 사람들은 침묵에 빠졌고 그들의 눈은 몽롱해졌다.

메리, 사람들이 말했다, 오늘만큼 잘한 적이 없어.

어머, 메리가 말한다, 몇 년 만에 피아노를 친 거예요.

앨로가 떠난 뒤로 처음이지, 사람들이 웃었다.

너무 심하게 놀리면 메리가 절대 피아노 안 칠 거야!

앨로 삼촌이 〈덤불 속의 타이론〉을 불렀다. 땀 때문에 삼촌의 등에 진한 얼룩이 점점 번져갔다. 삼촌이 잔을 들고 허리를 숙여 인사했다.

아직도 그대로군 앨로, 사람들이 외쳤다, 그 〈덤불 속의 타이론〉은 못 이길 거야!

다음 차례는 누구야!

낭독이 이어졌다. 위험한 댄 맥그루*와 샘 맥기**가 북극의 눈 속에서 달콤하고 달콤했다.

세상에 이거 연극보다 낫잖아!

이렇게 놀고 나서 누가 극장에 가겠어요! 내 말이 맞지 앨로?

말이야 바른 말이죠! 앨로 삼촌이 웃었다.

엄마가 은제 찻주전자를 갖고 왔다 접시에 성처럼 쌓인 나비 모양 빵의 뾰족탑은 금방이라도 무너질 준비가 되어 있었다.

누가 빵 좀 먹을래 엄마가 말했다 아니면 케이크가 더 나으려나? 내가 가서 좀 가져올게. 잘라둔 게 아주 많거든.

아뇨 이것도 굉장해요 우리 모두 배불리 먹었으니까 여

---

* 캐나다의 시인인 로버트 W. 서비스가 1907년에 발표한 이야기 시 〈댄 맥그루의 총격〉의 주인공
** 서비스가 앞의 작품과 같은 해에 발표한 시 〈샘 맥기의 화장火葬〉의 주인공

기 앉아서 좀 쉬세요 우리는 신경 쓰지 말고!

우린 진짜 형편없는 손님이죠!

앨로 삼촌이 메리 뒤에 서서 메리의 어깨에 손을 얹고 〈네가 달콤한 열여섯 살이었을 때〉를 불렀다.

박수 소리가 일 분도 넘게 이어졌고 메리는 시선을 어디다 두어야 할지 몰랐다.

이러지 마세요 메리가 말했다.

앨로 삼촌의 얼굴은 순무처럼 새빨갛고, 눈은 흥분으로 번들거렸다. 삼촌은 한바탕 웃고 나서 쪼그리고 앉아 심연이라도 뛰어넘을 것처럼 몸을 반쯤 웅크렸다. 삼촌이 방 안의 사람들 얼굴을 일일이 확인하는 것이 보였다 삼촌은 모든 것을 만족스럽게 확인한 뒤 으르렁거리는 것 같은 소리를 내며 느닷없이 메리의 팔을 움켜쥐었다. 메리는 화들짝 놀라서 하마터면 의자에서 떨어질 뻔했다.

내가 그러면 왜 안 되는데 달링?

삼촌은 메리의 무릎에 쓰러지듯 앉아서 다리를 허공으로 치켜들었다.

엄마가 새된 비명을 지르고 다들 환호했다.

가서 신부님을 불러와야 되는 거 아냐! 사람들이 외쳤다.

순간적으로 나는 메리가 앨로 삼촌을 끌어안고 울음을 터뜨릴 줄 알았다. 메리는 계속 손톱을 깨물었고, 입술은 넘어져서 사방에서 너 괜찮니 너 괜찮니 하는 소리를 듣고 있는 아이처럼 바들바들 떨렸다.

하지만 메리는 울음을 터뜨리지 않았다. 웃음소리가 가라앉은 뒤 앨로 삼촌은 한 손으로 몸을 지탱하며 자세를 바로잡고 다른 손으로 넥타이를 정돈했다. 삼촌이 일어설 때 삼촌의 손가락이 메리의 뺨을 가볍게 스치자 메리는 고개를 숙였다. 그러고 나서 누군가가 뭔가를 말하려 했지만 말하지 않았다. 그러고는 침묵이 흘렀다 앨로 삼촌은 침묵을 원하지 않았다. 삼촌은 성큼성큼 걸어가서 잔에 새로 술을 따랐다. 그리고 또 노래를 부르자고 했다.

〈카운티 리트림의 하수도 감독관〉은 어때요? 그 사람 말이에요 퍼시 프렌치!*

메리는 자기 손이 떨리는 걸 아무도 못 보게 건반 위로 몸을 웅크렸다. 파리들이 또 케이크에 달라붙었고 앨로 삼촌이 팔꿈치로 접시를 쳐서 떨어뜨린 바닥에는 빵 부스러기가 사방에 흩어져 있었다. 하지만 아무도 그것을 알아차리지 못했다. 삼촌이 주머니에 삼각형 모양으로 꽂은 빨간 손수건 꼭대기에는 나비 모양 빵의 크림이 점처럼 묻어 있었다. 2시가 훨씬 지난 시각이었지만 다들 제멋대로 갖가지 노래를 불렀다. 시간을 좀 봐 누군가가 말하자 길고 낮은

* 1854~1920. 아일랜드의 유명한 대중가요 작곡가 겸 수채화가

휘파람 소리가 방 안을 미끄러지듯 가로질렀다.

이러다 아침 미사에 못 가겠는걸.

그럼 이제 그만 가야죠. 사람들이 말했다.

좀만 더 있다 가세요, 부탁이에요! 앨로 삼촌이 말했다.

오늘만 날인가, 사람들이 말했다, 어쨌든 만나서 반가웠어 앨로!

잠깐만요, 엄마가 말하고는 사람들의 외투를 가지러 복도로 나갔다.

이제 가는 건가, 아빠가 문간에 서서 손 가장자리로 이마에 흘러내린 머리카락을 깨끗이 정돈하며 말했다.

이제 가야지, 사람들이 말했다, 안 그러면 영원히 못 갈 거야!

앨로 삼촌은 악수를 하며 작별 인사를 했다. 사람들의 손을 놓기 싫어서 사람들이 자동차로 가려고 할 때도 삼촌은 여전히 사람들 손에 매달렸다. 사람들은 차에서 오 하느님 다음에는 더 자주 볼 수 있게 해주세요! 하고 외쳤다.

메리는 시선을 피하려고 했지만 자석처럼 시선이 끌려서 앨로 삼촌의 눈과 마주쳤다. 삼촌은 메리의 어깨를 만지려고 손을 뻗었다가 마지막 순간에 용기를 잃은 좀도둑처럼 손을 거둬들였다. 삼촌은 어찌할 바를 모르고 그냥 서 있기만 했다. 거의 까치발로 서 있는 것 같았다. 시간이 조금만 일렀다면 두 사람은 침묵을 쫓으려고 휘파람을 불어대거나 콧노래를 불렀을지도 모른다. 지금은 두 사람 모두 동전을 짤랑거리거나 외투 단추를 잠그기만 할 뿐 달리 할 일을 생각해내지 못했다. 메리가 말을 하려고 입을 벌렸다. 메리가 무슨 말을 할지 나는 알고 있었다. **당신을 만나서 정말 좋았어**라고 말할 것이다 그런데 앨로 삼촌도 정확히 똑같은 말을 했기 때문에 두 문장이 허공에서 충돌했다. 메리는 다시 뭐라고 말을 하려고 했다. 앨로 삼촌도 마찬가지였다. 그러고는 앨로 삼촌이 하얗게 질리더니 몸을 앞으로 기울였다. 삼촌은 메리의 머리에 부드럽게 입을 맞췄다 메리가 고개를 들었을 때 삼촌은 없었다. 삼촌은 다시 안으로 들어와 위스키 병을 들고 있었다. 아빠가 숨죽인 소리로 뭐라고 투덜거렸지만 나는 아빠가 무슨 말을 했는지 모른다 볼베어링 같은 눈은 차가운 강철이었다. 닭장의 환풍기가 윙윙 돌아가고, 암탉들은 정신없이 지껄여대는 부리들과 쉭쉭 날아다니는 씨앗으로 이루어진 따스한 나뭇조각 세상에서 아주 행복했다. 녀석들이 우린 괜찮아요 하고 말하는 것 같았다. 우리는 걱정 안 해요! 시끄럽게 떠들어대고 저녁식사를 기다리는 것만으로도 무지 바쁘거든요!

메리는 벌써 차 안에 있었다. 메리가 울고 있었는지는 잘 모른다 내가 볼 수 있는 것이라고는 뒷좌석에서 메리를 향해 몸을 기울인 흐릿한 얼굴들뿐이었다.

또 일이 생겼군, 아빠가 말했다, 메리의 인생은 여자치고 쉽지 않아, 누가 들었으면 아빠가 나이답지 않게 현명한 사람인 줄 알았을 것이다.

아빠는 숨죽인 소리로 그 말을 했지만 나는 아빠가 앨로 삼촌 얘기를 하고 있다는 걸 알고 있었다. 엄마는 아무 말도 하지 않고 그 말을 듣지 않은 척했지만 아빠가 그 말을 할 때 엄마를 똑바로 바라보았기 때문에 틀림없이 들었을 것이다.

엔진이 부르릉거리며 살아났다. 차는 재 구덩이 옆의 모퉁이를 돌아 중앙로로 나갔다. 그리고 모든 것이 조용한 흰색으로 가라앉았다.

아빠는 무슨 황홀경에라도 빠진 사람처럼 가만히 서 있었다. 아빠는 엄지손가락을 자꾸만 집게손가락에 튕겼다. 나는 아빠에게 그만하라고 말하고 싶었다. 오늘 밤은 최고였어요, 내가 말했다.

넌 이제 잘 시간이다, 아빠가 말했다.

안에서는 앨로 삼촌이 벌써 위스키를 또 한 병 따놓은 뒤였다. 삼촌은 자기 손바닥에 은색으로 돌돌 말려 있는 찢어진 라벨을 빤히 바라보며 머뭇거렸다. 아빠가 나더러 소파에서 자면 된다고 말해서 나는 눈을 감고 소파에 누웠지만 이런 상황에서는 잠이 오지 않았다. 마치 사람들이 했던 말들이 모두 불꽃놀이처럼 펼쳐져 있는 것 같았다. 그림자들이 방을 먹어 들어왔다. 마지막으로 한 곡만 더 하고요, 앨로 삼촌이 말했다, 그리고 마무리로 한 잔 더, 어때요 형?

이제 노래는 안 돼. 노래는 이미 많이 했잖아.

에이 형, 앨로 삼촌이 웃음을 터뜨렸다, 이러지 말아요. 노래 좀 부른다고 누가 다치는 것도 아닌데, 안 그래요 형수님?

삼촌은 〈오래된 수렁길〉을 부르기 시작했다. 삼촌은 오래전에 집에서 사제가 가르쳐준 노래가 바로 그것이라고 말했다. 집이라는 단어를 듣는 순간 나는 삼촌이 그 시절을 한탄하고 있음을 알아차렸다. 사람들이 그 단어를 말하면 설사 그게 고아원 이야기가 아니라 해도, 아빠는 창백하게 질려서 가끔은 자리에서 일어나 밖으로 나가버리기까지 했다. 앨로 삼촌은 그 말을 덮어버리려고 우리가 사제관 과수원을 턴 거 기억나요 하고 말했다.

삼촌은 웃음을 터뜨렸다. 그러고 나서 또 웃음을 터뜨렸다. 하지만 모두 이상했다. 금이 간 유리가 산산조각으로 부서지기 직전 같았다. 아빠가 아무 대답을 하지 않자 삼촌은 계속 온갖 질문을 던져댔다.

삼촌은 이야기를 더 늘어놓은 다음에 또 노래를 불렀다.

삼촌은 목청껏 노래를 부르고 있었다. 내 몸이 온통 얼음처럼 차가워진 것은 아빠를 둘러싼 침묵 때문이었다. 그때 엄마가 울었다. 아빠는 거기에도 전혀 주의를 기울이지 않고 그냥 유리벽 같은 침묵 뒤에 앉아 있었다. 앨로 삼촌은 처음 왔을 때처럼 벽난로에 등을 기대고 있었다. 삼촌은 아빠가 말하기를 계속 기다렸다. 삼촌은 아빠가 말하기를 세상 그 무엇보다도 바라고 있었다. 하지만 아빠는 말할 준비가 다 되지 않으면 말하지 않을 생각이었다. 그때 아빠가 앨로 삼촌을 바라보는 것이 보였다. 내가 아는 표정이었다. 이제 아빠는 끝장을 볼 때까지 삼촌에게서 눈을 떼지 않을 것이다. 나는 아빠가 엄마에게 그러는 것을 본 적이 있었다. 아빠의 눈은 칼날처럼 상대를 꿰뚫어버릴 수 있었다. 그때 아빠가 말했다. 내가 누군 줄 알고 속이려 드는 거냐 앨로? 스스로 웃음거리가 될 생각이야? 아니면 정말로 제대로 해볼 생각인가? 네가 오늘 밤 내내 떠들어낸 엉터리 헛소리를 믿은 사람이 하나라도 있을 것 같아?

제발 부탁이니 앨로를 가만히 내버려둬요 베니, 엄마가 외쳤다.

캠든 타운이 어쩌고저쩌고 떠들어대며 우쭐해서 이곳 고향으로 돌아오다니, 우리를 이 동네의 웃음거리로 만들고 싶어?

저 조그만 빨간 손수건을 꽂은 꼴을 좀 보라지. 네 마누라가 다려줬냐?

왜 또 그래요 엄마가 외쳤다 왜 또 그래요 베니!

내가 미리 경고했어! 그런 소리는 더 이상 듣기 싫다고 말했다고! 그런데도 그런 소리를 들었어, 게다가 얼뜨기 어린애처럼 그 여자랑 시시덕거리기까지 하다니. 이제 온 마을이 다 알게 됐잖아, 저놈이 그 여자랑 같이 스스로 웃음거리가 됐으니. 때가 너무 늦기 전에 솔직하게 데이트를 신청할 배짱도 없었던 주제에. 그래 캠든 타운이 엄청 좋은 곳이긴 하지 앨로, 우리도 다 알아. 캠든 타운은 저놈이 손가락이라도 대본 유일한 여자를 만난 곳이니까. 다른 사람한테는 무서워서 청혼을 못 하겠으니까 그 여자랑 결혼했지. 자기보다 스무 살이나 연상인데 세상에. 반쯤 눈이 멀었고 결혼한 날부터 저놈을 미워한 여자야!

나는 엄마가 그것을 막고 싶어 하는 걸 알고 있었다 엄마는 이런 일이 벌어지는 걸 원하지 않았다 나는 엄마가 무얼 무서워하는지 알고 있었다 엄마는 정비소를 무서워했다. 하지만 엄마는 앨로 삼촌을 실망시키고 싶지 않았다, 엄마는 어느 누구도 실망시키고 싶지 않았다. 그래서 말하는 수밖에 없었다. 어떡해 정말 미안해요, 앨로, 엄마가 말했다.

하지만 아빠의 말은 아직 끝나지 않았다. 나는 아빠가 끝나려면 아직 멀었다는 걸 알고 있었지만 그냥 가만히 누워서 아무 말도 하지 않았다 내가 한 일은 그것뿐이었다 나는 그냥 눈을 감고 누워서 자는 척했다.

부하가 열 명이라, 아빠가 말했다, 그거야 사실이지. 거기 도착한 날부터 저놈이 한 일은 뒷골목 공장에서 출입문을 닫는 거야, 짐꾼들이 입는 파란색 작업복 차림으로 윗사람들한테 인사를 해가면서. 그래 앨로가 아주 출세했지, 오해하지 말라고!

엄마가 앨로 삼촌의 팔뚝을 잡았다 삼촌은 바지에 실례를 한 아이 같은 표정이었다.

아빠의 윗입술에 밴 땀이 바늘처럼 반짝였다. 아빠가 말했다. 저놈은 항상 똑같아, 우리가 벨파스트의 그 여인숙에 던져진 순간부터. 수녀들한테 알랑거리고 복도를 걸레로 닦던 얼간이야. 저놈이 수녀들한테 뭐라고 했는지 알아? 우리 아빠가 내일 와서 우리를 집으로 데려갈 거예요! 밤에도 낮에도 아침에도 난 그 소리를 들어야 했어! 앤디 브래디가 와서 우리를 집으로 데려갈 때까지 기다릴 생각이라면 아주 오래 기다려야 돼! 내가 저놈한테 닥치라고 했어! 무슨 상관이야 내가 말했어 우린 우리끼리 잘 해나갈 거야 아무도 안 필요해. 나는 모든 게 끝났다고 말했어. 그런데 저놈이 내 말을 안 들었다고! 입도 닥치질 않았어, 그놈의 입! 다른 놈들은 죄다 기회가 있을 때마다 저놈을 이용해먹었고!

엄마가 소리를 질렀다. 나는 엄마가 아빠와 맞서는 걸 한 번도 본 적이 없었다. 당신이 고아원에 들어간 걸 동생 탓으로 돌리지 말아요! 세상에 베니 도대체 언제쯤 마음을 풀고 그걸 받아들일 거예요! 이렇게 세월이 흘렀는데도 어떻게 끝이 나질 않아요?

앨로 삼촌의 얼굴 한쪽이 움찔해서 순간적으로 삼촌이 정말로 정신 나간 소리를 할 것처럼 보였다. 비가 올 것 같아요? 나 **이 식탁보 어디서 샀어요?** 같은 말.

하지만 삼촌은 그러지 않았다. 삼촌이 한 말은 시간이 늦었어요 이제 그만 자는 게 낫겠어요였다.

삼촌은 말을 이었다. 떠나기 전에 얼굴을 보지는 못하겠네요.

삼촌은 엄마에게 지금도 길모퉁이에서 버스가 서느냐고 물었다. 엄마는 그렇다고 말했다.

아빠는 손에 위스키 잔을 들고 있었다. 잔이 살짝 떨렸다. 혹시 그 잔을 던져버리고 앨로 삼촌을 끌어안고서 목청껏 소리치고 싶은 게 아닌가 하는 생각이 들었다. 어떠냐 앨로! 너 완전히 속았지! 내 낚시에 제대로 걸렸어! 나와 앨로가 벨파스트에서 살던 시절이라니! 그 고아원? 끝내주는 곳이었어! 우리 인생에서 최고의 시절이었지! 나랑 앨로는 거기서 사는 동안 거기를 싫어했던 적이 한 번도 없어! 그렇지 녀석아?

이런 생각을 죄다 떠올리자 나는 벌떡 일어나서 환성을 지르고 싶었다. 우리 또 파티를 열어요 내가 가서 메리를 데려올게요 이번에는 모든 게 잘될 거예요 앨로 삼촌 어때요 좋은 생각이죠 하고 소리치고 싶었다.

하지만 그건 모두 나의 헛소리일 뿐이었고 실제로 그런 일이 일어나지는 않았다 곧바로 현관문이 열리는 소리가 들렸다, 거의 알아차리기 힘든 소리였다. 엄마는 이제 기분이 아주 나빴다. 당신은 거기서 사람이 망가졌어요, 모르겠어요? 엄마가 말했다. 거기 얘기는 입에 담지도 못하잖아요. 이렇게나 세월이 흘렀는데도! 베니 당신이 거기서 지낸 건 부끄러운 일이 아니에요! 설사 부끄러운 일이라 해도 당신이 당신 동생한테 개처럼 달려들 정도는 아니에요!

아빠는 그 말이 마음에 들지 않았는지 엄마한테 달려들었다. 아빠는 적어도 자기는 정신병원으로 끌려가서 가족 전체의 얼굴에 먹칠을 하는 짓은 하지 않았다고 말했다. 그제야 나는 엄마가 정비소에 가는 게 아니라는 걸 알았지만 사실은 어차피 처음부터 다 알고 있었다, 거기가 정신병원이라는 걸 알았지만 누전트든 누구든 그런 소리를 듣게 되는 게 싫었기 때문에 정비소라고 말한 것이다. 하지만 나는 누전트도 모든 걸 알고 있다는 걸 깨달았다 코널리 부인과 그 여자들이 말해주었을 것이다. 그래서 내가 왜 굳이 정비소 이야기를 했는지 알 수 없다. 누전트의 말이 들리는 것 같다. 저 녀석은 제가 날 속일 수 있을 줄 알았나봐!

아빠가 이 말을 하자 엄마는 방에서 뛰어나갔고 나는 어쩔 줄을 몰랐다. 아빠는 혼자 웃다가 무슨 상관이야 하고 말했다. 아빠는 위스키 병을 무기처럼 움켜쥐고 자기 잔에 술을 또 따랐다. 아빠는 부엌 한가운데에 서 있었다.

나는 항상 내 길을 걸었어, 아빠가 소리쳤다. 무슨 일을 하든 내 식으로 했다고. 아버지가 있든 없든 상관없어! 앤디 브래디든 누구든 하나도 안 고마워! 내 말 들려?

아빠는 가만히 서서 엄마가 또 말대꾸를 해오기를 기다렸다. 아빠가 원하는 게 바로 말싸움이었지만 싸울 대상이 없었다. 엄마에게서 아무런 대꾸가 없자 아빠는 어쩔 줄을 몰랐다. 아빠는 그냥 잔을 들고 약에 취한 거인처럼 몸을 흔들면서 부엌 한가운데에 서 있었다. **내 말 들려?** 아빠가 다시 고함을 지르자 위스키가 아빠의 바짓가랑이 위로 쏟아졌다. 아빠는 위스키가 뚝뚝 떨어지다가 바닥에 이르러 장판 위에서 두 줄기 강물로 갈라지는 것을 지켜보았다. 위스키는 문 아래쪽까지 곧장 흘러갔다. 아빠는 위스키가 그리는 그림에 무슨 의미가 숨어 있기라도 한 것처럼 계속 지켜보았다. 그러더니 울기 시작했다, 한 번 흐느낄 때마다 아빠의 온몸이 부르르 떨렸다.

나는 아빠가 안락의자에서 잠들 때까지 기다렸다가 현관문을 열고 새벽 공기 속으로 나갔다.

미리 계획한 일도 아니고 가출해본 적이 한 번도 없어서 겁이 났다. 가방이든 뭐든 가지고 나왔어야 하는 건데 나는 그러지 않았다. 현관문을 나서자마자 나는 걷기 시작했다. 부츠 바닥이 다 닳아서 떨어지고 내가 더 이상 걸을 수 없게 될 때까지 걷고 또 걷고 싶었다. 나는 내가 갖고 있는 색칠하기 그림책 뒤표지의 그 사내아이와 같았다. 녀석의 뺨은 빨갛고 통통한 서양자두였고, 지구의 한편을 걸어 올라가 반대편으로 내려가는 녀석의 입에서는 김이 마구 피어올랐다. 나는 녀석에게 이름을 지어주었다. 나는 녀석을 '영원히 걸을 수 있는 소년'이라고 불렀는데 지금 내가 하고 싶은 게 그거였다 내가 당장 그 녀석이 되는 것.

마을에서 멀리 떨어진 곳까지 오자 널찍한 도로가 나왔다. 하얀 구름들이 깨끗한 파란색 유리 같은 하늘을 떠갔다.

나는 오래전 고아원 문 앞에 서 있었을 아빠와 앨로 삼촌의 모습을 계속 생각했다. 저기 창문이 몇 개나 있을 것 같니 아빠가 말한다. 일흔다섯 개야 앨로 삼촌이 말한다. 내가 보기에는 적어도 백 개는 될 것 같은데 아빠가 말한다. 사제가 두 사람을 데리고 길고 반짝이는 통로를 지나 안으로 들어갔다. 강당에는 사람이 많았다. 다들 새로 들어온 두 소년을 위해 환호성을 질렀다. 사제는 헛기침을 하고 이제 조용히 해주겠니 하고 말했다. 새로 들어온 두 아이를 너희한테 소개하마 사제가 말했다. 버나드와 앨로야. 버나드와 앨로 누구? 다른 소년들이 말했다. 사제는 미소를 지으며 자신의 부드러운 양손을 맞대고 비볐다. 나는 사제가 **브래디**라는 성을 말하고 소개를 끝내기를 기다렸다. 하지만 사제는 브래디라고 말하지 않았다. 그는 **돼지**라고 말했다.

매일 나는 어두워질 때까지 걸었다. 잠은 덤불 밑에서 잤다. 타이어 안에서 잔 적도 한 번 있다. 도시에 도착했을 때 나는 그날이 무슨 요일인지 알 수 없었다. 기진맥진해서 커다란 간판에 몸을 기댔다. 거기에는 '더블린에 잘 오셨습니다'라고 적혀 있었다.

버스들은 구스베리 같은 초록색이고, 돌기둥 하나가 하늘을 갈랐다. 여긴 더블린이에요 내가 어떤 사람에게 말한다 그래요 여긴 더블린이에요 더블린이 아니면 도우대체 뭐라는 거죠. 그 사람의 말투가 마음에 들어서 나도 따라 해본다. 도우대체. 거기 누구예요 내가 어떤 여자에게 말하자 그 여자가 입을 헤 벌리고 나를 바라본다. 거리 한가운데에서 커다란 회색 조각상이 입을 벌려 뭔가 말하고 있고, 새들이 그의 머리 사방에 똥을 싼다. 나는 대통령인 줄 알았는데 여자가 대니얼 오코넬*이라고 말해주었다. 나는 그가 영국 어쩌고 하는 일들과 관계가 있다는 것 외에는 아무것도 몰랐다. 사람들이 다리를 건너다니는 모습을 보면, 누가 죄송하지만 우리가 금방 원자탄을 터뜨릴 거예요 하고 말한 줄 알았을 것이다. 자전거가 수십 대씩 지나간다, 틱 틱 틱. 어디로 가는 거지. 저 사람들이 모두 일하러 가는 거라면 더블린에는 일자리가 엄청 많을 것이다. 시각은 아침 8시였다. 그림 같은 집이며 뭐며 온갖 것이 다 있었다. 나는 그쪽으로 갔다. 코린트 극장이라는 말이 불이 들어오지 않은 전구로 적혀 있었다. 여긴 어떻게 된 거야 내가 말했다. 외계 생명체들이 자기네 행성이 끝장나서 아무것도 남지 않게 되니까 지구를 점령하러 오고 있었다. 삐뚤빼뚤 흔들리는 글씨에 따르면 그들은 별들 너머에서 죽음과 파괴를 가져왔다. 나는 극장이 문을 열면 들어가서 꼭 그 외계인들

* 19세기 전반에 활동한 아일랜드의 정치지도자. 보통 '해방자'라고 불린다

을 보고 싶었다. 나는 튀김집으로 들어갔다. 수염이 나고 가방을 든 여자가 혼자 중얼거리며 접시에 차를 엎지르고 있었다. 여자는 공산주의자들이 이겼으면 좋겠다고 말했다 그 여자는 공산주의자라고 해서 다른 사람들보다 나쁘지는 않다고 말했다. 그 여자가 나를 바라보며 아들이 둘이라고 말했다. 그런데 그 둘 다 아무 쓸모가 없어 여자가 말했다. 나는 여자의 말을 듣지 않았다. 외계인을 보기 위해 필요한 돈을 어떻게 구할지 생각하고 있었다. 아가씨가 나더러 뭘 드시겠느냐고 말한다. 나는 칩이라고 말한다. 뭘 하다 온 거예요 아가씨가 말한다 도랑에서 뒤로 끌려다닌 것 같은 꼴이에요. 아 그냥 걸었어요 내가 말한다. 칩을 남보다 더 먹어야겠어요 아가씨는 이렇게 말하고 내게 커다란 칩 더미를 준다. 아가씨가 카운터 뒤에서 돈을 세는 것이 보인다. 그러고는 주방 안으로 들어갔다 주방 문이 흔들거리고 아가씨가 춤추듯 움직이는 소리가 들렸다. 나이 많은 여자가 빨리 일어나서 나갔으면 좋겠다, 아들 이야기와 가방을 들고. 곧 그 여자가 비척거리며 가버리고 나는 아가씨가 다시 주방으로 들어가기를 기다렸다. 그러고는 총알처럼 카운터 뒤로 가서 지폐를 잡히는 대로 주머니에 쑤셔 넣었다. 그러고는 미친 듯이 달렸다. 거리 끝까지 달려가면서 나는 계속 생각했다. 저지르지도 않은 범죄 때문에 이 마을 저 마을로 쫓겨 다니는 프랜시 브래디, 도망자!

단 내가 실제로 범죄를 저질렀다는 점이 달랐다. 내가 가장 먼저 한 일은 눈깔사탕이며 뭐며 온갖 사탕이 있는 사탕 가게로 들어간 것이었다. 안경에 줄을 걸어 쓰고 있는 여자가 있었다. 저 여자는 어떻게 생각할까? 지금 누군가가 제 얼굴에서 안경을 벗겨 훔쳐가려고 한다고? 플래시바 서른 개요 하고 내가 말했다. 나는 그것을 모두 주머니에 넣고 최대한 많이 먹었다.

흑맥주 냄새가 나더니 커다란 배 한 척이 부두로 들어왔다. 이제 외계인을 볼 수 있는 시간이 됐는지 궁금했다. 외계인은 어떨까? 나는 그레셤 호텔로 들어가 최고급 먹이를 주문했다. 돈은 누가 내실 겁니까? 웨이터가 흠흠 연필을 핥으며 말한다. 난 남의 신세는 안 지는 사람이에요 내가 말했다, 앨저넌 캐러더스 씨라고 해요. 나는 필립의 만화책에서 이 말을 보았다. 앨저넌 캐러더스는 항상 온 세상을 돌아다니는 배를 타고 다니며 푸짐한 식사를 한다. 그렇군요 캐러더스 님 웨이터가 말한다. 웨이터는 나를 소년 백만장자로 생각했다. 어떤 여자가 나를 향해 미소를 보냈다. 안녕하세요 부인! 내가 말했다. 젠장!

나는 풍선껌 카드를 사서 공원 벤치에 잔뜩 늘어놓았다. 프랭키 애벌론, 존 웨인, 엘비스, 그 밖에 누군지 알 수 없는 사람들의 카드가 아주 많았다. 나는 버스를 타고 사방을 돌아다녔다. 횡, 버스들은 화살처럼 날아다녔다. 여긴 굉장한 곳인걸, 이 더블린이라는 곳은 내가 말한다. 이제 외계인을 보러 갈 시간이 되었다. 나는 노점에서 먹을 것을 잔뜩 샀다. 이걸 전부 너 혼자 먹을 거니 남자가 말한다. 그럴 리가요 내가 말한다, 형들이랑 누나들이 안에 있어요 엄마랑 아빠까지 온 가족이 다 있어요 내가 말했다 남자가 내 뒤를 계속 바라보는 것을 알 수 있었다 남자는 안에 아무도 없다는 것을 알았던 것 같다. 얼른 나와라 이 외계인 놈들아!, 나는 이런 생각을 하며 몰티저*를 하나씩 차례로 입에 밀어 넣었다.

힘없는 목소리의 시장이 외계인 지도자와 맞서서 절대가만 두고 보지 않겠다고 말했다. 지구의 모든 군대가 너희와 싸울 것이다 그가 말한다. 하지만 외계인은 그저 웃을 뿐이었다. 그는 자신을 차에 태워준 어떤 농부의 바짝 마른 몸을 훔쳐서 입고 있지만 그 뒤틀린 냉소를 보면 인간의 몸 안에 문어 같은 촉수가 달리고 얼굴은 온통 비늘투성이인 뚱뚱한 초록색 덩어리가 있다는 것을 알 수 있었다. 착각하지 마라 그가 말한다 우리가 이 세상을 지배할 것이고 너는 물론 이 마을의 누구도 우리를 막지 못할 것이다. 그가 **이 마을**이라는 말을 할 때 나는 언제나 이 말을 하던 여자들과 누

* 영국, 캐나다 등에서 인기 있는 초코볼의 상품명

65

전트 부인을 떠올렸다. 누전트 부인은 말했다. 분명히 말하지만 우리 필립은 그런 짓 안 해요. 능력 있는 아들이라면 그런 짓을 안 할걸요. 자기 가족과 의절하다니.

누전트 부인은 여자들을 보며 말했다. 식구들이 무슨 짓을 해도 혈육인 건 변하지 않아요!

코널리 부인은 한숨을 내쉬었다. 아 하느님 저 가엾은 사람들을 사랑해주세요. 내가 얼마 전에 보았을 때 그 여자는 당황하고 있었습니다. 아들이 그렇게 도망치지 않더라도 이미 고민이 많은 여자였으니까요!

말이야 바른 말이죠 부인.

비가 억수같이 쏟아졌다. 나는 길모퉁이에 서서 간판을 빤히 보고 있었다. 네온으로 만든 커다란 대머리 남자였다. 네온이 반짝이지 않을 때는 대머리지만, 네온이 반짝이면 커다란 머리에 머리카락이 생겼다. 굉장한 간판이었다. 왜 대머리가 되십니까? 이 말이 여러 색으로 자꾸만 자꾸만 켜졌다. 그걸 보면서 영원히 서 있으려면 그럴 수도 있었을 것이다. 여자의 노랫소리가 들렸는데 교회 안에서 나는 소리라 나도 들어갔다. 여자는 하얀 원피스 차림을 하고 정원에 관한 노래를 부르고 있었다. 그런 노래는 처음이었다. 피아노 음색이 바위를 따라 굴러 내려가는 봄날의 샘물처럼 맑아서 조가 생각났다. 처음 만났을 때 조는 우리 집 뒤의 길에 있었다. 그때 우리 나이는 기껏해야 네 살이나 다섯 살밖에 안 되었을 것이다. 조는 닭장 옆의 커다란 웅덩이에 웅크리고 있었다. 몇 주 전부터 얼어 있는 웅덩이였는데, 조는 작은 막대기로 얼음을 난도질했다. 나는 한동안 조를 바라보며 서 있다가 백만 천만 억만 달러가 생기면 넌 뭘 할래 하고 말했다. 조는 고개를 들지 않고 난도질만 계속했다. 그러더니 나더러 자기가 뭘 할 건지 말해주었고 그걸로 우리는 한참 동안 이야기를 나눴다. 그게 내가 조 퍼셀을 처음 만난 날이었다.

그날 도랑에 아네모네가 있었던 것이 기억난다 딱 한 송이뿐이었으니까. 마을에서 나는 모든 소리가 지금 여자의 노랫소리처럼 선명하게 들리던 날이었다. 그때가 최고였다, 조와 함께 보낸 나날들이. 그렇게 좋았던 적은 없었다, 아빠와 누전트와 이 모든 일이 시작되기 전까지는.

나는 거기에 오랫동안 앉아 있었다. 얼마나 앉아 있었는지는 모르겠다. 그런데 교회 관리인이 와서 피아노를 밀고 가버렸다. 다시 살펴보니 하얀 원피스를 입은 여자도 없었다. 하지만 잘 들으면 그 노래가 여전히 들릴 것 같았다. 〈샐리 가든 옆에서〉 그것이 노래 제목이었다. 나는 모든 흔적이 사라질 때까지 거기 앉아 있고 싶었다. 마치 내가 창문으로 쏟아지는 저녁 햇살 속에 둥둥 떠 있는 것 같았다.

내가 언젠가 오늘을 돌아보며 내가 정말로 그 교회에 갔던 건지 아니면 모든 것이 상상이었는지 궁금해할 거라는 확신이 들었다.

길에서 조와 함께 놀았던 그 시절에 대해서도 그런 생각이 들었다 어쩌면 우리가 그 시절을 함께 보낸 것이 아닐지도 모른다고. 사제가 와서 내 어깨를 손으로 짚었다. 그가 말한다. 나를 아니?

나는 아니라고 말한다. 사제가 왜 우는 거니 아이야? 하고 말한다.

나는 울지 않는다고 말하면서 사제에게서 떨어져 거리로 나갔다. 나는 운하 옆에서 떨어지지 않았다. 쥐새끼, 내가 말했다, 꺼져!

나는 부두의 벽에 몸을 기댔다. 갈색 물에 오렌지색과 노란색 줄무늬가 나 있었다. 내가 왜 그랬는지 모르겠어요 엄마, 내가 말했다. 어떤 나이 많은 남자가 걸음을 멈추고 나더러 너 괜찮니 온몸을 떨고 있잖아 하고 말한다. 그러자 엄마가 빙긋 웃으며 다 이해한다고, 그게 내 잘못이 아니라는 걸 알고 있었다고 말했다. 집으로 와라 프랜시 엄마가 말했다. 미안해요 엄마, 내가 다시 말하자 엄마도 다시 말한다, 어서 집으로 와, 널 기다리고 있어.

갈게요 엄마 내가 말했다 이제 모든 게 끝나서 기뻤다 다시는 그런 짓을 하지 않을 것이다, 그런 짓은 절대로.

튀김집에서 가져온 돈이 아직 조금 남아 있었다. 카운터 뒤의 남자가 말한다. 여기 이건 2실링 6펜스이고 선반 맨 위에 있는 건 좀 더 비싸지만 더 고급이니까 정말 싼 거야.

얼만데요? 내가 말했다.

3실링, 남자가 말한다.

나무를 한 조각 잘라내서 시를 새기고 그 주위의 가장자리를 온통 초록색 클로버로 장식한 것 같았다. 바닥에는 빨간색 숄을 두르고 난롯가에서 흔들의자에 앉아 있는 할머니가 있었다.

저런 게 아주 잘 팔리지 남자가 안경 너머로 나를 바라보며 말한다.

나는 그것을 몇 번이나 읽었다. **그대가 어디서 헤맬지라도 어머니의 사랑은 축복입니다.**

나는 그것을 주머니에 넣고 출발했다. 내가 지나간 마을의 이름은 모른다. 마을 이름 따위는 신경 쓰지 않았다 내가 원하는 것이라고는 집에 가는 것뿐이었다 집을 떠난 것이 후회스러워서 다시는 그런 짓을 안 할 생각이었다.

그라우스 암스트롱은 트랙터 밑에서 자고 있었지만 내가 다이아몬드를 가로지르는 것을 보고도 아무 소리도 하지 않았다. 길에 나와 있는 사람이 몇 명 되지 않고 다들 안에서 차를 마시고 있었다. 거실에서 회색으로 빛나는 텔레비전의 불빛이 보였다. 가게 에소 바깥의 간판은 여느 때처럼 우는 소리를 냈다. 타워의 문간에는 술 취한 남자의 흔적이 보이지 않았다. 아마 안에 들어가서 사람들에게 자기를 아느냐고 묻고 있을 것이다. 나는 선물이 그대로 있는지 확인하려고 자꾸만 주머니 안을 만져보았다. 내가 왜 그게 없어질지도 모른다는 생각을 했는지 모르겠다 그것이 내 주머니에서 펄쩍 뛰어나올 리도 없는데 하지만 그래도 어쨌든 나는 그것을 만져보며 계속 확인했다. 나무에 새긴 글자의 윤곽을 손가락으로 더듬을 수 있었다. 그 선물을 생각하느라고 정신이 없어서 호텔 모퉁이를 돌았을 때 나는 누전트 부인이 내 앞에 서 있다는 사실을 얼른 깨닫지 못했다. 내가 누전트 부인과 쿵 하고 부딪히는 바람에 부인은 하마터면 핸드백을 떨어뜨릴 뻔했지만 아무런 신경도 쓰지 않았다. 오 프랜시스, 부인이 말한다, 부인은 내 팔을 손으로 잡았을 뿐이다 나는 이 여자가 무슨 수작을 부리려는 건지 알 수 없었다. 그러더니 오 프랜시스 하고 누전트 부인이 다시 말한다 네가 장례식을 놓치다니 정말 안됐구나 그러고는 성호를 긋는다. 장례식이요 내가 말한다 무슨 장례식인데요 그러고 나서 나는 누전트 부인과 함께 수작을 부리는 일행이 있는지 보려고 주위를 둘러보았다 하지만 텅 빈 거리와 철도 출입문을 절룩거리며 지나가는 그라우스 외에는 거리에 아무것도 없었다. 나는 원하는 게 뭐예요 누전트 부인 왜 내 팔을 잡고 있는 거예요 하고 말하려 했지만 한 마디도 할 수 없었다 누전트 부인이 네 어머니가 어쩌고 네 어머니가 저쩌고 하며 쉴 새 없이 떠들어대고 있었다. 누전트 부인은 엄마 얘기를 그만두려 하지 않았다. 엄마에 대해 뭘 안다고 그래요 하고 나는 말하려 했다 아줌마가 하는 일이라고는 엄마 뒤에서 쑥덕거리는 것뿐이잖아요 입이나 닥쳐요 누전트 부인. 하지만 나는 그 말을 할 기회가 없었다 누전트 부인이 어찌나 떠들어대는지 모르는 사람이 봤으면 내가 부인의 평생 친구인 줄 알았을 것이다. 그러다 부인이 어떻게 하냐면 나한테 바짝 몸을 기울인다 어찌나 가까운지 턱 끝의 뻣뻣한 털과 분홍색 화장과 뺨에 바른 파우더가 보일 정도였다. 그 냄새에 속이 뒤집혔다. 부인의 말이 거의 들리지 않았다 부인이 목소리를 워낙 낮게 깔았기 때문에. 부인은 내가 어쩌는지 보려고 나를 빤히 바라보고 있었다. 나는 아무것도 하지 않았다. 나는 그 근육질 입을 보거나 파우더 냄새를 맡지 않으려고 애썼다. 나는 속으로 말했다. 가만히 있어 프랜시. 나는 주머니 속의 선물을 만지며 말했다. 괜찮아요. 이제 모든 게 괜찮아요.

나는 나무로 된 선물의 귀퉁이를 손바닥에 박았다. 부인이 또 빙긋 웃으며 작별 인사를 하더니 쇼핑백을 팔 밑에 끼고 길을 건넜다. 부인은 식품점 앞에서 걸음을 멈추고 나를 돌아보았다. 집 뒷문이 열려 있고 싱크대에는 정어리 통조림통이 가득했다. 아빠는 우쭐거릴 때 정어리를 먹었다. 파리들이 붕붕거리며 그 위를 빙빙 돌았다. 엉긴 우유가 있고 사방에 책이 내던져져 있고 찬장의 물건도 나와 있었다. 개들이 들어왔다 나간 것 같았다. 아빠가 언제부터 거기 서서 나를 보고 있었는지 모르겠다. 아빠의 눈가에 빨간 원들이 있고 아빠에게서는 냄새가 났다. **너.** 아빠가 한 말은 이것뿐이었다. 무슨 뜻인지 알 수 없었다. 하지만 아빠가 말해주었다. **네가** 저지른 짓이지, 엄마가 그렇게 된 건이라는 뜻이라고. 나는 무슨 소리냐고 엄마가 어떻게 된 거냐고 말한다.

아 못 들었냐? 아빠가 뒤틀린 미소를 지으며 말한다. 그러고는 사람들이 정비소 근처의 호수 바닥을 준설하다가 바닥에서 엄마를 찾아냈다고 말했다, 그리고 난 타워로 갈 거다 돌아올 수도 있고 안 올 수도 있어 하고 말한다.

내가 누전트의 집 뒷마당으로 간 게 몇 시였는지 모르겠다. 마을 어디서도 아무 소리도 들려오지 않았다. 집 안에 작은 램프가 켜져 있어서 부엌을 들여다볼 수 있었다. 따뜻하고 밝았다. 책들과 안경이 놓인 탁자가 있었다. 탁자는 아침에 식사를 할 수 있게 준비되어 있었다. 특별한 칼과 함께 버터 접시가 놓여 있고, 파란 줄무늬 물병과 같은 모양의 컵이 있었다. 이 사람들은 이런 것들을 모두 갖고 있었다. 마치 누전트 일가가 되기만 해도 마술처럼 모든 게 흐트러짐 없이 정리되는 것 같았다. 나는 빗물 홈통을 기어올랐다. 안에 야간등이 켜져 있고 방에는 그림자가 가득했다. 누전트 씨는 집에 없었던 것 같다. 누전트 씨는 가끔 출장을 갔다. 필립은 제 어머니의 침대에서 자고 있었다. 입을 헤 벌리고 베개에서 머리를 뒤로 기울인 모습이었다. 누전트 부인도 곤히 자고 있었다 내 아들이 옆에 있고 사랑하는 남편은 내일 돌아올 테니 나는 괴로운 꿈은 전혀 꾸지 않는다고 말하듯이 가슴이 오르락내리락했다. 필립의 입은 휘파람을 불 때처럼 작게 ○자 모양으로 벌어져 있었다. 그 입에 만약 말풍선을 그려 넣는다면 거기에 무슨 말을 써야 할지 나는 알고 있었다. 나는 세상 그 무엇보다 엄마를 사랑하니까 엄마를 해치는 일은 절대 안 할 거예요. 나는 부모님을 사랑하고 행복한 우리 집을 사랑해요. 필립의 침대 옆 탁자에 놓인 만화책이 보였다. '타임로드 애덤 이터노' 라고 써 있었다.

그 만화책을 읽어봐도 괜찮았을 것이다. 하지만 만화책은 이미 많은 문제를 일으켰다 그렇지 않은가?

나는 파이프를 미끄러져 내려와 마당에 섰다. 하늘에 별이 흩어져 있었다. 한 가지는 확실했다. 내가 저 별들 아래에서 거리를 걷는 한 사람들이 나에 대해 할 수 있는 말은 딱 하나뿐이라는 것. 저 녀석은 가엾은 제 엄마한테 그런 짓을 하고도 돼지인 자신이 자랑스러운가봐.

필립 누전트가 그날 음악을 하러 갈 건지 확실치 않았지만 한동안 모퉁이에서 기다렸더니 아니나 다를까 필립이 악어가죽 악보가방을 여는 때처럼 아무 생각 없이 무릎에 탁탁 부딪히며 나타났다. 필립은 나를 보자마자 뛰기 시작했지만 나는 그 뒤를 따라 뛰어가며 필립 이제야 찾았다 하고 소리쳤다. 나는 필립과 나란히 걸으며 온갖 이야기를 했다. 나는 필립의 악보가방처럼 좋은 물건을 본 적이 없는 것 같다고 말했다. 아마 이 마을에서 제일 좋은 물건이라고 해도 될 거야, 내가 말했다. 필립은 고맙다고 말했지만 나는 필립이 나 몰래 걸음을 빨리 하려고 애쓰는 걸 알고 있었다. 나는 아마 이 마을에서 제일 좋은 물건이라고 해도 될 거라는 말을 다시 하고는 걸음을 멈추고 필립의 팔을 움켜쥐었다. 그래, 내가 말했다, 정말로 이 마을에서 제일 좋은 물건이야! 내가 이 말을 하자 필립은 웃는 것 같은 표정을 지으며 조금 웃음소리를 냈다 뺨이 분홍색으로 변했다. 그러고는 내가 그걸 마음에 들어한다니 기쁘다고 말했다. 나는 잠시 생각해보다가 필립 내가 한번 봐도 되겠어? 하고 말했다.

필립은 무슨 말을 해야 할지 망설였지만 내가 기대에 찬 표정으로 눈을 크게 떠서 반짝이며 필립을 계속 바라보자 그래 그래 물론이지 하고 말했다. 필립이 그것을 내게 건네주었고 나는 눈을 감은 채 반짝이는 비늘 같은 표면을 손으로 쓸어보았다. 정말로 좋은 악보가방이었다. 나는 그 안에 든 책에 대해 말했다. 어때 필립? 내가 말했다. 내가 좀 봐도 돼? 그럼 물론이지 하고 필립이 말했다. 필립은 계속 제 어깨 너머를 힐끔거리며 재킷 주머니를 비틀어댔다. 나는 책을 꺼냈다. 필립의 만화책과 마찬가지로 어느 것이나 티끌 하나 없이 깨끗했다. 누가 봤으면 방금 가게에서 사온 새 책인 줄 알았을 것이다. 와 이런 내가 말했다. 당나귀와 수레가 초록색 산으로 가는 모습이 어떤 책의 표지에 있었다. 《아일랜드의 에메랄드 보석》이라는 제목이었다. 나는 책장을 넘겼다. 내가 아는 거야! 내가 소리쳤다. 아빠가 노래해! 내가 대리석 홀에서 사는 꿈을 꾸었네! 어때 필립! 이 안에 또 좋은 것이 있어? 필립 너 이거 노래할 수 있어? 나한테 좀 가르쳐줄래? 여기에 좋은 노래들이 있어 필립 틀림없어, 내가 말했다. 나는 책을 덮고 필립에게 말했다, 이걸 가게에서 새로 사려면 돈이 얼마나 들까? 필립은 미간에 주름을 잡고 엄마가 사다줬기 때문에 자기는 모른다고 말하려 했지만 필립이 말하기 전에 내가 그건 그렇지만 네 생각에는 얼마일 것 같아 하고 말했다.

필립은 한참 생각하더니 2파운드라고 말했다. 그거 비싸다 하고 내가 말했지만 그만한 가치가 충분히 있었다. 나는 책에 대해 조금 더 이야기하다가 필립에게 돌려주었다. 이 마을에서 제일 좋은 책…… 쉽다! 내가 말했다. 그러고 나서 우리는 계속 음악에 대해 이야기하며 조금 더 걸었다. 나는 아빠한테 레코드가 아주 많다고 필립에게 말했다. 레코드가 수백 장이나 된다고 말했다, 정말로 그랬으니까. 너네도 레코드 사, 필립, 내가 말했다. 필립은 그렇다고 말했다. 누가 사는데, 내가 묻자 필립은 아빠라고 말했다. 너네 엄마는 전혀 안 사? 내가 말했다. 필립은 고개를 흔들며 안 산다고 말했다. 레코드를 살 때는 필립의 아빠가 다 알아서 했다. 레코드에 주로 관심이 있는 사람은 아빠였으니까. 아, 내가 말했다. 그러고는 너네 엄마는 〈푸줏간 소년〉이라는 레코드를 산 적이 절대 없을 거야 그렇지 필립? 하고 말했다. 필립은 그렇다고 말했다. 그래, 내가 말했다, 너네 엄마가 뭐하러 그걸 사러 가겠어? 너 그거 들어본 적 있어 필립? 내가 말했다. 필립은 없다고 말했다. 라디오로도? 내가 말했다. 필립은 없다고 말했다. 내가 말했다, 그래도 아쉬워 할 것 없어, 필립. 세상에서 제일 형편없는 노래거든. 나는 웃음을 터뜨렸다. 그 노래 내용이 뭔지 알아? 내가 묻자 필립은 모른다며 고개를 흔들었다. 내가 말해주면 나더러 멍청이라고 할 거야 필립 하고 말하고서 나는 눈에서 눈물을 닦아내며 필립을 바라보았다 그 노래가 얼마나 형편없는지 생각할 때마다 다시 웃음이 터졌기 때문에 눈물이 고였다. 난 그런 말 안 해 하고 필립이 말한다. 할 거야, 내가 말했다, 틀림없이 할 거야. 아냐 안 해, 필립이 말한다. 그 노래 내용이 뭔지 알아 필립 하고 내가 말했다 순전히 푸줏간 소년이 거짓말을 했기 때문에 밧줄에 매달리게 된 여자 이야기야. 너 그런 얘기 들어본 적 있어, 내가 물었다, 그런데 그게 너무나 미친 소리로 들려서 나는 철로 담장에 몸을 기대고 지탱해야 했다.

그 노래는 별것 아닐 거야 하고 필립이 말한다 필립이 어떤 말투로 말하든 내 눈에서는 또 눈물이 줄줄 흘러내렸다. 나는 필립에게 말한다. 너네 엄마가 그런 노래에 돈을 내는 일은 없을 거야 그렇지 필립?

필립은 이렇다 할 말 없이 손가락으로 머리를 쓸어내리더니 음 하고 말하고 나서 내가 또 똑같은 말을 하자 그럴 거라고 말했다. 나는 알아 알아 그럴 거야 하고 말했다.

내가 고개를 흔들며 야 진짜 웃긴다 너 손수건 있어 필립 하고 말했더니 필립은 내게 손수건을 빌려주었고 우리는 다시 걸었다.

우리는 사이가 아주 좋았다 필립의 뺨이 이제 아까처럼 붉지 않아서 나는 만화책 일에 대해 이야기하기 시작했다 그 모든 게 그저 장난이었다고. 전부 그냥 웃자고 한 짓이야 필립 하고 내가 말했다. 나중에 너한테 만화책을 돌려줄 생각이었어. 필립은 나 때문에 자기가 곤란해졌다고 말했다. 아 그 돼지 통행세, 내가 말했다, **그거!** 그거 진짜 멍청했어. 넌 그거 안 내도 돼! 나는 마구 웃어대며 돌멩이 하나를 앞으로 찼다. 돼지 통행세라니 그렇게 멍청한 소리 들어본 적 있어? 거리를 지나가려고 돈을 내다니! 그런 건 틀림없이 농담이지 하고 내가 말한 뒤 우리 둘은 정말 웃기는 일이라며 마구 웃어댔다. 다들 그걸 내야 한다고 생각해봐! 다들 아무 데도 못 갈 걸. 아이고 죽겠네, 내가 말했다, 돼지 통행세라니! 전혀 아냐, 필립, 그건 전부 장난이었어! 필립은 이 말을 듣고 기뻐했다, 틀림없었다. 나는 미국에 있는 이모에게서 받은 만화책에 대해 이야기해주었다. 넌 그런 만화책은 평생 한 번도 못 봤을 걸, 내가 말했다. 영국 만화가 아냐, 영국에서도 어디서도 그런 건 구할 수 없어, 당연하지, 미국에서만 파니까. 넌 그런 거 한 번도 못 봤을 거야 필립 하고 내가 말했다. 내가 그걸 전부 닭장에 숨겨뒀어, 필립, 내가 말했다. 나는 매일 거기로 가서 영웅들 이야기를 읽으며 얼마나 웃는지 몰라. 어떤 사람이 그린랜턴한테 달려들어 하고 내가 말한다. 그러면 바로 빵! 엄청나게 큰 망치가 영웅의 반지에서 튀어나와서 후려치는 거야. 그런 얘기는 그린랜턴만이 아냐. 그보다 훨씬 더 근사한 일을 할 수 있는 영웅들이 많아! 이제 필립은 그 만화를 볼 때까지 그 어떤 것에도 만족하지 못할 것이다. 음악공부는 언제든 할 수 있잖아 하고 내가 말했다, 난 그 만화책을 곧 누구랑 바꾸거나 팔아야 할지도 몰라. 우리는 오던 길로 돌아갔다. 뒤쪽의 깨진 창문을 통해 닭장으로 들어가는 길은 나와 조밖에 몰랐다. 안으로 들어가면 꽥꽥 부글부글 하는 소리가 나는 따뜻하고 어두운 세상이 되었다. 전구가 천장에서 곧장 내려와 사람들의 얼굴 바로 앞에 매달려 있었다. 바닥에서 겨우 1미터 남짓밖에 떨어지지 않은 것 같았다. 여기 온 건 처음이야 하고 필립이 말한다 굉장하다. 여긴 비밀의 세계인데 지금 필립이 들어와 있었다, 필립은 황홀한 표정으로 나와 조가 나무에 이름을 새겨놓은 곳을 더듬어본다 우리는 사방에 이름을 새겨두었다.

이것 좀 봐 하고 필립이 말했다, 나는 가서 만화책을 가져오겠다고 말했다. 필립은 네 발로 엎드려서 기어다니며 닭장을 살피다가 자신의 악보책을 꺼내서 페이지 여백에 연필로 계산을 하기 시작했다. 필립이 뭘 알아내려고 했던 건지는 모른다 어쩌면 닭 한 마리가 차지하는 공간 같은 것이었는지도 모른다. 필립은 그런 녀석이라서 닭이 아침식사로 어떤 음식을 먹는지와 매일 먹는 양이 얼마인지와 닭에게 가장 좋은 온도가 몇 도인지도 알고 싶어 했을 것이다. 나는 필립을 내버려두고 닭장 뒤편의 방으로 만화책을 가지러 갔다. 다시 돌아와 보니 필립은 여전히 연필로 숫자를 끼적이고 혼자 중얼거리면서 내게 등을 돌린 채 계산을 하고 있었다. 나는 딱 한 마디 **필립**이라고만 말했다 그리고 필립이 고개를 돌리자 체인을 휘둘렀지만 제대로 맞히질 못해서 옆얼굴에서 빗나갔다. 내가 전구의 전선을 때리자 전구가 앞뒤로 흔들리기 시작했다. 닭들은 날개를 퍼덕이며 조금 소리를 질렀다 녀석들은 뭔가 잘못됐다는 걸 알고 있었다 내가 또 체인을 휘두르자 체인이 곡식자루에 퍽하고 부딪혔고 전구가 흔들리면서 커다란 그림자 줄무늬를 만들어냈기 때문에 나는 필립을 제대로 볼 수 없었다. 정신을 차리고 보니 전구가 다시 휙 돌아와서 나는 아무것도 보지 못하다가 성질이 나서 필립에게 욕을 했다. 필립은 안경을 떨어뜨려서 바닥을 기며 찾고 있었던 것 같다. 나는 대팻밥 같은 것들이 카펫처럼 깔린 바닥을 쿵쿵 쳤다. 이제 필립이 보였다 필립은 바로 내 앞에 있었다 그리고 소리가 들렸다. **프랜시!**

필립은 한 팔을 쳐들고 바로 내 앞에 서서 프랜시 하지 마! 하고 말하고 있었다. 그러다가 갑자기 전구가 저절로 멈췄고 소리가 또 들렸다. 프랜시! 조였다. 조가 내 손목을 움켜쥐고 나를 뒤로 밀었다. 필립은 다시 바닥에 엎드려 있었지만 아직 안경을 못 찾아서 자기가 어디로 가고 있는지 전혀 몰랐다. 필립은 그냥 바닥을 기면서 제발이라고 말했다. 조가 내 손에서 체인을 억지로 빼냈다. 체인은 챙그랑 하는 소리를 내며 발효 탱크에 부딪혔다. 조가 내게 말했다 네가 무슨 짓을 했는지 봐 도대체 왜 그런 거야! 미안해 조 하고 내가 말했다. 이제 끝이라는 걸 나는 알고 있었다. 조 는 나를 떠날 것이고 내 옆에는 엄마도 누구도 아무도 남지 않을 것이다.

하지만 조는 나를 떠나지 않았다! 내가 필립을 때리지 못 했기 때문에 필립은 그저 조금 충격을 받았을 뿐이고 조는 필립한테 사과나무에서 떨어져서 재킷이 찢어졌다고 말하 게 시켰다. 하지만 조는 필립을 거리까지 바래다주고 돌아 와서 나한테 또 싫은 소리를 해대며 나더러 그런 짓을 한 번만 더 하면 사람들이 나를 잡아갈 거라고 그런 짓을 하는 사람은 원래 그렇게 되는 거라고 말했다. 조는 우리가 얼음 을 부수다 처음 만난 날부터 내가 자기의 가장 좋은 친구였 다고 말했다. 조는 제 엄마나 아빠가 나나 우리 아빠나 테 라스에 대해 뭐라고 하든 신경 쓰지 않았지만 만약 내가 그 런 짓을 하면 모든 게 무너질 것이다. 나는 벽에 등을 붙이 고 서 있었다 마치 절벽 가장자리에 서 있는 것 같았다. 프 랜시, 조가 말했다, 다시는 이런 일이 없을 거라고 맹세해. 나는 맹세했다. 나는 다시는 그런 일이 없을 것이며 누전트 가 아니었다면 그런 짓을 하지도 않았을 거라고 내 목숨을 걸고 맹세했다.

그 뒤로 우리는 강으로 나갔다, 우리가 은신처를 만든 게 그날이었다. 우리는 땅에 작은 굴을 파고 소나무가지를 기둥처럼 받쳐놓은 뒤 나뭇잎과 찔레 덤불과 고사리로 전부 덮었다. 누가 거길 지나가더라도 보이는 것이라고는 바닥에 흩어진 덤불과 가시나무와 오래된 이파리밖에 없었다. 하지만 우리는 그 안에서 이런저런 계획을 짰다, 나와 조가. 우리는 모닥불도 피웠다. 우리는 얼굴을 검게 칠하고 눈 밑에 '=' 표시를 그렸다. 우리는 팔뚝에 피를 내서 한데 섞으며 오늘부터 프랜시 브래디와 조 퍼셀은 피를 나눈 형제이며 세상이 끝날 때까지 친구일 것이라고 말했다. 우리 마니토*에게 기도하자 하고 조가 말해서 우리는 기도했다. 이름을 새로 지을 수도 있어 하고 조가 말했다 인디언 이름으로. 내 이름은 '솟아오르는 새'였다. 나는 하늘을 가로질러 슬레이트 지붕 위를 날며 굴뚝에서 돌돌 말린 스카프처럼 올라오는 연기와 휘어진 안테나 사이를 활강하고 저 멀리 아래에 있는 조에게 내가 보여 조 난 여기 위에서 내 눈을 어루만지는 바람과 함께 다이빙하고 있어 하고 소리쳤다 나는 조의 옆에 착륙했지만 조는 꼼짝도 하지 않고 담요 속에 웅크리고 앉아서 막대기를 자르며 야마 야마 야마 하고 마니토에게 기도했다.

* 북아메리카 인디언들의 신

나는 창가에 앉아 있었다. 바깥의 길에는 인적이 없었다. 아이들이 전혀 보이지 않았지만 내일이면 지나치게 큰 신발을 신고 떼 지어 돌아다니며 접시에 이파리들을 담아 티 파티를 열 것이다. 아이들은 사람들이 소중하게 생각하는 것들을 전혀 소중하게 생각하지 않았다. 아이들이 신경 쓰는 것은 누가 다음 차례인가 하는 점뿐이었다. 조와 나는 얼음을 부수다 만난 다음 날 길에서 구슬치기를 했다. 우리 역시 신경 쓰는 건 그것뿐이었다. 좋아 프랜시, 네 차례야, 조가 말한다.

도랑 너머에서 머리가 도자기로 된 아네모네가 무릎을 구부려 인사하며 자신의 보잘것없는 일행을 소개했다. 저 녀석이 올해도 왔구나 엄마는 그 아네모네에 대해 이렇게 말하곤 했다. 하늘은 오렌지색이었다. 나는 대리석처럼 하얀 내 손을 바라보며 노래 속의 그 여자처럼 죽어버린다면 기분이 어떨지 생각했다. 이런 생각이 들 것이다. 세상의 아름다운 것들은 결국 그다지 도움이 안 되잖아 그렇지? 난 계속 죽어 있을래.

십중팔구 이런 생각이 들 것 같았다.

난 그런 말 안 했어! 누전트 부인이 말했지만 사실은 했기 때문에 내가 그 집을 찾아갔다. 나는 **아무 말도** 안 했어 너

도대체 **무슨 소리야**밖에는 부인이 아무 말도 못했기 때문에 나는 날 뭘로 보시는 거예요 누전트 부인, 그렇게 멍청해 보여요? 하고 말했다. 내가 분명히 들었다. 다이아몬드를 지나가고 있는데 누전트 부인과 필립이 가게에서 나왔다. 필립은 식빵 두 개를 하나씩 양쪽 팔 밑에 끼고 있었고 누전트 부인은 색색의 무늬가 있는 쇼핑백을 들고 있었다. 나는 상당히 떨어진 거리에 있었지만 누전트 부인이 걸음을 멈추고 필립에게 나를 가리켜 보이는 것을 분명히 보았다. 내가 보았다. **저 녀석 좀 봐!** 부인이 말했다, **앞으로는 저 애랑 이 야기하지 마라 필립, 저 애도 저 애의 돼지 통행세 얘기도 안 돼!** 누 전트 부인이 그 정도로 그만두었다면 나도 별다른 말을 안 했을지도 모르지만 부인이 앨로 삼촌의 이름은 입에 담지 말았어야 했다. 나는 이야기의 끝부분만 들었을 뿐이지만 그것으로 충분했다. **반쯤 눈이 멀었고 결혼한 그날부터 그 사람을 미워한대! 그러게 내가 뭐랬니 필립!**

그러고 나서 필립은 빵을 들고 비척비척 걸어갔고 누전 트 부인은 가방을 들고 스카프를 머리에 쓴 모습으로 혼자 낄낄거리며 필립과 나란히 걸었다 그래서 나는 그 집을 찾 아가 두 사람을 만날 수밖에 없겠다고 말했다. 나는 창문으 로 안을 들여다본 뒤 문을 두드렸다 불꽃이 방 전체에 그림 자를 던지고 분홍색 꽃들이 그려진 황동 가로대가 있고 마 호가니 피아노 위에는 달걀형 액자 속에 든 누전트 부인의 사진이 있어서 아주 보기 좋았다. 누전트 부인도 젊었을 때는 보기 좋은 얼굴이었다, 머리에는 하얀 장미를 꽂고 입술은 큐피드의 활처럼 생겨서 옛날 영화 속 배우 같았다 지금의 흐트러진 모습과는 달랐다. 그때는 머리에 쓰는 스카프도 커다란 갈색 단추가 달린 외투도 없었다, 천만에. 옛날의 저 누전트 부인은 어디로 간 거죠? 나한테 묻지 마. 누전트 씨는 다른 벽에 매달려서 트위드 외투와 줄무늬 넥타이 차림으로 한껏 미소 짓고 있었다. 그걸 보면 누전트 씨가 고급스러운 직업을 갖고 있다는 걸 알 수 있었다. 나는 고급스러운 직업을 갖고 있다고 말하는 것 같은 표정이 그 눈속에 있었다. 누전트 씨는 자신이 앞으로 할 온갖 고급스러운 일과 앞으로 만날 많은 사람들에 대해 생각하며 어딘가 먼 곳을 빤히 바라보고 있었다. 누전트 씨가 영국인인지는 알 수 없지만, 말투는 영국인 같았다. 누전트 씨는 다들 **견디기 힘든 날씨라거나 비가 올 것 같다**고 말할 때도 좋은 오후라고 말했다. 존 F. 케네디의 사진 밑에 계곡의 백합을 담은 고리버들 바구니가 있었다. 그리고 피아노의 보면대에서는 당나귀와 수레가 아일랜드의 에메랄드 산으로 가고 있었다. 사람에게 손을 뻗어 들어오라고 손짓하는 듯한 호박색으로 빛나는 훌륭하고 따스한 방이었다. 얼른 들어와, 방이 말했다, 그래서 나는 들어갈까 하다가 문을 두드리자 누전트 부인이 나온다. 머리에 장미를 꽂았던 그 모습과는 확실히 한참 동떨어진 모습이다. 큐피드의 활 같은 입술이라니! 웃겨! 누전트 부인은 물망초가 여기저기 흩어져 있고, 하트 모양의 주머니에 빨래집게가 불룩하게 들어 있는 너덜너덜 한 낡은 앞치마를 입고 있었다.

털북숭이 부츠를 보자 나는 웃음을 참을 수 없었다.

고무장갑을 낀 손가락을 잡아당기는 모습을 보니 뭘 씻고 있었음이 틀림없었다. 양쪽 눈 위 이마 한가운데에 화살 같은 주름이 생기더니 부인이 왜 왔느냐고 물었다. 아니 부인은 너 여기 왜 왔느냐고 물었다. 복도가 들여다보였다. 아주 뜨거운 온도를 가리키는 온도계가 있었다. 대단한 온도계였다. 비가 올 거래요 누전트 부인 하고 내가 말했다, 아주 진지한 표정으로 양손을 비비면서. 농부들이 좋아하지 않을 거예요. 너 왜 왔어 하고 누전트 부인이 다시 말했다. 그리고 **또 한 번 더** 말해서 나는 별일 아니에요 그냥 필립이 잘 있나 보러 왔어요 하고 말했다. 필립은 공부하느라고 아주 바빠, 누전트 부인이 말했다. 그건 나도 알고 있었다. 필립은 항상 공부를 하면서 뭔가를 알아내느라 바빴다. 이것 저것을 조사하느라. 필립 같은 인간들은 원래 그랬다. 나는 누전트 부인에게도 그렇게 말했다. 교수님은 항상 바쁘죠! 내가 말했다. 누전트 부인은 아무 말도 하지 않았다. 주머니에 들어 있는 빨래집게 하나를 쥐어뜯을 뿐이었다. 이제 크리스마스가 되려면 내년을 기다려야겠네요 누전트 부인 하고 내가 말했지만 부인은 이 말에도 대꾸가 없었다. 이제 다 끝났어요, 내가 다시 말했다, 성 패트릭 데이까지는 아주 조용할 거예요. 그래, 누전트 부인이 말했다.

그런 게 다 끝나버려서 기쁘시겠어요, 나는 이렇게 말하고 팔짱을 끼었다. 미소도 지었다. 누전트 부인은 입술 안쪽의 살점을 조금 뜯더니 기쁘다고 말했다. 그러고는 나더러 잘 가라고 속삭이며 문을 닫으려고 했지만 나는 문틈에 발을 집어넣어 단단히 버텼다. 아 그런 걸 좋아하는 건 사실 애들뿐이죠 하고 내가 말했다 틀림없이 일 년에 한 번뿐이기도 하고요. 누전트 부인은 이제 무엇을 어떻게 해야 할지 잘 모르는 눈치였다. 빨래집게만 잡아 뜯었다. 나는 필립이 나와서 공차기라도 좀 하면 어떨까 했어요. 저랑 같이요, 맨체스터유나이티드 대 나머지 녀석들. 맨체스터유나이티드 좋아하세요 하고 내가 부인에게 물었다. 토미 테일러와 데니스 로. 이 사람들은 최고예요. 뮌헨 항공기 사고 내가 말했다. 다른 데서 그런 일을 본 적 있어요? 팀 전체가 당했어요 누전트 부인. 신문에서 봤어요. 토미 테일러는 부츠만 발견됐대요. 끔찍했어요 하고 내가 말했다. 끔찍했어요. 나는 곤혹스러운 표정으로 고개를 저었고 누전트 부인도 그것이 나쁜 일이었다고 생각하는지 눈가가 붉어지며 손등과 소매 끝으로 입을 훔쳤다. 공차기 놀이를 좀 하고 다시 공부하러 들어오면 아주 생생해질 거예요. **필립**, 내가 소리쳤다. 나는 필립이 부엌에 있다는 걸 알고 있었다 필립은 안경을 쓰고 항상 부엌 식탁에 앉아 공부했으니까. 텔레비전 바로 옆의 자리였는데 가끔은 누전트 씨가 옆에 앉아 텔레비전의 광고처럼 파이프 담배를 뻐끔뻐끔 피워댔다. **그래 나는 몰탄 레디 럽드 플레이크가 좋아 하고 누전트 씨가 말한다!** 한입 가득 커다란 파이프를 문 채로. 내가 소리쳤지만 필립이 내 목소리를 듣지 못했기 때문에 다시 소리쳤다. 잠깐 공차기 하러 가자, 내가 말했다. 나올 거지? 하지만 아무런 응답이 없어서 혹시 만화책이라면 녀석을 끌어낼지도 모른다는 생각이 들었다. 새 만화책이 잔뜩 있어 필립 하고 내가 말했다. 내 말 들려 필? 내가 말했다. 그런 식으로 필이라고 말하는 게 좋았다. 그래, 나와 필은 아아아아주 오래전부터 사귄 오랜 친구예요, 나는 이렇게 말했다. 《댄디》《비노》《토퍼》《빅터》《핫스퍼》《호넷》《허리케인》《다이애나》《번티》《주디》《코만도스》. 나는 단숨에 말했다 입에서 색색의 깃발을 리본처럼 연결한 것을 한없이 끄집어내는 마술사가 된 것 같았다. **있잖아 필립**, 내가 말했다, **네가 《토퍼스》를 주면 내가 《코만도스》를 줄게 그러면 공평하지 어때 필!** 《코만도스》는 1실링이지만 《토퍼스》는 겨우 2펜스니까 그보다 좋은 거래가 없을 것이다. 그런데도 필립에게서 아무 반응이 없었기 때문에 나는 처음부터 다시 말해야 했다. 그랬더니 누전트 부인이 한 말은 제발 가달라는 것뿐이었다. 누전트 부인, 내가 말했다, 제가 필립에게서 만화책을 억지로 뺏어가려고 온 줄 아시는 것 같은데 그렇지 않아요, 전 그런 짓 안 해요. 그런 짓은 이제 다 끝났어요. 그건 원래 그냥 장난이었다고요 누전트 부인. 저는 필립한테 정말로 제《코만도스》를 줄 거예요. 필립, 내가 불렀다. 그러고는 《댄디》《비노》 등등을 처음부터 다시 말했다. 필립은 저 안에서 뭘 하는 거지? 누전트 부인은 뺨이 온통 젖었고 목소리도 떨렸다. 내가 정말로 필립 누전트에게서 물건을 빼앗으려 한다고 생각하는 것 같아서 나는 누전트 부인의 기분을 바꿔주기로 했다. 누전트 부인하고 내가 말했다 저는 필립한테서 뭘 빼앗으러 온 거 아니에요! 나는 누전트 부인이 내 말을 믿게 하려고 큰 목소리로 분명히 말했다. 제가 모은 만화책을 전부 필립에게 줄수도 있어요. 진심이에요 누전트 부인. 진짜 줄 수 있어요. 전부. 저는 이제 만화책에는 관심이 없거든요. 만화책은 다필요 없어요. 하지만 누전트 부인은 여전히 나를 믿지 않았다. 그냥 코를 훌쩍이며 나를 보려 하지도 않았다. 누전트부인 하고 말한 뒤 나는 길 위에 네 발로 엎드렸다. 혹시 누전트 부인이 문을 닫아버릴까봐 복도 안에 몸을 조금 들이민 뒤 나는 얼굴을 내밀고 코를 찡그리고 눈을 최대한 작게만들어 크게 으르렁거리는 소리를 냈다. 그러면 누전트 부인이 즐거워할 줄 알았다. 나는 다시 부인을 올려다보았다. 콧김을 뿜었다. 그러고는 웃음을 터뜨렸다. 어때요 누지 부인? 정말 웃기죠. 나는 콧김을 뿜으면 뿜을수록 더 크게 웃었다 이렇게 신나게 웃어본 적이 없는 것 같다는 생각을 하고 있을 때 필립이 무슨 일이냐는 표정으로 나타났다. **경찰청의 필립 누지 형사께서 나오셨군!**

처음에 필립은 어쩔 줄을 몰랐다 부엌에서 나왔더니 재킷과 바지를 입은 돼지가 자기 집 현관 계단 앞에서 기어다니고 있는 광경을 보게 되는 건 자주 있는 일이 아니다. 필립은 귀 뒤에 연필을 꽂고 서 있었다. 그럴 때 하는 우스갯소리가 있지만 나는 그것을 말하지 않았다. 변비에 걸린 교수 이야기 들어봤어? 필립은 연필로 계산을 했다. 나는 필립이 교수 설계도를 계산하려고 애쓰는 모습을 정신없이 바라보았다. 콧김 내뿜기! 그리고 나서 필립의 얼굴 보기. 나는 필립을 똑바로 올려다보았다. 축구하자. 너랑 내가 한편이 돼서 다른 애들이랑 하는 거야 필립 어때? 그리고 나서 내가 또 콧김을 뿜자 필립은 어쩔 줄을 몰랐다. 나는 콧김을 뿜었다. 그러고는 다시 웃음을 터뜨렸다. 필립은 나를 복도에서 밀어내기만 했다. 아파, 필립 하고 내가 말했다, 손가락으로 내 눈을 찌르고 있잖아. 필립의 심장이 두근거리는 소리가 내 귀에까지 들렸다. 필립은 신발 밑창으로 내 어깨를 밀어댔다. 아얏 하고 내가 말했다 그 커다란 부츠 좀 치워, 아프잖아 필립! 그러고는 또 하하 웃었다. 네가 너무 거칠어서 같이 안 놀 거야! 그냥 장난이야. 누전트 부인은 계속 필립 필립 하고 말했다 자신이 무슨 말을 하고 싶은 건지 누전트 부인이 알고 있었는지 모르겠다. 누가 최고인 것 같아 필립 하고 내가 말했다. 데니스 로야 토미 테일러야? 필립은 어깨로 나를 밀어내려고 몸을 웅크리고 있었고, 얼굴은 순무처럼 시뻘겋게 변해서 훅훅 숨을 내뿜고 있었다. 필립의 연필이 땅에 떨어졌다. 그렇게 심하게 누굴 밀어대는 모습은 본 적이 없었다. 필립이 한쪽을 밀면 나는 다른 쪽을 밀었다. 그러면 모든 게 처음부터 다시 시작이었다. 누전트 부인은 아무것도 하지 않았다, 가만히 서서 앞치마 주머니 속의 빨래집게를 만지작거릴 뿐이었다 필립이 제발 좀 도와주기라도 해요 엄마 하고 말하기 직전이라는 걸 알 수 있었지만 필립은 워낙 예의가 발라서 아무 말도 하지 않았다 그래서 어떻게 됐냐면 필립이 몸을 틀자 결혼사진이 벽에서 바닥으로 떨어지면서 액자의 유리가 산산조각 나서 복도 사방에 흩어졌다. 이게 무슨 짓이야, 누전트 부인이 말했다, 진짜로 야단치고 싶은 게 무엇인지는 몰라도 여하튼 필립을 탓했다. 내가 콧김을 뿜어대며 사방을 돌아다녔으니 필립도 어쩔 수 없는 일이었다. 필립은 하던 일을 잊어버리고 유리조각을 줍기 시작했고, 누전트 부인은 **유리 조심해 유리 조심해 자칫하면 베인다** 하고 비명을 지른다 아뇨 안 다쳐요 하고 필립이 말한다 다칠 거야 하고 누전트 부인이 말한다 그러자 필립은 깨진 유리조각 한 줌을 들고 그 자리에 서서 잔뜩 흥분하기 시작한다. 나는 콧김을 뿜었다. 이건 유리를 조심하라는 뜻의 돼지 언어야 필립 하고 내가 말했다. 필립의 이마는 땀으로 젖어 있고 눈은 이제 겁을 먹었다기보다 슬퍼 보였다.

필립이 그렇게 슬픈 눈으로 나를 바라보았기 때문에 내가 일어서서 실컷 잘 웃었지만 이제 농장으로 돌아갈 때가 된 것 같아요 어떻게 생각하세요 누전트 부인? 하고 말하게 된 것 같다. 누전트 부인은 아무 말 없이 서서 빨래집게를 비틀기만 하더니 제발 이제 그만 좀 해! 하고 말했다. 맞아요 누지 부인 하고 내가 말하고는 길로 깡충깡충 내려갔다, 나중에 또 들를게요 하고 말한 뒤 나는 그 말대로 했다.

내가 그렇게 한 것은 집에 돌아와 생각해보니 필립 누전트의 슬픈 눈을 왜 걱정한 거지? 하는 생각이 들었기 때문이다. 필립의 눈이 슬퍼 보인 건 아마 내 상상이었을 것이다, 어쩌면 필립이 일부러 슬픈 척한 건지도 모른다. 생각하면 할수록 나는 맞아 그런 척한 거야 하고 말했다. 필립 누전트, 나는 속으로 말했다, 이 교활한 악마 같은 놈, 만화책에 나오는 말투였다. 멍청한 필립 누전트, 사기꾼 같으니!

그래서 이틀쯤 뒤에 나는 다시 갔다 다만 이번에는 식구들이 안에 없다는 것을 미리 확인했다. 나는 차가 길 저편으로 멀어질 때까지 기다렸다 누전트 식구들이 산속의 벗시를 만나러 간다는 걸 난 알고 있었다.

나는 뒤쪽 창문을 통해 안으로 들어갔다 안녕 프랜시 누전트의 집에 잘 왔어! 아 안녕 빈 집아 하고 내가 말했다.

짜잔! 누전트 일가의 집에 오신 걸 환영합니다 프랜시 브래디 씨! 고마워요 하고 내가 말했다, 정말 고마워요. 부엌의 검고 하얀 타일 바닥 위에 서 있게 되다니 정말 기쁘군요, 누전트 부인. 어머 그런 말씀 마세요 프랜시스 당신이 오셔서 우리는 정말 기쁘답니다. 이제 저희 식구들을 만나보셔야죠. 이쪽은 제 남편이고 이쪽은 제 아들 필립인데 필립과는 물론 이미 아시는 사이죠. 물론 누전트 부인이 이런 말을 할 염려는 전혀 없었다 누전트 부인은 곧장 경찰에 전화를 걸고 싶겠지만 그럴 수 없다 산속에서 풀을 태운 냄새와 말똥 냄새가 나는 오두막에 앉아 당근 색깔 머리카락의 오빠 벗시와 함께 주석 머그잔으로 차를 마시고 있기 때문이다. 하지만 누전트의 집에서는 그런 냄새가 나지 않았다. 천만에. 방금 구운 스콘 냄새가 났다, 그래 그 냄새였다. 방금 오븐에서 꺼낸 스콘 냄새. 나는 스콘을 찾아 나섰지만 어디서도 찾을 수 없었다. 옛날에 스콘을 구울 때의 냄새가 그냥 남아 있을 뿐이고 요즘은 누전트 부인이 스콘을 전혀 굽지 않은 것 같다. 상관없었다. 쿵쿵. 광채도 많았다. 누전트 부인은 얼굴이 비칠 정도로 모든 것을 반짝반짝 닦았다. 부엌의 식탁도, 바닥도. 무엇이든 보기만 하면 자신의 얼굴이 비쳤다. 광택을 내는 일이라면 누전트 부인에게 맡겨야 한다. 파리는? 천만에, 누전트 부인의 집에 파리는 있을 수 없다! 남은 케이크는 모두 파리 친구들이 들어갈 수 없는 곳에 열쇠로 잠가두었다. 플라스틱 돔을 씌워둔 케이크가 유리상자 안에 들어 있는 것이 보였는데 삼단 케이크의 두 단은 분홍색이고 그 위에 반쯤 먹다 남긴 생일 케이크가 있었다. 파리들은 틀림없이 미쳐버렸을 것이다. 그 아름다운 케이크를 뻔히 보면서도 닿을 수가 없으니까. 나도 그랬기 때문에 파리의 기분을 알 수 있었다. 유리를 깨고 열 수도 있었지만 그 안에 들어 있는 모습이 너무 좋아서 망치고 싶지 않았다. 누전트 부인이 직접 만든 것 같았다. 벽에 누전트 부인이 어딘가의 공원 잔디밭에 누워 있는 사진이 있었다. 그걸 보고 든 생각은 누전트 부인이 예전에 나만큼 어렸다는 걸 전혀 몰랐다는 것이었다. 나는 누전트 부인이 지금과 똑같은 나이로 태어났을 거라고 오래전부터 생각했지만 물론 그건 멍청한 생각이었다. 사진 속 누전트 부인은 다섯 살쯤이었다. 누전트 부인은 이에 커다랗게 구멍이 뚫리고 얼굴은 벗시처럼 온통 주근깨로 덮인 모습으로 누워 있었다. 히히 누전트 부인은 카메라를 향해 이렇게 말하고 있었다. 좋던 시절의 아기 누지 부인이군 하고 나는 생각했다. 몇 년 전 사진인지 궁금했다. 모르긴 몰라도 백 년 전 사진일 수도 있었다. 누전트 씨의 서류가방이 구석에 놓여 있고, 그의 트위드 외투가 문 뒤에 걸려 있었다. 나는 빵과 잼을 찾아 먹고 텔레비전을 켰다. 텔레비전에서 하는 프로그램은 고작 〈바다 밑바닥으로의 여행〉이었다, 넬슨 제독과 잠수함을 탄 부하들이 닿을 수 없는 동굴 안에 숨은 거대한 문어에게 당하고 있었다. 문어는 빨판이 달린 크고 구불구불한 다리를 뻗어서 잠수함을 바위며 뭐며 이런저런 것에 부딪히게 하고 마구 흔들어대는 귀여운 녀석이었다. 보이는 거라고는 동굴의 어둠 속에서 반짝이는 두 눈뿐이었는데, 그 눈이 이제 너희는 내 거야 이 건방진 해군 놈들아, 어디 여기서 빠져나갈 수 있으면 빠져나가봐 하고 말하는 것 같았다. **잠수! 잠수!** 제독이 마이크에 대고 소리를 질렀지만 잠수함은 아래로 내려가려 하지 않았다. 음악이 미친 듯한 가락으로 바뀌었다. **저놈을 죽여!** 나는 소리쳤다, 나도 점점 흥분하고 있었다, **작살로 찌르면 녀석이 입을 닥칠 거야!** 하지만 제독은 문어가 생각하는 것만큼 멍청하지 않았다. **그래 그거야 공격 준비 완료!** 그러고는 곧장 수중 폭탄이 문어의 눈 사이를 철썩철썩 때리기 시작했다 쿵 하는 소리와 녀석의 새된 비명이 들렸다. 펑 펑 두 개의 불빛 같은 눈이 사라지고 다리가 늘어난 고무줄처럼 퍼덕거리고 잠수함은 환호하는 승무원들과 얼굴에서 땀을 닦고 미소를 지으며 자 모두들 이제 그만하고 임무로 돌아가 하고 말하는 제독을 싣고 수면으로 떠나갔다. 그러자 삐 삐 음향 탐지기가 울리더니 다들 아주 즐거워하며 평소의 생활로 돌아갔다. 페어플레이예요 제독, 내가 말했다, 그러자 그가 입을 다물었다. 정말 그랬다, 문어는 터진 쿠션처럼 동굴 안쪽에 쓰러져 있었다 녀석이 다시 빨판으로 뭔가를 빨아대거나 촉수를 움직이는 건 먼 훗날의 일일 것이다. 나는 축하하려고 커다란 잔에 차를 타고 두껍게 썬 빵과 잼을 가져왔다. 그렇게 앉아서 빵을 먹으며 즐거워하는 것이 아주 좋았다. 밖에서는 날씨가 찬란했다. 하늘 여기저기에 변덕스러운 구름 조각이 몇 개 흩어져 있었지만 자기들이 어디로 흘러가든 전혀 신경 쓰지 않았다. 새들, 까마귀가 대부분인 새들이 누전트의 집 창틀 앞에서 어른거리며 안을 들여다보려 했다. 이런 이런 저 안에 누가 있는지 봐 프랜시 브래디야. 원래 저기 있으면 안 되는 녀석인데. 어이 까마귀 하고 내가 말했다, 썩 꺼져 그랬더니 녀석들이 움직였다. 아 이런 게 인생이야 하고 내가 말했다 우리 집에 치즈나 피클이 좀 있나. 확실히 있었다. 냉장고 안의 갈색 병에! 맛은 또 어찌나 좋은지! 정말 좋았다! 오해하면 안 된다. 나는 다음에 또 시내로 나올 때 반드시 누전트 호텔에 묵을 것이다.

간식을 다 먹은 뒤 나는 필립의 방을 찾으려고 이층으로 올라갔다. 간단했다. 만화책과 커다란 빨판 화살이 침대 위에 놓여 있었다, 화살을 문 뒤쪽에 던졌더니 화살이 거기 대롱대롱 매달렸다. 그러고 나서 옷장을 열었을 때 보인 것은 필립의 교복뿐이었다 필립이 영국의 사립학교에서 입던 것. 교표가 달린 군청색 모자와 은색 단추가 달리고 실을 꼬아서 장식한 재킷이 있었다. 면도날처럼 예리하게 주름이 잡힌 회색 바지와 반짝반짝 빛나는 구두도 있었다 구두에 얼굴이 비칠 정도였다 틀림없이. 나는 속으로 생각했다, 이거 정말 재밌겠는데 그래서 나는 그것을 입었다. 그리고 거울을 보았다. 나는 프래앤시스 멋진 남자답게 나를 위해 저 아래 과자가게까지 가줄래 으응? 하고 말한다. 나는 한 바퀴 빙 돌고 나서 무울론이지 이보게 하고 말했다. 나는 자네 이르음이 뭔가? 하고 말한다. 우, 내가 말했다, 제 이름은 필립 누우전트예요!

그러고 나서 나는 필립처럼 집 안을 한 바퀴 돌았다. 걸음걸이와 그 밖의 모든 것을 흉내 냈다. 누전트 부인이 계단 아래에서 내게 외친다 너 거기 있니 필립? 내가 그렇다고 말하자 누전트 부인이 차를 마시러 내려오라고 말했다. 내려가 보니 누전트 부인이 얇게 썬 베이컨과 달걀과 차 등등을 준비해두었다. 이층에서 뭐 했니 귀여운 필립 하고 누전트 부인이 말했다. 아 화학세트를 가지고 놀고 있었어요 어머니 하고 내가 말했다. 설마 악취폭탄을 만든 건 아니지 하고 누전트 부인이 말했다. 그럴 리가요 어머니 하고 내가 말했다, 저는 그런 짓 안 해요 그건 버릇없는 짓이에요! 누전트 씨가 안경을 내리고 신문 너머로 나를 바라보았다. 그래 맞다 얘야, 그렇고말고. 네가 그런 말을 하다니 기쁘구나. 누지 씨에게서 그런 말을 들으니 말할 수 없이 기뻤다. 하지만 내가 다시 보았을 때 누지 씨는 다시 신문을 읽고 있었다.

이 모든 게 마음에 들었다. 음식을 다 먹은 뒤 나는 실험을 끝내러 이층으로 돌아가겠다고 말했지만 그렇게 하지 않고 층계참에서 혼자 《에메랄드》에 있는 노래를 부르며 왈츠를 추었다 오 케리 댄시스의 나날 오 피리의 울림! 그러고는 누전트 씨 부부의 방으로 들어갔다. 나는 침대에 누워 한숨을 내쉬었다. 그때 필립 누전트의 목소리가 들렸다. 하지만 조금 달랐다, 온통 부드럽고 차분한 목소리였다. 필립이 말했다. 그 녀석이 여기서 뭘 하고 있는지 아시죠 어머니? 그 녀석은 우리 식구가 되고 싶어 해요. 그 녀석은 자기 이름이 프랜시스 누전트였으면 좋겠다고 생각해요. 그 녀석이 원한 건 처음부터 그거였어요. 다 아시죠, 그렇죠 어머니?

누전트 부인이 나를 내려다보며 서 있었다. 그래, 필립, 누전트 부인이 말했다. 나도 안다. 오래전부터 알고 있었어.

그러고는 천천히 블라우스 단추를 열고 자기 젖가슴을 꺼냈다.

그러고는 이렇게 말했다. 너를 위한 거다 프랜시스.

누전트 부인은 한 손으로 내 머리를 받치고 내 얼굴을 단단히 눌렀다. 필립은 아직도 침대 밑에서 미소를 짓고 있었다. 나는 외쳤다. **엄마! 이건 사실이 아니에요!** 누전트 부인은 고개를 저으며 말했다. **미안하구나 프랜시스 이젠 너무 늦었다 여기와서 우리랑 살기로 결심했을 때 이런 걸 미리 생각했어야지!**

그 미지근한 지방 덩어리 살 때문에 질식할 것 같았다.

싫어!

나는 몸을 빼내서 누전트의 옆얼굴을 잡으려 했다.

내가 발꿈치로 화장대를 차며 뛰어넘자 거울이 조각조각 깨졌다. 누전트 부인은 가슴을 덜렁거리며 비틀비틀 뒷걸음질을 쳤다. 지금이야 필립 나는 이렇게 말하고 나서 웃었다. 필립은 이제 말을 바꿔서 다시 **부탁이야 프랜시**를 외치고 있었다. 내가 말했다. 나한테 하는 말이야 돼지 씨?

필립이 아무 대답도 하지 않아서 나는 또 말했다. 내 말 안 들려 필립 돼지? 음?

필립은 손가락을 비틀고 있었고 필립의 엄마도 마찬가지였다.

아니 네가 자신이 돼지라는 걸 몰라서 그러는 건지도 모르지. 그런 거야? 뭐 그렇다면 내가 가르쳐줘야겠는걸. 네가 다시는 잊지 않게 해주마. 당신도 마찬가지야 누전트 부인! 정신 차려! 정신 차려 정신 차려 헛소리는 그만해. 정말 재미있었다, 나는 학교 선생님과 똑같이 말했다. 알았지 오늘은 돼지가 되는 거야. 너희 모두 얼굴을 내밀고 코를 주둥이처럼 찡그려. 아주 잘했다 필립. 나는 서랍에서 립스틱을 찾아 벽지에 커다란 글씨로 '필립은 돼지다'라고 썼다. 자, 내가 말했다, 근사하지? 그래 프랜시 하고 필립이 말했다. 이봐요 누전트 부인. 당신은 노력을 제대로 기울이지 않는 것 같아. 얼른 엎드려 꾸물거리지 말고. 그래서 누전트 부인은 엎드렸고, 분홍색 엉덩이를 허공으로 쳐든 모습이 어느 모로 보나 농장 최고의 돼지 같았다. 누전트 부인, 내가 깜짝 놀라서 말했다, 이거 정말이지 굉장해! 고맙구나 프랜시 하고 누전트 부인이 말했다. 그러니까 이건 돼지 학교였다. 나는 두 사람이 두 발로 걸어다니는 꼴을 더 이상 보고 싶지 않다면서 만약 그런 꼴이 눈에 띄면 **아주** 크게 혼날 줄 알라고 말했다. 알았어 필립? 응 하고 필립이 말했다. 당신도 마찬가지야 누전트 부인. 필립이 훌륭한 돼지처럼 행동하게 만드는 게 암돼지로서 당신의 책임이야. 당신이 알아서 해. 누전트 부인은 고개를 끄덕였다. 그러고 나서 우리는 한 번 더 연습을 했고 나는 두 사람에게 내 말을 따라 하라고 말했다. 나는 돼지다 하고 필립이 말했다. 나는 암돼지다 하고 누지 부인이 말했다. 이제 요점만 말해 하고 내가 말했다. 돼지가 뭘 하지? 돼지 열매를 먹어 하고 필립이 말했다. 그래 잘했어 내가 말했다 그럼 그것 말고 또 뭘 하지? 농장을 뛰어다녀 필립이 말했다. 그래 정말 그렇지 그럼 또 다른 건? 나는 립스틱을 던져 올렸다가 손으로 받았다. 내가 말해도 돼? 말해봐 누전트 부인. 돼지는 우리한테 베이컨을 줘! 그래 확실히 맞는 말이지만 내가 원하는 답은 그게 아냐. 나는 오랫동안 기다렸지만 대답이 나올 것 같지 않았다. 아니라고, 내가 말했다, 내가 원하는 대답은⋯⋯ **돼지는 똥을 싸!** 그래 돼지는 언제나 농장 사방에 똥을 싸, 그래서 가엾은 농부의 마음을 아프게 한다고. 사람들은 돼지가 가장 깨끗한 동물이라고 말할 거야. 하지만 절대 믿지 마. 가서 아무 농부한테나 물어봐! 그래 돼지는 미안하지만 똥을 싸는 동물이라서 사람이 무슨 짓을 해도 똥으로 사방을 덮어버릴 거야. 그럼 돼지 학교에서 누가 최고의 돼지가 돼서 지금 우리가 말하고 있는 걸 실제로 보여줄 거야, 음? 얼른 해, 할 사람 없어? 설마 고작 이 정도라니! 정말 실망이야, 아무도 안 나서다니! 그럼 내가 누굴 자원자로 만들어야겠군. 얼른 이리 나와 필립 친구들한테 보여줘. 그렇지. 잘한다 필립. 자 이제 다들 잘 봐. 필립은 순무처럼 새빨개져서 얼굴을 찡그리고 작업을 시작했다. 자, 여러분! 이런 짓을 하는 사람을 뭐라고 부르지? 절대 남자애라고 부르면 안 돼. 돼지야! 다 같이 말해봐! 어서! 돼지! 돼지! 돼지!

잘했어. 필립 더 열심히 노력해봐!

어때 누전트 부인? 필립이 자랑스럽지 않아?

처음에 누전트 부인은 필립의 행동을 부끄러워했지만 필립이 열심히 노력을 기울이는 걸 보더니 자랑스럽다고 말했다. 당연히 그래야지 하고 내가 말했다. 더 열심히, 필립, 더 열심히!

필립이 있는 힘껏 애를 쓰자 침실 카펫 위에 의기양양하게 앉아 있었다, 최고의 똥이.

정말로 덩어리가 컸고, 잠수함 모양이었으며, 구멍이 콱하고 닫히지 않게 끝이 점점 가늘어지는 모양이었고, 건포도가 여기저기 박힌 채 작은 물음표 모양의 연기를 구불구불 피워 올렸다.

잘했어, 필립, 내가 외쳤다, 해냈구나! 나는 필립의 등을 두드렸다 그리고 우리 모두 둘러서서 그것에 감탄했다. 그것은 방금 우주에서 돌아온 로켓 같아서 우리는 작은 갈색 우주인이 옆구리에 난 문을 열고 손을 흔들며 걸어나오기를 기다렸다. 필립, 내가 말했다, 축하한다! 나는 필립의 성과가 자랑스러워서 환하게 웃고 있었다. 필립에게 그런 능력이 있을 줄은 몰랐다. 필립도 의기양양했다. 나는 학급 아이들에게 시선을 돌렸다. 제군들, 내가 말했다, 이 돼지 학교 전체에서 최고의 돼지는 누구지? 누가 말해볼래? 필립이요 학생들이 조금도 망설이지 않고 한목소리로 외쳤다.
와, 와, 만세. 짝짝 박수 소리에 지붕이 들썩였다. 잘했어 이
제 진정해라 하고 내가 말했다. 이제 누전트 부인이 자신
의 실력을 보여줄 때야. 부인도 아들 필립만큼 똥을 잘 쌀
수 있을까? 이제 곧 알게 될 거야! 준비 됐어 누전트 부인?
나는 부인이 그래 프랜시 준비 됐어 하고 말하고는 잠옷을
걷어 올린 뒤 빨간 얼굴을 찡그리며 필립을 이기려고 애쓰
기를 기다렸지만 애석하게도 그런 일은 전혀 일어나지 않
았다.

누전트 부인은 분명히 그 자리에 있었지만 잠옷 차림이
아니었다. 누전트 부인은 낮에 입는 옷을 입고 있었고 벗시
의 집에서 가져온 가방을 들고 있었다.

누전트 부인은 입을 헤 벌리고 깨진 거울과 흑판 아니 벽
에 써진 글자를 가리키며 다시 소리를 질렀다. 나는 필립
을 바라보았다 필립도 유령처럼 창백했다 쟤는 또 왜 저래,
커다란 똥을 싸서 칭찬을 받았는데 또 뭘 원하는 거지? 하
지만 누전트 씨가 이제 자신이 대장이라고 말했다. **이건 내
가 처리할 거야!** 누전트 씨가 몰탄 레디 럽드 담배에 찌든 목
소리로 말했다. 필립과 누전트 부인이 아래층으로 내려가
자 이제 나와 누전트 씨만 남았다. 누전트 씨는 아주 멋진
모습이었다 그건 인정할 수밖에 없었다. 머리카락은 넓은

이마 위에서 멋지게 구불거리며 깔끔하게 빗질되어 있었고 재킷 소매에는 반짝이는 가죽 조각이 꿰매져 있었다. 누전트 씨는 선구자 핀도 달고 있었다. '신성한 심장'이 주는 이 금속 배지의 의미는 이랬다. **나는 평생 술을 한 모금도 안 마셨고 앞으로도 전혀 마실 생각이 없습니다!** 누전트 씨는 내 눈을 똑바로 쏘아보며 단 한 번도 움찔거리지 않았다. 심지어 언성을 높이지도 않았다. 누전트 씨가 말했다. 이번에는 너도 무사히 넘어가지 못할 거다! 이번에는 내가 널 너한테 꼭 어울리는 곳으로 반드시 보내버릴 거야. 경찰관 손에 끌려서 여길 나가기 전에 네가 **저걸** 치워 저 벽도 내 아내가 저걸 치울 수는 없으니까. 이미 아내한테 몹쓸 짓을 많이 했잖아. 아, 그건 말이죠 누전트 씨, 나는 속으로 생각했다. 이런 식으로 방해를 하면 내가 어떻게 돼지 학교를 제대로 운영하겠어요? 응? 그걸 알고 싶네요 하고 내가 말했다. 하지만 누지 씨가 아니라 나 자신에게 한 말이었다. 내가 누지 씨에게 한 말은 궁금한데요 누전트 씨 벗시 아저씨는 잘 지내나요?였다. 누전트 씨가 대답하지 않았기 때문에 나는 그냥 다른 이야기를 잔뜩 늘어놓았다. 누전트 씨는 혹시 내가 도망치려고 할까 싶어서 문을 등지고 서 있었다. 하지만 나는 귀찮게 도망칠 생각이 없었다. 로켓의 열은 식어버렸고 증기 꼬리도 사라졌다. 나는 그 문에서 작은 우주인이 활짝 웃으며 나타나 경례를 하며 출근을 보고하는 상상을 하고 있었는데 그때 누가 내 얼굴 옆쪽을 찰싹 때리더니 경찰관이 손마디를 비비며 서서 말하고 있었다. **그만둬, 그만둬!** 안 그러면 너 큰코다친다. 그만둬 그만둬라니 무슨 소리예요 뭘 그만두라는 거예요? 네가 저걸 치워라, 경찰관이 펄펄 뛰며 화를 냈다, 조금만 잘못하면 혼날 줄 알아. 경찰관이 그렇게 하란다면 나는 당연히 그것을 치울 것이다 경찰관이 왜 그렇게 열을 낸 건지 모르겠다. 나는 그것을 신문 조각으로 싸서 정원으로 가지고 내려가 쐐기풀 뒤에 막대기로 쑤셔 넣었다. 나는 휘파람을 불고 있었다. 그 안에 작은 우주인이 있었다면 이미 끝장이 났을 것이다. 내가 그 집을 나설 때 누전트 부인은 여전히 울고 있었지만 누지 씨가 누전트 부인에게 팔을 두르고 안으로 데려갔다. 무성영화가 끝날 때면 가끔 느닷없이 손이 하나 튀어나와 끝이라고 적힌 표지판을 걸어놓는다. 우리가 차를 타고 그 집에서 멀어질 때의 기분이 딱 그랬다. 누지의 집이 서 있고 손이 문고리에 표지판을 걸어놓고 우리는 퐁퐁 소리를 내며 그곳을 떠났다.

그것으로 누전트 일가와는 끝이었다, 어쨌든 한동안은.

경찰관은 앞좌석에서 엄마에 대해 계속 이야기했다 엄마가 이 마을에서 가장 괜찮은 여자 중 하나이던 시절에 자기가 엄마한테 구애했다고 엄마가 섞일 수 있는 사람들은 정해져 있었다. 네 엄마가 오늘 이 자리에서 이런 일을 보지 않은 게 천만다행이다 하고 경찰관이 말했다.

아뇨, 내가 말했다, 엄마는 호수 안에 있어요, 엄마를 거기 집어넣은 건 나예요.

맙소사 네가 내 자식이었다면 네 몸의 뼈란 뼈를 모조리 부러뜨렸을 거다, 경찰관이 말했다. 그러고는 입을 훔치고 중얼거렸다. 그래봤자 너는 조금도 달라지지 않겠지만.

우리는 수녀원 앞을 빠르게 지나갔다. 학교에서 돌아온 아이들 몇 명이 벽을 향해 공을 차고 있었다. 내가 창문을 통해 그 아이들에게 크게 손을 흔들어주자 그 아이들도 일 분쯤 손을 흔들어주다가 내 얼굴을 알아보았다. 그러더니 내가 자기들 공을 빼앗기라도 하려는 것처럼 공을 집어 들었다. 나는 다시 손을 흔들었지만 그 아이들은 나를 못 본 척했다. 지난번에 캐릭이랑 경기할 때 학교 팀에 나를 넣어준 뒤로는 그 아이들이 날 별로 달가워하지 않았다. 자 자 선생님이 말한다 너는 강단이 있는 아이니까 윙으로 뛰면 좋을 거야. 내가 널 봤어 너는 마음만 내키면 3월의 토끼처럼 빨리 뛸 수 있어. 나는 심지어 두 골이나 기록하기까지 했다 그 아이들이 무슨 얘기를 하고 있었는지는 모른다. 상대 팀에는 덩치 큰 얼간이가 있었다. 그 녀석이 경기 중간쯤에 나한테 말한다 야 이 사기꾼아 너 혼날 줄 알아 하지만 그 녀석이 한 거라고는 내 몸에 깔려서 내 다리를 벤 것 뿐이다 나는 아무 짓도 안 했어요 그 녀석은 심판에게 이렇게 말하고 아무 벌도 받지 않는다. 나는 너무 아파서 몸을 비틀면서 족히 이십 분 동안 절룩거렸다 나를 봐 가엾은 프랜시 브래디가 다시는 축구를 못할 것 같지. 그 녀석도 같은 생각을 했는지 내가 다시 공을 잡았을 때 그 녀석이 한들한들 다가온다 내 발에서 공을 냉큼 뽑아가기라도 하려는 듯이. 녀석이 하고 싶다면 그럴 수도 있을 것이다 녀석은 제가 원하는 일을 할 수 있을 것이다 내가 원하는 것은 오로지 그 녀석이 내게 한 짓에 대해 복수하는 것이었으므로 녀석이 다가오자마자 뒤쪽에서부터 장화를 들어올려 녀석의 다리 사이를 그대로 찼다 녀석은 악악거리며 감자 자루처럼 쓰러진다. 심판이 다가오기 직전에 나는 녀석의 엉덩이에 또 한 번 발차기를 날렸다 징이 박힌 부츠로. 나는 같은 요령으로 또 시도할 생각이었지만 심판이 내 이름을 적고 나를 경기에서 빼냈다. 선생님은 내게 아웃을 선언하고 내 얘기는 들으려 하지도 않았기 때문에 나는 이 망할 놈의 선생이랑 축구 따위 알 게 뭐야 하고 말한다. 하지만 그런 일이 없었더라도 그들이 나를 팀에 넣어주고 싶어 하지 않았던 것 같다. 캐릭의 그 덩치 큰 자식이 그 소리를 들으면 좋아할 것이다. 녀석이 워낙 커서 잘하면 내가 녀석의 다리 사이로 뛰어갈 수도 있을 것 같았다. 물론 내가 녀석의 거시기를 차버리기 전의 이야기지만.

경찰관은 더피스 서커스의 광대 같았다 모양이 아니라 말투가 그랬다. 특히 내게 이제부터 온갖 끔찍한 일들을 당할 거라고 말할 때가 그랬다. 히호! 경찰관이 말했다. 흐호! 광대 소시지와 똑같았다. 히호 넌 진짜 끔찍한 인간이야, 소시지는 이렇게 말하고 줄무늬가 있는 바지자락을 펄럭거리며 링을 한 바퀴 돌곤 했다. 광대와 경찰관은 틀림없이 같은 마을에서 태어났거나 뭐 그런 사이일 것이다.

경찰관은 또 신이 났다. 히호 사제들이 너한테 손을 대도 너한테서는 나올 게 별로 없을 거야 히호. 나는 죄송해요 소시지 경사님 하고 말했지만 경사는 잔뜩 신이 나서 싸구려 담배를 재떨이에 비벼 끄고 이미 너무 늦었어 네 녀석이 누전트 씨 집에서 장난을 칠 때 그런 생각을 미리 했어야지! 하고 말했다. 히호 예!

엉엉, 소시지 경사님, 내가 말했다.

경사는 너무 신이 나서 내가 자기를 소시지 경사라고 불렀다는 것도 알아차리지 못했다. 길가에 월계수 덤불이 줄지어 서 있고 정원사가 써레로 거름을 긁으며 혼자 투덜거렸다. 우리가 차를 타고 지나가자 정원사는 한 손으로 엉덩이를 짚고 모자를 뒤로 살짝 젖히며 일어나 우리의 꽁무니를 바라보았다. 내가 뒷창문을 통해 찡그린 표정을 지어 보이자 정원사는 하마터면 거름 더미에 쓰러질 뻔했다. 느닷없이 그것이 나타났다 창문이 수백 개나 되는 집. 여긴 굉장한 곳이에요 하고 내가 말했다. 히호 하고 경사가 말한다 앞으로 육 개월 뒤에도 네가 똑같은 말을 하는지 어디 보자! 히하.

나쁜 녀석들을 위한 학교를 책임지고 있는 거품으로 만든 남자를 보고 믿기가 힘들었지만 그가 커다란 거품 같은 머리를 이고 창가에 있었기 때문에 그의 존재는 사실이었다 그가 통통 튀듯이 밖으로 나와 아 **아녕하세요!** 하고 경사에게 말한다, 이 늙은 거품 신부의 머리처럼 크고 환하고 하얗고 광택 나는 머리는 처음 보았다. 아녕하세요! 신부가 다시 말하자 경사는 흠흠 허세를 부리며 제복을 **빳빳**하게 만들려고 애쓴다. 뭐 그리 나쁘지는 않아요 신부님 오는 길은 괜찮았나요 별로 나쁘지 않았어요 뭐 신부님 고맙습니다.

아 그거 굉장하군요 하고 거품이 말했다.

그러고는 나를 바라보았다. 그래 이 아이가 그 유명한 프랜시 브래디군요, 거품이 말한다, 손가락으로 장난을 치고 입으로 흠흠 하고 말하면서.

네 신부님, 내가 말했다, 세상에 하나뿐인 프랜시 브래디예요.

년 누가 먼저 말을 걸었을 때만 말할 수 있어 하고 소시지가 말하지만 거품이 손을 들고 괜찮아요 하고 말했다.

나는 거품에게 거하게 윙크를 했다 신부님 좋은 사람이네요 하고 말했더니 신부님의 얼굴이 온통 언짢게 변했다. 이놈은 나쁜 놈이에요 하고 경사가 말한다 경사가 나한테 달려들 것 같았다.

거품은 드라이버 한 쌍 같은 두 눈으로 나를 빤히 바라보고 있었다. 앞으로 혀를 얌전히 놀릴 거지, 브래디 군, 지금 하고 싶은 말은 그거야. 경사는 그 말이 마음에 들어서 양손을 비비며 육 개월로 해요 육 개월로 해요! 하고 말했다.

그러더니 그 둘이 잠시 가만히 서서 나를 노려보기에 이 사람들이 나한테 덤벼들어서 **우리 프랜시 브래디를 두들겨주자!** 하고 말하는 미친 눈빛으로 나를 발로 차며 거리를 걸어갈 것 같았다. 하지만 두 사람은 그러지 않았다. 내 충고 명심해라, 거품이 말한다, 그러고는 신부복의 옷자락 틈으로 양팔을 깊숙이 찔러 넣고 소시지에게 빙긋 웃어준 뒤 축구와 날씨에 대해 이야기하며 멀어졌다. 소시지는 이 마을이 카운티 대회에서 우승할지도 모른다고 말했다 글쎄요 과연 그럴까요 하고 거품이 말한다. 나도 같은 생각이지만 상대편 팀이 100골쯤 넣는 좋은 결과를 생각한다. 우리 마을은 0골이다. 나는 두 사람이 뭐라고 할지 궁금해서 이 말을 하려고 했지만 그 대신 아 저는 귀찮아서 신경 안 써요 하고 말한다. 두 사람은 삼십 분이 넘도록 조잘거리며 나를 얼뜨기처럼 세워놓았다. 그러더니 소시지가 말한다. 자 이제 가봐야겠어요. 소시지가 나를 바라보았다. 내가 죽 감시할 거야, 그가 말한다.

네, 경사님, 내가 말했다.

소시지는 내가 권총을 꺼내 자신과 거품의 머리를 한 방씩 빵빵 쏘기라도 할 것처럼 천천히 뒷걸음질을 치지만 나는 그럴 생각이 없었다 이내 부릉부릉 빵빵 히호 소리를 끝으로 소시지가 사라졌다.

자, 거품이 자기 턱을 어루만지고 나를 똑바로 바라보며 말한다, 우리 서로에 대해 좀 더 알아볼까. 네가 살게 될 이 새 집이 어떠냐, 브래디 군?

굉장해요 하고 내가 말한다, 돼지한테는 딱 좋아요.

뭐라고 했지? 거품이 말한다 그도 나의 말을 좋아하지 않았다.

거품이 내 점퍼를 툭 쳤다.

여기에 돼지는 하나도 없어! 거품이 말한다. 하지만 그건 거품이 저 좋을 대로 하는 말이고 나는 여기가 돼지들의 학교라는 걸 알고 있었다.

돼지들을 위한 굉장한 학교! 나는 텔레비전 목소리로 말했다.

내 말 들은 거냐 하고 거품이 말한다 돼지는 없어! 여긴 학교야.

과연 그렇네요, 내가 말했다. 돼지 학교!

돼지는 없어! 거품의 목소리가 끝에 조금 갈라져서 정말 웃겼다.

돼지 학교에 오신 것을 환영합니다, 나는 이렇게 말하고서 거품에게서 떨어졌다.

걱정 마라, 거품이 말한다, 네가 처음도 아니고 마지막도 아냐!

거품이 소매를 걷어 올렸다. 그는 뭐가 처음이 아니라는 건지 말하지 않았다. 내가 손을 컵처럼 오므리자 월계수 밑에서 메아리가 낮게 미끄러졌다.

돼지들아! 돼지들아! 문 열어! 내가 외쳤다.

거품은 나를 붙잡으려 했지만 내가 워낙 요리조리 잘 피해서 잡지 못했다 내가 네 발로 엎드린 뒤에는 거품이 아예 나한테 손도 못 댄다. 내가 거품 주위를 기어다녔더니 거품이 미친 사람처럼 화를 냈다. 나는 코를 몇 번 킁킁거렸다. 저기 창가에 늙은 신부가 있었다. 나는 뒷다리로 서서 그를 위해 조금 애원했다. 코를 킁킁거려요 하고 내가 말했다 그리고 활짝 웃어요.

거품이 나를 붙잡고 옆머리를 때리는 바람에 나는 별을 보았다. 앞으로 네가 당할 일에 비하면 이건 아무것도 아냐, 거품이 말했다. 나는 거품의 말이 반가웠다. 거품이 내게 제대로 된 은신처를 제공해주면 좋겠다.

나는 거품에게서 은신처를 얻어내려고 온갖 말을 했다. 돼지 학교에 오신 것을 환영한다고 말했다. 내 얼굴을 거품의 얼굴에 바짝 들이대고 얼굴을 잔뜩 일그러뜨려서 주둥이처럼 만들었다. 코도 킁킁거렸다. 자 봐요, 나는 이렇게 말하고서 턱을 내밀었다. 하지만 거품은 내게 쓰러지는 대신 뒷걸음질을 치더니 그 드라이버 같은 눈으로 나를 바라보기만 했다. 거품은 전혀 무서워하지 않았다. 그냥 나를 바라보며 모든 것을 받아들일 뿐이라서 나는 행동을 멈췄다. 이제 끝났니 하고 거품이 말했고 나는 그렇다고 말했다. 몸은 완전히 지쳤고 머리도 아팠다. 전화선에는 까마귀가 잔뜩 앉아 있었다. 뭘 보는 거야 이 씹새끼들아, 나는 속으로 생각했다. 그때 거품이, 안으로 들어가자 입은 그만 내밀고 하고 말한다. 나는 이층의 기숙사로 올라갔다 창틀마다 성자가 있었다, 죽을 것처럼 보이는 새끼들이 그렇게 소나기처럼 쏟아지다니. 거품은 내 뒤를 바짝 따라왔다. 나는 우리의 성모를 가리켰다. 성모님이 위험하네요 하고 내가 거품에게 말했다, 더러운 놈을 빨아줘야 돼요. 거품은 아무 말도 하지 않고 삼십 분 뒤에 성체강복식을 하려 내려오라는 말과 아침 6시에 일어나 늪에 떼장을 넣어 밟아야 한다는 말만 했다. 내 침대 맞은편 창문에 어린 예수가 있었다. 그가 나를 바라보았다. 가엾고 가엾은 프랜시 브래디 하고 예수가 말하고 있었다. 정말이지 너무 가엾지 않나? 나는 예수에게 다가가서 말한다. **뭐가 너무 가엾다는 거야?**

아 아 저 저 그냥 말한 거야 하고 예수가 말한다. 아니, 내가 말한다, 그건 대답이 아니지. **뭐가 너무 가엾다는 거야?**

좋아 하고 내가 말한다 네가 원하는 대로 하자 그래서 세면대 옆에서 빽 하고 금가는 소리가 나고 물 빠지는 구멍으로 예수의 작은 머리가 들어가 보골보골 소리를 내며 옆으로 위를 쳐다보았다. 조가 지금쯤이면 누전트 일에 대해 틀림없이 다 들었을 것 같아서 내 배 속에 커다란 구멍이 나 있었다. 내가 조를 실망시켰다. 이제 내 곁에는 아무도 없었다 그건 확실했다 그리고 이건 모두 내 잘못이었다. 조가 나한테 편지를 안 써도 나는 탓하지 않을 것이다, 내가 조한테 그런 짓을 했는데 왜 편지를 쓰겠는가? 내가 약속을 깼으니 그것으로 끝이었다. 나는 예수 조각상의 깔쭉깔쭉한 조각으로 내 손목을 공격하려 했다. 조각을 잡는 데는 성공했지만 내 손목에는 전혀 상처가 나지 않았다 이런 속도라면 백 년이 지나도 여전히 이 꼴일 것 같았다. 그런데 그때 찌질이 같은 녀석이 온다. **뭐 하는 거야 아이고 이런 저 녀석 우리 주님을 깨뜨렸어 네가 그걸 들고 있는 걸 신부님이 보면 널 죽일 거야!** 나는 손에 조각상을 든 채로 그를 바라보았다. 내가 부수고 있던 목 주위에 엘리자베스 여왕 시절의 작고 빨간 칼라가 있었다. 나는 이 찌질이 같은 놈은 처음 보았다.

커다란 머리 다발이 삐죽 솟아 있고, 머리 양편에도 무슨 신호기처럼 머리 다발 두 개가 삐져나와 있다. **야 너 이제 죽었다** 하고 그가 말한다. 허수아비 같은 녀석의 바지는 발목에서 끊겨 있고 녀석은 뼈가 앙상한 엉덩이를 허공으로 쳐든 채 몸을 웅크리고 있었다 마치 등에 보이지 않는 감자 자루를 지고 있는 것 같았다. 너 이제 큰일 났어 하고 녀석이 다시 말했지만 나는 그 녀석한테 이미 질려서 손에 남은 조각상 조각을 들고 녀석에게 달려들었더니 녀석은 유령처럼 하얗게 질려서 잽싸게 가버렸다. 나는 머리 없는 조각상을 쓰레기통에 던지고 침대에 누웠다.

휘호 하고 조가 말했다 터보건*이 하얀 담요를 쓴 페어웨이를 천둥처럼 내려왔다. 그 시절이 좋았지, 나는 조에게 말했다, 그때는 평화로웠어. 조는 엄지손가락을 구부려 색깔을 입힌 구슬을 끼고 있었다. 조가 어리둥절한 표정으로 나를 보았다. 이제 누구 차례지 프랜시? 내 차롄가? 나는 그렇다고 말했다, 그렇지 않았다 해도 그랬을 것이다.

구슬이 길게 끌리는 빛을 남기며 단단한 진흙 위를 굴러갔다.

내 오랜 친구 조. 편지가 왔을 때 나는 어떻게 해야 할지

* 바닥이 평평한 썰매

알 수 없었다. 나는 모든 사람에게 편지 이야기를 했다. 사람들이 한 말은 이것뿐이었다. 허? 하지만 나는 상관하지 않았다. 아무 말도 할 수 없었다. 하지만 한 가지는 확실했다. 다시 문제를 일으킬 수는 없었다. 이제부터 나는 공부할 것이다 '프랜시 브래디가 더 이상 나쁜 아이가 아니라는 졸업장'을 받으면 돼지와 찌질이를 위한 이 학교를 나갈 수 있을 테니까. 나는 조와 함께 강으로 나가서 거기에 머무를 것이다. 나는 사람을 쫓아다니며 이런저런 질문을 던져대는 그 앙상한 엉덩이 녀석한테서 도망치고 싶을 때 갈 수 있는 좋은 곳을 찾아냈다, 주방 뒤쪽의 보일러실이었다, 나는 그 안에 들어가서 편지를 읽고 또 읽었다. 쿠쿵! 커다란 스토브가 커다란 제 배 속의 가죽을 위해 지옥의 카니발처럼 불꽃을 피워 올리며 달아올랐다. 나는 가방들, 낡은 자루들 더미 위에 앉아 편지를 읽었다.

안녕 프랜시 잘 지내냐. 내가 누전트 부인에 대해 말해줬는데도 내 말을 안 듣더니 그 집에는 왜 간 거야? 그 집을 태워버릴 생각이었냐 온갖 이야기가 떠돌아다닌다 프랜시. 필립한테 물어봐도 아무 말도 안 해줘, 필립은 괜찮다 프랜시 네가 그놈한테 다시 손을 대면 진짜 진짜 큰일 날 거야. 필립은 진짜 괜찮아. 누구하고도 문제를 일으키고 싶지 않대. 녀석이 나한테 말했어. 우리가 만화책을 뺏지 말 걸 그랬다 프랜시 그게 잘못이었어.

여기선 지금 사육제가 벌어지고 있는데 12시까지 계속이야. 뭐든 딸 수 있어. 곰이든, 뭐든. 혹시 라라미 총쏘기 봤어? 라이플를 겨냥하면 보안관이 나와. 마분지로 만든 보안관이야. 그놈이 먼저 총을 뽑지만 이쪽에서 그놈을 맞히면 보안관 다섯이 더 나와. 우린 지난 토요일에 거기 갔었다. 라이플 사격장은 진짜 대단했어! 필립 누전트가 두 번이나 표적을 명중시켜서 금붕어를 땄다. 그런데 집에 이미 금붕어가 있다면서 나한테 주더라. 난 그걸 창문에 놔뒀어. 다음 주에 또 거기에 갈 거다. 만약 내가 뭘 따면 너한테 보내줄게. 필립이 그 슬롯머신에 특별히 뭘 할 계획이라고 말하고 있으니까 내가 뭘 딸지도 몰라. 금방 답장해라 조.

나는 계속 금붕어를 생각했다. 필립 누전트는 무슨 생각이었을까? 도저히 믿을 수가 없었다. 필립은 우리랑 아무 상관이 없었다. 내가 가서 조에게서 그 금붕어를 다시 빼앗아오고 싶었다. 조는 왜 그걸 받았지? 왜 미안하지만 필립 너는 우리랑 아무 상관없는 놈이야 하고 말하지 않았지?

그러다 생각이 났다. 조는 우리 사이가 시끄러워지지 않게 하려고 그랬을 뿐이다 그래야 앞으로 문제가 안 생길 테고 내가 집으로 돌아갔을 때 조와 함께 옛날에 항상 그랬던 것처럼 살아갈 테니까. 나는 조가 금붕어를 받았다는 이유만으로 필립 누전트가 우리 옆에서 얼씬거릴 생각을 하지 말기를 바랄 뿐이었다. 만약 그놈이 그런다면 정말 심한 실망을 맛볼 것이다. 나와 조에게는 할 일이 있었다. 산에도 올라야 하고 오두막도 지어야 했다. 만약 필립 누전트가 마니토에게 기도하고 싶다면 피를 나눈 의형제 그룹을 직접 만들어야 할 것이다. 그놈을 위해서라도 나는 그놈이 이제 우리랑 한편이 됐다고 생각하지 않기를 바랐다. 어차피 그놈은 그런 생각을 안 할 것이다. 나는 조가 놈을 바로잡아줄 거라는 걸 알고 있었다 그러니 아무 문제도 없을 것이다. 조라서 다행이다, 나는 속으로 생각했다, 내가 집으로 돌아가자마자 그놈한테 그냥 꺼져버리라거나 그런 말을 하면서 놈을 혼내줄 녀석이 아니라서. 조는 바로 그런 녀석이었다. 조는 놈이 상처를 입지 않도록 모든 것을 부드럽고 분명하게 설명해줄 것이다. 조는 그런 걸 잘했다, 상황을 편안하게 받아들이고 설명하는 것, 닭장 사건이나 그 밖의 많은 일이 있었을 때도 나한테 바로 그렇게 해주었다.

중요한 건 내가 이 돼지들을 위한 학교에서 나가는 것이었다 그래야 우리가 다시 신나는 생활로 돌아갈 수 있었다. 이렇게 생각을 모두 정리하고 나니 나는 깃털처럼 가벼운 마음이 되었다. 나는 찌질이 녀석들과 그 밖의 녀석들에게 안녕 하고 인사했다. 그날 밤 나는 조에게 보낼 편지에 이제 모든 것이 변했다고 썼다. 이제 프랜시 브래디는 말썽을 부리지 않을 것이다. 그런 건 모두 끝났다. 나는 조가 필립에게서 금붕어를 받았다는 말을 듣고 기뻤다고 말했다 우리가 서로 적이 되어봤자 아무런 의미가 없었다. 이제부터 누전트 사람들을 건드리지 않겠다고 나는 말했다. 우리는 할 일도 너무 많고 갈 곳도 너무 많아서 신경 쓸 틈이 없을 것이다. 만약 거리에서 그들을 만난다면 나는 인사를 건네겠지만 그것이 전부일 것이다. 이제부터 나는 내 일에만 신경 쓸 것이다. 프랜시 브래디가 누전트며 이런저런 사람들을 괴롭히던 시절은 끝났다. 완전히. 말썽을 부리던 시절은 모두 끝났어 조, 내가 말했다.

나는 봉투에 침을 묻혀 봉했다. 나는 한 번 빙긋 웃은 뒤 아침에 부치려고 편지를 창틀에 놓아두었다.

하지만 그걸 놓아두는 순간 이런 생각이 들었다. **그런데 그 금붕어는 뭐지?** 조는 왜 그걸 받은 거지?

나는 한밤중에 깨어났다. 누전트 부인의 꿈을 꿨다. 부인은 부엌에서 스콘을 굽고 있었다. 빵 굽는 냄새가 집 안에 가득했다. 누전트 부인이 소리쳤다. 누구 스콘 좀 더 먹을 사람?

저요 하고 필립이 말하더니 조지프 넌 어때 하고 말했다.

조가 고개를 드는 것을 보고 내 얼굴에서 피가 빠져나가는 것이 느껴졌다. 조가 필립과 함께 공부를 하고 있었다.

조가 빙긋 웃으며 말했다. 저도 주세요. 스콘이 정말 예뻐요 누전트 부인.

고맙다 조지프, 누전트 부인이 소리쳤다.

그날 밤에는 더 이상 잠을 잘 수 없었다 필립이 조에게 무슨 말을 하고 있을지 생각하느라고 더 이상 잠이 오지 않았다. 둘이 내 얘기나 뭐 그런 걸 하고 있었던 건 아니다. 그게 바로 웃기는 점이었다. 꿈속에서 그 둘은 내가 누군지도 몰랐다. 다음 날 나는 속으로 말했다. 그런 꿈은 다시는 꾸고 싶지 않아.

밤이면 나는 가만히 누워서 여기서 나가면 어떻게 할 건지 갖가지 계획을 짰다. 주위에 찌질이 녀석들밖에 없는 곳이라 뭐든 계획을 짜기가 힘들었다. 불이 꺼지자마자 씩씩 숨 쉬는 소리가 들렸다. 숨 좀 그만 쉬어 이 새끼들아! 나는 이렇게 말하고 싶었지만 거품이 언제 횃불을 들고 저 아래에서 어슬렁거릴지 모르는 일이었다. 나는 무엇보다도 먼저 뗏목을 만들어 강 아래로 떠내려갈 것이다. 우리는 그렇게 떠날 것이다, 그러다 우리가 어디에 닿게 될지 과연 누가 알까? 나무 위의 오두막은 어떨까? 좋은 생각인데. 조가 나무 위에서 서성거리며 경계를 한다 윈체스터 총으로 빵! 옛날 철로 위쪽에 창고가 하나 있는데, 우리가 거기에 나치 본부를 차릴 수 있을 것이다. 이런 생각들이 머릿속에서 날뛰고 있어서 나는 보일러실 화덕 속의 불꽃만큼이나 한심했다. 한 가지 생각을 끝까지 하기도 전에 또 다른 생각이 떠올라서, 아나 내가 더 좋은 생각이야 난 어때 하고 말하곤 했다. 한 가지는 확실했다, 내가 필립 누전트에게 다시 신경을 쓰는 건 한참 나중의 일이 되리라는 것. 이제 생각해보니 조가 금붕어를 받은 것이 다행이었다. 그것으로 많은 문제가 해결되었으므로 이제 우리는 처음부터 다시 시작할 수 있었다. 필립은 제 인생을 살고 우리는 우리 인생을 살 수 있을 것이다. 세상의 아름다운 것들에 대해 나는 잘못된 생각을 품고 있었다. 그것들은 모든 것을 의미했다. 조금이라도 의미가 있는 것은 그것들뿐이었다. 그것이 지금의 내 생각이었다. 나는 잠이 들어서 내가 눈으로 덮인 겨울 산을 미끄러지듯 날아가는 '솟아오르는 새'가 된 꿈을 꾸었다.

그 뒤로 매일 우리는 거품의 뒤를 따라 쿵쿵 발소리를 내며 늪지로 갔다 선두에 선 거품은 마치 우리가 바지도 안 입고 거리를 걷고 있기라도 한 것처럼 가만히 서서 멍하니 우리를 바라보는 마을 사람들에게 유쾌하고 커다란 미소를 지어 보였다. 여자들은 저 불쌍한 고아들 좀 보라고 속삭였다. 나는 돌아서서 야 이 개똥얼굴아 난 고아가 아냐 하고 고함을 지르고 싶었지만 일 년 뒤에 '프랜시 브래디가 더 이상 나쁜 아이가 아니라는 졸업장'을 받으려고 열심히 공부하고 있음을 떠올리고 입을 꾹 다문 채 그 여자에게 슬프고 수치스러운 표정을 지어 보였다. 사방이 탁 트인 시골 풍경이 나오자마자 거품은 긴장을 풀고 양팔을 흔들며 〈마이클이 해안으로 배를 저어가네〉를 부르기 시작했고 찌질이 녀석들은 모두 거품이 자기를 보게 하려고 애쓰면서 기쁜 얼굴로 〈알렐루야〉를 불렀다. 녀석들은 내게 신부님이 정말로 정말로 훌륭하지 않니 하고 말했다. 나는 신부의 본명을 잊어버렸지만 어쨌든 그 녀석들이 얘기하는 건 바로 거품이었다. 아 그렇지 하고 내가 말했다 정말 노래솜씨가 끝내주게 좋아. 맞아, 찌질이들이 말했다, 이 학교에서 내가 제일 좋아하는 신부님이야. 그러고 나서 녀석들은 거품에게 말을 걸기 위해 앞으로 다가가려고 애썼다. 거품은 나름대로 괜찮은 사람이었다. 나는 거품이 한참 동안 걸어다니다가 온 사과아가씨처럼 빨갛게 달아오른 촌스러운 얼굴로 알렐루우우야!를 외치며 자기 수단의 소매를 항상 움켜쥐는 모습이 마음에 들었다. 우리는 하루 종일 땅을 팠고 거품은 자기가 젊었을 때 영국인들이 온 세상 사람을 죽이고 노인들이 불가에 둘러앉아 이야기를 들려주고 온 가족의 몫으로 빵 한 조각만 얻어도 운이 좋다고 생각하던 시절의 이야기를 우리에게 해주었다. 그래도 그런 것 때문에 우리가 피해를 입은 건 없잖아? 맞아요, 어떤 찌질이 녀석이 말

한다, 살해당하는 건 누구에게도 해를 끼치는 일이 아니에
요. 아 젠장!

그게 아니라 나는 빵 얘기를 한 거다 하고 거품이 말한다
하하. 크고 맛있는 빵 한 조각만 한 건 세상에 없어요 신부
님 하고 내가 말했다, 이마에서 땀을 훔치고 흙덩이 몇 개
를 흙더미 위에 발꿈치로 꾹꾹 누르면서. 거품은 잠시 말을
멈추고 입술을 핥았다. 거품이 완전히 아련한 눈으로 나를
바라보았다. 버터가 줄줄 흐르는 게 좋지 하고 거품이 말
했다. 그거야 당연하죠 신부님, 나는 이렇게 말하고서 신나
게 휘파람을 불며 다시 일을 시작했다. 내가 거품과 이야기
를 했다는 이유로 찌질이 녀석들이 못된 표정으로 날 바라
보는 것이 보였다. 나는 녀석들에게 싱긋 웃어주었다. 크고
맛있는 빵 조각을 어디에 쓰면 좋은지 알아 하고 나는 말할
생각이었다. 그럼 알지, 녀석들은 이렇게 말할 것이다. 우리
처럼 어린 촌뜨기를 강한 남자로 만들어줄까? 아니, 너희
찌질이 녀석들을 골탕먹이는 데 좋지. 하지만 나는 이런 말
을 전혀 하지 않았다. 그냥 녀석들에게 한 번 더 웃어주고
는 허리가 아픈 척했다. **어이쿠, 얘들아,** 내가 말했다, 이거 정
말 힘든 일이구나. 녀석들의 찌질이 같은 얼굴에 떠오른 표
정이라니. 녀석들은 무슨 말을 해야 좋을지 모르고 있었다.
으응, 그래, 녀석들이 말했다, 대충 그런 말이었다. 마치 자
기들이 멋지고 더러운 아일랜드 농민의 흉내를 낼 수 있기

라도 한 것처럼.

어느 날 거품이 나를 자기 서재로 데려가서 말했다. 네가 점점 예의를 배우고 있는 것 같아서 기쁘구나.

네 신부님, 내가 말했다.

그러고 나서 거품이 뭘 했냐면 또 눈빛이 아련해져서 창 밖을 빤히 바라보며 자기가 이곳에 온 뒤로 이 학교를 거쳐 간 모든 아이들에 대해 일장연설을 했다. 난 녀석들이 여길 왔다가 나가는 걸 봤다 하고 거품이 말했다, 젊은 풋내기 신부로 이곳에 온 첫날부터 말이야. 그날이 지금도 기억에 선하다, 프랜시스, 그때는 모든 게 어찌나 새롭던지. 그러고 나서 거품은 자기가 서품을 받던 날 타이어가 탔다는 둥 자기 어머니가 너무 행복해서 울었다는 둥 다른 이야기를 하기 시작한다. 아, 그렇지, 거품이 고개를 저으면서 이렇게 말하고는 또 다른 이야기를 시작했다. 아 그렇겠지 하지만 나는 거품의 말은 한 마디도 듣지 않고 회랑에서 펄럭거리는 플래시바 포장지를 지켜보며 지금 당장 플래시바를 한 입 베어 물면 좋을 거라는 생각만 하고 있었다. 우리는 반 크라운을 들고 가게로 갈 것이다. 플래시바 서른 개 주세요. 뭐? 남자가 말할 것이다. 그러고 나서 우리는 걷기도 힘들 만큼 많은 플래시바를 들고 가서 철로 위에서 하나씩 전부 먹어치울 것이다. 나와 조 둘이서. 태피 과자에서 나온 끈끈

한 실과 턱수염 같은 초콜릿이 얼굴 사방에 묻겠지. 거품은
이 학교를 세운 남자에 대해 떠들고 있었다. 저기 그분의
사진이 있다 하고 거품이 말했다. 그 남자의 머리는 커다란
콘크리트 블록 같고, 눈썹은 일어서려고 애쓰는 괄태충 두
마리 같았다. 그런 남자하고는 전혀 상관하고 싶지 않았다.
그 남자 역시 찌질이라는 걸 보면 알 수 있을 것이다. 엉덩
이에 뼈만 앙상한 찌질이들을 위해 이 학교를 세운 게 바로
저 남자야 그렇지, 내가 말했다. 젠장. 일장연설이 끝난 뒤
거품은 다시 싱긋 웃더니 너랑 이야기를 하니 기분이 좋구
나 프랜시, 계속 열심히 해라 하고 말했다. 아 그럼요, 나는
속으로 생각했다, 당연히 그래야죠, 어쨌든 저는 '프랜시 브
래디가 더 이상 나쁜 아이가 아니라는 졸업장'을 받아서 여
길 나가야 하니까요, 거품 신부님.

　그 이후로 사람들은 미사 때 나를 복사로 만들었다. 얼마
나 웃기는 일인지. 나와 설리번 신부는 새들이 성물실 안의
풀 먹인 옷들 속으로 들어가기 전에 일어났다, 놈들은 사람
의 불알을 얼려서 떼어버릴 것이다. 바깥은 칠흑처럼 어둡
고 움직이는 인간은 하나도 없었다. 나는 주수병과 이런 저
런 물건을 들고 설리번 신부와 함께 복도를 따라 움직이는
커다란 속삭임처럼 바스락바스락 소리를 내며 예배당으로
갔다. 도미네, 엑사우디 오라티오넴 메암, 설리번 신부는 양

손을 펼친 채 이렇게 말하곤 했다. 나는 에트 클라모르 메우스 아드 테 베니아트라고 말해야 했다. 하지만 나는 그 대신 에트 시발 젠장 찍찍 짝짝 하고 말했다. 하지만 입으로 뭐든 그냥 중얼거리기만 하면 아무 문제도 없었다. 어차피 설 신부는 제대로 듣는 법이 없었다. 사람들은 설 신부가 선교를 다녀온 뒤부터 제정신이 아니라고 말했다. 야만인들이 설 신부를 냄비 같은 데 넣었는지는 몰라도 어쨌든 그 뒤로 설 신부는 한숨도 못 잔 사람처럼 옥수수 죽 같은 안색으로 밤에 부드러운 신발을 신고 복도를 방황하며 돌아다녔다 창가에서 보이는 것은 밖을 내다보는 신부의 누런 얼굴뿐이었다.

내가 한참 동안 걷기와 신성한 목소리를 시작한 건 이 무렵이었다. 거품은 내게 혼자서 저 아래 벌판까지 그렇게 한참 동안 걸어서 뭘 하려는 거냐? 하고 묻는다.

나는 성모께서 내게 말을 거시는 것 같다고 말했다. 어떤 책에서 신성한 이탈리아 사내아이에 대해 읽었다. 그 녀석은 들판에서 양을 돌보고 있었는데 정신을 차려 보니 느닷없이 부드러운 목소리가 들려왔다 넌 내가 선택한 전령이다 세상이 끝나리라 등등. 얼마 전까지만 해도 아버지의 외투 외에는 아무것도 가진 것이 없는 이탈리아 찌질이였던 그 녀석이 순식간에 온 세상을 돌아다니며 책을 쓰고 의자 가마에 실려 돌아다니고 천사들의 여왕이 나를 선택하셨다고 말하는 유명한 신부가 되었다. 나는 생각했다……
당신은 이제 할 만큼 했어 이탈리아 양떼 신부 그러니까 이
제 썩 꺼져서 당신 일이나 하시지 프랜시 브래디가 오시니
까 말이야 성모님 안녕하세요 하고 내가 말했다. 그래 프랜
시 하고 성모가 말한다 잘 지내니. 나쁘지 않아요 하고 내
가 말했다.

주님을 찬양하라, 거품이 말했다 나는 거품이 그 자리에
서 바로 천국으로 들려 올라갈 줄 알았다. 내가 저 아래 들
판으로 둥실둥실 내려가는데 거품의 시선이 느껴졌다.

나는 참회를 위해 축축한 풀 위에 무릎을 꿇었다. 고개를
드니 저기 핸드볼* 경기장 옆에 성모가 있었다. 뭐라고 해야
할지 알 수 없었다 아 오셨군요 여기까지 즐거운 여행을 하
셨나요 같은 말을 해야 하나. 알 수가 없어서 나는 아무 말
도 안 했다. 성모의 목소리는 굉장했다 축복받은 동정녀 마
리아. 밤새 그 목소리를 들을 수도 있을 것 같았다. 세상에
서 부드럽다는 여자들을 모두 모아 커다란 빵 굽기 그릇에
넣고 한데 섞었더니 우리의 성모가 나온 것 같았다.

성모의 진주처럼 하얀 양손에는 묵주가 감겨 있고, 성모
는 내가 착하게 굴기로 했다니 기쁘다고 말했다.

나는 그것쯤이야 아무 문제 없어요, 성모님 하고 말했다.

* 아일랜드식 핸드볼은 라켓 대신 손을 사용하는, 스쿼시와 비슷한 스포츠이다

내가 설리번 신부에게 이런 이야기를 죄다 들려주었더니 설리번 신부는 내가 아주 귀한 것의 자물쇠를 열었다고 말했다.

다음 날 나는 다른 사람들과도 이야기를 나누게 되었다, 성 요셉과 천사 가브리엘 그리고 이름을 알 수 없는 사람들이 몇 명 있었다. 사람이 많을수록 더 즐거웠다. 설리번 신부의 책들을 뒤져보았더니 그런 새끼들이 수십 명이나 있었다. 성 바나바, 성 필로메나. 저 아래 벌판에서 시합을 한꺼번에 여섯 개나 벌일 수 있을 만큼 많았다.

찌질이들이 날뛰고 있었다. 성모께서 왜 네 앞에 나타나셨는지 모르겠다, 그들이 말했다, 너의 어디가 그렇게 특별한 거야?

나는 그들에게 꺼지라고 말했다, 그들은 성모가 자기들처럼 더럽고 미개한 새끼들 앞에 나타나는 것 말고 달리 할 일이 없다는 걸 어떻게 생각하는지 원.

아침에 낡은 성물실과 예배당을 돌아다니는 건 어려웠다, 구불구불 올라오는 양초 연기와 신도석의 비밀스러운 메아리, 아침의 온갖 소리들이 아직은 거슬렸다.

그러고서 오래지 않아 티들리 신부가 학교에 나타났다. 물론 이건 농담이다 티들리 신부는 처음부터 학교에 있었으니까. 그래, 설리번 신부! 우리는 성물실에 있었다 설 신부가 듣기 좋아하는 게 하나 있다면 바로 저 아래 벌판에 나타난 성자들에 관한 내 이야기였다. 하지만 설 신부가 누구보다 숭배하는 성자가 둘 있었는데 성 캐서린과 천국에서 분홍색 꽃구름을 타고 내려오는 장미의 성 테레사였다 그 둘의 이름이 나오기만 하면 설 신부는 훌쩍거리며 기도를 하려고 양손을 모았다. 그 두 성자는 벌판에 한 번도 온 적이 없는데도 설 신부가 계속 물어보았기 때문에 나는 두 성자에 관한 몇 가지 이야기와 그들이 내게 한 말을 모두 꾸며내는 수밖에 없었다. 내가 그런 이야기를 한창 늘어놓다가 고개를 들어보니 늙은 설 신부가 뭘 했냐면 내 머리카락을 눈에서 쓸어 올리고 그 창백하고 차가운 손으로 내 이마를 쓰다듬었다. 예쁘구나, 설 신부가 말했다, 내 복사. 인트로이보 아드 알타레 데이 하고 내가 말했다 왜 이 말을 했는지는 모른다 그다음에 설 신부가 한 일은 침에 젖어 축축하고 커다란 입술로 내 입술에 키스를 한 거였다. 그러고 나서 설 신부가 말했다 부탁이다, 장미의 성 테레사 이야기를 다시 해주려무나. 나는 그렇게 했다, 하늘에서 꽃잎이 떨어지는 이야기와 향기에 관한 이야기 어떤 향기였느냐고 설 신부는 계속 말했다. 나는 하마터면 이봐요 신부님 나한테서 얘기를 듣고 싶은 거예요 아니에요 만약 얘기를 듣고 싶은 거라면 제발 방해 좀 그만할래요 하고 말할 뻔했다. 하지만 티들리 신부가 어떻게 나올지 모르기 때문에 그렇게 말하지 않았다 어쩌면 신부가 울어버릴 수도 있었다. 내가 이야기를 하면 나무 열매만큼이나 커다란 땀방울들이 신부의 이마에 솟아났고 이야기가 끝나면 신부는 뭐라고 중얼거리면서 주위를 더듬더듬 이쪽저쪽으로 돌아다녔지만 사실은 아무 곳에도 가지 않았다. 내가 장미 이야기를 세 번째인가 네 번째로 할 때가 되어서야 비로소 신부가 티들리 쇼를 시작했다. 거기서 얻을 수 있는 온갖 상품을 생각하면 한바탕 크게 웃을 수 있는 일이라고 나는 생각했다. 너 괜찮니 프랜시 하고 신부가 말하곤 했다. 그럼요 저는 굉장해요 신부님 그러고 나서 나는 우리의 성모님이 그런 것처럼 눈꺼풀을 수줍게 떨어뜨렸다. 여기 앉아라 하고 신부가 말하며 자기 무릎을 찰싹 쳤다. 그래서 나는 그 위에 앉았다. 그다음에 티들리가 어떻게 했냐면 자기 거시기를 꺼내서 위아래로 문지르며 자기 무릎 위의 나를 흔들어 댔다. 그러더니 티들리의 몸 전체가 부르르 떨리면서 몸이 뒤로 꺾여서 나는 티들리의 몸이 절반으로 꺾어지는 건가 했다. 정말로 그런 일이 벌어졌다면 나는 완전 곤란해졌을 것이다. 거품이 뭐라고 했겠는가? 이게 다 무슨 일이야? 설리번 신부의 몸 절반은 저기 책꽂이 옆에 있고 나머지 절반은 아직 의자에 있는 이유가 뭐지? 이거 네가 저지른 짓이냐 브래디 군? 또 옛날 버릇이 나온 거야? 내 이럴 줄 알았지! 그런 일이 일어나지 않아서 다행이었다. 티들리는 종이봉투처럼 그냥 찌그러져서 눈을 가린 채 누워서 안 돼 하고 말했다. 나는 머리를 걱정하지 않아도 된다고 말했지만, 티들리는 그 손 뒤에서 나올 생각을 안 했다. 흑흑 이건 늙은 설 그러니까 티들리였다. 나는 그가 나오기를 기다리면서 책을 읽었다. 그는 감옥 창살 같은 손가락 틈새로 훔쳐보다가 나한테 한두 번 들키기도 했지만 재빨리 다시 들어가버렸다. 내가 읽은 책은 굉장했다! 어떤 남자가 외투 밑으로 온통 사슬에 묶인 채 더블린 거리를 돌아다니며 지금까지 제가 저지른 모든 나쁜 짓에 대해 사죄합니다 죄송합니다 예수님 하고 말한다. 맷 탤벗, 그것이 그의 이름이었다. 책 속에서 그가 저지른 짓들. 그는 정육점에 가서 훈제 청어를 산다. 그것을 주전자에 넣고 끓인다. 그러고는 어떻게 하느냐고? 생선을 고양이에게 주고 국물은 자기가 마신다 순전히 자기가 과거에 저지른 죄 때문에. 이거 완전 미친놈이잖아! 그는 주점에서 광산의 목재 기술자들에게 항상 술을 사주곤 했다. 아 저기 탤벗이 온다, 목재 기술자들은 이렇게 말하곤 했다, 이제 술을 몇 병 마실 수 있겠네. 확실히 탤벗은 사람들을 위해 돈을 내줄 것이다. 착한 맷이라고 사람들은 말하곤 했다 자넨 착한 사람이야. 그러다가 십장이 맷에게 말한다. 꺼져 탤벗 이제 여기에 네 일자리는 없어. 가엾은 맷. 그가 주점으로 가자 다들 거기서 술을 마시고 있다. 술 좀 먹을 수 있을까 하고 맷이 말한다. 아니, 미안, 돈이 없어. 미안해 맷. 다들 그렇게 말했다. 그래서 가엾은 맷은

빗속으로 나가 음침하고 낡은 자기 방으로 돌아간다 그와 고양이뿐 변변찮은 놈조차 하나도 없다. 이제 뭘 해야 할지 알겠어 하고 그가 말한다. 이제부터 바닥에서 자고 몸에 사슬을 감을 거야. 그러면 내가 지금까지 마신 술과 지금까지 저지른 나쁜 짓을 하느님이 모두 용서해주실 거야. 그렇죠 하느님? 그렇고말고 하고 하느님이 말한다 바닥 널빤지가 질 좋고 단단하기만 하다면 그렇지. 그래서 널빤지가 사라지고 사슬이 나타나고 맷은 비 내리는 거리를 돌아다니다가 어느 날 갑자기 쓰러져 죽는다 오로지 수녀들만이 그를 발견한다 이크 수녀님! 여기 좀 보세요 남자가 있는데 사슬을 온몸에 감은 거룩한 순교자예요! 내가 여기까지 읽고서 폭소를 터뜨렸을 때 티들리는 오 하느님 미안하다 프랜시스 하고 말한다. 나는 괜찮아요 담배 있어요? 하고 말했다. 만약 내가 부끄러울 줄 알라고 말했다면 티들리는 그 자리에서 채광창을 뚫고 올라가 지붕에 자기를 못 박았을 것이다. 그래서 나는 아무 말도 않고 그냥 가만히 앉아 있었다 내 거시기가 허벅지 위에서 꾸벅꾸벅 졸고 나는 담배를 피우며 맷과 모든 성자들에 관한 책을 읽었다. 축복받은 올리버 플렁킷! 몸이 네 조각으로 잘렸어! 아 젠장!

넌 나한테 최고의 꼬마 아가씨야 하고 티들리가 말하고는 자기 책상으로 가서 침을 툭툭 튀겼다.

티들리는 내 눈을 통해 반짝이는 세상의 아름다운 것이 보인다고 말했다.

그것들이 거기 있는 거예요, 내가 물었다. 나는 길에서 본 아이들과 오렌지색 하늘에 대해 말해주었다. 입을 다물고 있었어야 하는 건데. 아직 이야기가 반이나 남았을 때 눈을 들어 보니 그의 얼굴에 눈물이 흐르고 있다. 그가 내 손에 자꾸만 자꾸만 입을 맞췄다. 다시 말해주렴 다시 말해주렴…… 부탁이다 프랜시스! 그의 눈알이 빠져나와 카펫 위로 펑 하고 떨어질 것 같았다 아 젠장 뭐야 뭘 하려는 거예요 거품한테 들키면 어쩌려고!

그는 그 대가로 내게 담배 세 개비를 주었다 그것이 그가 가진 전부였다. 만약 캐럴의 공장에 있는 담배가 모두 그의 것이었다면 그는 그것을 몽땅 나한테 줬을 것이다. 그가 사람을 바라보는 눈길이라니 입이 크고 슬프게 구부러진 티들리. 로드러너에게 완전히 골탕을 먹은 뒤의 코요테 같았다*.

하지만 그는 그다지 골탕먹지 않았다. 그는 거품에게 내가 사제의 재능을 갖고 있다고 거의 100퍼센트 확신한다면서 나를 지도하는 중이라고 말했다. 거품은 좋아서 어쩔 줄

* 둘 다 디즈니 만화의 등장인물

몰랐다. 거품은 회랑에서 나를 불러 세우고 말한다. 성 아우구스티누스를 봐라!

네, 신부님, 나는 이렇게 말하고 고개를 숙였다. 네 신부님, 나는 부드럽게 말했다, 성 아우구스티누스가 누구든 내가 가진 성자의 책에는 그의 이야기가 전혀 없었다. 만약 하느님이 정말로 너를 부르신다면 두려워하지 않는 것이 네 의무다. 우리가 항상 옆에 있다는 걸 명심해. 우리 사제는 원래 그래서 존재하는 거니까. 우리는 괴물이 아니다 프랜시스! 네 신부님 하고 내가 말했다, 저도 알아요. 나는 거품이 내 뒷모습을 뚫어지게 바라보며 혼자 기분 좋게 목을 울리는 것을 느낄 수 있었다 나는 성자들과 이야기도 하고 담배도 피우고 티들리가 준 롤로*의 끈적끈적함에 묻히기도 하려고 벌판으로 향했다.

그러고 나서 그다음 번에 그가 내 귓가에 숨을 불어넣기 시작한다. 그는 내게서 성 테레사의 장미 같은 냄새가 난다면서 내가 평생 한 짓 중에 제일 나쁜 짓을 말해주면 롤로를 원하는 만큼 주겠다고 말했다. 나는 마을에 대한 이야기를 해주었지만 그는 계속 아냐 아냐 그보다 더 나쁜 거 하고 말했고 나는 내 몸 아래에서 그의 손이 떨리는 것을 느

---

* 카라멜을 초콜릿으로 싼 과자의 상품명

낄 수 있었다. 내가 무슨 이야기를 해도 여전히 그의 마음에 들 만큼 나쁘지 않았다. 아냐 그가 말한다 넌 틀림없이 그보다 더 나쁜 걸 갖고 있어 네가 무서워서 누구에게도 말하지 못하는 것 너무 부끄러워서 이 넓은 세상의 어느 누구에게도 알리고 싶어 하지 않는 것. 나는 그에게 그만하라고 나는 그런 이야기를 하고 싶지 않다고 당신에게서 그런 이야기를 더 이상 듣고 싶지 않다고 말했다. 하지만 그는 그만두려 하지 않았다. 잘 들리지 않는 목소리로 그는 여전히 뭐라고 말하고 있었다 넌 끔찍한 짓을 한 자신을 결코 용서할 수 없을 거야 프랜시스 끔찍한 짓 제발 말해주렴 나는 그만해요 하고 말했다. 하지만 그는 그만두려 하지 않았고 나는 다시 엄마의 목소리를 들었다 그건 네 잘못이 아니었어 프랜시 나는 그의 손목을 잡았다 그냥 그것을 꽉 움켜쥐고 이를 박아 넣었더니 그가 하얗게 질려서 소리쳤다 안 돼 프랜시! 나는 **그만해요 다시는 그런 말 하지 마요!** 하고 말했다.

그 뒤로 나는 그에게 가까이 가지 않았다. 그를 다시 보기도 싫고 그 냄새와 숨소리와 끔찍한 것들도 싫었다. 하지만 내가 이로 물어버린 탓에 티들리는 그 어느 때보다 더 내게 미쳐버렸다. 티들리는 나를 차에 태워 카페로 데려가서 나는 널 사랑해 하고 말한다.

좋아요 티들리, 나는 이렇게 말했다 다시는 아무것도 묻지 말아요 그래 프랜시스 그가 말한다 네가 하라는 대로 할게.

아빠가 어느 날 알 카포네처럼 두꺼운 외투를 입고 비틀 거리며 거리를 걸어 나를 찾아왔다. 나는 아빠가 이곳을 보 고 하느님에 대한 두려움을 떠올렸다는 것을 알 수 있었다 이곳을 보고 아빠는 벨파스트에 있던 돼지들의 학교를 떠 올렸다. 아빠의 외투 주머니에는 반쯤 남은 제임슨* 병이 있 었다. 술병의 목이 주머니에서 삐져나와 있는 것이 보였다. 아빠의 눈은 가만히 있지 못하고 계속 이리저리 쏜살같이 움직였다. 아빠를 내려다보는 사제들 때문이라는 것을 나 는 알고 있었다. 사제들은 아빠에게 이렇게 말하고 있었다. 자 돼지 씨, 또 돌아왔나? 우리가 사십 년 전에 당신을 떨쳐 버린 줄 알았는데!

사제들이 아빠에게 하고 있는 말이 그거였고 아빠가 눈 을 내리깔고 주머니에 손을 뻗어 위스키 병을 꺼낸 이유도 그거였다 아빠는 아이의 딸랑이처럼 무기력하게 술병을 꺼 냈다. 접견실에는 왁스로 광을 낸 냄새가 있었고, 나무로 깎 은 코끼리처럼 짧고 뚱뚱한 다리가 달린 커다란 떡갈나무 탁자가 있었다. 거품이 나타나자 아빠는 간신히 늦지 않게

* 위스키의 상표명

위스키를 숨겼다. 거품은 부드러운 손을 자기 배 위에서 하나로 모으고 내 옆에 서서 미소를 지으며 아이들 부모나 경찰관 같은 사람이 왔을 때 짓는 그 멍청한 표정으로 나를 내려다보았다. 반은 사제고, 반은 암소 같은 모습이었다. 아 아이가 아주 잘하고 있어요 하고 그가 말했다 누가 물어보지도 않았는데. 아빠가 걱정하는 것은 위스키를 갖고 있는 걸 들켜서 덤불 속으로 쫓겨나 다시는 오지 말라는 말을 듣는 것뿐이었다. 매일 아침 7시에 일어나 미사를 드리고, 말대꾸도 하는 법이 없고, 아 얘는 정말 자랑거리랍니다 브래디 씨. 그리고 나서 거품은 목소리를 낮춰 저기요 브래디 씨 저는 여러 아이들이 여기를 거쳐가는 걸 보았습니다 하고 말하더니 또 훌쩍 가버렸다. 나는 창가에 서서 보도를 둥글게 돌고 있는 앙상한 엉덩이 부대를 지켜보았다. 까마귀 한 마리가 골대 꼭대기에 똑바로 앉아 운동장의 파헤쳐진 잔디에서 벌레를 찾고 있었다. 어딘가의 라디오에서 가느다란 소리가 흘러나왔다. 나일강변의 피라미드를 봐요, 노래 가사가 바람결에 들려왔다, 열대의 섬에 떠오르는 해를 봐요. 나는 햇빛을 받은 모래사장에 서서 피라미드를 바라보며 내가 참 작다는 생각을 하고 있었는데 앨로 삼촌이 떠나던 날 밤에 그랬던 것처럼 문이 찰칵 하고 부드럽게 닫히는 소리가 들렸다 방이 평소의 세 배로 부풀어 오른 것 같았다. 아빠는 또 위스키를 마시고 있었다. 이제는 방 안에 다른 사람이 있든 없든 신경도 안 쓰는 것 같았다. 아빠는 뭐가 뭔지 자기도 모르겠다는 듯이 자기가 한 말의 꼬리를 따라가다가 자주 말을 멈추고는 병째로 위스키를 꿀꺽꿀꺽 마셔댔다. 아주 오래전에 버스를 타고 여행을 갔었다, 도니걸 카운티에 있는 번도런이라는 바닷가 마을로. 전쟁이 끝나서 다들 행복했다. 버스가 언덕을 내려갈 때마다 사람들은 환호성을 지르고 손뼉을 치고 노래를 불렀다. 여자가 우연히 남자의 어깨로 쓰러졌다. 아이쿠 세상에! 사람들이 소리쳤다, 이것 좀 봐!

카메라가 찰칵 했다. 사람들이 모두 우리 얘기를 했어! 엄마는 울었지만 아빠가 한 일이라고는 팔로 엄마를 감싸준 것뿐이었다.

아빠와 엄마는 손을 잡고 바닷가를 걸으며 아빠가 마을에서 만든 브라스밴드와 아빠가 읽고 있던 책에 대해 이야기했다, 혁명의 영웅인 마이클 콜린스*의 시대와 생애를 다룬 책이었다. 어머 제가 그런 사람에 대해 뭘 알겠어요, 엄마가 말했다. 그렇게 똑똑한 소리는 다 어디서 배운 거예요, 엄마는 웃음을 터뜨렸다. 그날은 싸움이 없었다 위스키도 없고, 아무것도 없었다. 그 뒤로 엄마와 아빠는 같은 마을에서 세 번 더 만나서 얼룩덜룩하고 소란스러운 사육제의 축

---

* 북아일랜드의 독립을 위해 싸운 혁명가. 1922년 전쟁 중에 사망

제장을 가로질러 '오버더웨이브스'라는 하숙집까지 천천히 걸었다 하숙집에서는 저녁에 음악이 흘렀다. 사람들은 아빠에게 노래를 불러달라고 했고 아빠가 눈을 감고 〈내가 대리석 홀에서 사는 꿈을 꾸었네〉를 부르면 엄마는 자랑스러워했다. 거기서는 다들 우리를 알고 있었지, 아빠가 말했다. 그 집의 여주인은 매일 밤 말했다. 브래디 씨한테 또 노래를 불러달라고 설득할 수 있을까? 여주인은 이렇게 말하곤 했다. **두 사람은 내 특별한 손님이야! 사랑에 빠진 연인! 베니와 애니 브래디.** 침실 창문 아래에서 바다와 엄마가 숨을 죽였다 엄마가 아빠와 함께 그 방의 침대에 누워 있는 것이 내 눈에 보이는 듯했지만 그건 다른 여자였다, 어쩌면 엄마일 수도 있었던 여자의 유령이었다. 아빠가 그런 식으로 이야기를 계속할 때 나는 내 기분이 어떤지 알 수 없었다, 아빠를 바라보면서 그래봤자 소용없어요 아빠가 엄마 앞에 무릎을 꿇고 그리스도의 저주가 당신에게 빛을 내리기를 하고 말했던 그 수많은 밤에 왜 이런 이야기를 하지 않았어요 그때는 이 게으름뱅이 같으니 당신은 아무짝에도 쓸모가 없어라는 말만 했잖아요! 하고 말하고 싶은 마음이 조금 있었다. 하지만 내가 하고 싶은 말은 모두 내 입술에 다다르자마자 시들어버렸다 옛날 일이야 어찌 되었든 지금은 흐물거리는 살이 아빠의 뼈에서 천천히 녹아내려 아빠가 말하는 동안 눈에 안 보이게 떨어져나오고 있는 것 같았기 때문이다. 아빠는 이 방에 있지 않았다, 아빠를 무시하며 노려보는 딱딱한 사제들도 없었다, 아빠에게 보이는 것이라고는 물가에 서 있던 엄마의 모습뿐이었다, 엄마를 부르는 아빠의 목소리가 오랜 세월과 소금기 섞인 바람을 구르듯이 타고 넘었다, **애니 애니**. 나중에 바닷가 산책로에서 아빠는 엄마를 품에 안고 말했다 평생 감자와 소금만으로 살 각오가 돼 있어 하고 그때 엄마가 어떻게 했냐면 구불구불한 머리카락을 뒤로 휙 넘기며 웃었다 나처럼 예쁜 여자한테 줄 수 있는 게 그것뿐이에요 베니 브래디?

그러고는 두 사람 모두 무릎을 꿇고 바위 위에서 함께 묵주기도를 드렸다 하느님한테 제대로 올라가지도 않은 기도가 바람에 날려가고 멀리서 사육제의 불빛들이 빙빙 돌아가고, 바닷가에 파도가 철썩이고 아빠가 묵주의 구슬을 만지작거리며 지금과 똑같이 갈망을 담은 시선으로 엄마의 눈을 바라보던 그 순간이 어땠는지 궁금하다. 크고 텅 빈 방에서 할 말을 잃고 침묵에 잠긴 채 우리가 서 있는 지금 그날 그 죽은 오후의 속삭임이 들리는 듯했다.

닥쳐요 하고 내가 말했다, 그만 닥쳐요, 뭔가가 내 마음속에서 솟아올랐고 나는 그것이 그만 끝나기를 원했다. 좋은 여자였다 네 엄마는 하고 아빠가 말했다, 아빠는 점점 우는 소리를 늘어놓았다. 항상 이랬던 건 아냐 내가 그 여자를 얼마나 사랑했는지 넌 절대 모를 거다. 나는 앙상한 엉덩이 두어 명이 창가로 다가와 입을 헤 벌리고 바라보는 것을 보고 아빠에게 다시 닥쳐요 이젠 아무 소용없어요, 아무것도 하고 말했다. 아빠는 자기한테 그렇게 말하지 말라면서 자기한테도 체면이 있다고 말했다. 나는 옛날에 아빠가 그랬던 것처럼 무릎을 꿇었다 아빠는 술을 잔뜩 마시고 집으로 굴러 들어와 단단한 주먹을 들어올리며 한쪽 눈을 감고 그리스도의 저주가 오늘 밤 너한테 내려야 하는 건데 이 못된 년 내가 널 데리의 그 구멍가게로 데려간 날은 내 인생의 암흑이야. 아빠는 아들이 아버지에게 그런 말을 하면 안 된다고 말했다. 엄마와 아빠가 바닷가에 서 있는 모습이 생각날 때마다 나는 아빠한테 더욱더 못된 말을 했고 결국 아빠는 울어버렸다. 난 널 만나러 왔어, 아빠가 말했다 그걸 좀 알아줘. 나는 당신한텐 아들이 없어요 당신은 엄마를 정신병원에 넣었어요 하고 말했다. 차라리 아들이 없는 편이 더 낫겠다 그런 짓을 하고서 네놈이 감히 내 아들 행세를 하다니. 그런 짓이라니 내가 무슨 짓을 했다고 그래요 나는 아빠의 옷깃을 붙들었다 눈빛을 보니 내가 어떤 눈으로 바라보든 나를 무서워한다는 걸 알 수 있었다. **내가 무슨 짓을 했다고 그래요?** 아빠는 차마 말하지 못했다, 아빠가 나같이 아들을 사랑한 아버지는 없어 프랜시 하고 말하는 것이 간신히 들렸다 그것이 아빠가 한 말이었다 아빠가 날 때리려고 드는 편이 더 나았을 것이다 나는 아빠의 옷깃을 놓고 아빠에게 등을 돌리고 서서 꺼져요 하고 말했다 꺼져요 거품이 부드럽고 혀 짧은 소리로 프랜시 뜻밖이긴 해도 정말 반가운 만남이었겠구나 하고 말하는 소리가 들렸을 때 나는 이미 한참 전부터 방에 있는 사람은 나 혼자뿐이었음을 깨달았다.

　우리는 함께 휙휙 사각형 안뜰을 가로질렀다. 네 아버지가 음악가이신 줄은 몰랐다 하고 거품이 말했다. 아 정말 음악가세요 신부님, 내가 말했다, 고향에서 브라스밴드를 조직한 사람도 아버지고 트럼펫을 아버지처럼 잘 부는 사람도 없어요. 그래, 거품이 말했다, 그거 굉장하구나! 네, 엄마랑 결혼하시고 얼마 안 돼서 아버지가 밴드를 만들었어요. 두 분은 번도런에서 결혼하셨대요. 그래? 거품이 열심히 들으며 말했다. 네, 내가 말했다, 거기에 오버더웨이브스라는 하숙집이 있었는데, 거기가 바로 두 분이 신혼여행 때 묵은 곳이에요. 두 분은 항상 거기에 다시 가볼 거라는 얘기를 하셨지만 실제로 가보지는 못했어요. 거기서는 두 분을 모르는 사람이 없었대요, 하숙집 손님이 전부 알았대요. 아버지는 저녁에 사람들을 위해 노래를 불렀어요. 그런 곳에 다시 가보시지 못하다니 안타깝구나. 언젠가 가게 될지도 모르지 프랜시스, 거품이 말한다, 시간은 아직 많으니까. 그럼요 많죠, 내가 말했다, 노래하는 해골을 보는 건 자주 있는 일이 아닐 거예요 해골이 집을 무너뜨릴 거예요.

티들리는 우리가 결혼할 수 있다면 정말 아름답지 않겠
느냐고 말했다. 나는 굉장할 거라고 말했다. 난 너한테 꽃과
초콜릿을 사주고 너는 내가 집에 돌아올 때쯤 식사를 준비
해놓는 거야 하고 티들리가 말했다. 하하 나는 웃었다, 여자
애처럼, 티들리는 그것을 좋아했다! 아네모네 아가씨, 내가
말했다, 세상 모든 아름다운 것들의 여왕님! 이 말을 듣고
티들리는 머리가 완전히 옆길로 새버릴 뻔했다. 땀이 티들
리의 몸에서 풀쩍 떨어졌다. 획, 롤로가 들어갔다.

어느 날 나는 보일러실에서 커다란 스토브 안의 불꽃이
서커스처럼 쇼를 하는 모습을 지켜보고 있었다. 나는 티들
리가 준 파크드라이브 담배를 뻑뻑 피우는 중이었다. 그때
그 목소리가 들렸다. **거기 있는 거 다 알아, 넌 날 못 속여!** 내가
널 무서워하는 줄 알아, 미친놈 브래디. 내가 널 잡을 테다!
널 잡는 건 나야! 네가 술수를 써도 난 아무렇지도 않아! 어
서 나와라! 이 뱀 같은 새끼야 어서 나와!
열쇠가 덜컥거리는 소리가 들렸다 시선을 들었더니 보이
는 것이라고는 거름을 저을 때 쓰는 커다란 쇠스랑으로 나
를 겨냥한 정원사뿐이었다 눈이 미친 사람 같았다, 잡았다
이 자식 신부님들이 뭐라고 하실까!

나는 하얗게 질려서 말했다 난 완전 망했어요 하지만 정원사가 어떻게 했냐면 그냥 혼자 쿡쿡 웃어대더니 문을 잠그고 나한테 불을 줘 하고 말한다. 더러운 비행사 놈들, 내가 무슨 상관이람! 그놈들 중에 언제 좋은 놈이 있기나 했나? 그놈들은 너한테는 오줌도 안 쌀 걸. 정원사는 그들이 1940년부터 자기한테 5실링을 빚졌다고 말했다. 갑자기 보일러실 전체에서 풀과 거름 냄새가 났다. 우리는 가만히 서서 작은 스토브 문 안에서 벌어지는 불꽃 서커스를 보았다. 정원사에게도 찌질이 같은 느낌이 조금 있었다. 정원사는 그걸 증오라고 했다. 저 스토브에서 엄청난 증오가 나와, 정원사가 말했다. 아, 내가 말한다, 강력한 증오네요! 전부 강력한 증오예요!

네가 이 풀밭을 놓친 것처럼 보일지도 모르겠다, 비행사가 내게 말한다. **난 손에 커다란 가위를 들고 있었어! 가위가 있었다고! 그날은 그 자식이 운이 좋았다는 걸 알아야지. 내가 가위로 그걸 자르려면 자를 수도 있었어!** 비행사가 말한다, 그리고 두 손가락 사이에 엄지를 끼워 넣어 내게 보여주었다.

그는 담배의 꽁지를 씹었다. 나는 말이다, 그가 말했다, 이 나라를 위해 싸운 사람이야. 그렇고말고, 그가 말한다,

난 부활절 주간에 GPO*에 있었어. 내가 GPO에 대해 생각하는 거라고는 마이클 콜린스뿐이고 그것도 순전히 아빠가 번도런에 있었을 때 그에 관한 책을 읽었기 때문이다. 마이클 콜린스랑 **아는 사이였어요,** 내가 그에게 묻는다. 그는 거의 심장발작을 일으킬 뻔했다. 그분을 **아느냐고?** 그분이 우리 집에 있었어!

그는 마구 춤추는 눈동자로 나를 뚫어지게 바라보며 싸구려 담배를 손가락으로 튕겨서 날려보냈다. 나는 아빠가 마이클 콜린스에 대해 안다고 말했다. 아 그래 그렇지만 나만큼 잘 알지는 못할걸, 나는 정말 그분을 잘 알아 그는 이렇게 말하고 나서 몸을 웅크려 나를 똑바로 바라본다. 내 말을 못 믿는 거냐? 그가 이렇게 말하고서 내 팔을 퍽 쳤다 나는 하마터면 불 속으로 넘어질 뻔했다. 아저씨를 믿어요 하고 내가 말했다. **그분이 베이컨이랑 블랙푸딩을 얼마나 많이 먹었는지 너도 봤어야 돼,** 그가 말했다. **그분이 훌륭한 군인이 된 게 당연하지!**

그러고 나서 그는 뒤로 몸을 기울이고 입꼬리에 담배꽁초를 문 채로 팔짱을 끼었다. 그의 발은 내가 뭔가 말하기를 기다리며 톡톡 소리를 내고 있었다. 나는 내 손바닥 한

---

* 중앙우체국. 1916년에 아일랜드 독립을 위한 부활절 봉기가 일어났을 때 독립 혁명군의 총사령부로 사용되었다

가운데에 농부처럼 커다란 침을 뱉어냈다. 아 세상에!, 내가 말했다, 그런 말을 할 수 있다니! 아저씨 집에 있었다고요! 그는 거시기가 두 개 달린 개처럼 자랑스러운 표정으로 나를 바라보았다.

그래 이제야 좀 알아듣는구나 하고 그가 말하고는 담배를 행복하게 빨아들였다.

또 하나 말해주마 하고 그가 말했다. 난 그분이 본 사람 중에 라이플을 가장 잘 다루는 녀석이었어.

세상에 말도 안 돼요! 나는 입을 헤 벌리고 말했다.

이제 알았지? 그가 이렇게 말하고서 한쪽 눈을 감았다. 하지만 아무한테도 말하지 마라. 나는 그 나쁜 자식들을 기쁘게 해줄 생각이 전혀 없어.

그가 크로슬리 텐더스*를 폭파하고 탠스**에 총알을 박아주는 일을 끝냈을 때는 이미 날이 어둑어둑했다.

그가 진흙이 덕지덕지 묻어서 분홍색 발톱 같은 손가락으로 담배를 잡고 빨아들이자 빨간 눈 같은 담뱃불이 빛을 발했다.

내일 여기서 또 만나자 하고 그가 말한다 나는 이 사람도 티들리인가 하는 생각이 들었다. 하지만 아니라는 걸 나는

---

* 영국 쪽 병력인 북아일랜드 경비대가 1920년대에 사용하던 장갑 트럭
** 영국이 아일랜드에서 혁명이 일어나는 걸 막기 위해 제1차 세계대전 참전군인들을 모아 1920년부터 1921년까지 파견한 임시경찰대. 원래 이름은 블랙 앤드 탠스

알고 있었다. 그가 원한 것은 자기가 머리를 쏠 수 있게 블랙 앤드 탠이 무릎을 꿇고 앉아 있는 것뿐이었다. 젠장 그가 소리친다 저기 신부가 있어 몸을 숙여 몸을 숙여 그래서 우리 둘은 몸을 웅크렸다. 그를 바라보니 그는 문어처럼 양팔로 머리를 감싸고 있었다. 들리는 것이라고는 중얼거리는 소리뿐이었다 그래 정말로 그랬다 그리고 그들이 지나갈 때 가죽 신발에서 찍찍거리는 소리가 났다. 그래 맞아, 그들이 말하는 소리가 들렸다, **그 친구는 카운티 결승전까지 확실히 자기 힘으로 올라갔다니까!** 이제 됐어요 하고 내가 말했다 신부들은 갔어요. 나쁜 놈들 하고 그가 말했다, 그는 살짝 열린 문틈으로 밖을 내다보고 있었다, 여기서 그놈들한테 잡힌다면 대가가 너무 커!

그렇게 시간이 흘러갔다. 티들리의 여자 노릇을 하는 한편 정원사를 위해 블랙 앤드 탠스를 감시하기도 하면서 나는 돼지들을 위한 그 낡은 학교에서 잘해나가고 있었다 다만 망할 놈의 티들리가 그걸 완전히 망쳐놓았을 뿐이다.

여기 앉아, 그가 말하고는 나를 자기 무릎에 앉혔다. 아 그가 말한다 넌 그림 같구나. 하하 내가 그가 좋아하는 방식으로 이렇게 말하자 그는 내가 널 주려고 뭘 가져왔는지 짐작도 못 할 거다 하고 말한다.

나는 손가락을 입에 물고 장난꾸러기처럼 눈동자를 굴렸다.

맞혀봐, 그가 말한다, 어서, 맞혀봐.

과자요, 내가 말했다.

아니, 과자는 아니야.

책이요, 내가 말했다, 책이에요.

아니, 그가 말했다, 책도 아니야.

나는 온갖 이름을 대보았지만 그 어느 것도 아니었다. 티들리가 커다란 안락의자 뒤를 헤집고 다니는 소리가 들리더니 포장지가 바스락거리는 소리가 났다. 티들리는 꾸러미를 여기저기 더듬으며 끈을 풀고 포장을 열려고 했다.

제가 할게요, 내가 말했다.

오, 티들리가 말했다.

티들리의 눈은 잼을 넣은 병의 뚜껑만 했다. 나는 황홀해졌다.

와 신부님 정말 좋아요!

그것은 길고 하얀 리본이 대롱대롱 매달린 여자용 보닛이었다.

엉덩이가 빠져라 웃고 싶었지만 가엾은 티들리가 별로 좋아하지 않을 것 같았다 그가 입술의 살갗을 깨물며 말했다 오 프랜시스.

어때요 나는 그 모자를 쓰고 그를 위해 거울 앞에서 한 바퀴 빙 돌면서 말한다. 내가 빙글빙글 돌면서 방 안을 한 바퀴 돌자 티들리는 완전히 흐물흐물해져서 의자 팔걸이를 잡고서야 몸을 지탱했다.

아 혹시…… 아 난 아름다워요…… 아! 내가 말한다.

티들리의 아랫입술이 떨리고 있었다. 이리 와서 앉아라 하고 그가 말해서 나는 그에게 갔다. 그가 팔로 나를 감쌌다 내가 널 얼마나 사랑하는지 넌 전혀 모를 거다 프랜시스 하고 그가 말한다 밤이면 심지어 네 꿈까지 꾼단다. 난 너에 대해 모든 걸 알고 싶어. 롤로 열 개요, 내가 말한다. 너에 대해 모든 걸 말해주렴. 나는 그에게 산더미 같은 거짓말에 진실을 섞어서 말해준다. 정말 웃기는 얘기였다, 축구 경기 얘기 마을 얘기 술 취한 남자 얘기 그 밖의 온갖 이야기를 해주었지만 그가 알고 싶은 건 그것이 아니었다. 그래 그래 그가 말한다 하지만 내가 알고 싶은 건 **너**에 대해서야 프랜시스. 넌 틀림없이 좋은 집에 살겠지? 좋은 집에 살고 있니?

티들리는 아저씨처럼 활짝 웃어보였다 그때 처음으로 나는 생각했다 난 이제 당신을 좋아하지 않아 티들리.

티들리는 보닛의 리본을 가볍게 치며 눈가에 주름을 잡았다. 계속해봐, 그가 말한다 나한테는 말해도 돼. 나는 티들리에게 아무것도 말하지 않을 작정이었지만 티들리는 계속 말했다 어서 어서 등등. 나는 우리 집 부엌에 검은색과 흰색 타일이 깔려 있고 집에 23인치 텔레비전이 있다고 말해주었지만 티들리는 그것으로 부족한지 계속 재촉했다. 티들리가 내게 말을 시키면 시킬수록 내 얼굴이 점점 붉어졌다 이제 너무 많은 얘기를 해서 집에 돌아가 난 그놈한테 우리 집에 대해서는 아무 말 않고 누전트 얘기만 했어라고 말할 수 없게 되었다 나는 계속 이야기해야 했다 만약 티들리가 거기서 멈췄다면 괜찮았을지 모르지만 티들리는 멈추지 않고 계속 나한테 더 더 말하라고 했다. 그리고 그것이 바로 누전트 부인이 원하던 것이었다. 나는 나와 조의 웅덩이에서 멀지 않은 집 뒤의 길에서 나무 밑에 서 있는 누전트 부인을 보았다. 엄마가 빨래를 걷으려고 마당으로 나왔다. 엄마와 눈이 마주쳤을 때 누전트 부인은 그 얇은 입술로 미소를 지었다. 그러고는 엄마에게 다가가 담장 위로 몸을 기울였다. 엄마는 겨드랑이에 빨래를 잔뜩 낀 채로 비틀거렸다. 누전트 부인은 계속 엄마를 향해 미소를 짓기만 했다. 누전트 부인의 눈은 이렇게 말하고 있었다. 내가 말하고 싶은 생각이 들 때 말할 거야.

마침내 그런 생각이 들자 누전트 부인이 말했다. 그 애가 무슨 짓을 했는지 아세요? 나더러 자기 어머니가 되어 달라고 했어요. 돼지가 되지 않기 위해서라면 무엇이든 내놓을 수 있다고 했어요. 그 애가 당신한테 그런 짓을 했다고요 브래디 부인. 그 애가 우리 집에 온 이유가 그거였어요! 그 여자의 가슴 때문에 또 숨이 막혔다, 미지근한 게 내 목구멍 속에 있었다. 내가 먼저 그를 친 것 같다 그가 쓰러지더니 이렇게 외치는 소리가 들렸다 **날 해치지 마라 프랜시 난 널 사랑해!**

그의 책상에 종이칼이 있었다 그것을 거기서 자주 보았기 때문에 그냥 손으로 더듬어 그것을 찾아서 그를 베려고 했지만 그에게 다가갈 수 없었다 **제발 제발 난 널 사랑해!**라는 말만 귀에 들렸다. **그거 내려놔!** 이런 말이 들렸지만 누가 하는 말인지 알 수 없었다 거품인 것 같기도 하고 얼굴이 보이지 않는 다른 사람 같기도 했다 머리가 빙빙 돌았다, 보이는 거라고는 엄마가 빙긋 웃으며 나한테 자꾸만 자꾸만 걱정 마라 프랜시 그 여자가 너에 대해 뭐라고 하든 난 절대 안 믿을 거야라고 말하는 모습뿐이었다 나는 절대 그런 식으로 엄마를 버리지 않아요 절대 하고 말했다 **안 돼 아들아 안 돼!** 엄마가 말했다 나는 그게 사실이에요 엄마 하고 말했다 엄마는 아니라고 말한다 하지만 그것이 사실이었고 내가 무슨 짓을 하든 앞으로도 항상 사실일 것이다.

어둠 속의 돼지구이, 깨어났을 때 내가 바로 그런 꼴이었다, 그들이 나를 보일러실에 가뒀기 때문이다. 밖에서 속삭이는 소리가 들렸다 나는 한참 뒤에야 그 말을 알아들을 수 있었다. **넌 끔찍한 인간이야. 널 붙잡느라 넷이나 달라붙었어. 족제**

비랑 씨름하는 것 같았다고 하던데. 내 말 들려? 네가 그 자식들한테 **본때를 보여줬다고! 히히!**

서커스의 불꽃들이 나를 위해 쇼를 연출했다. 봐 프랜시 하고 그들이 말했지만 나는 제대로 볼 수 없었다 놈들이 나한테 주사를 놓은 것 같다 조금 전까지만 해도 나는 조랑 같이 길에 서서 구슬을 던질 준비를 하고 있었는데, 지금은 거품이 바람 속의 검은 낙하산처럼 둥둥 떠서 지나가곤 했다. 사육제의 음악소리가 들리고 조가 거기서 혼자 걸으며 여흥으로 벌어지는 쇼들 속을 들락날락하고 있었다. 커다란 바퀴가 돌아가고 노란색 공들이 분수 위에서 통통 튀었다. 라이플이 빵 터지자 낡은 과녁들이 뒤로 날아갔다. 회랑 옆에서는 금붕어가 커다란 유리 수조 속에서 헤엄쳤다. 금붕어를 담아서 집에 가져갈 수 있는 비닐봉지도 있었다. 그 때 총을 쏘던 사내아이가 돌아서서 눈에 들어간 머리카락을 밀어냈다. 필립 누전트였다, 녀석은 빙긋 웃으며 자기 과녁에 뚫린 구멍을 세었다. 녀석은 뭐라고 말하려 했지만 그 입에서 나온 것은 녀석의 목소리가 아니었다. **야! 야! 너 거기 있어? 하! 하! 담배 하나 줄까?**

그러고는 담배가 문 밑으로 굴러 들어왔다. 그 안에서 담배를 몇 개비나 피웠는지 모르겠다. 아마 수백 개비는 될 것이다. 문이 열리자 거품이 빛 속에 서 있었지만 소맷자락을 잡아당기며 나를 외면한 채 말을 하는 모습은 평소와 달랐다. 거품이 그렇게 구는 건 자주 있는 일이 아니었다. 자 착한 아이야 이제 얌전히 굴 준비가 됐니? 하고 그가 말한다.

나는 거품을 보고 내가 아니라고 말할까봐 그가 겁내고 있음을 알았다. 내가 그렇게 말하면 자신이 무슨 짓을 할지 그도 모르기 때문이었다. 하지만 나는 그렇게 말하지 않았다. 나는 늙은 거품이 좋았다. 하지만 티들리는 얘기가 달랐다. 티들리가 다시 내게 다가온다면 하느님의 도움을 청해야 할 것이다.

이 망할 놈의 풀밭 가장자리를 자르는 건 내 일이 아냐, 정원사가 말한다. 정원사가 나한테 한 번만 더 이 말을 하면 그걸로 끝이다. 난 그만둘 것이다.

네 생각은 어떠냐?

나는 아무 말도 하지 않고 그가 한 눈을 감은 채 재 위에서 앞으로 나아가는 모습을 바라보기만 했다.

너 아예 말을 안 하기로 한 거야?

말투를 보니 정원사가 거름 쇠스랑을 들고 달려들기 전에 뭐든 말하는 게 좋을 것 같았다.

잔디를 자르지 마세요, 내가 말했다. 안 자르면 되잖아요!

정원사는 흥분해서 거의 폭발직전이었다. 그가 낡은 모자로 자신의 코르덴 바지를 철썩 쳤다.

그래 말 한번 잘하는구나! 그가 외쳤다.

절대 하지 마세요! 내가 말했다.

그래 이 망할 놈의 일은 끝이야 하고 정원사가 담배를 흔들며 말한다, 야 너 정말 좋은 녀석이구나, 자 담배 하나 받아라 하고 그가 말하더니 담배 몇 개를 흔들었다, **엉덩이를 차인 멍청한 조종사한테는 다 담배를 하나씩 주는 거야! 받아!**

정원사는 쿡쿡 웃어댔고 불꽃들이 발레리나처럼 빙글 돌았다. 내가 브라이드웰 교도소에서 마이클 콜린스를 탈옥시킨 얘기 너한테 했나? 정원사가 말한다.

아뇨, 내가 말한다.

안 했어?

정원사가 입술을 핥자 작은 보병들이 그의 한쪽 눈에서 다른 눈으로 달려갔다. 넌 무슨 일로 왔어 하고 장교가 말하더군. 아 저는 성령 신부입니다 장교님, 내가 말하지. 좋아 하고 장교가 말해, 가시오 신부님. 그래서 나는 갔지 그리고 삼십 분도 안 돼서 아일랜드 공화국군의 대장과 나는 말이 끄는 수레를 타고 더블린 거리를 달각달각 달리고 있었어! 당신은 좋은 사람이오 하고 콜린스가 무 더미 밑에서 말했지 당신을 기억하겠소!라고.

밖에서는 해가 저물고 있었고 다들 차를 마시려고 식당으로 향하고 있었다.

내가 머릿속에서 금붕어를 지워버리려고 애를 쓰면 쓸수록 자꾸만 금붕어가 생각났다.

어느 축축한 날 나는 티들리가 차에 오르는 것을 보았다 그리고 다시는 그의 모습이 보이지 않았다. 십중팔구 자신의 거시기로 찌질이 같은 놈을 문지르러 정비소로 갔을 것이다 그래 잘해봐라 아 젠장 속이 다 시원하다. 거품이 나를 자기 서재로 불렀다 조금 탐정 흉내를 내고 있는 것 같았다. 자기 딴에는 나한테 들키지 않으려고 애쓰면서 찻잔 가장자리 너머로 나를 바라보곤 했다. 그러다 내가 거품을 향해 시선을 돌리면 거품은 번개처럼 시선을 피했다. 거품은 지금 상황에 딱 맞는 말을 생각해내려고 애쓰고 있었다 만약 말을 잘못하면 나한테서 아무 이야기도 들을 수 없을 것이고 말을 잘한다 해도 내가 아무 말도 안 해줄 수 있다는 것을 알기 때문이었다. 나는 커다란 가죽의자에 털썩 주저앉았다 거품이 말한다 너 스코틀랜드 부족 좋아하니 네 좋아해요 하고 내가 말한다. 거품이 요즘 어떻게 지내느냐며 나한테 몇 가지 물었다. 나는 잘 지내요 네 아니오라고 대답했다. 거품은 어떻게 말해야 좋을지 생각하느라 얼굴에 온통 주름이 잡혀 있었다 마치 두 바퀴로 모퉁이를 돌려고 애쓰는 것 같았다. 가끔 나는 그냥 어깨를 으쓱하며 창밖을 내다보았다. 그러다 거품이 일어서서 밖을 빤히 내다보며 뒷짐을 지고 손가락을 얽었다 어떻게 말을 시작할지 고민하면서. 이번에는 말투가 달랐다 농담 같은 건 전혀 없었다 내가 농담 따위 엿이나 먹으라고 생각하는 걸 알기 때문이었다 맞는 생각이다. 거품은 사는 게 힘들다, 사람들마다 골칫거리가 있다고 말했다. 사람들이 하는 일 중에는 이해하기 힘든 것도 있었다. 물에 폭 젖은 축구공이 창문을 스쳐 지나갔고 찌질이들이 소란을 피우며 그 뒤를 쫓았다. 거품은 설리번 신부는 좋은 사람이라고 말했다. 나는 아무말도 하지 않았다. 거품은 설리번 신부가 누이를 만나러 더블린에 갔다고 말하기 시작한다. 설리번 신부는 요즘 너무 열심히 일했지, 거품이 힘없이 웃으며 말한다. 나는 누이가 신부님을 돌봐주겠죠 하고 말한 뒤 차를 한 모금 마신다. 그러겠지, 거품이 말한다, 누이가 신부님한테 아주 잘 하니까. 그런 동생이 있으니 다행이다. 나는 웃을 생각이 아니었지만 거품이 이 말을 했을 때 웃을 수밖에 없었다. 나는 혼자 쿡쿡거렸다. 누이라니, 웃겨! 티들리 영감은 지금쯤 정비소 벽을 기어오르며 어떤 젊은 농부한테 **널 사랑해 찌질이!** 하고 소리치고 있을 것이다.

거품은 내가 웃는 걸 알고 있었지만 달리 어쩔 방법이 없었다. 만약 거품이 그만 웃어 하고 말했다면 나는 더 심하게 웃어댔을 것이다. 그리고 거품을 밀어내며 창밖을 향해 소리쳤을 것이다. 야 찌질이들아! 롤로를 나눠주는 티들리 신부 이야기 들어봤냐!

거품이 두려워하는 게 그거였다. 다들 그 이야기를 듣는 것. 하지만 그런 걱정은 할 필요 없었다. 거품이 자기 일이

나 하면서 날 가만히 내버려두기만 한다면 나는 큰거시기 신부 그러니까 티들리에 대해 아무 말도 안 할 것이다. 이제 그 신부가 사라졌지만 그거야 그러든지 말든지. 내가 원하는 건 다들 날 가만히 내버려두는 것뿐이었다. 네가 여기서 행복하게 지냈으면 좋겠다 하고 거품이 말한다. 나는 행복하다고 말했다. 그러고는 또 말했다. 이제 갈게요.

그래 프랜시스, 거품이 손가락 하나를 허공으로 쳐든 채 컵을 들어올리며 말했다. 나는 티들리에 대해 말할 생각이 없었다. 하지만 거품은 그걸 몰랐다. 거품이 아는 거라고는 티들리가 구석에 누워 나한테 사랑한다고 칭얼거리는 걸 자신이 보았다는 사실뿐이었다. 거품 영감은 그런 광경에 익숙하지 않았을 것이다. 문밖으로 나가면서 내가 마지막으로 본 것은 고통스러운 표정으로 완전히 무기력하게 서 있는 거품의 모습이었다. 거품은 생각하고 있었다. 이 골치 아픈 일들이 다 끝나면 내가 행복한 노래를 부를 수 있을 텐데. 〈마이클이 해안으로 배를 저어 가네〉 같은 노래 말이야!

그 이후로는 계속 똑같은 날들이었다, 추적추적 내리는 비처럼 하루하루가 지나갔다, 조도 아빠도 아무것도 없는 나날. 나는 티들리 사건 이후 '프랜시 브래디가 더 이상 나쁜 아이가 아니라는 졸업장'을 받으려고 애쓸 필요가 없었다 기회가 생기기만 하면 여기 사람들이 나를 내보낼 테니까 나는 벽에 자라는 곰팡이 같아서 그들은 나를 다시 깨끗이 씻어내고 싶어 했다.

내가 떠나던 날 거품은 내 손을 움켜쥐고 마음이 기쁘다고 말했다. 나는 크게 미소를 지어주었다. 하지만 이제는 모든 게 달랐다 나와 거품이 농담을 하던 옛날이 아니었다. 거품은 내가 웃는 이유를 알고 있었다. 마음을 기쁘게 해주기만 한다면 거품은 금방 내 손을 놓을 것이다.

나는 정원사에게 행운을 빈다고 말했다. 정원사가 말했다. 너랑 만날 수 있어서 다행이구나 내일이면 난 여기 없을 테니까 말이야. 여기 사람들이랑 잔디밭 가장자리에 질려버렸거든. 정원사는 내 눈을 똑바로 들여다보면서 자기 가슴을 툭툭 쳤다. 이건 내가 할 일이 아냐. 정원사가 숨죽인 소리로 외쳤다. 내가 마지막으로 본 것은 물에 흠뻑 젖은 채 허공으로 떠오르는 공이었다.

창문이 백 개나 되는 집, 잘 있어라 아주 속 시원하다, 내가 말했다.

나는 곧장 조의 집으로 갔지만 조는 집에 없었다. 어디 있어요, 내가 말했다. 퍼셀 씨는 나를 위아래로 훑어보았다. 나도 모르겠구나, 퍼셀 씨는 이렇게 말하고 문을 닫았다. 저 사람이 왜 저렇게 불안해하나 싶었다.

나는 그 집에 몇 번 더 찾아갔지만 한 번도 누가 나와 보지 않았다 삼촌 집이든 어디든 다른 곳에 가 있는 모양이었다. 결국 나는 처치힐 아래에서 기다리다가 학교에서 돌아오는 조를 만났다. 이제 조는 중학교 이 학년이었다. 조는 터질 듯이 부풀어 오른 커다란 책가방을 들고 있었다. 가방 안에 책이 무지 많은가보다, 조, 내가 웃으며 말한다. 조는 내가 모르는 아이와 같이 있었는데 나는 그 녀석에게 먼저 가보라고 말했다. **뭐?** 그 녀석이 말한다. 내가 말했다. 먼저 가보라고 너 귀머거리냐?

나 돌아왔다 조, 내가 말했다, 창문이 백 개인 집에서 돌아왔어. 이 말을 하면서 나는 혼자 웃었다 조와 함께 길을 걸으면서 이 말을 하는 게 너무 웃겼다. 조한테 어디서부터 이야기를 해줘야 할지 알 수 없었다. 나는 금붕어든 뭐든 걱정할 필요 없다고 모두 다 지나간 일이라고 조에게 말했다. 그러자 조가 나를 바라보며 말한다. **무슨 금붕어?** 나는 조의 어깨를 철썩 쳤다. 무슨 금붕어라니! 내가 말한다, 야 인마 조!

이렇게 기분 좋게 웃어본 게 얼마만인지 알 수 없었다. 나는 조에게 우리 은신처가 요새는 어떠냐고 물어보았다. 조는 거기 가보지 않았다고 말했다. 아직도 잘 숨겨져 있냐,

내가 말했다. 조는 거기 가본 지가 오래돼서 잘 모르겠다고 말했다. 나는 우리가 가서 잘 숨겨놔야지 하고 말했다. 안에 빗물이라도 들어가면 다 망가질 거 아냐. 조는 그렇다고 말했다. 그럼 언제 가서 볼래 하고 내가 말했다, 오늘 저녁? 조는 저녁에 나갈 수 없다고 말했다. 알았어, 내가 말했다 내일도 괜찮아. 하지만 조는 내일도 나올 수 없다면서 주말밖에 안 된다고 말했다. 주말이 올 때까지 기다리면서 나는 위장이 아팠다.

조는 바람을 일으켜 각다귀를 쫓아낸 뒤 강가에 누웠고 나는 조에게 더 많은 이야기를 해주었다, 내가 생각해낼 수 있는 모든 것을. 나는 정원사와 블랙 앤드 탠스와 찌질이와 뼈가 앙상한 녀석들의 엉덩이와 보일러실에 갇혔던 것과 담배를 피우던 것과 성자들과 성 테레사와 이야기를 나눈 것에 대해 이야기했다. 그거 진짜 웃기는 얘기다 하고 조가 말했다, 어쩌다가 보일러실에 갇힌 거야? 나는 아 아무것도 아니야 그냥 소란을 피웠다고 가둔 거야 하고 말한다. 원래이 말만 하려고 했지만 조가 다시 말한다 도대체 **어쩌다가** 보일러실에 갇힌 거냐고. 나는 친구를 사귀어서 가장 좋은점은 세상의 무슨 일이든 이야기할 수 있다는 거라는 생각이 들었다 일단 그 생각을 하고 나니 아무래도 상관없었다. 이야기를 시작하자마자 이야기가 저절로 굴러갔다. 내 눈에 눈물이 고였고 나는 웃음을 멈출 수 없었다 보닛과 티들리, 사랑해! 등등. 그 인간이 나한테 준 롤로를 너도 봐야 하는 건데 하고 내가 말했다, 내가 그 망할 놈의 롤로를 아마 이천 개는 먹었을 거야 조. 롤로라 하고 조가 말했다, 그 인간이 롤로를 줬다는 건 **뭣 때문에** 준 거야? 아무리 봐도 조가 듣고 싶은 얘기는 오로지 그것뿐인 것 같았다. 내가 다른 이야기를 할 때마다 조는 계속 나를 그 부분으로 다시 데려가서 뭣 때문이야, 뭣 때문이야? 하고 물었다. 조가 그 얘기를 그만하면 좋을 텐데. 나는 아예 이야기를 그만두고 싶었다. 나는 우리 은신처와 옛날 일들과 얼음을 깨던 것과 이번에는 누가 구슬을 던질 차례인지 등에 대해 이야기하고 싶었다, 내가 이야기하고 싶은 건 그거였다. 그때가 최고의 시절이었다. 반짝반짝 광을 낸 유리처럼 분명하게 그 시절이 보였다. 하지만 조는 그럴 생각이 없었다. 조가 계속 그 이야기로 돌아갔기 때문에 결국 나는 조에게 이야기해주었다 그랬더니 조가 뭐라고 했냐면 프랜시 설마 그 인간이 너한테 진짜로 그런 짓을 한 건 아니지? 하고 말한다. 나는 무슨 소리야 조 그 인간이 **그랬어** 내가 방금 말했잖아 하고 말했다.

정신을 차려 보니 나는 나를 바라보는 조의 시선 때문에 식은땀을 흘리고 있었다. 조가 누워 있던 자리의 풀이 납작하게 눌린 것이 보였다 조는 거기서 뒤로 물러나 있었다.

지금은 다른 곳에 앉아 있었다. 혹시 내가 눈치챌까봐 멀리 물러나지는 않았다. 그래도 나는 알아차렸다. 아주 순간적으로 우리 눈이 마주쳤지만 조도 알고 나도 알았다. 내가 말했다. 내가 너를 아주 멋지게 속아 넘겼어 조. 티들리라니! 인간이 그런 짓을 하다니! 티들리! 롤로라니, 젠장!

나는 눈물이 흘러내릴 때까지 웃었다. **내가 널 속인 거야,** 나는 소리쳤다. 머리가 아프고 얼굴이 온통 벌겋게 달아올랐다. 조가 집에 가야 한다고 주말에 추가로 해야 하는 숙제가 있다고 말했다. 나는 알았다고, 내일 또 만나서 사육제에 가자고 말했다. 좋지, 조가 말했다, 노력은 해볼게 나는 조가 마을로 달려 돌아가는 것을 지켜보았다. 내가 길로 접어드는데 어떤 남자가 검은 자전거와 함께 오고 있는 것이 보였다. 나는 남자에게 말한다. 오랜만이네요. 잘 지내요?

그는 모자를 끌어내리며 말한다. 내가 지금 좀 바빠서. 송아지를 돌봐야 되거든.

그는 고개를 숙이고 가버린다. 나는 가만히 서서 그가 어떻게 하는지 지켜보는데 아니나 다를까 50미터쯤 거리가 벌어졌을 때 그가 걸음을 멈추고 뒤돌아본다. 나는 커크 더 글러스처럼 다리를 벌리고 가만히 서 있었다. 내가 자기를 뚫어져라 쳐다보는 걸 본 그가 어떻게 했냐면 자전거를 놓아버리는 바람에 자전거가 우당탕 소리를 내며 바닥으로 쓰러졌다. 나는 꿈쩍도 않고 가만히 서서 그가 자전거를 일으켜 세우려고 애쓰는 걸 지켜보았다. 내가 지켜본다는 걸 알아차린 뒤로 그는 그다지 힘을 쓰지 못했다. 그때 바구니에서 쇼핑백이 흘러내리더니 그 안에서 뭔가가 빠져나왔다 아마 감자였던 것 같다. 그가 어떻게 했냐면 그것도 주우려고 했다. 그가 한 손으로는 자전거 핸들을 잡고 다른 손으로는 감자를 잡은 모습이 무슨 스케치 같았다. 나는 손을 오목하게 오므려서 입에 댔다. 송아지를 잊지 마! 내가 말하자 그는 감자를 들고 멀어지고 감자 몇 개가 또 떨어져 길가 배수로로 굴러갔다.

나는 거리를 걸었지만 아무도 보이지 않았다 그라우스와 종이들만이 퍼매너 거리의 배수로를 따라 배처럼 떠내려가고 있었다.

하지만 오래지 않아 내가 돼지들의 학교에서 돌아왔다는 소식을 들은 벗시와 데블린이 누전트의 집에서 똥을 싼 것에 대해 나를 심문하려고 집으로 왔다. 두 사람이 우리 집 출입문을 억지로 여는 소리가 들렸다 그 멍청한 자식들은 달걀도 깨지 못할 것 같았다. 나는 저 자식들한테 달려들까 말까 생각하다가 아니 아직은 아냐 하고 말하고는 굴뚝으로 올라갔다 늙은 갈까마귀 한 마리가 여긴 우리 건데 넌 여기서 뭐 하는 거냐고 말하는 듯이 나를 내려다보았다. **얼른 나와 브래디 네가 안에 있는 거 다 알아**, 하고 벗시가 말한다. 네가 자진해서 나오면 너무 나쁘게는 안 하마. 세상에 이

지독한 냄새는 뭐야 하고 데블린이 말했다 돼지가 사는 집이니 어련하겠어 하고 벗시가 말한다. 이것 좀 봐 하고 데블린이 말한다 싱크대에 썩은 생선이 있어, 쥐도 있어 틀림없이 쥐도 있어. 아냐 하고 벗시가 말한다 돼지밖에 없어. 하하 데블린이 웃는다. 하하, 그거 진짜 웃기는군. 내가 나오지 않자 두 사람은 벌컥 화를 냈다. 벗시가 욕을 하며 뭔가를 부러뜨렸다. 여기다 불을 지르자 하고 데블린이 말한다. 틀림없이 집 안 어딘가에 녀석이 있을 거야 하고 두 사람이 말했다 그러고는 밖에서 사방을 뒤지고 다니는 소리가 들렸다. 두 사람은 다시 안으로 들어와 욕을 퍼부으며 부엌을 결딴냈다. 그러고는 화를 내며 가버렸다, 조만간 우리가 그 자식을 잡고 말 거야. 나는 귀찮아서 나가지 않았다 다음 날 아침 창문에 커다랗고 창백한 해가 걸려 있었다. 그것을 보니 마음이 좋아졌다. 아, 내가 말한다, 오늘은 좋은 하루가 될 거야.

나는 바삭바삭 소리가 나는 신선한 길을 걸었다. 닭장 바로 앞에서 걸음을 멈추고 웅덩이가 얼었는지 살펴보았더니 확실히 얼어 있었다. 그걸 보니 온몸이 다 따뜻해지는 것 같았다. 하얀 안개 같은 얼음 속에서 딱딱하게 비틀린 종이가 자라나와 있었다. 나는 발끝으로 그것을 파내려고 했지만 잘 나오지 않아서 작은 가지를 하나 꺾어 얼음을 파헤쳤다. 고개를 들어 보니 남자아이가 크리스마스카드에서 튀어나온 사람처럼 커다란 줄무늬 스카프를 목에 두르고 술이 달린 모자를 쓴 채 서 있었다. 여기서 뭘 하는 거예요, 아이가 말한다, 그건 우리 웅덩이인데요 형. 너네 웅덩이라고? 내가 말한다, 그래요, 아이가 말한다, 우리가 그걸 관리하고 있어요 나와 브렌디. 알았어, 나는 이렇게 말하고서 아이에게 가지를 건네준다 이제 손 안 댈게. 그럼 됐어요 하고 아이가 말한다, 브렌디한테는 말하지 않을게요. 갑자기 나는 뺨이 장밋빛이고 코에는 은색 콧물이 두 줄기 매달린 아이를 바라본다 내가 뭘 하고 싶었냐면 이 아이한테 키스하고 싶었다. 티들리가 했던 것 같은 그런 게 아니라 그냥 갑자기 모든 게 너무 좋아 보였기 때문이다. 나는 혼잣말을 했다. 그냥 여기 있는 것만으로도 너무 좋아서 영원히 서 있으라면 그럴 수도 있을 것 같아.

지금은 이게 너네 웅덩이지만, 나는 아이에게 말한다 전에는 누구 거였는지 알아? 아이는 벙어리장갑으로 얼굴을 문지르고 말한다 아뇨 누구 거였는데요?

나랑 조 퍼셀, 내가 말했다.

아, 아이가 말한다, 뭐 이젠 그쪽 웅덩이가 아니에요 그러고는 한쪽 무릎을 꿇고 앉아 종잇조각을 두드려대기 시작한다.

나는 미키 트레이너의 가게로 들어갔다. 우리 주님의 커다란 그림이 벽에 걸려 있다. 거기에는 **텔레비전을 안 사면 나쁜 놈!**이라고 적혀 있었다. 구세주께서 우리 모두를 보살펴주신다는 말은 없다.

미키 트레이너의 딸이 무릎을 꿇고 앉아서 라디오 캐비닛 위에 수많은 성자들 그림을 펼쳐놓고 묵주기도를 드리고 있었다. 어느 날 길에서 그 여자를 만났을 때 그 여자는 로마인들이 기독교 소년인 타데우스를 죽였기 때문에 로마인들을 미워한다고 말했다 타데우스는 도대체 누구인지. 음 음 음 그 여자가 거룩한 묵주기도의 슬프고 신비한 다음 구절을 말한다 예수님이 정원에서 기도하시네. 예수님은 좋은 사람이지만 미키 앞에서 감히 그런 말을 했다가는 당장 길바닥으로 쫓겨날 것이다. 미키 아저씨 하고 내가 말했다 낡은 텔레비전을 보던 시절을 잊으실 건가요? 미키는 귀 뒤에 연필을 꽂고 무슨 텔레비전 말이냐고 말한다. 아 그 고장난 거요, 내가 말한다, 아빠가 부숴버린 거. 아빠가 그것 때문에 아저씨를 찾아오지 않았어요? 아니, 미키가 말한다, 네 아빠가 날 찾아온 기억은 전혀 없는데 하고 말한 뒤 하던 일로 돌아가 텔레비전의 내부를 쿡쿡 찌른다. 덮개가 열려 있어서 텔레비전이 《댄 데어*》에서 본 미래 도시처

---

* 1950년에 나온 영국 공상과학만화

럼 보였다. 그걸 가져오면 우리가 한번 봐주지, 미키가 말한
다. 아니에요, 신경 쓰지 마세요 미키 아저씨, 내가 말한다,
다 옛날 일인걸요. 요즘은 너무 바빠서 텔레비전을 걱정할
틈이 없어요. 그래, 뭐 네가 얼마나 대단한 사람이 됐는지는
모르겠다만, 미키가 이렇게 말할 때 스피커에서 방귀 소리
가 난다. 젠장! 미키가 말한다. 나는 웃음을 터뜨리고 그 자
리를 떠났다. 마을로 돌아오니 확실히 기분이 좋았다. 가게
로 들어갔을 때 누가 있었냐면 코널리 부인과 그 여자들뿐
이었지만 내가 올 줄은 정말 몰랐던 눈치였다 나를 보는 눈
길이 확실히 그랬다. **넌 직업학교에 가 있는 줄 알았는데!**

히호 아니에요, 다시 돌아왔어요 네 연기가 휙 날리고 제
가 다시 나타났어요 끝내주는 프랜시 브래디 **안녕하세요 아줌
마들?**

여자들은 누가 먼저 입을 열 건지 마음을 정하지 못했다.
헛기침을 하며 서로를 바라보았다 네가 저 애한테 인사해.
싫어 **네가 해!** 일이 분 정도 계속 그런 식이었다. 내가 외투
밑에서 기관총을 꺼내 들고 드르륵 죽어라 개들아 하고 말
할 줄 알았던 것 같다.

그런 생각을 하며 나는 즐겁게 웃었다. 내가 웃기 시작하
자 여자들도 웃었다 그래서 정신을 차려 보니 우리 모두 옛
날 일과 돼지 등등에 대해 떠들어대고 있었다. 내가 무엇이
든 생각해내면 우리는 이야기를 나눴다 돼지들의 학교를

다녀온 내 머릿속에는 아주 많은 것들이 있었다. 그 시절에 함께 웃었는데요, 내가 말한다. 어머 애, 여자들이 말했다, 말하지 마! 이제 영원히 돌아온 거잖니 프랜시 그렇지 하고 한 여자가 말하자 다른 두 여자가 그 여자를 흘겨본다. **저 애한테 그런 건 묻지 마! 제발 묻지 마!**

왜? 이 늙은 여자들이 뭐든 묻고 싶은 걸 나한테 물어도 나는 괜찮았다. 정말로 고향 마을로 돌아왔으니까. 언덕에서 오디 머피*가 말 위에 앉아 잠자는 서부 마을을 내려다보며 한 말도 바로 그것이다. 고향으로 돌아오니 정말 좋군. 넵! 내가 말한다. 보이는 거라고는 허공에서 굳어버린 세 사람의 미소뿐이었다. 가게 점원 아가씨는 한 번도 입을 열지 않았다. 아니, 그렇지 않다, 입을 열기는 했다. **그것뿐이**다. 입을 열기만 했다. 그 여자는 카운터 뒤에 가만히 서서 입을 벌린 채 우리를 바라보았다. 콘플레이크 진열대 옆에서 그 여자들과 이야기하는 게 기분 좋았다, 내가 여길 떠난 뒤로 이 여자들이 한 치도 움직이지 않고 케네디 대통령은 사랑스러운 남자라거나 버터 가격을 어떻게 해야 할 것 같다는 이야기를 하고 있었던 것 같았다. 버터 가격을 어떻게 하기는 하겠지만 나는 그보다 더 중요한 이야기가 있었다, 자칫하면 옛날 돼지 시절 이야기를 몇 시간이고 하게

---

* 미국의 제2차 세계대전 전쟁영웅이자 유명한 영화배우

될 것 같았다. 그 옛날 돼지 시절을 그만 좀 잊어주실래요 하고 내가 말한다. 어머 프랜시, 코널리 부인이 말한다, 말하지 마! 하하 하고 여자들이 말했다, 그 시절이 좋았잖아. 아 뭐, 내가 말했다, 이미 다 지나갔잖아요, 평생 돼지로 살수는 없어요 안 그래요 아줌마들?

여자들은 그렇다고 말했다.

나는 코널리 부인에게 말했다. 안 그래요 코널리 부인.

그래 맞아 프랜시스 하고 코널리 부인이 말한다, 정말 맞는 말이야.

그럼요 하고 내가 말한다.

하하 하고 코널리 부인이 말한다.

하하 하고 다른 여자들이 말한다.

아 이런 하고 내가 말한다.

그런 식으로 몇 시간 동안 이야기를 할 수도 있었을 것이다 할 이야기가 아주 많았으니까 하지만 이제 내가 다른 곳으로 가서 내 여행에 대해 또 무엇을 발견할 수 있는지 살펴봐야 할 때가 점점 다가오고 있었다. 뭐 안녕히 계세요 아줌마들, 내가 말했다, 전 이만 가봐야겠어요. 하하 슬슬 **가봐야겠어요!**

코널리 부인은 혼잣말을 하고 있었다 가봐야겠다는 말에 웃는 게 괜찮은 건가 몰라. 당연히 괜찮은 일이었다. 나는 아무래도 상관없었다. 아줌마들이 원한다면 바보처럼 웃어도 상관없었다. 내가 말한다 아줌마들 이제 그만 가야 돼요. 그래 프랜시스, 코널리 부인이 말한다, 친구들을 전부 만나 봐야지. 맞아요 하고 내가 말했다. 그 여자들이 나한테 지은 미소도 우스웠다. 그건 전혀 미소가 아니라 단단히 당긴 고무줄 같았다. 팅! 고무줄이 제자리로 돌아갔다. 하지만 그렇다 해도, 그 여자들이 어떻게 웃든 그건 그 여자들 마음이었으니 나는 뭐라고 말할 생각이 없었다. 맞아요, 이제 그만 가봐야 할 것 같아요 하고 나는 말한다 곧 다시 보자 꼭 하고 코널리 부인이 말한다. 넵 하고 내가 말한다. 창문을 지나가면서 내가 창문을 한 번 두드리자 **세상에!** 하고 아줌마 한 명이 말한다 코널리 부인이었던 것 같다 **팅!** 하고 미소가 사라지고 다른 여자들이 말한다. 괜찮아요 코널리 부인? 나는 혼잣말을 한다. 이 마을에 웃기는 것들이 이렇게 많은 줄 정말 몰랐어.

깡통 하나가 놓여 있었다. 휙, 그것이 산울타리 너머로 날아갔다. 당신들은 절대 몰라, 내가 이 마을을 위해서 뛰게 될지도 몰라 하고 나는 생각했다.

분수는 얼어붙지 않아서 다이아몬드에 신나게 물을 뿌려대고 있었기 때문에 나는 그 옆에 한동안 앉아 있었다. 분수에 대해 내가 확실히 아는 게 하나 있었다. 빅토리아 여왕이 이 마을을 방문한 해에 사람들이 그것을 기념해서 주빌리 거리를 만들면서 동시에 이 분수를 만들었다는 것. 하지만 문제는 여왕이 이 마을에 온 적이 없다는 점이었다. 분수는 아름다웠다 어쨌든 그때는 그랬다. 하지만 어느 날 밤 트럭 한 대가 후진으로 분수 안으로 들어가 천사상을 모두 쓰러뜨려버렸기 때문에 지금은 분수대 옆구리에 베인 자국처럼 커다란 회반죽 금이 나 있었다. 나는 담배 상자에 침을 뱉으면서 **빅토리아 여왕 만세!**를 외쳤을 노친네들과 학생들을 생각했다. 그 사람들은 모두 이런 생각을 했을 것이다. 망할 여왕은 도대체 어디 있는 거야?

이런 생각을 하면 할수록 나는 쿡쿡 터져 나오는 웃음을 멈출 수 없었다. 사람들은 모두 발끈해서 집으로 돌아갔을 것이다. 아, 젠장, 우리가 뭣 때문에 분수랑 새 도로를 만든 거야!

물론 분수가 쓸모없지는 않았다. 내가 그 위에 앉을 수도 있으니까 그렇지 않은가?

술 취한 녀석이 타워에서 집으로 돌아가는 길에 분수에 오줌을 싸는 것도 가능했다. 틀림없이. 그러니까 잘했어요 마을 사람들과 빅토리아 여왕님 하고 나는 혼잣말을 했다.

사육제의 커다란 회전 놀이기구가 마을 저편 끝에서 돌아가며 히스테리를 일으킨 사람들을 하늘로 던져올렸다, 말하자면 사람들이 히스테리를 일으킨 척했다는 뜻이지만.

그런데 말도 안 되는 일이…… 그때 누가 왔냐면 바로 늙은 돔 신부가 사제복 자락을 펄럭이며 왔다 신발이 작고 검은 앞발처럼 그 밑으로 삐죽 나와 있었다. 잘 지낸 모양이구나 그 직업학교에서 하고 신부가 말한다, 네 그럼요 하고 내가 말했다 알고 보니 돔 신부가 아는 사람은 바로 우리의 오랜 친구 티들리였다. 아 그래, 돔 신부가 말한다, 설리번 신부, 나랑 아주 좋은 친구 사이지. 설리번 신부는 잘 지내니? 아 최고죠, 내가 말했다, 지금만큼 좋았던 적이 없을 거예요. 책들 입장에서 보면 끔찍한 사람이지, 돔 신부가 웃었다. 테러죠! 내가 말한다, 책들 입장에서 보면 끝내주는 테러예요! 맷 탤벗, 내가 말했다. 아 그래, 가엾은 맷 탤벗, 돔 신부는 한숨을 내쉬고 성호를 그었다. 돔 신부는 내가 티들리와 맷 탤벗과 이런저런 것들을 안다는 게 아주 좋았는지 미사 전서에 관해 나와 오랫동안 두런두런 이야기를 했다 이제 날씨도 많이 추워졌는데 네 아버지는 어떠시니 이제 무슨 이야기를 할까? 오늘만큼 네 모습이 좋아 보였던 적이 없는 것 같구나 프랜시스 하고 돔 신부가 말했다, 키가 아주 커졌어! 네 형편이 점점 좋아지는 것 같아서 다행이다. 조만간 한번 들러서 인사를 해야겠는걸. 그럼 그렇게 하세요 신부님, 나는 이렇게 말하고 나서 인사를 했고 돔 신부는 가버렸다. 혹시 돔 신부도 티들리의 무릎에 앉은 적이 있는지 궁금했다. 너 편안하니 도미? 네 신부님 편안해요 신부님은

요? 아 나도 편안하다, 이제 난 완전히 굉장한, 굉장한 사람이 됐어. 하지만 나는 늙은 돔 신부가 그런 짓을 하지 않았을 거라는 걸 알고 있었다. 아마 돔 신부가 평생 했던 일 중에 가장 나쁜 일이라고는 자기 어머니한테 싫어요 엄마, 가게에 심부름 **안 갈 거예요!** 하고 말한 것뿐일 것이다.

나는 눈을 감은 채 이 차갑고 상쾌한 마을 전체를 들이마시려는 것처럼 숨을 들이쉬었다. 집들 뒤의 길에서 닭장의 환풍기가 언제나 그랬던 것처럼 단조로운 소리를 내며 계속 돌아가는 소리가 들렸다. 언젠가 조가 내게 말했다. 이건 세상에서 제일 좋은 소리야, 환풍기 말이야. 나는 왜냐고 말했다. 조가 말했다. 그게 여기 있다는 걸 항상 알 수 있잖아.

맞는 말이었다. 환풍기를 생각하지 않을 때는 소리도 들리지 않는다. 하지만 일단 귀를 기울이면 이 마을 전체를 돌리는 조용한 기계처럼 항상 부드럽게 웅웅거리는 소리가 들렸다.

빵집 주인은 승합차에서 김이 피어오르는 빵 쟁반들을 내리고 있었다. 그라우스 암스트롱은 도서관 문간에 아무렇게나 웅크리고 있었고 술 취한 사람이 맥주병을 향해 지금은 누가 그녀와 키스하고 있을까? 하고 노래를 부르며 다이아몬드를 건너간다. 그러다가 걸음을 멈추고 그라우스에게 달려든다 너 날 알지 그렇지? 어! 어! 그라우스는 잠시 한쪽 눈만 떴다가 다시 잠든다. 넌 진짜 나아아아쁜 놈이야! 그 남자가 말하더니 고무다리로 주빌리 거리를 돌아서 우당탕쿵쾅 가버린다. 나는 로시를 보게 될 줄 몰랐기 때문에 눈을 들었을 때 로시가 내 앞에 서서 나를 뚫어지게 바라보는 것을 보고 조금 충격을 받았다. 저 인간은 자기가 누군 줄 아는 거야 드라큘라 백작이라도 되나?

아 안녕하세요 의사선생님, 내가 말했다, 잘 지내세요?
의사는 아무 말도 않고 그냥 보기만 했다 사람들을 바라보는 로시의 그 시선은 바로 내가 싫어하는 것이었다. 그 시선은 이렇게 말하고 있었다. 난 너에 대해 알고 있어. 로시는 한 마디 말도 없이 언제까지라도 그 자리에 서 있을 수 있는 사람이었다.

로시가 내게 아무것도 묻지 않았는데 내가 도대체 왜 그랬는지 모르겠지만 나는 로시에게 모든 이야기를 털어놓기 시작했다 경찰관과 함께 차를 타고 학교로 간 것 그게 정말 우스웠다는 이야기 그리고 찌질이 같은 녀석들이며 그 밖의 모든 이야기들. 로시의 눈이 나를 훑어보며 살피는 것이 느껴졌다. 나는 내 이야기 중 몇 가지를 되풀이했다, 정원사 이야기 같은 것, 그러고는 네 의사선생님 이제 시대가 바뀌었어요 하고 말했다. 과거는 모두 지나갔어요. 나는 로시가 그런 말을 들으니 반갑구나 프랜시라든가 아니면 신부처

럼 그거 좋은 소식이구나 같은 말을 해주기를 기다렸지만
로시는 아무 말도 하지 않았다. 아무 말 없이 그냥 손수건
으로 자기 입술을 닦은 뒤 손수건을 바라보았다. 어떻게 생
각하세요, 의사선생님, 과거가 모두 지나갔다는 거요. 나는
머리가 아픈데도 로시를 향해 활짝 웃어보였다, 무슨 이야
기를 하는 조와의 사이에 있었던 일을 생각하며 어떻게 하
면 바로잡을 수 있을지 아니면 아예 아무 일도 없었던 것처
럼 다 지워버릴 수 있을지 고민하는 걸 그만두기가 힘들었
다. 로시가 목소리를 낮췄기 때문에 나는 그의 말을 들으려
고 힘껏 귀를 기울여야 했다. 로시가 말했다 그래, 그래, 그
거 좋은 일이구나 하지만 나는 말투를 듣고 로시가 내 말을
믿지 않는다는 걸 알았다. 나는 로시에게 더 많은 이야기를
했다, 보일러실과 담배에 대해서 하지만 로시는 검은 가죽
가방을 툭툭 두드리고 자기 이를 빨면서 음 하고 말했을 뿐
이다. 갑자기 로시가 날 믿든 안 믿든 무슨 상관이냐 이 인
간은 도대체 뭐냐, 그래, 의사, 참 대단한 의사지, 엄마를 정
비소에서 빼주지도 못했잖아, 안 그래? 하는 생각이 들었
다. 나는 로시가 어찌 되든 상관없었다. 뭐든 내키는 대로
말하라지. 그러면 나는 이렇게 말해줄 것이다. 시끄러워! 선
생님은 아무것도 몰라요 하고 내가 말했다 선생님은 우리
엄마에 대해 아무것도 몰라요 엄마에 대해 도대체 뭘 알아
요 엄마는 선생님 근처에도 가지 말았어야 했어요 애당초

엄마를 거기 집어넣은 게 선생님이잖아요 도대체 뭘 알아요 로시 아는 게 하나라도 있어요! 로시가 이런 말을 듣고 날 후려칠까 하고 생각했지만 눈을 들었을 때 보이는 거라고는 호텔 문이 닫히는 모습과 로시가 유리문 뒤에서 접수원과 잡담을 하는 모습뿐이었다. 갑자기 누가 날 부르는 소리가 들린 것 같았다. 프랜시!

조의 목소리인 것 같아서 나는 히호 하고 말했지만 사실은 누군지 내가 모르는 사람이었다. 나는 어떻게 해야 좋을지 어디로 가야 할지 몰라서 이제 뭘 하지 조의 집으로 가야겠다 달리 갈 데가 없잖아 하고 말한다. 내가 계단에서 폴짝폴짝 뛰어 돌아다니며 손을 불고 있는데 퍼셀 씨가 나온다. 퍼셀 아저씨 하고 내가 말했다 직접 나오셨네요. 퍼셀 씨는 잠시 나를 바라보더니 내 어깨 너머로 시선을 옮겨 식료품 상자를 들고 차에서 내리는 이웃에게 손을 흔들었다. 퍼셀 씨가 말한다, 조는 집에 없다. 이웃이 뭐라고 외치자 퍼셀 씨가 웃음을 터뜨렸다. 아 이런, 퍼셀 씨가 말한다. 두 사람은 한동안 시끄럽게 지껄여댔다, 날씨니 뭐니 이런저런 것들에 대해서. 아 그럼요 농부들은 절대 안 좋아할 겁니다 하고 이웃이 말한다. 그렇죠, 퍼셀 씨가 말한다, 맞는 말씀이에요. 일요일 게임에는 관중이 꽤 많았어요. 그랬죠. 마티 다우스가 좋은 경기를 했어요. 그래요. 마티는 점점 제대로 된 선수로 변해가고 있어요. 맞아요.

나는 계단에 가만히 서서 이웃이 안으로 들어가기를 기다렸다. 그래요 하고 이웃이 말한다 나중에 보죠 그러고는 또 다른 얘기를 시작했다 자동차니 뭐니 하는 거지 같은 이야기들. 그러고 나서 이웃은 그래요 행운을 빕니다 하고 말한다. 이웃이 손을 흔들자 퍼셀 씨는 미소를 지어 보이고는 안으로 들어가 문을 닫아버린다 문을 세게 쾅 닫지도 않고 너무 자연스러웠다. 나는 너무 오랫동안 기다린 탓에 원래 하려던 이야기가 무엇인지 잊고 있다가 다시 생각해냈을 때는 이미 때가 늦어서 문이 닫혀 있었다. 나는 계단에서 일 분쯤 기다리다가 그곳을 떠났다.

나는 로시의 집에 몇 번 찾아가서 로시를 기다렸지만 로시는 한 번도 나타나지 않았다 아무래도 휴가를 떠났던 것 같다.

사람들은 나더러 다른 애들보다 나이가 많기는 하지만 초등학교를 계속 다녀야 한다고 말했다. 초등학생 중에 내가 아는 아이는 하나도 없었다. 내 동급생은 조를 포함해서 모두 중학교로 올라가버렸다. 나는 뒷자리에 앉아 아무것도 하지 않았다. 아니 그런 건 아니다. 나는 옥소*를 하고 주

* 1951년에 나온 최초의 디지털 컴퓨터 게임

머니칼로 프랜시스 브래디가 여기 있었다는 글자를 새겼다. 선생이 나한테 바이킹이 누구 때문에 다시 바다로 나갔느냐고 말해서 나는 대니얼 오코넬이라고 말한다 이리 나와라 하고 선생이 말하더니 내 팔을 막대기로 짝 하고 때렸다. 어디 한번 혼나봐라, 선생이 말한다, 나한테 수작을 부릴 생각은 하지도 마 브래디! 너 같은 놈한테는 레디가 어울려, 네가 있을 곳은 거기뿐이야!

선생이 왜 이러는지 나는 알고 있었다, 브래디가 선생을 때릴 거라고 사람들이 변소에서 떠드는 걸 들었기 때문이다. 그 사람들이 왜 그런 생각을 했는지 모르겠다 나는 술을 하도 마셔서 코가 빨갛고 언제나 손을 덜덜 떠는 늙은 선생을 때리는 것 말고도 할 일이 많았기 때문에 그냥 학교를 관두는 게 최선이라는 생각이 들었다. 다들 이 레디라는 녀석을 마음에 들어 하고 있었다. 아빠는 나를 보며 말한다. 학교 아니면 레디야! 빨리 마음을 정해!

레디는 도살장을 갖고 있는 정육업자였다. 아무도 그런 곳에서 일을 하고 싶어 하지 않았기 때문에 거기에는 항상 일자리가 있었다. 레디는 돼지들이랑 같이 꺼져버리라고 해요, 내가 말했다. **너 같은 놈한테는 거기가 딱 맞아 하고 아빠가 말했다 밤이나 낮이나 빈둥거리는 주제에!** 그러고 나서 아빠는 중얼거리며 타워로 가버렸다.

가끔 나는 조가 학교에서 나올 때까지 그냥 소파에 누워 있었다. 그렇게 한참 있다 보니 집에서 냄새가 나도 누가 말할 때까지 알아차리지 못하게 되었다. 어느 날 밤에 아빠가 타워에서 술을 마시다가 집으로 가져온 오래된 닭고기가 있었다. 온통 파리와 구더기가 들끓어서 나는 그것을 내버렸다. 그라우스가 쓰레기통에서 그것을 꺼내간 것 같다 그 교활한 녀석.

나는 항상 처치힐 밑에서 조와 만났다. 돼지들의 학교나 거기서 있었던 일에 대해서는 더 이상 아무 말도 오가지 않았다, 그것은 이제 모두 끝난 일이고 곧 모든 것이 옛날처럼 되돌아갈 것이다.

나는 조에게 줄 것이 있었다, 이제는 조가 그다지 읽지 않는 만화책은 아니고, 담배나 과자라면 될 것 같았다. 나는 호텔 술집의 바 뒤에서 담배를 구했다 바텐더가 매일 같은 시각에 술통을 바꾸러 나간다는 것을 알고 있었기 때문이다. 과자는 메리의 집에서 구했지만 돈을 치렀다 메리의 물건을 슬쩍한 적은 한 번도 없었다. 우리는 강으로 향했다. 나는 조에게 원하는 건 뭐든지 가져다줄 수 있다고 말했다. 우리는 거기서 조금 즐겁게 웃었다. 옛날과 조금도 다르지 않았다. 옛날과 똑같을 뿐만 아니라 더 좋았다. 안 그래 조?

내가 말했다. 조는 그렇다고 말했다. 나는 학교와 시험과 온갖 거지 같은 일들보다 더 좋다고 말한다 안 그래 조. 나는 조에게 옛날처럼 카우보이 목소리를 흉내 내보라고 말했다. 조는 이제 못한다고 말했다. 그래도 한번 해봐 조 하고 내가 말했다. 못해, 조가 말했다, 그건 다 옛날 일이야. 그건 나도 알지만 조 그래도 틀림없이 아직도 할 수 있을 거야 하고 내가 말했다. 아냐, 조가 말한다 못해. 하지만 나는 조가 할 수 있다는 걸 알고 있었다. 한번 해봐 조 하고 내가 말한다. 그러자 조가 말했다. 좋았어 친구들 말을 타고 나가는 거야!

것봐 조, 내가 말했다, 할 수 있잖아!

존 웨인과 똑같았다. 정말로 존 웨인이었다. 조가 그 목소리를 흉내 내주어서 나는 엄청 기뻤다. 조는 옛날에 은색 권총을 빙글빙글 돌리면서 그 말을 하곤 했다. 좋았어 친구들 말을 타고 나가는 거야! 한 번 더 해봐 조 하고 내가 말했다, 한 번 더 해봐! 나는 한 번 더 해보라고 조르는 걸 멈출 수 없었다. 하지만 결국은 그만둘 수밖에 없었다 조의 눈 밑이 점점 붉어지는 게 보였기 때문에 나는 조를 화나게 하고 싶지 않았다 어차피 조는 그만하라고 말했을 것이다 지쳤다고 조는 돌아가야 한다고 말했다. 나는 마을에서 조와 헤어져 혼자 돌아왔다. 조처럼 목소리를 흉내 내려고 해봤지만 조처럼 잘할 수 없었다. 나는 조가 누워 있어서 납작해진 노란 풀 위에 누웠지만 아무리 애써도 엉터리 같은 목소리만 나올 뿐이었다. 존 웨인과는 전혀 비슷하지 않았다. 새소리와 더 비슷했다 그 새 이름이 뭐더라……. 그 새 롤 봉 곳 갓다.

나는 조에게 산에 가자고 계속 졸랐다. 옛날처럼 마니토한테 기도하자…… 진짜 재미있을 거야 하고 내가 말했다. 그만 좀 해라 프랜시…… 제발 좀! 조가 말했다.

마니토라니까, 내가 말했다. 여기 들어오는 모든 개들에게 죽음을 내린다 야마 야마 야마 얏! 제발 가자 조!

내가 이 말을 했더니 조는 웃음을 터뜨리며 좋다고 말했다 그날이 가장 좋았다 누전트나 돼지 학교나 티들러나 그 밖의 온갖 일들이 결코 일어나지 않았던 것 같았다. 우리는 호수 위로 돌멩이를 빙글빙글 던졌다 조가 그러는 걸 보면서 나는 하마터면 울음을 터뜨릴 뻔했다 그만큼 기분이 좋았다. 모든 것이 아주 선명하고 반짝거려서 나는 속으로 말했다. 길에서 놀던 그 시절 같아. 그건 우리가 꾸며낸 일이 아니야. 꼭 오늘 같았어.

나는 눈을 감은 채 이런 생각을 하다가 벗시의 목소리를 들었다. 벗시가 양손 엄지를 허리띠에 걸고 내 앞에 서 있었다.

데블린은 성냥개비를 씹으며 낚싯대를 들고 있었다.

이런 이런. 오늘 정말 운이 좋은데, 벗시가 말한다.

데블린은 복권에 당첨된 사람처럼 손을 비비고 있었다. 벗시가 조를 보았다.

너하고는 문제를 일으키고 싶지 않다, 퍼셀, 벗시가 말한다. 우리가 원하는 건 저 녀석이야, 데블린이 말한다. 넌 혼 좀 나야겠다. 그런 짓을 한 걸 후회하게 만들어주지, 브래디.

누가 날 후회하게 만든다는 거예요 하고 내가 말한다. 내가 이 말을 하자 벗시가 하얗게 질린다.

조가 말한다. 그러지 마 프랜시. 문제를 일으키지 마.

우리가 널 후회하게 만들 거야, 데블린이 이렇게 말하고 나를 향해 주먹을 휘두른다. 나는 고개를 숙이며 피하다가 돌에 걸려 발목을 접질린다.

그때 벗시가 내게 발길질을 해서 나를 땅에 쓰러뜨린다.

데블린이 **그래, 좋아!** 하고 말하며 커다란 농부의 장화를 신은 발을 날린다. 어느새 벗시가 사냥용 칼을 꺼내 들고 있다 칼이 그의 손에서 마구 떨린다. 넌 이제 끝이야, 브래디, 데블린이 말했다. 돼지처럼 네놈 멱을 따주마.

네놈이 내 누이한테 한 짓을 생각해, 벗시가 말한다. 그 뒤로 누이는 다른 사람이 됐어.

벗시는 이불보처럼 하얗게 질린 얼굴이었다 이마에서 땀이 번득이는 것이 보였다. 내 말 듣고 있냐! 벗시가 말한다. 네놈이 한 짓 때문에 누이는 병원에 갔어! 로시가 약을 세

종류나 처방해줬다고. **세 종류나!**

데블린이 다친 발목에 발길질을 했다. 이 시발놈, 데블린이 말한다. 이 말을 듣고 나는 울기 시작한다.

하! 벗시가 말한다. 그러고는 완전히 흥분해서…….

저놈 좀 봐, 데블린이 말한다.

그래, 그래야지, 벗시가 말한다.

봐, 데블린, 내가 뭐랬어, 벗시가 이렇게 말하며 칼을 주머니에 밀어 넣고 제정신을 차린다, 저놈은 남한테 나쁜 짓은 잘하면서 정작 저 자신은 그런 걸 참지 못해. 내가 말했다. 내가 나쁜 짓을 했다는 건 알아요, 벗시. 알아요! 나는 조에게 신호를 보내려고 조와 눈을 마주치려고 애썼지만, 조는 너무 불안해서 나를 보지 못했다.

여자들뿐이지, 데블린이 말한다, 저놈이 상대할 수 있는 건 여자들뿐이야, 여자들한테는 아무렇지도 않게 그런 짓을 하지만 자네랑 내가 상대라면 얘기가 다르지, 응 벗시?

그러고 나서 둘은 자기들끼리 수군거리기 시작했다, 날 어떻게 할 것인지를 두고.

제가 무슨 일이든 할게요 하고 내가 말했다. 남의 집에 쳐들어가기 전에 이렇게 될 줄 미리 생각했어야지 하고 데블린이 말하며 나를 또 때렸다.

젠장, 저놈 좀 봐! 저놈 좀 보라고! 저놈이 네 친구다 퍼셀. 테라스에 사는 네 친구야!

벗시는 담배를 꺼내 불을 붙였다.

그러고는 조에게 가서 말한다. 저런 놈이랑 왜 어울려 다니는 거냐? 네 아버지가 뭐라고 하시겠어?

그때 조가 말했다. 난 쟤랑 어울려 다니지 않아요. 그건 **옛날** 일이에요!

보이는 거라고는 불붙은 담배가 벗시의 입으로 올라가고 벗시의 고개가 끄덕여지는 모습뿐이다 벗시는 조에게 뭐라고 또 말을 하고 있다. 벗시가 연기를 내뿜고 재를 털더니 팔로 이마를 훔쳤다 그때 내게 기회가 생겼다 쿵! 벗시는 자기를 때린 것이 무엇인지도 몰랐다. 내가 돌멩이로 벗시를 몇 번이나 팼는지 모르겠다 데블린과 조가 간신히 나를 떼어내지 않았다면 나는 벗시를 끝장내버렸을 것이다 생각할 필요도 없었다 벗시가 조에게 그런 말을 하게 만들었다 조는 그런 말을 할 녀석이 아니다 순전히 벗시가 부추긴 탓이다. 나는 벗시에게 또 발길질을 하려고 했지만 데블린과 조가 나를 떼어냈다 안 돼 안 돼! 프랜시! 데블린이 말한다 프랜시 이만하면 됐어 데블린은 똥줄이 빠질 만큼 겁에 질렸다 나는 데블린에게도 달려들려고 했지만 데블린 따위 나한테는 아무것도 아니었다 나는 조와 이야기를 하고 싶었다. 나는 돌멩이를 도랑 쪽으로 던져버리고 말한다 조 그게 무슨 뜻이야 왜 그런 소리를 했어?

조가 나를 바라보는 시선 나는 처음에 그 시선이 누구와 닮았는지 떠오르지 않았지만 이내 깨달았다, 로시 박사였다, 조를 통해서 나를 똑바로 보고 있었다. 조, 제발, 내가 말했지만 조는 내 말을 들으려 하지 않았다. 무릎에 힘이 빠져서 나는 배 속에서부터 말을 끌어내야 했다, 제발 조!

그래도 조는 내 말을 들으려 하지 않고 유리벽에 손바닥을 댄 채 뒷걸음질을 쳤다, 안 돼 프랜시, 지금은 안 돼, 이런 짓을 해놓고!

내가 뭐든 말을 하려고 할 때마다 조는 손을 들어올렸다. 안 돼!, 조가 말했다. 나는 조의 등을 향해 소리쳤다 조, 돌아와, 제발! 내가 뭐든지 할게. 네가 원하는 거라면 뭐든지! 하지만 보이는 거라고는 조가 철도 출입문을 넘어가는 것뿐이었다 다시 보니 조는 사라지고 없었다. 데블린이 입술을 떨면서 나를 바라보았다. 부탁이다 프랜시!

나도 그럴 생각이었지만 이렇게 말했다 무슨 소용이야 그래봤자 망할 무슨 소용이야 나는 그냥 그를 거기 내버려두었다 **부탁이다 프랜시** 벗시는 바닥을 기고 있었다 어! 어! 살려줘 그래.

나는 사육제장으로 갔다 배 모양의 그네들이 완전히 하늘로 날아갈 것처럼 보였다. 꺅꺅거리는 소리를 그렇게 많이 들은 적이 없었다, 여자들은 남자친구에게 매달려 **구해 줘!** 라는 둥 이런저런 말을 외쳐댔다. 거기 짐 리브스와 커다란 분홍색 테디베어와 불꽃이 튈 정도로 서로 쿵쿵 부딪혀대는 놀이용 자동차들이 있었지만 나는 어느 것도 보고 싶지 않아서 금붕어를 보려고 사격장 쪽으로 갔다. 어항 안에 금붕어가 몇 마리나 있었는지는 모르겠다. 아마 오십 마리쯤. 녀석들이 휙휙 방향을 바꿀 때마다 은빛이 살짝 반짝였다. 나는 녀석들이 거기서 그렇게 헤엄치는 것을 한참 동안 지켜보았다. 충돌 자동차 옆에 아가씨들이 보였다 앉아서 다리를 흔들며 손으로 입을 가리고 키득거리고 있었다. 여자들이 나를 바라보며 서로 옆구리를 쿡쿡 찔러대더니 또 키득거렸다. 자그마한 금발 여자가 있었는데, 다들 나한테 가서 말을 걸어보라며 그 여자를 밀어대고 있었다. 그중에서 나이가 많은 편인 여자가 얼른 가봐 하고 말하며 분홍색 풍선껌을 불자 금발 여자는 싫어 안 할 거야! 하고 말한다.

여자들은 한참 동안 그렇게 옥신각신하더니 결국 어떻게 했냐면 나한테 오지 않았다. 여자들은 서로 팔을 걸고 거기 서서 네가 가서 말해 아냐 네가 가서 말해 나는 눈을 어디에 두어야 할지 알 수 없었고 순무처럼 새빨갛게 달아올랐다, 저 여자들이 지금 뭘 하는 건지 저 여자들한테 뭐라고 말해야 하는지 알 수 없었다. 여자들은 내 얼굴이 빨개지는 것을 알고 있었고 나는 여자들이 그걸 비웃는 걸 알고 있었다. 쟤 좀 봐, 완전히 새빨갛게 됐어. 왜 빨개진 거야? 여자들은 아마 이런 생각을 하고 있을 것 같았지만 지금 생각해보면 아예 아무 생각이 없었던 건지도 모른다. 여자들이 하고 싶은 건 조에 대해 이야기하는 것뿐이었다. 여자들이 말했다. 너 조 퍼셀이랑 친구지? 좋은 거 말해줄까? 얘가 조를 좋아해!

여자들은 다시 금발을 밀어댔고 금발은 내게 쓰러졌다. 나는 조심하라거나 괜찮냐는 말을 하려고 했지만 갑자기 말을 더듬기 시작했다 하지만 그건 상관이 없었다 여자들은 다시 조 때문에 쿡쿡거리고 키득거리며 내게서 멀어졌다.

집에 돌아와 보니 병들이 사방에 흩어져 있었다. 아빠는 소파에서 트럼펫과 나란히 누워 자고 있었고 의자에는 모자를 쓴 늙은이가 앉아 있었다. 오늘 밤엔 옛날 일들을 이야기하며 아주 즐겁게 보냈지, 타워에 언제나 모이는 친구들이 네 아버지한테 너무 걱정하지 말라고 하더라 하고 남자가 말한다 로시 말이 브래디 남자들은 강하고 단단하대. 브래디 남자들을 화나게 만들려면 단순히 가슴이 아픈 걸로는 안 된다지. 내 말이 맞니 프랜시? 남자가 말한다. 나는 맞다고 말했다. 남자의 말이 도대체 무슨 뜻인지 알 수 없었다, 남자와 로시 나는 로시에 대해 더는 듣고 싶지 않았다. 남자가 헝겊 인형처럼 가슴에 고개를 떨어뜨리고 잠이 들었다. 이제 나도 자고 싶었다. 이틀쯤 지나면 다시 모든 것이 괜찮아질 거라는 확신이 들었다. 우리는 한바탕 웃어넘길 것이다 나와 조는. 나는 조가 벗시를 혼내주는 걸 빨리 보고 싶었다. 어! 어! **살려줘!**

이 마을엔 확실히 웃기는 일이 좀 있어 조 하고 내가 말할 것이다. 그러고 나서 우리는 물속에 얼굴을 들이밀고 물고기들에게 무엇을 할 수 있는지 말해줄 것이다. 워낙 많은 일들이 있어서 잠이 올 것 같지 않았다. 하지만 나는 잤다. 완전히 푹 잤다. 나는 커브를 그리며 내 꿈속을 돌아다녔다 야마 야마 야마 마을의 지붕들 위로 곧장 호수로 돌아갔을 때 조가 거기서 웅크리고 앉아 빙긋이 웃고 있다가 나를 보고 말한다. 우리가 좀 싸우면 어때? 그래도 우린 여전히 피를 나눈 형제야 안 그래?

응, 내가 말했다, 앞으로도 항상 그럴 거야. 그거야 당연하지 인마 프랜시!

나는 그 일이 잊히게 며칠 동안 가만히 있다가 그 집으로 가서 퍼셀 씨에게 조가 집에 있느냐고 묻는다. 아니, 퍼셀 씨가 말한다, 제 삼촌 집에 주말을 보내러 갔다 월요일에나 돌아올 거야. 오 하고 내가 말한다 그럼 월요일에 다시 올게요 하지만 이층 커튼 뒤로 조가 보이는 것 같았다. 문제를 일으켜봤자 아무 의미가 없기 때문에 그 말을 하지는 않았다. 그래라 하고 퍼셀 씨가 말한다 내가 조한테 말해두지. 고맙습니다 나는 이렇게 말하고서 그 자리를 떠났다. 하지만 나는 월요일에도 조를 만나지 못했다 퍼셀 씨가 조를 차에 태워서 집으로 데려갔기 때문에 내가 본 것이라고는 김이 서린 것처럼 흐린 유리 뒤로 조가 지나가는 모습뿐이었다 내가 혹시 모퉁이에 서 있지나 않나 하고 조가 밖을 내다보는 모습은 결코 보지 못했다.

아빠가 내게 말했다. 오늘 아침에 레디랑 만나서 이야기를 했다 그러더니 이불보만큼이나 커다란 손수건에 침을 튀기기 시작한다.

나는 아빠가 레디에 대해 무슨 말을 할 건지 기다려주지 않았다.

얼마 뒤 나는 무릎까지 오는 장화를 신고 처덕처덕 걸어오는 레디를 만났다 레디의 모습이 보이기 삼십 분 전부터 돼지 똥 냄새가 났다. 네가 날 도와주러 올 거라며 하고 레디가 말한다. 이 인간 좀 봐라 나는 속으로 생각했다, 돼지가 따로 없네! 우리가 무엇이든, 레디는 확실히 돼지였다. 돼지들이랑 일한 지가 워낙 오래돼서 아예 돼지로 변해버린 것이다. 레디의 얼굴은 크고 분홍색이었으며, 돼지코에는 주름이 잡혀 있었다. 내가 없어도 거기는 돼지가 많잖아요 하고 내가 말했다. 난 돼지는 질렸어요. 그래도 나는 어쨌든 고맙다고 말했다. 그렇지 하고 레디가 말한다 너 좋을 대로 해라 그러고는 또 처덕처덕 소리를 내며 걸어간다.

나는 다시 조의 집에 갔다. 안녕하세요 퍼셀 아저씨 하고 내가 말한다, 안 그래도 집에 계실지 궁금했어요. 퍼셀 씨는 일이 분 동안 아무 말도 않고 가만히 서서 입술 안쪽을 깨물다가 이렇게 말한다. 너 오늘 아침에도 오지 않았니? 왔어요 하고 내가 말한다. 그때 우리 집사람이 뭐라고 했지? 아 조가 부엌에서 아주머니를 돕느라 바쁘다고 했던 것 같아요. 제대로 알고 있구나 하고 퍼셀 씨가 말했다 조는 이제부터 저녁 내내 바쁠 거다. 그러고 나서 퍼셀 씨가 뭘 했냐면 그냥 문을 닫아버렸다. 퍼셀 씨가 나한테 그런 식으로 말한 건 처음이었다. 나는 파랗게 칠해진 문을 빤히 바라보며 가만히 서 있었다 이걸 어떻게 생각해야 할지 알 수 없었다. 그다음에 찾아갔을 때 퍼셀 부인이 나왔다 내가 나중에 조가 강으로 나오겠느냐고 물었더니 퍼셀 부인은 조가 음악을 하고 있다고 말했다. 음악이요, 내가 말했다, 조가 음악을 하는 줄은 몰랐어요 어디서 하나요? 저 위의 수녀원에서 하고 퍼셀 부인이 말했다, 다들 음악을 할 때 가는 곳 말이야. 수녀원이요 하고 내가 말했다, 조가 음악을 하러 다니는지 몰랐어요 퍼셀 아줌마. 전에는 조가 음악을 하러 간 적이 없잖아요. 그래, 퍼셀 부인이 말한다, 없지. 이제 퍼셀 부인은 문을 닫으려고 했다. 길 끝에서 석유 트럭 한 대가 방향을 돌리려는 중이었다. 나는 일 분쯤 그것을 지켜보다가 퍼셀 부인에게 좋아요 퍼셀 아줌마 나중에 다시 올게요 그때는 조가 집에 있을지 모르죠 하고 말한다. 그래라 프랜시스 하고 퍼셀 부인은 살짝 열린 문틈으로 내다보며 말하고는 찰칵 하는 소리와 함께 부드럽게 문을 닫았다. 나는 퍼셀 부인이 그래라 프랜시스 하고 말하던 것에서 뒷걸음질 쳐서 그 자리에 가만히 서서 봉투를 빛에 비춰서 속에 뭐가 들었는지 알아보려고 할 때처럼 생각해보았다. 나는 속으로 생각했다. 아줌마 말은 내가 다시는 찾아오지 않기를 바란다는 뜻일 거야. 마치 내가 닭뼈를 삼켰는데 그 뼈가 목구멍 안을 마구 돌아다니는데도 꺼낼 수 없는 것 같은 기분이었다. 나는 아래를 내려다보는 사람이 있는가 싶어서 침실 창문을 올려다보았다. 하지만 물론 아무도 없었다. 쓸데없는 짓이야, 나는 그렇게 생각했다. 지난번에 저기서 조를 본 것 같다고 해서 조가 저기 또 있으리라는 보장은 없어 처음에도 조가 정말로 있었는지 모르는데. 나는 길을 따라 걸어갔다 산책을 할 생각이었지만 다시 되돌아왔다 조가 어떻게 음악을 하는지 이해할 수 없었기 때문이다 피아노가 없으니 음악을 한다면 틀림없이 기타를 할 것이다. 하지만 수녀들은 기타를 가르치지 않는다. 나는 점퍼 소매로 거실 창문 유리를 반짝반짝 닦았다 분명히 그것이 거

191

기 있었다, 새 마호가니 피아노와 그 위에 놓인 보면대에는 당나귀와 수레가 안개 긴 초록색 산으로 들어가는 그림이 표지에 그려진 음악책이 있었다. 글자를 읽을 수는 없었지만 무슨 글자가 적혀 있는지는 이미 알고 있었다. 아일랜드의 에메랄드 보석.

필립은 코널리 부인의 집 산울타리 옆을 지나가면서 악보가방을 흔들며 혼자 노래를 부르고 있었다. 나는 울타리 출입문 뒤에서 불쑥 나타나 야 필립 하고 말한다. 필립은 또 손을 배배 꼬기 시작한다 다만 이번에는 악보가방의 손잡이를 붙들고 있다는 것이 다르다 필립이 안녕 프랜시스 하고 말한 것 같다. 나는 프랜시야, 프랜시스가 아니라 하고 말했다. 프랜시, 필립이 말했다, 그러고는 얼굴이 새빨갛게 변했다. 어떻게 말을 시작해야 할지 알 수 없었다 할 말을 두어 가지 생각했지만 어느 것도 마음에 들지 않았다. 결국 나는 그냥 이렇게 말했다. 너 조 퍼셀한테 네 악보책 줬지?

필립은 무슨 소리냐며 눈썹을 올렸다 그래서 나는 다시 말했다. 아냐 안 줬어 하고 필립이 말했다. 글쎄, 내가 말했다, 준 것 같은데 하지만 필립이 하는 말이라고는 **안 줬어**뿐이었다. 네가 안 줬다면 하고 내가 말했다, 그게 이 악보가방 안에 있겠네 그렇지? 그래 하고 필립이 말했지만 내 말을 제대로 듣고 있지 않았다. 필립은 악보가방의 손잡이를 비틀면서 내 뒤를 또 바라보았다. 나한테 가방 안을 보여줘 그러면 되잖아, 내가 말했다 그러면 확실히 알 수 있잖아. 그거 나한테 줄래 필립? 필립은 악보가방을 나한테 넘겨주고 다른 곳을 바라보았다. 나는 반짝이들을 손가락으로 쓸었다 이 반짝이들이 오래된 페인트처럼 벗겨져서 손가락에 달라붙는 것이 좋았다. 가방 안에는 책이 아주 많았다, 한 번도 들어본 적이 없는 노래들이었다. 어떤 남자가 야자수 두 그루 앞에 서서 달을 향해 노래하는 책도 있었고 갖가지 꽃이 산들바람에 흔들리고 파란 옷을 입은 여자가 라라라 노래하며 들판을 지나가는 모습이 그려진 《봄의 블루벨스》도 있었다. 《F 연구》, 이건 또 다른 책의 제목이었다. 가방 바닥에는 펜도 있었다. 나는 확실히 확인하려고 그것들을 모두 땅바닥에 펼쳐놓았다. 아 젠장 하고 내가 말했다 미안하다 필립. 길에 내가 미처 보지 못한 물기가 있어서 책 한 권이 조금 젖어버렸다. 《F 연구》였다. 나는 필립에게 미안하다고 몇 번이나 말했지만 필립은 계속 괜찮다고 했다. 나 때문에 네가 곤란해지는 건 싫어 하고 내가 말했다. 아냐 아냐, 필립이 말했다, 아냐. 나는 책들을 몇 번이나 확인한 뒤에 말했다. 그 책은 여기 없어 필립. 필립은 나도 모르겠어 어쩌면 집에 있는지도 몰라 프랜시 나도 모르겠어 하고 말했다. 나는 아냐 필립 그건 집에 없어 너도 알잖아 네가 그걸 조 퍼셀한테 줬으니까 그냥 빌려준 건지는 몰라도 어쨌든 준 건 준 거야 하고 말했다. 아 프랜시 제발 하고 필립이 말했다. 나는 내가 조의 집에 있는 피아노에서 그 책을 봤으니까 너는 혹시 그럴지도 모른다고 말하기만 하면 돼하고 말했다. 나는 몰라 프랜시 하고 필립이 또 입을 연다 조가 그 책을 산 건지도 모르고, 내가 정말로 그 책을 줬는지도 몰라 모르겠어. 네가 그 책을 조한테 줬는지 안 줬는지 모르겠다는 거야 하고 내가 말했다. 필립은 또 어쩌면이라고 말했지만 나는 어쩌면이라고 말해봤자 아무 소용없어 필립 하고 말했다. 네가 그 책을 조한테 준 거야 내가 이 가방 안에서 그걸 분명히 봤다고 당나귀와 수레가 산으로 올라가는 그림이 표지에 그려진 거. 그런데 네가 그걸 조 퍼셀한테 주고서 안 줬다고 하는 거야? 네가 조한테 그걸 줬지? 어쩌면 그냥 빌려준 건지도 모르지만 준 건 준 거야 안 그래? 너는 그냥 나한테 사실대로 말하기만 하면 돼 필립 내가 알고 싶은 건 그것뿐이야. 그러자 필립은 침을 튀기며 빠르게 응 응 응 하고 말하더니 조금 코를 훌쩍거린다. 내가 필립한테서 이 말을 듣고 싶었던 건 사실이지만 막상 필립이 말하고 나니 마음에 들지 않았다. 처음에 내가 하려던 말은 것봐 이제 다 끝났어, 처음부터 그렇게 말하면 좋았잖아였다. 하지만 결국 내가 한 말은 그게 아니었다. 내가 말했다. 왜 줬어? 필립은 그냥 줬어 프랜시 음악 선생님이 말했어 하고 말한다. 그때 문득 떠올랐다, 조와 프랜시가 음악

선생의 방에 함께 서 있는 모습. 자 받아 조 하고 필립이 말하며 책을 건네주었다. 정말 고마워 하고 조가 말했다. 필립이 빙긋 웃었다. 나는 필립에게 말했다. 이거 전부 금붕어 때문이지? 그러자 필립이 한 말은 무슨 금붕어?뿐이었다. 무슨 말인지 모르겠어 프랜시.

필립이 내 면전에서 대놓고 그런 말을 하는 것을 보고 나는 생각했다. 이러지 마, 필립. 네 엄마처럼 굴지 마.

나는 필립에게 모든 것을 설명했다. 내가 멀리 떨어진 학교에 있을 때 조에게 금붕어를 준 것은 괜찮았다. 하지만 그건 이제 모두 지난 일이다. 조한테 음악책을 주면서 네가 우리랑 친해질 수 있을 거라고 생각해봤자 아무 소용 없어, 필립. 너한테 거짓말을 하면 안 되겠지. 나는 필립에게 내 말을 알아들었느냐고 물었다. 필립은 알아들었다고 말했다. 실망한 기색이었지만 필립도 알아두는 편이 더 낫다는 걸 나는 알고 있었다.

너 그거 알아 필립, 내가 말했다. 언젠가 우리가 등산을 갈 건데 너도 같이 와도 돼, 알았지? 네 엄마한테 말하지만 마. 네 엄마가 어떻게 할지 너도 알잖아. 필립은 그렇다고 말했다. 나는 책들을 모아 악보가방에 넣었다. 그러고는 필립과 함께 조금 걸었다. 나는 길모퉁이에서 필립에게 안녕하고 인사를 하며 곧 또 보게 될 거라고 말했다. 그러고는 집으로 갔다.

집에 도착하니 집 안에서는 속삭이는 소리조차 나지 않았다, 라디오 옆의 안락의자에 앉아 있는 아빠뿐이었다. 나는 아빠에게 필립 이야기와 사람들에게 생각을 똑 부러지게 말해서 매달리지 않게 하는 것이 더 좋다는 얘기를 쏟아 놓았다. 나는 차를 끓여서 아빠에게 조금 드시겠느냐고 물었다. 내가 말했다. 여기서 뭘 하시는 거예요? 아네모네를 바라보고 있는 거예요? 나는 필립이 나랑 조랑 같이 강가에 나와 놀고 싶다 해도 결국 친구로 남는 것은 항상 나와 조라는 사실을 이해해야 한다고 말했다. 아빠가 타워 술집을 여기다 열었던 것 같았다 **옛날에 파티를 열었을 때처럼** 집에는 술병이 흩어져 있고 걸레받이 옆에 트럼펫이 쓰러져 있었다 그래서 지금은 아빠가 내 말에 대답할 상태가 아닌 것 같았다. 나는 아빠의 어깨를 조금 흔들어주었다. 아빠의 주머니에서 떨어진 손수건에 마른 피가 잔뜩 묻어 있었다. 아빠, 내가 말했다, 몰랐어요 그러고 나서 아빠의 이마를 만져보니 얼음처럼 차가웠다. 내가 말했다. 걱정 마세요 아빠. 내가 돌봐줄게요. 아빠는 반드시 괜찮아질 거예요. 전에는 내가 속을 썩였는지도 모르지만 이번에는 아니에요! 안 돼요 지금은 안 돼요! 우리 브래디 가족이…… 놈들한테 보여줘야죠! 우리의 단결을 보여줘야죠!

　내가 이 말을 하자 아빠가 빙긋 웃는 것이 보였다. 나는 아빠의 의자를 난롯가로 잡아당기고 여기 앉아 계세요 하고 말했다. 나는 마당에서 찾을 수 있는 걸 모조리 가져와서 불을 높고 강하게 피웠다 내가 기억하는 한 집 안에 불기가 돈 것은 이번이 처음이었다. 불길이 너울거리는 것이 좋았고 천장에는 그림자들이 사방에서 떼 지어 몰려다녔다. 나는 집을 뒤져서 빵을 찾아내 쇠스랑에 놓고 구운 다음에 아빠와 같이 차를 마셨다 우리가 한 것이라고는 그냥 가만히 앉아 있는 것뿐이었다 우리가 하고 싶은 건 그것뿐이었다. 아빠가 나를 보았다 그 눈이 너무 슬프고 상처가 깊어서 나는 이렇게 말하고 싶었다. 사랑해요 아빠.

그 눈이 내게 말했다. 너는 내 곁을 떠나지 않을 거야 아들아.

내가 말했다. 안 떠나요. 아빠 절대 안 떠나요.

이번에는 다 괜찮을 거야. 그렇지 아들아?

나는 그렇다고 말했다. 우린 행복한 가족이 될 거야 아들아. 분명히 언젠가 그렇게 될 거야. 나는 지금도 행복한 가족이라고 말했다. 내가 꼭 그렇게 만들 거예요, 내가 말했다. 이제 모든 것이 내게 달려 있었다. 다른 사람이 아니라 오로지 내게. 그때 아빠가 **트럼펫, 트럼펫을 찾아** 하고 말했다. 나는 트럼펫을 들어 옛날처럼 반짝거릴 때까지 광을 냈다. 그러고는 아빠가 그랬던 것처럼 펠트천이 있는 케이스에 고이 간직했다, 힘든 하루를 마친 뒤 아기를 눕히는 것처럼. **놈들이 내 트럼펫에 손 못 대게 해 프랜시!** 아빠가 말했다.

나는 걱정할 필요 없다고, 이젠 걱정하지 않아도 된다고 말했다. 이젠 걱정하지 않아도 돼요, 아빠, 내가 말했다.

나는 아빠의 손등을 만졌다.

고맙다 프랜시, 아빠가 말했다 나는 우리가 서로 이런 말을 할 수 있다는 게 너무 기뻐서 울었다, 아빠의 어깨에 고개를 기대고 앉아 있는데 눈물이 그냥 줄줄 흘러내렸다.

다음 날 나는 이제 모든 게 나한테 달렸다 모든 게 나한테 달렸다 다른 사람이 아니라 오로지 나한테 달렸다 브래디 가족이 어떤 사람들인지 다들 곧 알게 될 거다! 하고 말한다.

나는 시내로 가서 가게에 들어가 쇼핑 바구니를 들었다. 코널리 부인이 그것을 가리키는 것이 보였다 다른 여자들은 이마에 주름을 잡았다 프랜시 브래디가 쇼핑 바구니를 드는 건 흔한 일이 아닌데. 정말 그렇죠 하고 내가 말했다 하지만 이제부터는 자주 볼 거예요, 이제부터 제가 바빠질 테니까요! 일을 어디서부터 시작해야 할지 모르겠어요 코널리 부인, 내가 말한다.

코널리 부인은 잠시 내 말을 농담으로 생각했던 것 같지만 내가 웃지 않는 것을 보고 표정을 바꾸며 완전히 진지해져서 아 그래 하고 말한다 이런 일을 좋아하는 사람은 아무도 없지만 그래도 누군가가 하기는 해야지 하하. 맞아요 하고 다른 여자들이 말한다 정말 맞는 말이에요. 나는 물건들을 담은 뒤 저는 더 이상 미루지 말고 빨리 다시 일을 시작해야 돼요 하고 말했다 아 그래 프랜시 하고 여자들이 말했다 우리도 집에 갈 때가 다 됐어 할 수만 있다면 여기서 수다를 떨며 하루 중 절반을 보낼 텐데. 하하 하고 내가 말했다.

석탄창고를 치울 때 내가 뭘 찾아냈냐면 낡은 텔레비전이었다. 나는 그것을 탁자 위 옛날 그 자리에 놓았다. 내가 청소를 다 끝내자 창고 안은 티끌 하나 없이 깨끗해졌다. 이제 뭘 하지 하고 내가 말했다. 나는 아빠에게 차를 끓여주고 이층을 치웠다. 나는 항상 〈금요일 밤은 음악의 밤〉을 절대 놓치지 않게 신경을 썼다.

그건 아빠가 제일 좋아하는 프로그램이었다. 아빠는 언제나 그 프로그램을 들으려고 타워에서 집으로 오곤 했다 그 프로그램이 방송될 때는 감히 말을 걸지도 못했다. 신사숙녀 여러분 여러분의 사회자를 소개합니다, 이언 프리스틀리 미첼 씨!

내가 무슨 짓을 해도 정어리를 먹은 뒤에는 항상 악취와 파리가 조금 남아 있었기 때문에 나는 다시 밖으로 나가 파리 잡는 끈끈이를 샀다 뿌리는 약보다 그게 좋다고 했고 파리가 몇 마리나 잡혔는지 직접 볼 수도 있었다.

나는 자주 *끈끈이*를 확인하며 잡힌 파리의 숫자를 셌다. 별로 오래 걸리지 않았다. 순식간에 열한 마리가 잡혔다. 나는 끈끈이가 너무 빨리 차버릴까 봐 끈끈이를 하나 더 사왔다. 이런 이런 하고 돔 신부가 말한다. 프랜시스 참 바쁜 녀석이구나 네가 오늘 거리를 오르락내리락하는 걸 벌써 다섯 번째 보는 것 같은데. 돔은 자기가 누군 줄 아는 거지? 형사? 아 네 신부님 제가 저기 집에서 봄 대청소를 좀 하고 있어서요 이런 것 저런 것이 필요해요 신부님도 아시잖아요. 너 지금 들고 있는 게 뭐야 하고 신부가 말한다 설마 담배 피우는 건 아니지. 아니에요 하고 내가 말한다 이건 파리 잡는 *끈끈이*에요 아무리 애써도 제가 담배 피우는 건 붙잡지 못하실 거예요 신부님. 뭐 아직까지는 그렇지 하고 돔이 말한다. 음음 이제는 아예 학교에 가지 않는 모양이구나, 그래도 되는 거냐 프랜시스? 네 하고 내가 말했다 이제 학교 그만뒀어요 그걸로 끝이에요. 그것 참 안됐구나, 돔이 말한다, 다들 학교가 너한테 필요하다고 할 텐데. 아 뭐 그렇다면 그렇겠죠 하고 나는 말했다 타워에 가서 흑맥주를 몇 병 사야 해요. 너 술 마시는 거 아니지 프랜시스, 설마 아니지. 아니에요, 신부님, 내가 말한다, 대장님이 드실 거예요. 아 그렇구나 돔이 완전히 안도한 표정으로 말한다, 술은 어른들이 마시는 거지. 그럼요 하고 내가 말했다 그리고 돔에게 행운을 빌어주었다 돔은 한들한들 걸어가다가 어떤 여자를 만났다 신부님 이쪽으로 오세요 제가 말해드릴게요. 흑맥주를 사고 나니 돈이 다 떨어졌다. 아빠의 주머니에도 아무것도 없었고 깡통 속에도 빵 부스러기만 있을 뿐이었다. 나는 아빠와 같이 앉아서 내가 할 수 있는 일이 있을까 생각하다가 결국 레디를 생각했다. 걱정 마세요 아빠, 내가 말했다, 내일 아침 일찍 일을 시작해서 저녁에 일찍 집에 올게요. 다 잘될 거예요, 두고 보세요.

아빠는 나를 보며 말했다. 날 두고 떠나지 않을 거지 아들아?

아빠는 그런 걱정을 할 필요가 없었다. 나는 아빠를 두고 떠날 생각이 없었다. 엄마든 아빠든 누구든 또 실망시킬 생각은 없었다.

돼지와는 상관하기 싫다는 놈이 왔네, 레디가 말한다. 전 취직하고 싶어요 레디 사장님 하고 내가 말했다. 오줌과 똥과 더러운 창자 냄새는 생전 처음이었다. 도살장 옆의 콘크리트 구덩이에는 사람들이 던져버린 똥과 창자와 고기 부스러기가 높이 쌓여 있었다. 창자 구덩이, 나는 그 구덩이를 그렇게 불렀다. 그라우스 암스트롱은 내장이 달린 크고 하얀 가죽의 뒤를 따라 마당을 가로지르다가 가끔 걸음을 멈추고 가죽을 앞발로 할퀴고 찢었다. 구덩이에서 김이 피어오르고 파리들이 구물거렸다. 구덩이가 움직이는 것 같았다, 금방이라도 구덩이가 벌떡 일어서서 마당을 가로질러 가버릴 것 같았다. 이 초마다 한 번씩 레디는 종이가 찢어지는 소리를 내며 콧물과 함께 숨을 깊이 들이쉬었다. 넌아마 이런 곳에 와본 적이 별로 없겠지 하고 레디가 말한다 나는 레디의 얼굴을 보고 레디가 이 녀석이 그 유명한 프랜시 브래디로군 이 녀석이 얼마나 강한지 한번 보자 여기 레디의 도살장에 들어오면 이 녀석의 본성이 드러날 거야 하고 생각하는 걸 알 수 있었다. 하지만 나는 그냥 빙긋 웃으며 레디가 나한테 뭔가 말을 할 때마다 아주 재미있겠네요 하고 말했다 내가 여기서 해야 하는 일에 대해 레디가 점점 더 지독한 이야기를 늘어놓을수록 나는 더 좋다고 말했다. 너 날이 밝자마자 일어나서 와야 돼 하고 레디가 말한다, 그건 어떠냐? 나는 괜찮아요 레디 아저씨 하고 말했다. 이 일이 쉽다고 생각하는 놈이 있으면 머리통을 조사해봐야 돼. 여기서 일하려면 강해야 한다고! 레디 사장님은 정말 그런 분이죠 하고 내가 말했다 내가 자기를 사장님이라고 불러주는 걸 레디가 좋아하는 것 같아서 나는 계속 그렇게 불렀다. 당신도 커다란 분홍색 머리가 달린 돼지니까 이런 건 당연히 알아야 하는 것 아니냐고 말하는 건 좋지 않겠지만 레디가 계속 말하는 꼴을 보니 그런 말을 해주고 싶었다. 레디는 마치 자기가 '돼지 자르기 대학'에서 온 객원 교수라도 되는 것처럼 굴었다. 레디는 말을 하면 할수록 더 많이 말하고 싶어 했다. 레디 사장의 돼지 강연. 나는 이런 생각을 하면서도 계속 고개를 끄덕였다. 아 네. 흠. 네가 네 몫을 다 해내지 못하면 하고 레디가 말한다 곧장 쫓아낼 테니 그리 알아라 난 변변치 못한 놈들을 상대할 시간이 없어. 그런 걱정은 마세요 레디 사장님 하고 내가 말한다. 다 행이군 하고 레디가 말한다 어차피 이 마을 사람들이 **너한테** 일자리를 주고 싶어서 안달이 난 것 같지는 않으니까 말이야. 레디는 또 말한다 창살을 통해서 나를 바라보는 저 작은 돼지는 어떠냐, 어떤 것 같아? 나는 아 정말 사랑스러워요 하고 말한다 하지만 레디가 원한 대답은 그런 게 아니라는 사실을 깜박 잊어버렸다. 사랑스러워 하고 레디가 말한다, 저 녀석이 사랑스럽다고? 잘됐군 하고 레디는 녀석을 팔로 번쩍 안아 든다. 자 이제 이 녀석을 잘 봐둬라. 돼지는 아기 엉덩이 같은 분홍색이고 그 커다란 눈으로 내게 이렇게 말했다. 난 아직 어른 돼지가 아니라서 아무것도 몰라요. 제발 아무도 저를 해치지 못하게 해주실래요? 돼지의 앞발이 레디의 문신 위에서 대롱거렸다 문신은 뱀이 휘감긴 칼이었다. 이 녀석 사랑스럽지 하고 레디가 다시 말한다 정말 사랑스러워 정말 사랑스러워 그러고 나서 레디가 손에 뭘 들었냐면 총이다 진짜 총이 아니라 짐승을 도살할 때 쓰는 기절총 그걸로 레디가 뭘 했냐면 새끼돼지의 머리에 그걸 푹 찔렀다 푹! 돼지의 두개골 안으로 곧장 번개가 들어가자 그 비명소리라니. 그러고는 콘크리트 구덩이에 떨어졌다 비명소리는 한 마디도 나지 않았다 보이는 것이라고는 녀석이 나한테 자기를 보살펴주겠다고 했으면서 안 그랬다고 말하는 모습뿐이었다. 레디가 나를 보며 어이 어이 하고 말했다 이 모든 게 마치 존 웨인 어떠냐 이럴 줄은 몰랐지! 하고 말하는 것 같았다. 허! 레디가 말한다, 허? 레디는 잔뜩 흥분해서 아랫입술이 벌어지며 이 녀석이 겉으로 보이는 것만큼 강하지 않은 줄 내 알고 있었지 하고 말하려는 것 같았다, 레디가 한 말이라고는 나한테 수작을 부릴 생각은 마라 브래디뿐이었다 정말로 사장답게. 그래도 레디는 좋은 사장이었다. 이제 어떠냐, 응? 레디가 말한다. 아주 좋아요, 최고 점수예요 레디 사장님, '새끼돼지 쏘기 대학'에서 최고 점수를 받았어요. 아니면 왜 왜 그 녀석한테 그렇게 끔찍한 짓을 하셨어요 그 녀석은 평생 남을 해친 적이 없는데 사장님은 정말 잔인한 사람이에요! 하고 말하고서 죽어서 입을 헤 벌린 채 누워 있는 그 작은 새끼돼지 위에 내 몸을 던질 수도 있었을 것이다.

하지만 나는 굳이 그런 짓을 하지는 않고, 대신 돼지우리로 가서 다른 녀석의 발을 잡았다 조금 전 돼지보다도 어린 녀석이었다. 이 녀석은 방금 벌어진 일을 전부 보았기 때문에 완전히 제정신이 아니었다. 녀석의 눈은, **제발 제발 절 죽**

이지 마세요 무슨 짓이든 할게요! 이 녀석은 어때요 하고 내가 말했다. 아주 불안해 보이는데요. 그 총을 주세요 레디 사장님 그러면 제가 이놈한테 예절을 좀 박아줄게요. 레디는 손으로 엉덩이를 짚고 뒤로 물러나 웃음을 터뜨렸다. 너 보통이 아니구나 브래디 내가 그런 일로 넘어갈 것 같냐 하고 레디가 말한다. 하지만 젠장 노력은 가상하다. 그래도 그런 일을 하려면 여기서 꽤 일해야 돼 하하. 아니에요, 내가 말한다, 레디 사장님, 전혀 아니에요. 가엾은 친구가 사라졌는데 이 어린 녀석을 여기에 혼자 남겨두는 건 옳지 않아요. 그러니까 저한테 그 총을 주세요 우리가 이 녀석을 위해 해줄 수 있는 건 해줘야죠. 너 나를 우습게 아는 모양인데 하고 레디가 웃는다. 네가 어떤 놈인지는 들었지만 이 지미 레디한테는 상대가 안 되지. 난 방콕에 있었다 하고 레디가 말한다 베니 브래디가 네 엄마를 아직 먹어치우지도 못했을 때. 레디가 그런 말을 하는 것이 마음에 들지 않았다 조금도 마음에 들지 않아서 우리 엄마한테 그런 말을 하다니 말조심해요 레디 하지만 아빠한테 약속한 것이 있기 때문에 나는 아무 말도 않고 그냥 알아요, 사장님은 모든 걸 보셨죠, 온 세상에 안 가보신 데가 없어요 그래도 그걸 저한테 한번 보여주기라도 하세요 하고 말했다. 새끼돼지는 가만히 앉아 있지 못하고 몸을 뒤틀고 꼬면서 제발 프랜시 프랜시 제발 날 놓아줘요. 레디가 나한테 총을 건네준다, 자

하고 레디가 말한다 한번 봐라 하지만 조심해, 나는 걱정 마세요 레디 사장님 하고 말한다. 나는 한동안 총을 바라보았다 별로 대단한 물건도 아니었다 새끼돼지는 여전히 한쪽 귀로 눈을 덮은 채 나를 올려다보고 있었다 제발요 프랜시. 다른 때 같았으면 나는 녀석을 내려놓거나 우리에 다시 넣었겠지만 나는 레디가 나를 곧장 채용하게 만들고 싶었다 집에 필요한 물건이나 이것저것 살 것이 있어서 나는 그냥 어깨를 으쓱했다 레디가 왜 그렇게 헉헉거렸는지 모르겠다. 번개가 들어가는 순간 비명소리 한 번과 경련 한 번, 그러고 나서 나는 먼저 죽은 녀석 옆의 바닥에 녀석을 그냥 던져버렸다. 레디는 문신을 문지르고 입술을 깨물면서 나를 뚫어지게 바라보았다. 레디의 뒤에는 모슬린 셔츠를 입은 돼지들이 줄지어 있었다. 그리고 탁자 위에는 반쯤 짓다 만 배처럼 생긴 갈비뼈가 달린 쇠고기 덩어리가 있었다. 한 가지는 분명히 하고 넘어가자 하고 레디가 내게서 총을 돌려받으며 말한다. 그러고는 나를 뚫어지게 바라보며 말했다. 넌 내가 시키는 대로 하는 거야, 브래디.

명령대로 하죠 돼지 대장님 하고 내가 말했다. 아니 나는 이렇게 말하지 않고 이제 일을 시작해도 되나요 레디 사장님? 하고 말했다.

내일 9시에 이리로 와 하고 레디가 말하고는 여전히 문신을 문지르며 나를 위아래로 훑어보았다. 행운을 빌어드릴게요 레디 사장님 나는 이렇게 말하고 허공에서 오토바이 페달을 밟는 시늉을 하며 그 수다쟁이들처럼 거리를 걸어갔다. 이제야말로 나는 확실히 자리를 잡았다. 기분이 좋았다. 취직했어요 아빠 하고 내가 말했다. 잘했구나, 아들아, 아빠가 말했다, 네가 좋은 녀석이라는 건 이미 알고 있었지. 이제 나도 어엿한 사람이 된 것 같았다. 이 마을 전체가 내 것 같았다.

여자들을 만났을 때 나는 말했다 들었어요 들었어요 제가 레디 아저씨네에 취직했어요! 여자들은 정말 좋은 소식이라고 말했다. 정말 그렇죠, 내가 말했다, 언젠가 제 이름이 앨저넌 캐러더스 브래디 씨로 바뀔 테니 두고 보세요. 여자들은 내 말을 못 알아들었지만 그래도 웃음을 터뜨렸다. 어머 세상에 하고 여자들이 말한다, 웃기는 아이구나, 앨저넌 캐러더스 브래디 씨! 그런 이름은 들어본 적이 없어!

두고 보세요, 내가 말했다, 이야기를 할 시간이 없어요 빨리 가봐야 돼요 할 일이 너무 많아서 어떻게 다 할 수 있을지 모르겠어요.

이제부터 일하느라 아주 바빠지겠구나, 여자들이 말했다.

그럴 거예요, 내가 말했다, 그래도 누군가는 해야 하는 일이라는 걸 아시잖아요!

그리고 그 일을 하는 게 바로 너지 프랜시!

이제 제대로 아셨네요. 이제 모든 게 제 손에 달렸어요!

잘 가라 프랜시 그러고서 세 여자는 산들바람에 날리는 이파리처럼 손을 흔들었다.

매일 나는 마당에서 음식쓰레기 수레를 가져다가 주택가와 호텔들을 돌아다니며 감자 껍질과 썩은 음식을 모았다. 사람들은 그걸 쓰레기라고 부르며 쓰레기 인부 프랜시가 쓰레기를 모은다고 했다. 레디가 없을 때는 행진하는 돼지들에게 말했다. 좋았어 돼지고기들아 길이 다 끝났어. 그러고는 탕! 하고 입으로 소리를 내며 기절총으로 녀석들의 살찐 머리를 날려버렸다. 놈들을 미주리로 데려가, 나는 소리쳤다. 제발 절 죽이지 마세요 전 뚱뚱해서 도망도 못 쳐요! 그거 안됐구나, 돼지야! 탕! 분홍아 빼질아 이거나 먹어라!

그다음에 레디가 뭐라고 했냐면 그래도 형편없는 놈은 아니군 가게 카운터에서 일 좀 도와라. 그렇군요! 일이 이렇게 풀리다니! 푸줏간 소년 프랜시 브래디! 오호 하지만 이번에는 달라요, 이 푸줏간 소년은 아주 행복해서 남을 실망시키는 일은 없을 거예요, 사장님! 아 여기 계셨군요! 저건 7킬로그램쯤 되지 않나요 맞죠? 아 그래 훌륭하다 프랜시스 정말 고맙다. 그다음 일은 배달이었다, 나는 제이 레디 식품이라는 말이 옆구리에 페인트로 적힌 배달 자전거를 타고 갔다. 산과 늪과 시골길로 찌렁찌렁 저기 푸줏간 소년이 줄무늬가 있는 파란색 앞치마를 입고 항상 명랑한 모습으로 휘파람을 불며 오는군. 오늘 그리 나쁘시지는 않죠, 부인. 그래 그리 나쁘지는 않구나 프랜시 다행이야. 안녕하세요 찌질이 아저씨 아니 농부 아저씨. 아직 건초를 다 못 들여놓으셨어요? 너 보통내기가 아니구나! 그럼요!

안녕히 계세요! 찌렁찌렁! 휘휘 멍멍 **비켜 이 개야!** 안녕하세요! 다음 주에도 똑같이요? 그럼 뭐죠? 포크촙 9킬로그램, 콩팥 두어 개, 허릿살 구이. 아 그리고 본조한테 줄 뼈도 두어 개! 문제없어요 문제없어요! 짜잔!

그러고서 그는 쿵쿵쿵 떠나간다. 이런 불을 켜요 아가씨 나는 빨래를 널고 있는 여자에게 말한다.

여자는 얼굴을 찡그린다. 에? 여자가 말한다.

또 너로구나, 프랜시, 주님이 축복하시기를 넌 안 가는 데가 없구나! 여자들이 말했다. 네 맞아요 나는 이렇게 말하고서 고기 꾸러미를 대리석 상판 위로 뱅글뱅글 민다.

너로구나 하고 놀라운 돔 신부가 말한다 죄송해요 신부님 이야기를 할 시간이 없어요 이제 할 일이 너무 많아서 사정이 달라졌다 나는 이제 중요한 사람이라 잡담을 나누며 시간을 낭비할 수 없었다. 특히 로시 같은 인간들에게 그랬다 로시는 어느 날 검은 가방으로 나를 멈춰 세우고는 가만히 서서 나를 바라보았다, 물론 이번에도 느닷없이 나타났다. 로시 선생님, 나는 이렇게 말하고 싶었다, 일을 망치고 싶으면 가서 다른 사람 일이나 망치세요. 나는 바쁜 사람이라 할 일이 많아요. 책임진 일이 있으니 빈둥거리면서 선생님 같은 사람이랑 헛소리를 할 시간이 없어요 그러니까 남들은 편안히 일하게 내버려두고 그만 가서 볼일이나 보세요. 이것이 내가 검은 눈썹의 로시에게 하고 싶은 말이었다.

나는 로시는 물론이고 로시와 관련된 모든 것이 지긋지긋하다는 것도 말하고 싶었다. 하지만 말하지는 않았다 그랬더니 젠장 로시가 뭘 했냐면 나한테 다가왔다 그래서 크고 빨간 얼굴이 바로 내 앞에 있었다 이유는 모르겠지만 로시는 그냥 가만히 서 있다. 너 레디 밑에서 일한다며?

맞아요, 내가 말한다, 그게 뭐 어때서요?

그게 어떻다는 게 아니라 그냥 물어보는 거야 하고 로시가 말했다.

나는 이렇게 말하고 싶었다. 그런 건 묻지 말아요 로시, **묻지 마!**

거기 일이 마음에 드니 하고 로시가 말한다, 시계의 타이머를 빙글빙글 돌리면서.

네 하고 내가 말한다, 일주일에 10실링이에요.

그럼 그 돈으로 뭘 하지?

로시가 나를 꾀어서 아빠를 위해 흑맥주를 산다는 말을

끌어내려고 한다는 걸 알고 있었기 때문에 나는 이렇게 말했다. 우체국에 예금해요 선생님.

아주 현명하구나 하고 로시가 말한다.

흠.

내가 너랑 이야기하고 싶은 건 네 아버지에 관해서야. 나한테 진찰을 받으러 와야 하는데 안 왔더구나.

아 하고 내가 말한다, 그래요?

네 아버지한테 오늘 밤이나 내일쯤 한번 들르라고 전해 줄래?

네 그럴게요 하고 내가 말한다, 아빠한테 말할게요.

잊지 않을 거지?

네, 내가 말한다. 잊지 않을 거예요 그러자 로시가 다시 말한다 잊지 않을 거지 로시가 나를 위아래로 훑어본다 제일 싫은 건 아 아무것도 없구나 내 이마에 땀이 없어 하는 생각이 들기 시작하는 것이다 그 생각 때문에 땀이 난다. 내 이마에 땀방울이 맺혀 있다. 땀방울이 느껴질수록 땀방울이 더 커져서 나무 열매만큼 크게 느껴졌다 그래서 나는 불쑥 말했다 아 참 선생님 아빠가 앨로 삼촌을 만나러 영국에 간 걸 깜박했어요.

뭐? 로시는 이렇게 말하더니 인상을 찌푸린다. 네 아버지가 **뭐?**

이제 와서 말을 되돌리거나 농담이었다고 둘러대기는 너

무 늦었기 때문에 계속 밀고 나가면서 거짓말을 지어내는 수밖에 없었다.

그렇구나, 로시가 말한다, 로시는 나를 위아래로 두 번이나 훑어보고 있다. 나는 손이 떨리는 걸 막으려고 주머니에 넣을 수밖에 없었다 손이 떨리기 시작하면 망할 로시가 그걸 보고 모든 걸 알아차릴 테니까 그렇지?

그때 로시가 자기 턱을 문지르며 말한다. 그렇군. 그럼 네 아버지가 돌아오시면 당장 내가 보잔다고 전해라. 아주 중요한 일이야.

네, 선생님 나는 이렇게 말하고 난 신경 쓰지 마세요 하고 말하듯이 인사를 했다. 하지만 로시를 보니 나한테 신경 쓰지 않아도 되는 상황이 아닌 것 같았다. 전혀 아닌 것 같았다.

나는 레디에게 돌아가지 않고 길로 음식쓰레기 수레만 가지고 나가 앉아서 생각을 좀 해보면 다 괜찮아질 거라고 혼잣말을 했다 내가 카페 옆을 지날 때 마침 조를 보지 않았다면 정말 그렇게 됐을 것이다. 창문이 열려서 음악소리가 쾅쾅 울려 나왔다. 조는 금발 여자와 마구 웃고 있는 또 다른 여자 사이에 앉아 있었고 그 맞은편에 누가 있었냐면 고작 필립 누전트였다. 필립은 손으로 허공에 그림을 그려가며 여자에게 뭔가를 설명하고 있었다. 조는 담배를 피우다가 금발 여자가 뭐라고 하자 고개를 끄덕였다. 금발 여자는 고개를 흔들어 눈에 들어간 머리카락을 넘기고는 조가 한 말에 하하 웃었다. 그러고는 손에 턱을 괴고 자신의 담배를 톡톡 두드렸다. 필립 누전트는 음악에 맞춰 포마이카 탁자를 두드리고 있었다. 나는 가만히 서서 창문 안을 빤히 바라보기만 했고 내 머릿속에서는 노래가 계속 돌아갔다. **당신이 내게 바짝 다가올 때, 내 온몸이 떨리는 게 바로 그때야!**

그때 조의 입술이 움직이는 것이 보였다 조는 다른 노래를 얹을게 하고 말했고 금발 여자가 고개를 끄덕였다. 조가 무슨 말을 하든 그 여자는 아 그래 맞아 조 하고 맞장구를 쳤을 것이다. 조가 일어섰을 때 우리는 창문을 통해 얼굴이 딱 마주쳤다. 다른 사람이었다면 나는 푸줏간 소년다운 윙크와 환한 웃음을 보여주었겠지만 이건 다른 사람이 아니라 조였다 생전 처음으로 나는 조에게 무슨 말을 해야 할지 알 수 없었다. 조는 잘 알지 못하는 사람이나 전혀 모르는 사람에게 하듯이 대충 고개를 끄덕하고는 주크박스로 가서 손가락으로 주크박스 옆구리를 두드리며 허리를 숙였다. 나는 조가 다시 뒤를 돌아보며 얼른 들어와 같은 말을 해주길 계속 기다렸지만 조는 그러지 않고 계속 주크박스를 두드리며 노래 가사를 혼자 따라했다. 그다음에 어떻게 됐냐면 금발 여자가 고개를 들었다가 나를 보았고 그 여자가 어떻게 했냐면 손으로 자기 얼굴을 가리며 다른 여자와 필립 누전트에게 뭐라고 말한다. 다른 여자는 나를 보려고 고개를 들었지만 나는 이미 그 자리에 없었다.

주말에 레디가 내게 말했다 이건 너를 위해서 하는 말이다 브래디 넌 일을 잘하는 녀석이다 남들이 뭐라고 하든 상관없어 자 여기 10실링이다 히호, 나는 타워로 쏜살같이 날아가서 흑맥주를 몇 병 산 뒤 가게로 가서 콘비프 500그램을 샀다. 아빠가 나한테 사오라고 한 건 한 번에 100그램뿐이었지만 이걸 보면 아빠의 눈빛이 밝아지지 않을까. 난 이걸 모두 아빠한테 줄 생각이었다! 안 될 것 없지 않은가. 아직도 돈이 많이 남았는데. 원한다면 아예 한 통을 모두 살 수도 있었다. 판매원 아가씨에게 이렇게 말할 수도 있었다. 저 콘비프 통 보여요? 전부 주세요!

그러면 그 여자는 그것을 나한테 주었을 것이다. 나는 거리를 걷다가 조와 금발이 다이아몬드를 가로질러 사육제장으로 가는 것을 보았다. 나는 혹시 두 사람 옆을 지나치게 될지도 몰라서 자동차 뒤에 숨었지만 그런 걱정은 할 필요가 없었다 두 사람이 다른 여자와 그 여자의 친구들을 만났기 때문이다 안녕! 하고 다른 여자가 소리치고는 모두들 함께 멀어졌다 저 인간들이 뭘 하든 무슨 상관이야 나도 할 일이 많은 사람이야 그렇지 프랜시 하고 나는 말했다 이제 움직여보자고 나는 가게로 들어갔다, 조가 그 여자한테 무슨 말을 하고 있을지 궁금했다, 어쩌면 음악에 대해 이야기하는 건지도 모른다 존 웨인에 대해서는 거의 이야기하지 않을 것이다. 존 웨인이라니 망할!

나는 판매원 아가씨에게 콘비프를 달라고 말했다. 좋은 샌드위치를 만들 모양이지 하고 아가씨가 말한다 아뇨 내가 말했다 아니에요! 샌드위치를 만들려는 게 아니에요. 무슨 소리예요 **샌드위치라니?** 내가 말했다. 판매원 아가씨는 빨갛게 돼서 말했다 그냥 말한 거야 그렇게 소리 지를 필요 없어. 나는 완전히 신경이 곤두서서 가게를 나오는 길에 콘비프를 떨어뜨렸다. 저 사람들은 뭘 보는 거야? 코널리 부인은 보지 않는 척했지만 마지막 순간에 시선을 돌려 빵을 눌러보는 척하면서 이거 금방 구운 거예요? 하고 묻는 것이 보였다. 뭘 보는 거야 코널리 나는 이렇게 말하고 싶었다 할 말이 있으면 그냥 해. 하지만 늦기 전에 나는 혼잣말을 했다 안 돼 말하지 마 다 괜찮아 어쩌면 저 여자는 너를 본 게 아닐 수도 있잖아. 판매원 아가씨한테도 아무 말 하지 말았어야 하는 건데. 하지만 이제 와서 다시 안으로 들어가 샌드위치에 대해 그런 말을 할 생각은 아니었다고 말할 수도 없었다. 실제로 나는 샌드위치를 만들 생각이다. 하지만 사람들은 그걸 눈치채지 못했거나 까맣게 잊어버렸는지 다음번에 만났을 때 아무 말도 하지 않았다. 나는 샌드위치를 모두 삼각형으로 잘라서 접시에 담았다. 샌드위

치 어때요 아빠? 내가 말했다. 더 만들까요? 제가…… 제가
더 만들게요. 나는 빵에 버터를 바르며 행복하게 콧노래를
불렀다. 배수로에 아네모네 한 송이가 있었다. 나는 아빠에
게 그 아네모네 이야기와 길에서 노는 아이들 이야기를 했
다. 이렇게 아름다운 것들이 있으니 확실히 달라 보여요 아
빠. 그런 것들이 가까이에 있어서 다행이에요. 나는 몇 시간
동안이나 아네모네를 빤히 바라보며 라디오를 들었다. 〈금
요일 밤은 음악의 밤〉. 또 그거예요 아빠 하고 내가 말하자
아빠는 빙긋 웃었다. 가끔 나는 가게로 가서 플래시바 서른
개를 샀다. 반 크라운에 서른 개. 싼 값이었다. 나는 그것을
하나씩 차례로 모두 입에 쑤셔 넣었다. 나와 조에게 반 크
라운이 생길 때마다. 곧장 메리의 가게로 가서 플래시바 서
른 개 주세요. 메리는 그것을 다 들지도 못했다. 그 뒤로 나
는 거울에 비친 내 모습을 보았다. 초콜릿 턱수염. 아 젠장!
가끔 나는 아이들이 웅덩이 근처에서 놀고 있는지 보려고
길가로 나갔다. 저 웅덩이 보이냐? 나는 이렇게 말하고 나
서 아이들에게 나와 조의 이야기를 모두 들려주었다.

스카프를 두르고 술 장식을 단 남자가 말한다. 그 얘기는
전에도 다 했잖아. 똑같은 얘기는 그만해!

나는 닭장 뒤로 들어가 그 나뭇조각의 세계에 가만히 서
서 발톱이 양철을 긁어대는 소리와 웅웅 돌아가며 이 마을

이 계속 돌아가게 해주는 환풍기 소리에 귀를 기울였다. 나와 조는 옛날에 이 안에서 이런 생각을 했다. 그 무엇도 잘못될 리가 없어.

하지만 이제는 그렇지 않았다.

이제 파리 잡는 끈끈이가 모두 다섯 장이었다. 나는 낡은 옷을 모두 넣어둔 벽장에 그것을 보관했다. 제일 좋았던 건 브라스밴드예요 아빠 내가 말했다, 크리스마스 때 교회 마당에서 연주했잖아요 아빠는 어때요? 아빠는 맞는 말이라고 말했다. 그럴 때 사람들이 하는 말. 오 주님 내년 이맘때도 우리 모두 이렇게 모일 수 있게 해주세요 등등. 우리는 엄마 얘기도 하고 엄마가 잘하던 말에 대해서도 이야기하며 한바탕 웃었다. 올해도 있구나 하고 엄마는 말하곤 했다, 내 아네모네. 나는 어둠 속에 앉아 있었다 보이는 거라고는 라디오에서 초록색 구슬처럼 반짝이는 불빛뿐이고 밖에서는 환풍기 소리가 단조롭게 들렸다. 저 멀리 마을 끝에서 사육제 음악 소리가 들렸다 오래전 번도런에서도 똑같았을 것이다, 물가에서 튀김 냄새를 풍기면서. 그 시절에는 음악이 달랐다 〈햇빛 비치는 거리〉 이것이 그때 연주하던 노래였다 놀이기구가 돌아가고 엄마는 날 구해줘 베니 구해줘 하고 소리쳤다 마을 악단이랑 같이 그 노래를 연주할 거야 하고 아빠가 말했다 엄마와 손을 깍지 끼면서. 이제 엄마와 아빠는 바다의 침묵에 귀를 기울이며 가만히 서 있었다. 사육제장이 모두 닫혀버려서 달리 들을 것이 없었다. 쉬, 바다가 말했다. 바다가 한 말은 그것뿐이었다. 쉬. 우린 행복해질 거야 베니 그렇지? 엄마가 말했다. 그럼, 아빠가 말했다, 우린 온 세상에서 가장 행복한 두 사람이 될 거야. 아빠는 엄마를 안고 키스했다. 엄마와 아빠가 키스하는 모습은 별로 생각하고 싶지 않지만 그때는 했다 아빠의 품에서 엄마가 누울 때 달이 엄마에게 어찌나 가까웠는지 달을 따서 주머니에 넣을 수도 있을 것 같았다.

아빠와 엄마는 하숙집으로 돌아왔다 주인 여자가 엄마와 아빠를 위해 매트 밑에 열쇠를 넣어두었다. 그 여자가 말했다. 나를 위해 내가 가장 좋아하는 노래를 부른 남자를 위해. **내가 대리석 홀에서 사는 꿈을 꾸었네!**

여주인한테 그 노래를 불러줬어요 아빠, 내가 물었다.

그랬지 하고 아빠가 말한다, 그 여자가 우릴 뭐라고 불렀는지 알아?

뭐라고 했는데요 아빠? 내가 말한다.

잉꼬부부, 아빠가 말한다.

나는 엄마와 아빠가 분홍색 침대보 위에 함께 누워 있는 모습을 생각해보았다 엄마와 아빠 모두 똑같은 생각을 하고 있었을 것이다, 세상의 모든 아름다운 것들에 대해서.

내가 레디 밑에서 일하기 시작한 뒤로 또 뭐가 바뀌었냐면, 마을이다.

마을은 바다 밑바닥에 가라앉아 있다가 불빛과 깃발로 반짝거리며 어디든 내가 가고 싶은 곳으로 항해할 준비가 된 모습으로 파도 속에서 솟아오른 커다란 여객선이 되었다. 만약 내가 조의 집으로 가서 이런 이야기를 모두 늘어놓을 수 있다면 좋았을 것이다 그보다 좋은 일은 없었을 것이다. 네가 원하는 건 뭐든지 돼 조 나는 조의 집으로 가는 길에 이렇게 혼잣말을 했다 내가 널 위해서 사줄게 그러니까 뭐든지 가질 수 있어. 나는 조와 함께 갑판으로 올라가 눈앞에 펼쳐진 것들을 모두 보여주며 네가 원하는 거라면 뭐든지 네 것이야 조 하고 말할 것이다. 심지어 저 멀리 도시의 불빛도 보이지? 어디로 가고 싶어 조? 네가 대장이야. 나는 실링 지폐 다발을 들고 지붕 위에서 뛰어올라 색종이처럼 마을에 뿌릴 것이다. 조와 함께 그런 일을 할 수 있다면 정말 좋겠지만 그런 일은 일어나지 않을 테니 생각해도 소용없었다.

나는 샌드위치와 함께 먹을 흑맥주를 좀 사려고 타워로 들어가는 길이었다 밖으로 나오니 퍼셀 씨가 자기 차에서 내리는 것이 보였다. 병들이 계속 챙강챙강 부딪혔다 그만 좀 부딪혀 병들아 나는 이렇게 말하고서 눈에 띄지 않는 골목 안에 서 있었다. 퍼셀 씨는 자동차 문을 닫고 레인코트를 접었다. 그러자 조가 그 옆에 서서 거리를 이쪽저쪽 훑어보았다. 그러고 나서 자동차 반대편 문으로 누가 내렸냐면 바로 필립 누전트였다, 그 녀석을 보자 나는 온몸이 차가워졌다, 녀석은 머리카락에 눈이 덮여 있었다. 녀석이 조의 옆으로 오더니 책을 펼쳐 그 안에 있는 뭔가를 보여주기 시작한다 둘은 웃음을 터뜨린다. 누전트 씨가 반대편 문을 열었고 누전트 부인이 내렸다. 누전트 씨는 내가 도와주지 다 왔어 하고 말한다. 그러고 나서 그 사람들 모두 퍼셀의 집 안으로 들어가 문을 닫았다. 비가 내리기 시작했다. 나는 길을 건너가서 창가에 쪼그리고 앉았다. 거실에서 텔레비전이 켜지자 텔레비전 화면의 회색 빛이 보였다. 조는 뭔가를 가리키고 있었다. 곧 필립 누전트가 머리카락을 뒤로 넘기며 나타났다. 봐 봐 조가 말하고 있었다, 조니 키드와

해적들이야. 내가 볼 수 있는 것이라고는 그림자 같은 형체들뿐이었지만 기타를 튕기는 소리는 잘 들렸다. 해적들이나 그 노래나 뭐든 하나도 몰랐기 때문에 나는 기분이 나빴다. 나는 혼잣말을 했다. 네가 아는 거라고는 존 웨인뿐이야 프랜시. 텔레비전 소리가 시끄러워서 다른 사람들의 목소리를 알아듣기가 힘들었다. 누전트 씨와 퍼셀 씨는 정원 가꾸기와 씨감자 심기에 대해 이야기하고 있었다. 맞아요 맞아요 정말 하고 누전트 씨가 말했다. 그러고는 자기 감자에 구더기가 생겼다는 이야기를 했다. 퍼셀 부인은 아주 기분이 좋아서 누전트 부인과 마구 수다를 떨었다. 나는 그 여자가 나와 조에 대해 이야기하고 있다는 사실을 금방 알아차리지 못했다, 텔레비전에서 나오는 여자 목소리와 뒤섞여서 들렸다. 우리 조한테는 최고의 일이었어요 하고 퍼셀 부인이 말했다 저 애가 그 녀석이랑 어울려 다니는 통에 우리가 얼마나 걱정을 했는지 몰라요. 아 조지프는 이제 훌륭한 아이죠 하고 누전트 부인이 말했다, 최고예요, 우리도 저 아이를 아주 좋아한답니다. 저 애들은 이 음악에 푹 빠졌어요 하고 퍼셀 부인이 말한다 확실히 십대들이 모두 그렇지 않나요?

그러게요 하고 누전트 부인이 말한다. 뭐 지금은 그냥 자유를 즐기게 놔두죠, 저는 그렇게 생각해요, 우리도 어렸을 때가 있었잖아요.

그랬죠, 정말 말씀을 듣고보니 그렇네요. 내년에는 이럴 시간이 없을 테니 지금은 즐기게 놔두죠. 내년부터는 열심히 공부를 해야 하니까요. 그때는 빈둥거리며 놀 시간이 없을 거예요!

퍼셀 부인은 팔짱을 꼈다.

그러고 보니 생각나는데, 누전트 부인이 말한다, 제가 세인트 빈센트 칼리지에 대해 말한 것 기억나세요?

그때 조와 필립이 방을 나가 위층으로 가더니 노래가 다시 시작된다 당신이 내게 바짝 다가올 때, 정말 기타 소리였던 것 같다. 필립이 연주했던 것 같다. 그때 누전트 부인이 접시를 들고 들어오는 것이 보였다. 누전트 부인은 방 한가운데에 서서 말했다. 스콘 좀 드시겠어요 퍼셀 부인?

집에 도착한 뒤에야 나는 술병을 잊어버린 걸 깨닫고 다시 가보았지만 술병은 없었다. 퍼셀의 차도 사라져서 거리는 까맣고 인적이 없었다, 들리는 거라고는 깡통이 바람에 날려 다이아몬드를 가로지르는 소리뿐이었다.

다음 날 나는 레디에게 그것에 대해 물어보았지만 레디는 헛소리 그만하고 닥치라고 말했다 레디가 아네모네와 오렌지색 하늘에 대해 아는 게 있을 리 없지. 그 뒤로 나는 레디의 말이 옳을지도 모른다는 생각이 들었다 아네모네

나 하늘이나 아이들 따위 엿이나 먹으라지 죄다 엿이나 먹으라지. 그래서 그날 밤 나는 아빠에게 집에 늦게나 올 텐데 아빠는 괜찮을 거예요 하고 말하고는 타워로 가서 10실링 지폐를 향해 돈이 한 푼도 남김없이 사라지기 전에는 집에 안 가는 거야 하고 말한다 그러고는 여객선 갑판으로 올라가서 우리가 드디어 떠났어 하고 말한다 이게 어디로 가는 배든 상관없어. 히호! 나는 위스키가 머리끝까지 가득 찬 채로 휘청거리며 거리로 나와 넘어지면서 소리친다. 술 취한 남자가 나한테 몇 마디 으르렁거린다. **너 내가 누군지 알아?**

나는 어깨를 올리고 잠시 흔들리며 서 있다가 그 남자에게 마주 고함을 지른다 너 **내가** 누군지 알아?

아니 하고 그 남자가 말한다 넌 **나를** 알아? 우리는 한동안 그렇게 주거니받거니 하다가 다이아몬드에 벌렁 쓰러져서 **지금 누가 그녀에게 키스를 하고 있을까**를 불렀다.

나는 은행 계단에 서서 돼지 브래디라고 소리쳤다 그 여자가 날아올랐더니 수탉이 여자를 납작하게 눌러버렸어!

당연하지 하고 술 취한 남자가 말했다 넌 좋은 녀석이야 브래디! 우리는 마을의 모든 술집에 들렀다. 여기 돼지 남자들이 있네 나는 이렇게 소리지르고 네 발로 엎드렸다 술 취한 남자는 내 등에 타고 지금 누가 그녀에게 키스를 하고 있을까를 불렀다. 우리가 그렇게 하면 다들 마구 환호를 질러댔다. 돼지가 노래도 할 줄 아는 줄은 몰랐네 하고 술 취한 남자가 웃으며 말한다. 이젠 알았지 하고 내가 말한다, 게다가 돼지는 위스키도 마실 줄 알아. 코를 킁킁거리고, 내가 말한다, 원샷.

술 취한 남자가 옆에 없었다면 나는 타워의 문간에 누워 맥주병 목을 향해 노래를 불렀을 것이다.

나는 춤을 추러 갔지만 다들 나와 춤추려 하지 않을 거라는 걸 알고 있었다. 미안하지만 난 돼지하고는 춤 안 춰 다들 이렇게 말할 것이다. 무슨 상관이람? 내가 신경이나 쓸 줄 알고? 분홍색 카디건을 입고 담배 스무 개비를 들고 있는 여자가 내가 다가오는 것을 보고 시선을 피했다. 술 취한 남자는 계속해 계속해 여자한테 말을 걸어봐 하고 계속 말했다 나는 알았어 알았어 그러니까 제발 방해나 하지 마 하고 말한다 술 취한 남자는 나를 계속 잡아당겼다. 실례합니다 나는 여자한테 말한다 저랑 춤추실래요? 여자는 검은색 머리띠를 하고 있었는데 그걸 바로잡는 척하더니 아뇨 친구들이랑 같이 와서요 하고 말한다. 술 취한 남자가 마구 웃어대는 것이 보였다 브래디를 봐 브래디를 좀 봐 하고 그가 말한다. 그 남자가 계속 나를 보고 있었기 때문에 나는 여자한테 말한다. 뜨개질거리는 왜 안 가져왔어요? 그랬더니 여자가 순무처럼 새빨개졌다. 나는 허파에 구멍이 나도

록 웃어대며 그 자리를 떠났다. 술 취한 남자는 이거야말로 최고라고 생각했다. 세상에, 그가 말한다, 넌 이 마을에서 최고야. **뜨개질거리를 가져왔다니!** 술 취한 남자는 만나는 사람마다 붙들고 이 이야기를 했다. 그러고 나서 내가 여자들한테 하는 얘기에는 한이 없었다. 여자들이 다시는 나를 거절하지 못할 것이다 내가 그럴 기회를 안 줄 테니까. 술 취한 남자는 여자들에 대해 온갖 이야기를 해줬다. **여자는 누워 있을 때는 다 똑같아!** 남자가 말한다. **히호 저것 좀 봐라 저 여자라면 내 거시기를 줄 거야 틀림없이! 난 아들내미를 순식간에 거기로 쏙 집어넣을 수 있는 남자란 말씀이야!** 때때로 우리는 무대에 앉아 악단에게 고함을 질렀다. 야 연주 잘한다! 악단원들은 모두 하얀 양복을 입고 〈나는 어머니를 사랑해〉나 〈나를 딕시로 다시 데려가줘〉를 불렀다. 홀에서는 술을 팔지 않았기 때문에 나와 술 취한 남자는 술을 직접 가져갔다. 경비원은 여기서 술 마시면 안 된다고 말하지만 나는 안 될 것 뭐 있느냐고 말한다. 내가 그렇다면 그런 줄 알아 하고 경비원이 말한다. 나는 그를 보며 웃음을 터뜨렸다. 경비원은 코가 부러졌고 얼굴은 데친 새우 같았다. 난 사람들이 웃는 거 안 좋아해 하고 경비원이 말한다. **나가!** 싫어, 내가 말한다, 그러자 술 취한 남자가 야 그런 말을 하면 어떡해 이 사람은 군인 출신이야 하고 말한다. 경비원이 나를 붙들고 던져버렸다, 구겨진 신문지 뭉치처럼 나를 발로 차며 돌아다녔다 여자들은 예 예 좋아했다. 경비원이 나를 밖으로 데리고 나와 발길질을 했다. 나는 이리저리 날아다녔다 보이는 거라고는 흐릿하게 뭉개진 불빛들뿐이었다 기타가 국가를 연주하고 있었다. 경비원은 나를 자동차 트렁크 위에 눕혔다 입술에는 침이 묻었고 묵직한 주먹이 내 턱을 올려쳤다. 여기서 한 번만 더 얼쩡거리면 오늘 맞은 것쯤은 아무것도 아니라는 걸 알게 해주마 브래디. 네, 내가 말했다, 엉엉. 하지만 나는 일주일 뒤에 항상 그곳에 다시 가서 또 조니워커를 꿀꺽꿀꺽 마셔댔다 그러면 경비원이 와서 야 야 지난주에 내가 뭐라고 했어 브래디? 레디는 도대체 어디서 그렇게 많은 멍이 생긴 거냐 꼴 좀 봐라 하고 말하곤 했다. 나는 아, 지푸라기에 걸려 넘어지고 암탉이 저를 찾아요 하고 말했다. 다른 댄스홀에 가서 줄 서 있는 사람들 중에 스스로 좋은 남자라고 생각하는 남자가 보일 때까지 뒤에서 빈둥거릴 때도 있었다. 남자는 클리프 리처드를 좋아한다는 둥 저 밴드의 기타 연주자가 자기 사촌이라는 둥 온갖 거짓말들을 여자친구의 귓가에서 고래고래 떠들어대며 춤을 추었다 그러다 내가 그 남자와 충돌하면 남자는 야 조심해서 다녀야지 하고 말했다. 나는 그럴 때 아무 말도 안 하거나 아주 멍청한 표정으로 남자를 바라보았다 금방이라도 웃음을 터뜨릴 것 같은 표정이었다. 너 뭘 보는 거냐 하고 남자가 말해도 나는 여전히 아무 말 하지 않고 코만 긁적이거나 코를 팠다, 무슨 짓이든 상관없었다. 그러면 남자는 제 옆의 여자가 **저런 말을 하는 녀석을 그냥 내버려둘 거야 어떻게든 해봐야지** 하고 말하는 것 같다는 생각에 불끈 화를 내며 나한테 덤벼들었다. 하지만 경비원을 상대할 때와는 달라서, 나는 녀석이 발길질을 하게 가만히 있을 생각이 없었다. 싸움이 끝나고 나면 항상 남자가 바닥을 기며 살려달라고 말했고 여자는 마음이 식었다. 야 이 새끼야 하고 나는 주먹을 꽉 쥔 채 남자를 내려다보며 말했지만 남자는 그냥 가만히 누워 있을 뿐이었다. 집에 돌아가는 건 날이 거의 밝을 때쯤이라서 잠을 자봤자 의미가 없기 때문에 나는 가만히 앉아 있었다 아빠는 이런저런 생각을 하고 있었고 내가 생각한 것 한 가지는 멍청한 인간들이 울지 못 하면 배 속에 블랙홀이 생긴다는 것이었다.

주말마다 나는 술 취한 남자와 함께 시내로 갔다 아빠는 신경 쓰지 않았고 나는 항상 아빠에게 담요를 둘러주고 어디로 가는지 반드시 말해주었다 아빠는 타워에서 어울리던 녀석들을 만나거든 내가 좀 만나고 싶어 하더라고 전해라 하고 말했다. 나는 그러겠다고 말하고는 집을 나섰다. 우리는 다이아몬드 바로 갔다 술 취한 남자는 한 팔로 나를 감싼 채 나는 너를 알고 너는 나를 알지 하고 말한다. 딩크 동크 음악소리가 났다 내가 태어난 땅 메이요로 날 데려다줘.

네놈들은 진짜 나쁜 새끼들이야아아아아! 술 취한 남자가 소리친다. 다트가 있었고 이번 정부야말로 최악이야 한 잔 더 할래 아 난 됐어 아 넌 먹을 거지 뉴스가 나오네 쿠바에 위기가 벌어졌대 모든 것이 뒤틀리고 꼬인 채 제멋대로 드나들어서 결국 나는 설상가상으로 머리까지 아팠다 너 어디 가는 거야 하고 술 취한 남자가 소리친다 돌아와! 나는 강으로 나가 뒷길로 들어갔다. 나는 카페로 올라가 그 안에 누가 있는지 살펴보았지만 문이 모두 잠기고 불도 꺼져 있었다. 나는 다이아몬드에 서서 외치고 싶었다. **내 말 안 들려?** 하지만 내가 사람들에게 하고 싶은 말이 뭔지 알 수 없었다. 나는 화학약품점 뒤편으로 돌아가서 안으로 들어갔다. 마음에 들었다. 나는 혼잣말을 했다. 이 안에 카메라가 왜 이렇게 많아? 카메라야, 늬들은 왜 카메라 가게가 아니라 화학약품점에 있는 거냐?

나는 이 말을 하고 신나게 웃었다. 어찌나 웃었는지 나중에는 거기 있는 알약들이 웃음을 멈춰주는지 봐야겠다는 생각이 들 정도였다. 작고 통통한 갈색 병들에 온갖 종류의 약들이 있었다. 두 가지 색깔의 운동복을 입은 작은 축구 선수 같았다. 얘들을 뭐라고 부르지? 모르겠다. 휙, 그것들은 티들리의 롤로보다 더 빨리 입안으로 들어왔다. 그러고 나면 몸이 당밀로 변하는 것처럼 온통 멍해졌다. 사진 속에 선탠오일로 뭔가를 하고 있는 여자가 있었다, 손에 수건을 들고 하얀 가루 같은 모래밭을 걷는 모습. 여자가 내게 빙긋 웃으며 말했다. 프랜시, 그러고는 입술로 부드럽고 조용하게 펑 하고 터지는 소리를 냈다. 여자 뒤에서 흔들리는 야자나무들 사이로 태양의 열기가 뻗어오는 것이 느껴졌다. 너무 졸렸다. 여자가 말했다. 네가 여기 계속 있을 수 없다니 안타까워.

네, 나는 바로 그거예요 내가 세상에서 제일 하고 싶은 건 당신 곁에 있는 거예요 하고 말했다.

나도 알아, 여자가 말했다, 그런데 너의 앨로 삼촌이 곧 집으로 올 거라서 말이야. 여자가 그 말을 하지 않았다면 나는 그걸 전혀 기억하지 못 했을 것이다. 서둘러 프랜시! 여자가 말한다. 가봐! 어서 가! 빨리! 삼촌을 실망시키면 안 되잖아 안 그래?

나는 목적지도 없이 가게 주위를 빙빙 돌기만 했다. 생각을 해야 돼, 내가 말했다. 그러자 집에 아무것도 없다는 생각이 떠올랐다. 나는 창문으로 기어 나왔지만 일 분 동안 여기가 길거리인지 내가 거리 이름을 잊어버린 건지 알 수 없었다. 하지만 곧 괜찮아져서 좋았어 프랜시 이 거리를 쭉 따라 가는 거야. 나는 쌩 하니 걸어갔다. 제과점 문을 두드렸지만 아무 소리도 없어서 나는 건물 뒤로 돌아가 안으로 들어갔다. 그리고 양팔로 최대한 많은 케이크를 들었다. 나비 모양 빵을 찾아 여기저기를 훑어보았지만 자취도 없었다. 내가 찾아낸 것은 크림콘이 고작이었다. 나는 생각했다. 이걸 좋아하실 테니 열 개쯤 가져가자.

나는 위스키를 가져가려고 타워 뒤쪽의 헛간으로 들어갔다. 너무 신이 나서 온몸이 빛나는 것 같았다. 이런 젠장! 내가 그걸 잊어버리다니! 설탕가루 장식! 그래서 나는 그걸 가지러 제과점으로 다시 가야 했다! 나는 파리 잡는 끈끈이를 내리고 새것을 걸었다. 끈끈이는 전혀 부족하지 않았다. 틀림없이 개가 들어왔다 나간 냄새가 나서 나는 다시 화학약품점으로 가야 했다. 나는 아무 물건이나 손에 닿는 대로 들고 나왔다. 향수와 방향제와 분을 가져왔더니 냄새가 사라졌다. 이런 냄새가 나는 집에 사람들을 들일 수는 없는 법이다. 향수와 분 덕분에 집이 완전히 달라졌다. 나는 케이크를 금방이라도 무너질 것 같은 큰 성 모양으로 쌓았다. 케이크로 만든 집. 나는 아빠의 팔을 꼭 잡았다. 이제 얼마 안 남았어요, 내가 말한다, 부엌에서 쌩쌩 소리가 나도록 서성거리며 창문으로 바깥을 내다보았다. 여전히 아무것도 보이지 않는다. 나는 위스키를 조금 마셨다. 그다음에 들린 것은 자동차 문이 닫히는 소리였다. 아빠! 내가 소리쳤다. 나는 완전히 빨갛고 뜨겁게 달아올라 있었지만 기분이 끝내줬다. 오셨어요! 안으로 몰려오는 사람들에게 내가 말한다. 다들 나처럼 뺨이 빨갛게 달아올랐고 외투와 팔에는 눈이 점점이 묻어 있었다 이게 누구야 프랜시 브래디 이 집 식구들 모두 메리크리스마스! 가장 앞에 서 있는 사람이 누구냐면 활짝 웃고 있는 메리였다. 앨로는? 메리가 말한 다. 메리는 색색의 사탕이 든 200그램짜리 봉지를 들고 있었다. 아뇨, 아직이에요, 내가 말한다 그래도 금방 올 거예요. 있잖아 프랜시 난 그 사람이 빨리 보고 싶어 죽겠어 하고 메리가 말한다, 내가 그 사람을 사랑하는 거 너는 몰랐지. 정말 몰랐을 거야!

아니에요, 메리, 내가 말했다. 알고 있었어요. 처음부터 쭉.

이번 겨울이면 캠든에서 이십 년이야 그럴 줄 누가 짐작이나 했겠어 코르크마개가 펑 터지고 우리 모두 피아노 주위에 모여 삼촌을 기다렸다. 내 동생은 도대체 어디 있는 거야 하고 아빠가 말한다, 아이고 아이고 끔찍한 녀석이야! 기다리는 동안 우리한테 노래를 불러줘요 메리 하고 아빠가 말했다 그러죠 하고 메리가 말하고는 손가락을 꼼지락거리더니 〈덤불 속의 타이론〉을 쳤다. 나는 조금 노래를 따라 부르다가 술을 더 가지러 쌩 하니 자리를 떴다. 내가 막 병을 따고 있을 때 문간에 누가 있었냐면 파란 양복의 가슴주머니에 빨간 손수건을 꽂은 앨로 삼촌이었다. 앨로, 아빠가 말한다, 왔구나 하고는 삼촌을 양팔로 끌어안았다. 어디 얼굴 한번 보자 하고 아빠가 말하더니 둘이서 서로 이야기를 늘어놓기 시작했다. 내가 더 좋은 얘기를 해주마 하고 아빠가 말한다, 우리가 교회 과수원을 털었던 일 너라면 잊을 수 있겠니? 기억하지 앨로? 기억하느냐고요 하고 앨로 삼촌이 말한다, 잊을 수 있겠어요? 차가 더 있어요, 내가 말한다, 케이크도 마음껏 드세요 아주 많이 있어요. 앨로 삼촌이 메리의 어깨에 양손을 얹고 〈네가 달콤한 열여섯 살이었을 때〉를 불렀다. 그래서 메리가 어떻게 했냐면 그냥 일어서서 삼촌을 양팔로 끌어안았다. 아 앨로, 메리가 말한다, 사랑해요. 나랑 결혼해줘요. 만세 하고 모두들 환호성을 지르며 박수를 쳤다. 다들 케이크 더 안 드실래요 하고 내가 부엌에서 외쳤다. 그래야 우리 앨로지! 아빠가 말했다. 앨로 삼촌은 메리를 안고 서서 메리의 눈을 들여다보았다. 밖을 내다보니 눈이 내리고 있었다. 밖에서 아이들이 노는 소리가 들린 것 같았지만 그럴 리가 없었다 너무 늦은 시간이라서. 좋아 다음 노래는 누가 부를 거예요 하고 앨로 삼촌이 말하더니 목을 가다듬었다. 나는 다들 케이크 더 드세요 하고 말할 생각이었지만 그 말은 이미 했다. 나는 길에 고인 물이 얼어붙었는지 궁금했다. 당연히 얼어 있었다. 메리는 앨로 삼촌의 무릎에 앉아 노래하는 삼촌의 얼굴을 어루만졌다. 웅웅 울리는 목소리들이 부엌을 가득 채웠다. 나는 이리저리 뛰어다니며 사람들과 가벼운 잡담을 나누고 케이크 더 드세요 즐거우세요 앨로 삼촌이 집에 돌아오다니 정말 좋죠 하고 말했다. 부하가 열 명이나 된대요, 내가 말했다. 나는 박수를 치고 또 치며 만세를 불렀다.

처음에는 경사를 알아보지 못했다. 그냥 밖을 내다보았더니 경사가 긴 레인코트를 입고 마당에 서 있었다. 나를 빤히 바라보고 있었다. 마치 물속에 있는 사람처럼 얼굴이 조금 번져 보였다. 나는 그 사람이 바로 경사라는 것을 그냥 알아차렸다.

앨로 삼촌이 메리에게 말했다. 잠깐만 이리 와봐. 삼촌이 손을 뻗으며 말했다. 괜찮아 프랜시.

나는 앨로 삼촌, 절 좀 도와주실래요? 하고 말했다.

하지만 그 사람은 앨로 삼촌이 아니기 때문에 나를 도와줄 수 없었다. 그 사람은 로시 박사였다.

아 삼촌, 내가 말했다. 다른 사람들이 가신 줄 몰랐어요. 인사도 안 하고 가셨네요. 나는 아빠를 찾으려고 두리번거렸지만 아빠도 보이지 않았다. 피아노 위의 케이크에 파리들이 달라붙어 있었다.

차가운 손이 나를 만지는 것이 느껴졌다. 아빠의 이마처럼 차가웠다. 온갖 종류의 목소리들이 연기처럼 스쳐 지나갔다.

앨로 삼촌, 내가 말했다.

경사가 다른 경찰관에게 뭐라고 말하고 있었다. 구더기…… 그놈 몸에 구더기 천지야.

다른 경찰관이 말했다. 이런 세상에.

괜찮다 프랜시 하고 로시 박사가 말했다. 전 나쁜 짓을 할 생각이 아니었어요, 내가 말했다. 나도 안다 하고 로시 박사가 말하더니 내 소매를 걷어 올렸다. 아주 작은 바늘을 살짝 찔렀을 뿐인데 나는 아네모네 밭에 누워 있었다.

여기 있었구나 하고 조가 말했다, 널 찾아다녔어. 근처에서 물의 속삭임이 들렸다.

강이야, 내가 말했다. 조는 돌아보지도 않았다.

당연히 강이지 하고 조가 말한다. 그럼 뭔 줄 알았어? 리오그란데?

그 망할 놈의 소시지 경사! 그 인간이 또 일을 저질렀어! 그 인간은 차를 몰고 카운티를 돌아다니다가 이런 데다 나를 내버리는 것 말고는 할 일이 없는 거야? 나는 말이지…… 아 나는 그저 이 차에서 내려서 프랜시 브래디를 창문이 백 개나 있는 또 다른 집에다가 시이일어다 줄 거야 어떠냐, 프랜시? 히호! 하하! 거기서 사람들이 너한테 예의를 가르쳐줄 거다!

곰팡이가 슨 서랍과 소독약 냄새가 섞인 악취가 났다. 내가 마지막으로 본 것은 길게 늘어선 침대들 끝에서 창가에 서 있는 거품이었다. 거품은 등 뒤에서 손가락을 튕기고 있었다. 그러다가 천천히 돌아서서 나를 똑바로 노려보았다. 어깨 위에는 거대한 외계인 머리가 말벌처럼 얹혀 있었다. 웃기는 건…… 그런데도 여전히 거품처럼 보인다는 거였다. 털 달린 촉수가 있는 말벌이 거기 서 있어도 그게 거품이라는 걸 알 수 있었다. 아 젠장! 나는 소리쳤다. 무서워해야 하는 건지 아닌지 알 수 없었다. 거품은 움직이지 않았다. 그냥 가만히 서서 나를 보기만 했다. 나 말고 무서워하는 사람이 있는지 보려고 나는 주위를 둘러보았다. 하지만 나와 거품뿐이었다, 그러니까 외계인 신부. 그러고 나서 나는 다시 잠이 들었다. 다시 깨어났을 때 거품은 보이지 않았고 똑같은 창문으로 눈부시기 짝이 없는 햇빛이 비스듬히 비쳐들 뿐이었다. 모든 것의 윤곽이 수정처럼 선명하게 보였다. 그때 음악소리가 들렸다. 내가 아는 노래였다. 히호! 금방 가사를 알아들을 수는 없었지만 그 노래가 아네모네와 길에서 노는 아이들의 목소리에 관련된 내용이라는 건 알고 있었다. 그 노래가 마치 이렇게 말하는 것 같았다. 어쩌면 네 생각이 전부 틀린 건지도 몰라 프랜시. 어쩌면 이 모든 것이 아름다워서 갖고 있을 만한 가치가 있는 건지도 모르지. 이 음악을 들어봐라 그러면 내 말이 무슨 뜻인지 알게 될 거야. 노래가 쑥 솟아올랐다, 그건 날개 달린 음악이었다. '솟아오르는 새'의 음악, 그 음악은 다시는 나쁜 일이 일어나지 않을 거라고 말했다. 노래 때문에 나는 황홀감으로 가득 차서 아빠와 엄마에게 이 이야기를 해주려고 아빠 엄마를 부르며 마을의 굴뚝들 위를 스치듯이 지나갔다. 이제 다 괜찮아질 거예요 내가 소리쳤다. 내가 갖게 된 새의 눈으로 배수로의 아네모네를 볼 수 있었다. 아이들은 저 아래 길에서 거대한 신발을 신고 떼 지어 몰려다니는 색색의 덩어리들이었다, 아이들은 장난감 찻잔세트를 나무 바구니에 차려놓았다. 얼어붙은 웅덩이의 얼음을 술 장식들이 난도질하고 있었다. 옆으로 홱 돌았더니 내 배 속에 있던 블랙홀에 빛이 가득했다. 나는 가지 위에 내려앉아 그 아이를 지켜보았다. 그러고는 이렇게 말한다. 네 친구 브렌디는 없어? 저 웅덩이 책임자 말이야.

내가 이 말을 했을 때 아이는 땅을 조금 갖고 있었다. 아이가 어떻게 했냐면 그냥 막대기를 떨어뜨리고 정신없이 달려간다. 얘들아! 얘들아! 아이가 소리친다 내가 저기 나무 위에서 뭘 봤는지 아니? 말하는 새야!

이런 세상에!

또 다른 날 그 아이와 브렌디가 거기 있어서 나는 그들에게 말한다, 백만 천만 억만 달러가 생기면 뭘 할 거니?

흠 다른 아이가 말하며 손가락을 입술에 댄다. 그들은 이제 나한테 익숙해져서 내가 말하는 새라는 사실에 신경 쓰지 않았다. 나는 환성을 지르고 싶었다. 나는 나뭇가지에서 뛰어올라 하늘로 날아갔다 하늘 색깔이 뭐였게?

오렌지색이었다.

그다음에 깨어났을 때 외계인인지 말벌인지 하여튼 그것이 다시 나타나 있었다 다만 이번에는 얼굴이 레디의 것이었다. 아 젠장 그만 좀 해 하고 내가 말했지만 그것은 한동안 계속되었고 나는 어쩔 도리가 없었다.

한 번은 침대에서 나오려고 했다 그런 식으로 일들이 계속되는 것이 지긋지긋했다 하지만 하얀 가운을 입고 팔이 나무줄기 같은 커다란 남자가 아 아 그렇게 서두르면 안 되지 하고 말하면서 나를 다시 눕혔다.

나는 수백 주 동안 거기 누워 있었다. 아니 몇 달인지도 모른다. 결국 의사가 내게 와서 말한다. 이제 일어나서 한동안 움직여도 된다. 나는 말벌 외계인을 찾아보려고 창가로 갔지만 그 사람인지 그것인지 하여튼 정체를 알 수 없는 그 외계인은 어디에도 보이지 않았다. 실내복을 입은 늙은 남자가 내게 와서 한 눈을 감는다. 너 나를 속이려고 해도 소용없어 이 캐번* 새끼야 하고 그가 말한다. 내가 **나는 캐번 출신이 아니에요**라거나 꺼져라고 말하기도 전에 그 남자는 내게 손가락질을 하고 손으로 입을 가린 채 머리가 타버린 가지처럼 삐죽삐죽 솟은 동료에게 귓속말을 하며 병동 저

* 아일랜드의 지명

편으로 휑하니 가버렸다. 동료는 마구 고개를 끄덕이고 있었다. 아 그래. 그렇지. 남자가 하는 말은 정말 진짜인 것 같았다.

어떤 날은 의사들과 함께 존 F. 케네디와 성모의 사진이 있는 방으로 갔다. 이런 이런 또 만났네요 나는 이렇게 말하며 성모에게 윙크를 했다. 돼지 학교 아래쪽의 벌판에서 멀리도 왔군요 하고 내가 말하자 성모가 웃음을 터뜨렸다. 다들 이 이야기를 듣고 흥미로워했다. 성모 말고 또 누굴 봤니? 아 전부 다 봤죠 하고 내가 말한다. 장미의 성 테레사. 〈개구쟁이 데니스〉에 나오는 공부벌레 월터처럼 안경을 쓴 녀석이 있었는데 그 녀석은 뭐든 정보를 받아 적으려고 혈안이 되어 있었다. 사각사각 녀석은 혀를 입꼬리에 댄 채 계속 끼적거린다. 내가 아무리 성자들 이름을 말해줘도 부족한 모양이었다. 혹시 담배 있어요 하고 내가 말하고는 성자들 이름을 더 말해준다. 저랑 성모님은 아주 오래된 사이예요 하고 내가 말했다. 성모님이 아무한테나 나타나는 게 아니라고요. 그래 그래 그렇지 사각사각. 그러고 나서 그들은 내 꿈에 대해 물었다. 혹시 꿈을 꿨니. 아 그럼요 하고 내가 말한다, 꿨죠. 담배 더 주세요. 그래 무슨 꿈을 꿨니. 말벌이요 하고 내가 말한다, 얼굴은 거품이었어요. 아니면 말벌의 얼굴을 한 거품이거나. 다들 거품에 대해 묻기에 나는 거품에 대해 잔뜩 이야기해주어야 했다. 엽기적인 내용일수록 그들이 더 좋아해서 나는 거품이 나를 찌르고 내 머리를 물어뜯었다는 얘기를 잔뜩 집어넣었다 외계인 신부가 넌 죽어야 돼 이 지구인 개야! 하고 말한다. 그러고는 웃음을 터뜨렸다. 정말 웃겼다. 만약 거품이 그랬다면 내가 어떻게 했을지 나는 알고 있다. 꺼져 거품 이 말벌 같은 놈아! 하고 말했을 것이다. 거품이 한번 해볼 테면 해보라지.

싹둑!

당신이 세상을 정복하는 걸 한번 보자고요 신부님!

마음에 들었다. 월터가 정신없이 끼적이던 탁자 가장자리에서 떨어질 것 같았다. 사람들이 내게 티들리에 관해 물었지만 나는 항상 거품과 정원사에 관한 웃기는 이야기로 돌아갔다. 나는 정원사의 이야기를 시작했다. 정원사가 보일러실에 시체들을 두었다고 말했지만 그 사람들이 그를 조사했는지는 모르겠다. 어쩌면 그리로 형사를 보냈는지도 모른다. 그것도 좋겠다 싶어서 나는 이야기를 더 해주었다, 마을의 젊은이들이 흔적도 없이 사라졌는데 그의 소행이었다 그가 쇠스랑으로 개들 몸을 토막 내서 보일러 뒤에 쌓아두고 있었다. 하지만 내 말솜씨가 서툴렀는지 사람들은 이 이야기를 더 이상 듣고 싶어 하지 않았다 그들이 원하는 것은 오로지 티들리에 관해 말하는 것이었다. 아 네 설리번 신부님은 아주 좋은 분이죠, 내가 말한다, 야만인들이 신부님을 잡아먹어버린 게 참 안타까워요. 넌 그 직업학교를 좋아했던 거지 하고 사람들이 말했다. 그럼요 좋아했죠, 특히 목요일에는 저녁에 각자 소시지 두 개를 받아서 좋았어요. 설리번 신부를 위해 미사도 드렸지 안 그래 그럼요. 설리번 신부를 좋아했니? 물론 좋아했죠. 정말 거룩한 분이에요, 내가 말했다, 신부님은 장미의 성 테레사한테 기도하세요. 그래 잘했다 하고 사람들이 말했다 오늘은 이만하면 됐어. 다른 날에는 나를 다른 정비소로 데려가서 커다란 의자에 앉히고 머리에 헬멧을 씌웠다 전선이 사방으로 뻗어 있었다. 나는 그게 마음에 들었다. 의자에 앉아 있는 것이 제일 좋았다. 딱딱하게 생긴 학생이라는 놈들은 클립보드를 들고 얼빠진 표정으로 나를 바라보았다 **저놈이 의자에서 벌떡 일어나 우리를 토막 내지는 않겠지!**

  하지만 나는 그 녀석들한테 아무 관심이 없었다 그 커다란 의자에 앉아 타임로드 애덤 이터노 역할을 하느라 바빴다. 녀석들이야 뭐든 끼적이고 싶으면 마음대로 하라지 나는 하이퍼스페이스에 가 있으니까. 어이 안녕하신가 이집트인들 하고 나는 말할 것이다 피라미드니 뭐니 전부. 애덤은 오늘 못 와서 내가 대신 왔어. 테라스에서 온 프랜시야. 좋은 사람 프랜시라고 그들은 말할 것이다 아주 작은 모자를 쓰고 뱀을 몸에 두른 채. 아니면 로마인을 만날 수도 있다. 기독교인은 건드리지 마, 사자, 나는 이렇게 말할 것이다. 아 고맙습니다 고마워요 프랜시 기독교인이 말한다. 별말씀을, 친구 그리고 나서 나는 카우보이들이 어떻게 하고 있나 보러 갈 것이다.

저 사람들이 널 어디로 데려가는 거냐 하고 눈을 치뜬 노친네가 말한다. 우리가 못 본 줄 알아. 그러고 나서 노친네가 병동 반대편을 바라보자 다른 사람들이 거기서 고개를 끄덕인다. 나는 노친네에게 댄 데어처럼 우주와 시간의 폐허들 사이를 여행한다고 말했다 저 사람들이 날 데려가는 데가 거기예요 노친네가 나를 바라본다. 뭐? 노친네가 이렇게 말해서 나는 다시 말해주었지만 노친네는 전혀 마음에 들지 않는 모양이었다. 그가 내 점퍼를 움켜쥐고 말한다. 내 그럴 줄 알았지. 널 보자마자 네놈이 캐번 새끼인 줄 알았어. 날 어떻게 해보려고 여기 온 모양인데 꿈도 꾸지 마. 가서 네 일이나 봐 이 똥개야! 노친네가 소리친다, 난 너보다 훨씬 잘난 사람도 잡은 몸이야!

나무줄기들이 노친네를 나한테서 떼어내야 했다. 나는 몸에서 먼지를 털고 나무줄기들에게 불평했다. 내가 이런 망신을 당하다니, 내가 말했다, 편안히 걸어다니지도 못해요.

또 다른 날 그가 온다. 그건 망신이에요 안 그래요! 공격

당안 건 망신이라고요.

공격 당엤어! 공격 당엤어!

그래, 들었다, 그가 말한다. 사람들이 널 치료할 거다. 사람들이 네 머리에 구멍을 뚫으면 너도 건방진 말은 더 못할걸. 그다음에 사람들이 뭘 할지 알아? 네 뇌를 꺼낼 거다. 알아요! 나도 여기 오래 있었다고요. 지난번 그 사람을 봤어요. 그 사람은 하루 종일 창가에 서서 종잇조각을 먹었어요. 넌 종이 좋아하니? 뭐 지금부터라도 좋아지는 편이 좋을 거다. 그때는 이 녀석도 잘난 척을 못 할 거야 하고 그가 병동 바닥의 나뭇가지 대가리에게 고함을 지른다. 그러고는 기쁨에 차서 손바닥을 마주 비볐다.

나는 그 말을 듣고 한바탕 신나게 웃었다. 뇌를 꺼낸다고요, 젠장. 하지만 그러고 나서 어느 날 내가 깨어났더니 침대 발치에서 월터가 내 이야기를 하고 있었다 작은 소리지만 나는 들었다. **결국은 이게 다 이 녀석을 위한 일이야!** 월터에게 뭐라고 해봤자 소용없다는 걸 나는 알고 있었다. 나는 병동을 뛰쳐나와 곧장 사무실로 갔다. 회의가 열리고 있었지만 나는 신경 쓰지 않았다. 나는 그들에게 말했다. 내 몸에 손대지 마! 나한테 손가락 하나도 대지 마! 날 여기서 내

보내줘!

나는 도망치려 했지만 소용없었다. 자 프랜시스 그러고는 주먹이 날아왔다 아주 큰 주먹이었는지 사람들이 나를 데리고 계단을 내려가는 동안 내가 할 수 있는 말은 음음 음음뿐이었다.

이제 할 수 있어요 하고 의사가 말하고는 빛을 향해 주사기를 들어올린다. 네 그렇죠 하고 월터가 말하고 나를 바라본다. 내가 아래를 내려다보니 월터가 손에 뭘 들고 있냐면 선반을 달 때 쓰는 드릴이다.

머리 좀 움직여줄래 프랜시스?

위이이이이이이이이이잉.

됐다. 이제 좀 낫군 하고 그가 부드러운 목소리로 말했다. 탈지면 좀 주시겠습니까 선생님.

그때 누가 문을 두드리더니 안으로 고개를 들이민 사람은 조였다.

프랜시 여기 있어요? 가자 프랜시 말을 타고 나가는 거야. 빨리 움직여야 돼!

망아지가 히힝 울었다.

알았어 조 나는 이렇게 말하고 하얀 이불을 젖혔다.

그거야 네 생각이지 하고 조가 말한다 문밖에서 금발이 웃어대는 소리가 들렸다.

조, 내가 불렀다, 조!

그래 네가 타임로드로구나 하고 로마인이 말한다, 죽을 각오를 해라 나는 발목이 매달린 채 몸을 흔들어 일으켜 세웠다.

조, 내가 다시 불렀지만 방은 텅 비어 있었다.

숨을 죽인 바다 소리가 들렸다.

아래를 내려다보니 코널리 부인이 보였다. 부인은 팔짱을 끼고 미소를 지은 채 앞뒤로 흔들리는 나를 지켜보았다. 거기서 빨리 내려와라 하고 코널리 부인이 말해서 나는 내려갔다. 다른 여자들이 가게 바닥에서 나를 보았다. 오늘은 잘 지냈니 프랜시 하고 코널리 부인이 말했다.

잘 지내요 하고 내가 말했다.

코널리 부인은 팔짱을 꼈다. 아, 코널리 부인이 이렇게 말하자 여자들이 빙긋 웃었다.

넌 몰랐을 거다 프랜시, 넌 몰랐을 거야 내가 너한테 선물을 줄 줄은.

네 코널리 부인 몰랐어요 하고 내가 말했다.

아하 정말로 선물이 있어! 코널리 부인이 말한다. 어때!

좋아요 코널리 부인 하고 내가 말했다.

아 얘 정말 사랑스럽죠 하고 코널리 부인이 다시 말했다.

나한테 노래 좀 불러줄래? 이 애가 우리 여자들을 위해 노래를 불러줄까요?

여자들이 말했다. 불러줄래 프랜시스?

짧은 노래 한 곡이면 특별선물은 네 거야! 코널리 부인이 말한다.

코널리 부인은 선물을 등 뒤에 숨기고 있었다.

그래, 뭘 부를 거니? 내가 제일 좋아하는 노래를 불러줄래? 내가 그 노래를 얼마나 좋아하는지 알지? 응?

네 코널리 부인 하고 내가 말했다.

나는 무릎을 모으고 부끄러워서 고개를 숙인 채 가만히 서 있었다. 뱀과 사다리 놀이에 나오는 그림 같았다.

만세! 하고 코널리 부인이 말했다. 다들 이제 조용히 하세요! 어서 해라 프랜시스!

나는 수녀들이 우리에게 가르쳐준 아일랜드 댄싱 스텝을 따라 펄쩍펄쩍 뛰면서 가게를 돌아다니며 노래를 불렀다.

나는 작은 새끼돼지 여러분 모두에게 알려드리죠
분홍분홍빛의 축 늘어진 작은 귀와 꼬불꼬불 올라붙은 꼬리
나는 마을을 뛰어다니며 노는 게 좋아요
그렇게 뛰어노는 시절이 끝날 때까지 난 작고 살찐 돼지가 될 거야!

노래를 끝내자 몸이 엄청 뜨겁고 숨이 찼다 고맙다 고마워 하고 코널리 부인이 말하자 다른 여자들은 마구 박수를 쳤다. 런던 팔라듐 공연보다 더 나아!

그때 코널리 부인이 한 손을 들어올렸다. 쉬, 코널리 부인이 이렇게 말하자 반짝반짝한 빨갛고 통통한 사과가 느닷없이 나타났다.

아! 여자들이 탄성을 질렀다.

사과는 코널리 부인의 손바닥 한가운데에 가만히 놓여 있었다.

이거 어때! 코널리 부인이 눈을 반짝이며 말한다.

너무 예뻐요, 내가 말했다.

이걸 한입 먹고 싶니? 코널리 부인이 말했다.

네 코널리 부인 하고 내가 말했다, 정말 그러고 싶어요 그러면서 고개를 끄덕이는데 벌써 입으로 그 맛이 느껴지는 것 같았다.

여러분 어때요? 이 아이한테 한입 줄까요?

여자들은 음음 음음 뭐 등등 소리를 내면서 열띠게 의논을 시작했다.

좋아요, 여자들이 말했다, 저 녀석이 사과를 돼지처럼 집어올린다면!

코널리 부인은 소매로 사과를 닦으며 말했다. 그래 프랜시스 사과를 돼지처럼 집어볼래?

내가 그러겠다고 하자 코널리 부인은 한쪽 무릎을 바닥에 대고 몸을 수그려 고무 매트 위에서 천천히 사과를 굴렸다. 나는 이로 사과를 잡으려 했지만 네 발로 엎드려 있었기 때문에 잡기가 너무 힘들었다. 잡았다 싶으면 사과가 다시 굴러갔다 그때마다 여자들은 환호성을 질렀다. 아! 여자들이 말했다, 사과를 또 떨어뜨렸어. 그러고는 박수를 치고 환호성을 지르며 말했다. 기운 내 프랜시 넌 할 수 있어! 하지만 나는 할 수 없었다. 너무 힘들었다. 한 손을 써도 돼요? 내가 말했다. 손이 아니라 발이겠지, 여자들이 말했다. 아, 죄송해요. 그건 규칙 위반이야. 내가 사과를 몇 번이나 떨어뜨린 건지 모르겠다. 열 번이나 열한 번쯤. 결국 코널리 부인이 내가 안돼 보였는지 내게 사과를 건네주었다.

아유 이 가엾은 돼지 녀석, 코널리 부인이 말한다, 하나님은 너를 사랑하셔. 넌 사과 하나 집지 못하는 거야?

걱정 마라 프랜시! 여자들이 말했다, 이제 네가 다 먹어도 돼! 어서 먹어!

나는 여자들이 보는 앞에서 사과를 먹고 싶지 않았지만 어쩔 수 없었다. 여자들은 계속 말했다. 한입 더!

마침내 사과 심만 남을 때까지 여자들은 계속 그 말을 했다. 사과를 다 먹은 뒤 코널리 부인은 창가로 가서 밖을 내다보았다. **놈들이 온다!** 코널리 부인이 이렇게 말하자 다들 또 자기들끼리 이야기하기 시작했다 날씨에 대해서 물가가 너무 비싸서 살기 힘든 현실에 대해서. 여자들이 기다리는 사람이 누군지 몰랐기 때문에 나는 가만히 서서 내 손에서 갈색으로 변해가는 사과 속살을 지켜보았다. 그러다가 고개를 들어 보니 누가 있었냐면 엄마와 아빠 돼지가 거기 서 있었다. 엄마와 아빠가 들어오자 여자들은 조용해졌고 코 널리 부인은 엄마에게 미소를 지었다. 그러더니 기침을 하며 화장지로 콧물을 찍어냈다. 코널리 부인은 자기 옆의 여자에게 몸을 기울여 속삭였다. 조금만 있으면 이 둘이 소란을 피우는 꼴을 보게 될 거예요!

여자들은 엄마와 아빠를 위아래로 훑어보며 기다렸다. 여자들은 이렇게 말했다. 어서! 뭐라고 말 좀 해봐 우린 싸움을 보고 싶어!

하지만 싸움은 없었다. 엄마와 아빠 돼지는 아무 말도 않고 빨갛게 익어가며 가만히 서 있었다, 말을 하거나 누군가의 눈을 똑바로 바라보는 게 두려운 모양이었다.

아 제발! 싸움을 해! 코널리 부인은 뭔가 생각을 하더니 화장지를 쥔 손에 힘을 주었다.

그동안 내내 기다렸는데 허사가 됐어. 아무래도 싸움이 일어날 것 같지 않아!

싸움은 없었다. 싸움은 우리가 밖으로 나온 뒤에야 시작됐다. 엄마 돼지는 금방이라도 눈물을 터뜨릴 것 같았다.

왜 **아무것도** 안 했어요? 왜 **아무 말도** 안 했어요? 엄마가 외쳤다.

나 말이야? 아빠 돼지가 쏘아붙였다, 왜 항상 내가 해야 하는데?

아빠 돼지는 말싸움을 하다가 목소리가 갈라졌고 얼굴은 시뻘건 색에서 순수한 하얀색으로 변했다. 그러더니 엄마와 아빠가 나를 향해 돌아섰다.

그 사과를 왜 받았어 이 멍청한 돼지 새끼야? 엄마와 아빠가 말했다. 나는 말을 더듬었다. 뭐라고 해야 할지 알 수 없었다. 내가 그 웃기지도 않는 사과를 왜 받았는지 나도 알 수 없었다. 온 마을 사람들이 처치힐을 올라가는 우리를 보려고 나와 있었다. 어이 돼지들, 로시 박사가 외쳤다, 일진이 그리 사납진 않았어!

로시는 자기 차를 잠그고 호텔로 들어가며 말했다. 저 돼지들은 굉장한 가족이야!

손을 흔들며 우리에게 뭐라고 외쳐대는 사람들이 너무 많아서 타워에 도착했을 때 우리는 녹초가 돼 있었다. 바에는 아무도 없고 우리뿐이었다. 남자 화장실에서 오래된 흑맥주와 담배 냄새가 흘러나왔다, 불경기의 술집이었다. 바텐더는 고개를 들어 우리를 보지 않고도 우리가 들어왔다는 걸 알아차리고 수건에 손을 비비며 말했다 어서 오세요 돼지들 뭘 드시겠습니까?

아빠 돼지가 원하는 걸 말하자 바텐더가 술을 따라주었다. 바텐더는 오늘 날이 아주 춥다고 말했다. 아빠 돼지는 그렇다고 맞장구를 쳤다 그러고는 아무도 아무 말도 하지 않았다. 수염이 달린 바다사자가 코 위에 흑맥주 병을 올려 놓고 균형을 잡고 있는 사진이 있었다 나는 그것을 한참 동안 바라보았다. 엄마는 고개를 드는 것이 무서워서 가슴에 턱을 댄 채 가만히 앉아 있었다. 아빠 돼지가 새끼손가락을 들어올릴 때마다 바텐더가 아빠 돼지의 잔을 채워주었다. 아빠 돼지가 화장실에 갔다가 돌아왔을 때 밖은 이미 어두워져 있었다. 아빠 돼지가 의자에 부딪혀 요란한 소리를 내자 바텐더가 말했다. 이 사람을 집으로 데려가시는 게 낫겠어요.

네, 엄마가 말했다, 바텐더는 우리가 일어나서 아빠 돼지를 데리고 나갈 때까지 우리에게서 눈을 떼지 않았다. 엄마는 최선을 다해라 아들아 하고 말하고는 아빠의 한쪽 팔을 자기 어깨에 걸쳤고 나는 다른 팔을 잡은 뒤 출발했다 아빠의 다리가 질질 끌렸고 돼지답게 작은 두 눈은 둥근 공 같은 분홍색 살덩어리 속에 깊이 박혀 있었다, 다들 팔짱을 끼고 자기 집 문간에 서서 저기 봐 녀석들이 간다 지금 다이아몬드를 가로지르고 있어. 어이! 어이! 안녕! 돼지들! 돼지들! 유후!

저기 좀 봐 굉장하지, 엄마 돼지, 아빠 돼지, 아기 돼지, 귀여운 돼지 세 마리가 헉헉거리면서 집까지 가고 있어!

날 용서해줄래 나는 예 아빠 하고 말할 생각이었지만 또 발목이 매달려 흔들리는 중이었고 칼을 든 로마 병사가 누구였냐면 레디였다 레디가 피우던 담배꽁초를 휙 튕겨 보내고 나한테 뭐라고 말했지만 나는 무슨 말인지 알아들을 수 없었다 그랬더니 레디가 칼을 들어 아래로 내려쳐서 나를 반으로 갈랐다.

두 반쪽은 서로를 볼 수 있었지만 둘 다 거기 고기 선반에 대롱대롱 매달려 있을 뿐이었다.

그때 어둠 속에서 누가 나왔냐면 조였다 하지만 조는 나를 못 보고 그냥 계속 걸어가서 도살장 문간을 지나 빛 속으로 나갔다.

내가 깨어났을 때 월터가 있었다 넌 이제 다 괜찮을 거다 프랜시 하고 월터가 말한다 간호사는 또 알약을 내민다. 의사 선생님, 내가 말했다, 저쪽의 저 나쁜 자식은 선생님이 제 머리에 구멍을 뚫을 거라고 하는데요. 선생님 부하가 제 소리를 들었나봐요 그 사람이 문을 지나 빛 속으로 나가는 걸 봤어요. 알약을 먹은 뒤로 타임로드 같은 건 존재하지 않았다. 이상한 시간에 사람들은 나를 데리고 방으로 내려가서 잉크 얼룩이 잔뜩 묻은 종잇조각을 주었다. 이게 어떻게 보이니 하고 의사가 말한다. 그 종이에 이제는 글을 못 쓰겠네요 하고 내가 말한다. 왜 하고 의사가 안경을 들어올리며 말한다. 망가졌잖아요 하고 내가 말한다, 보세요. 흠

흠. 의사들이 다니는 학교에서 그걸 가르치는 것 같다. 안경을 들어올리고 나를 따라 해요 흠 흠!

한동안 나는 완전히 신경이 곤두서고, 고슴도치처럼 속에 바늘이 잔뜩 꽂혀 있었지만 약이 효과가 있었는지 어느 날 마당에서 그 남자를 보고 뒤를 쫓아갔다. **이봐요, 내가 소리친다, 이 새끼야!** 그는 내 말을 못 들은 척하며 주방 뒤쪽으로 엄청 빠르게 걷기 시작한다. 하지만 나는 그 반대편으로 돌아갔다 자기 앞에 내가 나타난 걸 보고 그 남자가 얼마나 놀라던지. 이제 내가 당신 머리에 구멍을 내주지 이 나쁜 자식아! 하고 내가 말했다. 나는 그저 그 남자에게 한 손을 내밀었을 뿐 뭘 어떻게 할 생각은 없었지만 그 남자가 어떻게 했냐면 캐번 사람들에 관해 온갖 말들을 쏟아놓기 시작했다. **자기 주머니에 마지막으로 남은 푼돈을 너한테 줄 캐번 사람은 하나도 없어 하고 그가 말한다. 이 병원에 있었던 사람들 중 최고는 캐번 사람들이야 하고 그가 말한다.** 그러고는 그 커다란 눈을 들어 나를 바라본다, **너 날 두들겨 팰 건 아니지?** 난 그럴 생각이 없었다. 나는 아무것도 할 생각이 없었다 나는 바구니를 만들고 그림을 그리러 가 있었다 지금 사람들이 내게 시킨 일이 그거였으니까. 하지만 내가 만든 건, 그걸 바구니라고 불러도 될지 모르겠다. 좋은 바구니구나 하고 내 옆의 남자가 말한다 머리에 머리카락 한 올 없었다. 그러더니 느닷없이 여자들에 대해 이야기하기 시작한다. 여자들이 어떻게 하는지 알아 하고 그가 말한다 남자를 데리고 정원의 긴 오솔길을 내려가서 나무 뒤로 숨지. 그러고는 당신이 나한테 전화한 날을 기억하냐고 물어 그러고 나서 나는 웃음을 터뜨렸고 너도 웃었고 엄마도 웃었고 우리 모두 웃었어. 즐거운 날이었어! 그게 여자들이야!

그렇죠, 내가 말한다. 그가 만들고 있는 바구니는 대단했다, 내 것은 형편없다는 생각이 들었다. 막대기 조각들이 사방에 삐죽삐죽 나와 있었다. 미사에서 신부가 성체를 들어 올렸을 때 그 남자가 뭘 했냐면. 일어서서 목청껏 소리친다 잘했어! 이제 당신이 이겼어. **도망쳐!** 그 여자랑 같이 그물 뒤로! 세상에 올해 팀이 최고야!

이걸 먹어야 한다 하고 월터가 말한다 귀찮지는 않을 거야. 마치 교도소장이 정문에서 죄수와 악수를 하고 작별 인사를 하고는 웃는 얼굴로 돌아오면서 자기 직업을 뿌듯해하다가 다음 날 그 죄수가 사람 몇을 또 토막 냈다는 소식을 듣는 것과 같았다. 하지만 이건 그것과 전혀 달랐다 나는 어느 누구도 토막 낼 생각이 없었으니까. 나는 집으로 갔다 캐펀의 나쁜 놈들이나 바구니나 머리에 뚫린 구멍 같은 건 이제 없었다. 그런 건 지긋지긋했다. 나와 월터는 악수를 하고 있었는데 나는 잠시 나 자신을 잊어버리고 굵직한 양키 목소리로 말한다 자아 의사 선생님 이걸로 작별인 것 같군요. 월터가 나를 바라보며 생각을 바꿔 나한테 약을 더 먹이고 아예 드릴까지 써야 하는 게 아닌가 고민하는 것 같아서 나는 그걸 당장 그만두었다. 아뇨 괜찮아요 월터 선생님. 그래 잘 가라 프랜시, 곧 또 보자. 월터는 내가 어쩌고 있는지 매달 사람들이 보러 올 거라고 말했다. 앞으로 한동안 일이 어떻게 되어가는지 보려고 적잖은 사람들이 나를 찾아올 거라고 말했다. 뭐라고요, 돼지 학교에 또 가요 하고 내가 말한다, 웃기지 마세요 의사 선생님, 됐어요 의사 선생님. 아냐 하고 월터가 말한다 넌 거기로 돌아가는 게 아니다. 가만히 두고 보는 게 가장 좋은 일이야 프랜시스. 맞아요 의사 선생님 나는 차를 타고 언덕을 내려갔다. 히! 나는 소리친다, 놈들을 미주리로 데려가 그랬더니 못생긴 아줌마가 《우먼스위클리》 뒤에서 나를 바라본다.

가서 콧수염이나 밀어요 아줌마 하고 내가 소리친다 그 얼굴이라니! 하지만 내가 무슨 상관이람! 쌩 하니 언덕을 내려가는데 거시기가 그런다 **야 그거 끝내준다 계속해.**

나는 믿을 수가 없었다. 정어리? 전혀 보이지 않았다. 파리들? 영원히 사라졌다. 타일은…… 얼굴이 비칠 정도였다. 게다가 광택제 냄새라니! 온 집 안이 깨끗했다, 내가 있을 때보다 백만 배는 깨끗했다! 내가 밖으로 나가 길을 걷다가 누굴 만났냐면 입이 귀에 닿을 정도로 활짝 웃는 코널리 부인이었다. 어머 프랜시스 집 안을 봤어? 네 봤어요 코널리 부인 하고 내가 말했다. 코널리 부인은 내 팔뚝을 잡으며 말한다 넌 이제 걱정 안 해도 돼 프랜시스, 내가 가끔 가서 너 대신 청소를 해줄 테니까.

나는 정말 고맙습니다 코널리 부인 하고 말했다 그랬더니 코널리 부인이 뭐라고 했냐면 고작 아 하느님은 너를 사랑하신다 이제 네 옆에는 아무도 없구나 나는 이게 무슨 말인가 싶었다 그게 무슨 말이에요?

나는 한동안 코널리 부인을 바라보았지만 이내 아뇨 아무 말도 안 할래요 그냥 다시 한 번 감사드려요 코널리 부인 이렇게 친절하게 대해주셔서요 하고 말했다. 어머 좋은 이웃이라면 누구나 하는 일이야 하고 코널리 부인이 말하며 나를 바라본다 누가 봤으면 코널리 부인이 똥을 싸고 싶어 죽겠는 걸 억지로 참고 있는 줄 알았을 것이다. 전에 나는 테라스의 클리어리 부인이 병원에서 공포영화에 나올 것처럼 생긴 아기를 데리고 돌아온 뒤 코널리 부인과 다른 여자들이 클리어리 부인과 말하는 걸 본 적이 있다. 아기의 손이 있어야 할 곳에는 집게발이 있었다. 코널리 부인은 클리어리 부인에게도 아 하느님은 당신을 사랑하신다고 말하며 담요 안으로 손을 넣어 아기를 간질였다 아기가 정말 귀

엽고 사랑스럽지 않아요 오늘 저녁에 약속대로 우리 실라가 입던 옷이랑 이런저런 물건들을 갖고 갈게요. 들리는 것이라고는 클리어리 부인이 고마워요 정말 고마워요 하고 말하는 소리뿐이었다 클리어리 부인이 고맙다는 말을 몇 번이나 했는지는 모르겠다 코널리 부인은 아유 이러지 마세요 우리가 뭘 한 게 있다고요 하고 말했다 클리어리 부인이 간 뒤 코널리 부인이 가엾은 클리어리 부인 하느님의 사랑이 함께하기를 그런데 저 부인은 뭐가 뭔지 모를 때가 많은 것 같아요, 클리어리 부인의 다른 아이 두 명이 어젯밤 8시에 거리를 뛰어다니는 걸 봤는데 몸에 제대로 된 옷쪼가리 하나 걸치지 않았더라고요! 하고 말하는 소리가 들렸다.

저 여자는 그럴 능력이 없어요, 하나님의 사랑이 함께하기를, 다른 여자들이 말했다.

여자들은 모두 거리를 걸어가는 클리어리 부인의 뒷모습을 바라보며 서 있었다 그러다가 코널리 부인이 이런 건 옳지 않아요 하느님 절 용서해주세요 제가 병원에서 저런 걸 데리고 집으로 가면 션이 뭐라고 할지 생각만 해도 무서워요 하고 말했다.

세 여자들은 그저 고개만 끄덕이며 가만히 서 있었다.

어이! 어이! 술 취한 남자가 나를 보고 소리친다. 술 취한 남자는 다이아몬드 바의 문 앞에서 잔돈을 세고 있었다. 술 취한 남자가 달려온다. 반 페니 동전 세 개만 있으면 돼.

죄송해요, 내가 말한다, 프랜시 브래디 은행은 문을 닫았어요. 에? 술 취한 남자가 빛 속에서 눈을 깜박이며 말한다.

문을 닫았다고요 나는 이렇게 말하고 가버린다.

그런다 이거지 하고 술 취한 남자가 내 뒤에서 소리친다 이 나아아아아쁜 자식아!

나는 집 안을 돌아다녔다 몇 번이나 돌았는지는 모르겠다 광택제 냄새가 그만큼 좋았다. 꽃이며 뭐며 모든 것이 벽난로 선반 위에 있었다. 개수대에서도 내 얼굴이 보였다. 히호 나는 생각했다, 이 개수대에 다시 정어리가 놓이는 건 한참 뒤겠지! 녯 선생님! 이 동네에 아주 많은 변화가 일어날 겁니다!

그러고 나서 내가 뭘 했냐면 그저 옷을 차려입었다 옷감 가게 진열창에 클리프 리처드가 입는 것 같은 하얀 재킷과 구두끈 같은 타이가 달린 셔츠가 있었다. 나는 거울로 내 모습을 보았다. 타이는 진짜 존 웨인 스타일이었지만 나는 존 웨인 같은 건 이제 그만이야, 다 끝났어 하고 말한다. 이제 모든 것이 변했으니 모든 것이 새것이었다. 나는 재킷을 손으로 털고 카페로 갔다.

나는 곧장 안으로 들어가서 거기 앉아 있는 녀석들 모두

와 조에게 인사를 할 생각이었다 만약 녀석들이 나더러 옆에 앉으라고 하면 좋아라 앉아서 녀석들과 조에게 정비소에서 있었던 일을 모두 이야기해줄 것이다 그러니까 녀석들이 그걸 듣고 싶어 한다면 전부. 나는 이렇게 말할 것이다. 안녕 필립, 음악은 잘 돼가?

필립은 잘 된다고 말할 것이다.

그러면 나는 빙긋 웃으며 노래를 조금 부를 것이다. 〈당신이 내게 바짝 다가올 때〉!

라디오에서 그 노래를 들었기 때문에 이제 상당히 잘 알고 있었다.

그러고 나서 나는 일어서서 주크박스로 갈 것이다. 나는 일 분쯤 주크박스를 향해 몸을 기울이고 서서 주크박스 옆구리를 손가락으로 두드리며 어떤 노래를 걸 건지 생각할 것이다. 금발이나 또 다른 여자가 나를 바라보면 나는 여자를 향해 활짝 웃거나 윙크를 할지도 모른다. 그러고 나서 레코드를 고르면 음악이 나올 것이다. 나는 다시 자리에 앉았을 때 여자를 위해 담배 하나를 휙 꺼낼 수 있게 담배를 샀다. 연기가 구불구불 천장으로 올라가는 가운데 생각에 잠겨 바깥의 거리를 지나다니는 사람들을 모두 바라보며 그냥 앉아 있을 수도 있다. 그렇게 앉아서 입만 움직여 말할 수도 있다. **전부 흔들어!** 그러고 나서 기타연주가 나올 것이다.

나는 생각해볼 필요도 없이 그냥 문을 밀었다 문이 활짝
열려서 나는 안으로 들어갔다. 나는 녀석들이 창가의 엘비
스 프레슬리 포스터 밑에 앉아 있을 줄 알았지만 나일론 겉
옷을 입은 주인이 신문을 읽고 있을 뿐 아무도 없었다, 들
리는 소리는 커피머신이 쉭쉭거리는 소리와 누군가가 주
방에서 식기들을 덜그럭거리는 소리뿐이었다. 네 어서오
세요 주인이 눈도 들지 않고 말한다. 네? 내가 말했다 처음
에는 주인의 말을 알아듣지 못했지만 이내 신경 쓰지 마세
요 그냥 누굴 찾으러 온 거예요 하고 말했다 주인도 내 말
을 듣지 못한 것 같다. 나는 다시 밖으로 나가 문을 닫았다.
사육제장으로 가보았지만 거기에도 녀석들은 없었다, 죄인
도 없고 여흥거리들도 거의 절반이나 문을 닫거나 다른 곳
으로 가버렸다. 짐 리브스의 레코드가 계속 돌아갔지만 워
낙 많이 긁혀 있어서 노래가 거의 들리지도 않았다. 나는
거의 한밤중까지 거리에서 빈둥거렸지만 아무도 보이지 않
았다. 내가 본 거라고는 타워에서 쫓겨나는 술 취한 남자뿐
이었다. 술 취한 남자는 다시 안으로 들어가려고 문을 쾅쾅
두드렸다 온 마을에 그 남자의 목소리가 울렸다. 나는 술
취한 남자의 눈에 띄기 전에 몸을 돌려 집으로 갔지만 잠을
자지 못하고 그냥 창가에 앉아 밖을 내다보았다.

　다음 날 나는 레디에게 갔다. 그런 차림새로 어딜 들어가

하고 레디가 말한다, 이 근처엔 얼씬거리지 마. 하지만 나는
가버리지 않고 레디에게 정비소와 그 밖의 모든 일에 대해
이야기했다 말을 그만둘 수 없었다 결국 레디가 내 이야기
에 질려서 그래 마음대로 해라 음식쓰레기 수레를 가지고
호텔로 가 지금쯤이면 아주 많이 모여 있을 테니 하고 말한
다. 좋아요 레디 사장님 하고 내가 말한다 절 다시 받아주
셔서 고마워요. 아주 많이 모였을 거야 레디는 이렇게 말하
고 안으로 들어갔다 나는 휘파람을 불며 수레를 밀고 거리
를 걸었다 마을의 쓰레기 왕 프랜시 브래디. 안녕하세요 하
고 나는 말했다. 아 착한 녀석 프랜시. 오늘도 나쁘진 않네
요. 그래 천만다행이지. 프랜시 너 돌아왔구나. 네 왔어요.
딸랑딸랑. 어럽쇼 우리 옛 친구 프랜시야! 잘 있었냐 귀여
운 녀석들! 다진 고기 500그램, 옛다! 아쿠 이랭!

방금 자전거를 타고 지나간 녀석 누구예요? 아쿠 이랭이
무슨 소리예요?

다음 날 나는 다시 옷을 차려 입고 그 카페로 갔다 녀석
들은 조만간 **틀림없이** 올 것이다. 나는 녀석들의 자리에 앉
아 노래를 걸었다. 담배에 불을 붙인 뒤 또 담배에 불을 붙
였다. 구불구불한 뿔 같은 연기 사이로 거리를 내다보는 것
이 좋았다. 나는 같은 노래를 자꾸만 자꾸만 걸었지만 녀석
들은 나타날 낌새가 없었다. 나는 담배를 적잖이 피웠다. 아

마 스무 개비나 서른 개비쯤 될 것이다. 나는 다음 날 또 가서 또 똑같은 짓을 했다. 그다음 날에도 또 갔다. 내가 집으로 돌아간 것은 어두워진 뒤였다. 주인이 청소를 하고 있었다. 주인은 이탈리아인이었다.

주인이 말했다. 요즘은 조용하군. 사람이 별로 없어.

나는 그렇다고 말했다. 주인은 겨울에 이 마을은 좋지 않다고 말했다. 나는 조와 그 여자들과 필립은 왜 안 오는 거예요? 하고 말했다.

주인은 내가 누굴 말하는 건지 금방 알아듣지 못했다. 그러더니 활짝 웃는다. 아, 조지프! 주인이 말한다. 그리고 필립! 그래 그래 그래!

그러고는 고개를 저으며 의자 밑으로 들어간 초콜릿 포장지를 빗자루로 꺼내려고 애쓴다.

그래, 주인이 말한다, 그 녀석들을 한참 동안 못 본 것 같군. 떠났어. 좋은 손님이었는데. 보고 싶네.

내가 말했다. 떠났다니 무슨 소리예요?

나도 몰라, 주인이 말한다, 떠났어, 내가 아는 건 그게 전부야.

나는 담배에 불을 붙이려고 했지만 빈 담뱃갑뿐 남은 게 없었다. 나는 주인에게 담배 있어요 하고 말했다 아니 주인이 말한다 난 담배를 안 팔아 이제 문을 닫아야겠는데.

내가 주인에게 다시 담배를 요구했던 것 같다.

주인이 말한다. **말했잖아! 담배는 안 팔아! 이제 그만 나가주겠나!** 주인이 문을 열었다.

그럼 담배 한 개비만요, 내가 말한다. 그러면 **제가 6펜스를 드릴게요.**

나가주게! 주인이 말한다.

나는 거리에서 조나 금발 여자나 그 녀석들 중 몇 명을 만날 거라고 계속 생각했기 때문에 만약의 경우를 위해서 재킷을 벗고 싶지 않았다. 레디가 그걸 가지고 잔소리를 하기 시작했다. 나 참 기가 막혀서 하고 레디가 말한다 하지만 나는 내가 뭘 입든 무슨 상관이에요 가서 음식쓰레기만 가져오면 되잖아요 내가 그 일을 제대로 하기만 하면 카우보이 모자를 쓰고 오든 말든 아무 상관 없잖아요! 하고 말한다. 아 젠장! 레디가 말하더니 결국 담배를 배수로에 던져버리고 말한다. 그래 어디 네 마음대로 해봐라 난 이제 지쳤으니까 애당초 내가 널 받아들인 게 잘못이야!

내가 말했다. 걱정 마세요, 이제는 내가 두 배로 일해서 나한테 도저히 불만을 품을 수 없게 해드릴 테니까요 레디 사장님!

그 뒤로 나는 레디가 내게 이런저런 지시를 내릴 때까지 기다리지 않았다. 나는 청소를 하고 호스로 물을 뿌리고 이것저것 토막을 내고 톱질을 하고 포장을 했다, 무엇이든 닥치는 대로 레디가 그런 일을 해야 한다는 사실을 알기 몇 시간 전에 미리미리. 나는 땀조차 다 말라버릴 때까지 일했다. 그러고는 일이 끝나면 조가 와 있는지 보러 갔다 나는 카페 남자가 하는 말은 전부 웃기지도 않는다고 혼잣말을 하면서 이탈리아로 가버려 하고 말했다. 녀석들을 본 것 같은 적이 두어 번 있었지만 결국은 다른 금발 여자애였다. 매일 밤 나는 음식쓰레기 수레를 도살장 마당의 창자 구덩이 옆에 돌려놓고 자물쇠를 잠갔다. 레디의 말 중에 옳은 게 하나 있었다 내가 좋은 재킷을 다 망쳐버렸다는 것 수레에 음식쓰레기통을 기울일 때 스튜 같은 것들을 온몸에 뒤집어썼기 때문이다. 나는 조의 집 근처에 가기 전에 돌아가서 옷을 닦아야 할지 고민했다 텅 빈 거리에서 기다리기만 하는 것을 참을 수 없어서 조의 집으로 가기로 했기 때문이다. 그러다가 이런 생각이 들었다. 뭣 때문에 옷을 닦아? 내 겉옷이 조금 더럽다고 조가 신경이나 쓸 것 같아? 무슨 생각을 하는 거냐 프랜시? 조 퍼셀이잖아. 네 친구라고 젠장! 네 단짝 친구!

나는 까짓것 뭐 어때 하고 말한다, 재킷에 대해 생각하면서. 사람들은 가끔 멍청한 생각을 한다. 틀림없이 정비소에 다녀온 탓일 거야 하고 나는 말했다. 그러고는 조의 집으로 갔다.

앞쪽 방에 불이 켜져 있었다 조가 책을 읽고 있나보다 하는 생각이 들었다 나중에 조와 함께 레코드를 들어도 될 것이다 무슨 레코드 듣고 싶어 조 내가 가져올게. 클리프 리처드! 내가 아는 가수는 그 사람뿐이었다. 하지만 조라면 나보다 훨씬 많이 알고 있을 테니 나도 오래지 않아 가수들을 전부 알게 될 것이다. 〈**당신이 내게 바짝 다가올 때**〉! 나는 이렇게 말하고 나서 머리카락을 뒤로 넘겨 붙였다. 옷에서 스튜를 최대한 긁어낸 뒤 나는 복권에 당첨된 사람처럼 입이 귀에 닿을 정도로 웃으면서 문을 두드렸다 안녕하세요 퍼셀 아저씨 하고 내가 말했다 조가 집에 있나 해서요. 퍼셀 씨는 나를 똑바로 바라보며 살짝 흠칫하더니 **뭐?** 하고 말했다. 그래서 나는 방금 한 말을 처음부터 다시 해야 했다. 그러자 퍼셀 씨는 무슨 농담을 들은 사람처럼 빙긋 웃기 시작했다. 퍼셀 씨는 이마를 긁적이며 거리 맞은편을 지나가는 사람의 주의를 끌려는 것처럼 내 뒤를 뚫어지게 바라보았다. 그러고는 말한다. 그래 조는 기숙학교에 가 있다 육 개월 전부터 번도런에서 세인트 빈센트 칼리지에 다니고 있어. 나는 아 그렇죠 깜빡했네요 하고 말하려고 했지만 그럴 수 없었다 밤에 텔레비전을 보다가 그냥 잠들었을 때 텔레비전에서 나는 소리처럼 지지직 하는 소리가 내 머릿속에서 울리기 시작했기 때문이다. 그래서 나는 아무 말도 안했다 그리고 문이 진짜로 아주 부드럽게 찰칵 하고 닫혔다,

모든 문이 찰칵 닫히고 비가 내리기 시작했다.

　나는 계속 그 자리에 서서 배수로가 차오르는 것을 지켜보며 이제 무엇을 할까 생각하다가 코널리 부인이 거리 저편에서 누전트 부인과 같이 걸어가는 것을 보았다. 코널리 부인은 우산을 들고 누전트 부인이 젖지 않게 넉넉히 씌워주고 있었다. 두 사람은 호텔 귀퉁이에서 멈춰 섰고 코널리 부인의 손이 올라가 입을 덮는 것이 보였다. 누전트 부인은 고개를 끄덕였다. 누전트 부인이 말했다. 맞아요, 아 말하지 않아도 알아요 코널리 부인! **말하지 않아도 알아요!**

　그러고 나서 둘은 헤어졌고 마을을 휩쓰는 빗줄기와 거실들에서 타오르는 불꽃들과 튀김 냄새와 커튼 뒤의 텔레비전 화면들에서 흔들흔들 나오는 회색 빛밖에 없었다.
　나는 강으로 갔다 강은 잔뜩 부풀어서 둑을 뚫기 직전이었다 물고기와 직접 눈알을 맞댈 수도 있을 것 같았다. 나는 추위와 습기 때문에 떨고 있었다. 나는 둑 가장자리에 난 풀을 잡아당기며 나를 버리고 간 사람들을 모두 헤아려 보았다.

　1. 아빠
　2. 엄마

3. 앨로 삼촌

4. 조

조의 이름을 말할 때 갑자기 웃음이 터져나왔다. 젠장!
내가 말했다, 조가 가버렸어! 대체 어떻게 조가 가버릴 수
가 있어!

이것이 무엇보다 최고였다.

내가 코널리 부인의 집에 갔을 때도 여전히 비가 내리고
있었다. 비가 내 입안으로 뚝뚝 떨어졌다. 코널리 부인이 문
을 열자 베이컨 냄새가 났다 칩이 생각난다. 모두들 집 안
의 난롯가에 둘러앉아 스콘을 먹고 있는 것이 보였다 그중
에 한 명이 누구 스콘 더 먹을 사람? 하고 말했다. 나! 괜찮
다면 내가 접시째 먹을 거예요. 하지만 나는 그 말을 하지
않았다 비슷한 말도 하지 않았다 코널리에게 볼일이 있었
으니까. 여기에도 기압계가 있었다, 누전트의 집처럼. 기압
계에 따르면 온화한 날씨였다, 무슨 기압계가 저래. 코널리
부인이 내게 미소를 지으며 앞치마에 손을 닦았다 어머 웬
일이니 프랜시 하고 코널리 부인이 말했다. 그러면서 **원하는
게 뭐야** 하고 묻듯이 눈썹을 올렸다. 나는 내 말이 끝나기 전
에 코널리 부인이 문을 닫으려고 할까봐 한 발을 문에 갖다
댔다. 비에 소금기가 가득했고 이제 눈으로 빗물이 흘러 들
어와서 점점 짜증이 났다 코널리 부인이 말한다 무슨 일이

니 프랜시 내가 말한다 아 제 아버지 때문에요 아 그래 네 아버지도 안되셨지 코널리 부인이 말한다 주님께서 네 아버지의 영혼에 자비를 베풀어주시기를. 코널리 부인은 자기 손가락을 만지작거리며 아래를 내려다보다가 이렇게 말했다 그래서 나는 아뇨 아뇨 자비를 베풀라느니 그런 말 하지 마세요 코널리 부인 그냥 부인 일에나 신경 쓰시지 그러세요 하고 말했다 코널리 부인은 나를 보며 말을 더듬기 시작한다 내 일에나 신경 써? 그게 무슨 소리야? 무슨 뜻이니? 나는 제 말이 무슨 소리인지 부인도 잘 아시잖아요 하고 말했다 코널리 부인은 누전트 부인 같은 수작을 부리려고 한쪽 눈에서 눈물 한 방울을 밀어낸다 너의 그 가엾은 아버지를 위해 나만큼 애쓴 사람도 없어 프랜시 아무도 신경을 안 쓸 때 나는 장례식 준비를 혼자 다 했고 청소도 했어 그건 하느님도 아시는 일이야 우리 남편은 뭣하러 그런 짓을 하느냐고 말하는데도 나는 세상을 떠난 네 아버지가 가엾어서 그렇게 했다고 주님 그 사람이 편히 쉬게 하소서 내가 그 집에서 얼마나 열심히 일했는지 아무도 몰라. 그러고는 코를 훌쩍거리기 시작한다 나는 누가 청소해달라고 했어요 이 마을 사람들의 문제가 바로 그거예요 그냥 자기일만 신경 쓰며 살지를 못한다고요 **젠장 그냥 자기 일만 신경 쓰며 살지를 못한다고요!** 하고 말한다.

이 말을 하면서 내가 언성을 높였더니 누가 앞에 서 있었냐면 콧수염을 기른 남자였다 나는 모르는 사람이다 너 뭐라고 했어 하고 그 남자가 말한다 내가 이런 일 저런 일 등등 온갖 일을 하기 전에 최대한 빨리 여기서 도망치는 게 너한테는 최선일 거다. 나는 코널리에게 우리 집에 오지 말라고 말했다 우리 집 근처에서 한 번만 더 코널리를 보면 좋지 않은 일이 생길 거라고 나는 진심이었다. 내가 이 말을 하자 콧수염이 나를 한 방 때리려고 했지만 나는 그 남자의 손목을 잡을 수 있었다 나는 하고 싶은 말을 다 할 때까지 손목을 단단히 붙들고 있었다 내 앞에 나타나지 말아요 코널리 당신하고는 아무 상관도 없는 일이니까 지금까지도 그랬던 적은 한 번도 없어요 한 가지 더 말해주죠 내가 말한다 **한 가지 더 말해주겠다고요!** 코널리 부인의 코에 콧물이 맺혀 있고 코널리 부인은 엉엉 울면서 제발 제발 하고 말했다. 콧수염은 몸을 반쯤 숙이고 있었다, 머리카락이 흘러내려 눈에 들어간 모습이 그렇게 멍청해 보이는 녀석은 처음이었다 그는 꺼지라고 해야 할지 제발 부탁이니 날 건드리지 말라고 말해야 할지 몰라서 헤매다가 결국 아무 말도 안 하고 그래도 잔뜩 허풍을 떤 게 있으니까 완전히 새빨갛게 변해서 얼뜨기처럼 그렇게 늘어져 있었다. 내가 한 가지 더 말해주죠 코널리 내가 말했다 난 당신이 가져오는 사과도 싫어! 내 말 들려…… **당신이 가져오는 사과가 싫어! 그 망할 놈의 사과가 싫다고!**

그리고 나서 나는 남자의 손목을 놓아주고 명심해요 하고 말한 뒤 두 사람을 그대로 둔 채 그 자리를 떠났다 더 이상 두 사람을 상대하고 싶지 않았다. 나는 마을을 걸었다. 내가 뭘 하려는 건지 나도 잘 알 수 없었다, 코널리는 해결했으니 이제 무엇을 하나 하는 생각이 계속 들었다. 하지만 내가 할 수 있는 일이 별로 없어서 나는 담배를 사러 갔다. 그리고 담배 한 개비에 불을 붙인 뒤 거기 서서 담배를 피웠다. 그러다 갑자기 극장 근처 골목에서 나를 부르는 조의 목소리가 들렸다. **조!** 나는 이렇게 말하고 담배를 떨어뜨렸다 조 하고 내가 말한다 너니? 프랜시 잠깐 이리 좀 와봐 하고 조가 말했지만 내가 가봤더니 조의 모습은 전혀 보이지 않았다. 그때 내 눈에 뭐가 보였냐면 인도에 물을 뿌리며 지나가는 누전트의 차였다 누전트 씨가 한 손에는 파이프를 들고 몸을 내밀어 다른 손으로 앞유리창을 닦았다. 누전트 부인은 운전을 했다. 그 여자가 운전을 할 수 있는 줄은 몰랐다. 그런데 차가 속도를 늦추더니 퍼셀의 집 앞에 멈춰 섰다. 나는 뒤로 돌아가서 길 저편에 주차된 트럭 뒤에 서서 상황을 살폈다. 누전트 부인은 차에서 내리기 전에 뒷좌석을 뒤져서 상자인지 뭔지를 꺼냈다. 그러고는 누전트 씨가 초인종을 울렸다.

　필립은 없었다. 어디 있는 거지? 퍼셀 씨가 나오고 퍼셀 부인은 그 어깨 너머에서 아 안녕하세요 어쩐 일이세요 하

고 말했다. 그러고 나서 누전트가 뭘 했냐면 상자를 들어올
렸다 나도 아까보다 더 똑똑히 볼 수 있었다 온통 포장이
된 그것은 그냥 상자가 아니라 선물이었다. 다시 보니 문은
이미 닫혀 있고 앞쪽 방에 불이 켜져 있었다. 누전트 씨가
잔을 돌리는 모습과 고개를 뒤로 젖히는 모습이 보였다 누
군가가 재미있는 이야기를 하고 있었다. 아 이런, 누전트 씨
가 말했다, 그의 말소리가 들리지는 않았지만 얼굴을 보고
무슨 말을 하는지 알 수 있었다. 들리는 거라고는 내 뒤의
깨진 파이프에서 쿨럭거리며 쏟아지는 빗소리뿐이었다 결
국 나는 그 자리에 더 이상 있을 수 없었다. 퍼셀 씨는 문을
열었을 때 충혈된 눈을 문지르고 있었다 파자마 위에 가운
을 걸쳐 입은 차림이었다. 누전트가 안에서 **누구예요 누구예
요** 하고 말하는 것이 들렸다. 누군가가 앞쪽 방의 불을 꺼버
린 모양이었다 그들 중 누가 그랬는지는 모른다. 안에서는
아무 소리도 나지 않았다. 나는 무슨 파티예요 퍼셀 아저씨
하고 말했다 퍼셀 씨는 파티라니 무슨 파티 하고 말한다.
파티 말이에요, 내가 말한다, 선물이며 뭐며 다 있잖아요.
파티라 하고 퍼셀 씨가 말한다 난 무슨 소리인지 모르겠는
걸. 나는 이봐요 아저씨 하고 말했다 이런 짓은 당장 그만
두세요 난 그저 이게 조랑 무슨 관계가 있는지 알고 싶을
뿐이라고요 그뿐이에요 이거 귀향 환영파티예요 그래요?
하지만 퍼셀 씨는 말해주려 하지 않고 계속 파티라니 무슨

소리를 하는 거냐라거나 너 도대체 왜 이래 하고 말할 뿐이었다. 바로 그때였던 것 같다 나는 퍼셀 씨가 내게 아무 말도 해줄 생각이 없음을 알아차렸다 퍼셀 부인이 누구예요 누구예요 도대체 무슨 일이에요 지금 새벽 1시라고요 하고 말하는 소리가 들렸을 때 나는 죄송해요 퍼셀 부인 사람들이 자꾸 끼어들기만 하고 아무것도 말해주지 않는 건 이제 지긋지긋해요 내가 원하는 건 이 파티에 대해 댁들이 말해주는 것뿐인데 말을 안 해주네요 뭐 그건 괜찮아요 퍼셀 아저씨 여긴 아저씨네 집이니까요 그래도 거짓말까지 할 필요는 없잖아요 하고 말했다. 퍼셀 씨는 **난 거짓말 안 했어!** 하고 말한다 하지만 나는 그런 말은 더 이상 듣고 싶지 않아서 했어요 퍼셀 아저씨 죄송하지만 했어요 하고 말했다. 나는 전에는 그런 적이 한 번도 없었죠 퍼셀 아저씨 전에는 제가 부르면 조가 내려왔고 아저씨는 그래 당연히 너랑 나가서 놀 수 있지 프랜시 왜 안 되겠니? 하고 말했어요. 전에는 나한테 거짓말 같은 건 한 적이 없어요 안 그래요?

퍼셀 씨의 얼굴이 변하더니 온갖 종류의 고통이 드러났다 나는 그것이 마음에 들었다 옛날의 퍼셀 씨 같았다 퍼셀 씨는 내게 뭔가 말하려고 했지만 어떻게 말해야 할지 모르고 있었다. 하지만 그런 건 상관없었다 퍼셀 씨가 하려는 말이 뭔지 나는 이미 알고 있었으니까. 그 여자가 나타날 때까지는 모든 게 괜찮았어요 그렇죠 퍼셀 아저씨? 누전트 부인이 끼어들어서 문제를 일으키기 전에는 괜찮았어요. 그 여자가 선물을 가져온 건 순전히 그 때문이에요 그렇죠 퍼셀 아저씨?

나는 퍼셀 씨의 눈을 똑바로 바라보며 말했다. 그렇죠?

퍼셀 씨는 조금 슬픈 눈빛으로 말했다. 프랜시.

퍼셀 씨가 내게 뭔가 다른 말을 하고 싶어 하면서도 누전트 부인이 거실에서 듣고 있기 때문에 할 수 없다는 것을 나는 알 수 있었다.

나는 손가락을 내 입술에 댔다. 내가 이해했다는 걸 알리고 싶었다. 퍼셀 씨는 머리가 아픈 사람처럼 눈 위쪽을 문질렀고 나는 나를 바라보는 퍼셀 씨의 시선을 보고 퍼셀 씨가 나름대로 미안하다는 말을 하고 있음을 깨달았다. 나는 빙긋 웃었다. 퍼셀 씨는 착한 사람이었다. 퍼셀 아저씨와 아줌마가 일을 이렇게 만들 생각이 없었다는 걸 나는 처음부터 줄곧 알고 있었다.

누전트 식구들이 이 마을에 오지만 않았다면, 그 인간들이 우리 일에 끼어들지만 않았다면, 그렇게만 했으면 좋았을 텐데.

나는 집으로 가지 않고 밤새 걸어다니면서 이제 어떻게 할지 생각했다. 나는 닭장에서 한동안 잠을 잤다 수천 개의

눈이 우리 닭들의 세계에서 누가 자고 있는 건지 궁금해하
고 있었다 나는 닭들아 나야 프랜시 하고 말하려고 했지만
너무 피곤했다.

자고 일어나 보니 세상에 파리들이 내게 들러붙어 있었
다. 그 스튜에서 썩 떨어져 하고 내가 말하면서 쾅, 그 못된
녀석들을 세 마리 잡았다, 내 재킷의 깃에 검게 짓눌린 자
국이 두 개 생겼다, 이거 어떠냐 녀석들아, 녀석들이란 파리
를 말한다.

10실링이 있어서 나는 사육제장의 사격장으로 갔다. 과
녁판 정중앙에 연달아 세 번만 명중시키면 금붕어를 받을
수 있었다. 많은 금붕어들이 헤엄치며 그 앙상한 입으로 우
릴 좀 보세요 우릴 좀 보세요 하고 말하고 있었다. 나는 개
머리판을 어깨에 대고 방아쇠를 당겼다 **핑!** 첫 번째 총알은
빗나갔지만 그건 누구나 그러는 것이다, 사격장 남자가 나
를 보며 솜씨가 별로라고 생각하는 것 같았다. 나는 돌아서
서 그 남자를 한 번 쩌려보려고 했지만 그 남자는 내게 등
을 돌린 채 어떤 여자와 이야기하는 중이었다. 이제 됐다
하고 나는 말했다, 간다, 정중앙을 세 번 연달아 맞히는 거
야. 누전트가 그걸 해내는 데 얼마나 걸렸을지 궁금했다 십
중팔구 거액을 갖다 바쳤을 것이다. 간다 하고 말했지만 나
는 또 중앙을 맞히지 못했다. 뭐가 잘못된 건지 모르겠다.
50점을 받았지만 그걸로는 충분하지 않았다. 나는 사격장

남자에게 말했다. 이 총에 장난을 쳤죠?

틀림없이 그랬다는 확신이 들었다. 총신을 아주 조금만 구부려서 절대 과녁을 명중시킬 수 없게 만든 것이다. 필립한테는 일부러 신경 써서 좋은 총을 줬죠, 내가 말했다. **뭐?** 사격장 남자는 이렇게 말하고 웃기 시작한다. 나는 레디에게 가서 10실링을 더 달라고 말할 작정이었지만 이런 생각이 들었다. 내가 왜 그래야 돼? 내가 금붕어를 가져다줘도 조 퍼셀은 신경도 안 쓸 텐데. 나는 혼잣말을 했다. 너 도대체 원하는 게 뭐야 프랜시…… **금붕어야?**

사격장 남자는 카운터에 양손을 펼치듯 짚고 나를 뚫어지게 바라보았다. 한 번 더 쏠 거야 어쩔 거야?

나는 웃음을 터뜨렸다. 아니요, 안 쏴요. 아저씨랑 저 금붕어, 내가 말했다. 아저씨랑 필립 누전트는 아주 잘 만났어요.

금붕어 생각을 하다가 머릿속이 부들부들해지는 것 같았다. 내가 조를 만나려고 번도런의 그 오래된 학교를 찾아간다면, 조는 뭐라고 할까? 아 안녕 프랜시…… 너 금붕어 가져왔냐!

그랬다. 조는 곤경에 빠져 있었다! 나와 조는 금붕어 걱정 말고 더 나은 일을 할 수 있었다.

금붕어라니! 우리는 말했다, 꺼져버려!

나는 그 수녀원 학교로 가서 여자애들이 항상 헛간에 놓아두는 자전거를 가져왔다. 그리고 담배에 불을 붙인 뒤 자전거 안장에 펄쩍 뛰어 올라앉았다. 나는 혼잣말을 한다. 그래 존 웨인 흉내는 끝났어 그렇지? 금방 그렇게 될 거야! 진짜로! 뻐끔뻐끔 그리고 담배가 배수로 위로 날아간다. 삐걱삐걱 탁탁탁 그렇게 자전거로 처치힐을 내려간다. **놈들을 미주리로 데려가!**

　딸랑딸랑! 딸랑딸랑!

　담배를 뻐끔거리고 휘파람을 불며 바람 속으로 나아간다. 우리 꼰대는 쓰레기 청소부 청소부 모자를 쓰고 있다! 야, 잘 있었냐, 민들레야, 꺼져버려! 막대기로 머리를 날린다 실례지만 지금 뭘 하는 거예요 찰칵찰칵 탁탁 아아악! 도대체 무슨 일이야 우리 머리는 어디 있어? 히엽! 나는 이렇게 말하고 또 나아갔다. 배수구에 찻잎을 버리던 할머니가 애야 새로운 소식 좀 들은 것 없니 하고 말한다. 새로운 소식이라니 하고 내가 말한다 무슨 소식이요? 어이쿠! 할머니는 이렇게 말하고 자신의 엉덩이를 긁는다, 공산주의자들 아 하고 내가 말한다 공산주의자에 대해 제가 뭘 알겠어요 호호 대머리 흐루시초프가 버튼을 누르면 그런 말도 못 하게 될걸. 진짜로 누를 거야. 착각하면 안 돼!

　할머니는 한쪽 눈을 감았다. 그놈이 못할 것 같아?

할머니는 혼자 웃음을 터뜨렸다 오호 하고말고 하지만 나는 너무 늦어버릴까봐 무섭다 그런다고 평화가 오는 것도 아니고 이제 와서 투덜거리며 돌아다녀도 아무 소용없어. 내가 놈들한테 저 아래 가게에서 구슬을 꺼내라고 말했지 다음 주 이맘때쯤이면 너무 늦을 테니까. 흐루시초프가 뭐가 무섭다고 그래요 하고 놈들이 말해. 하지만 젠장 이제는 놈들도 무서워하고 있어! **이젠 웃을 일이 아니야 녀석아!** 할머니가 말한다. 얼른 안으로 들어와라 나랑 같이 묵주기도를 드린 다음에 차를 한 잔 마시고 가!

좋아요 할머니 하고 내가 말했고 우리는 함께 무릎을 꿇었다. 오 주님 제 입술을 열어주소서 하고 할머니가 말한다 부탁입니다 사랑하는 예수님 모든 무서운 것에서 우리를 구해주시고 세상이 끝나지 않게 해주소서. 할머니는 눈을 감고 나에 관해서는 한 마디도 하지 않았다 나는 그저 음음음음처럼 이상하고 시대에 뒤떨어진 추임새만 넣었다 옛날에 티들리와 있을 때 그랬던 것처럼. 성부와 성자와 성신의 이름으로 아멘 하고 할머니가 말하더니 넌 아주 독실한 아이구나 이제 허리를 펴고 앉아라 내가 주전자를 올릴 테니 하고 말한다 네 할머니 하고 내가 말한다. 집이 웅장하네 하고 나는 속으로 말한다. 벽난로에 검은 주전자가 있고 구석에 정리해둔 침대가 있고 그 아래에서 고양이 미스터 차이니즈 아이즈가 노려보고 있다 너 여기 왜 왔어 할머니 도대체 어떤 녀석을 집에 들인 거예요 여긴 **내** 집이라고요!

자 먹어라 하고 할머니가 말한다 나는 이렇게 맛있는 빵은 본 적이 없다고 말하고 빵을 콱 베어 물고 컵에 차를 좀 더 졸졸 따랐다. 어서 마셔라 하고 할머니가 말한다 아직 더 남아 있으니까 네가 그걸 다 마신 다음에도 더 마실 수 있다면 그보다 좀 더 강한 걸 먹을 수 있을지도 모르지. 그러고 나서 할머니는 혼자 키득거리며 계단 밑으로 갔다가 갈색 종이봉지에 든 병을 가지고 온다. 한 방울만 마셔라 하고 할머니가 말한다 저 고양이 녀석은 이 말을 듣고 버르장머리 없이 굴었어. 우리는 그걸 마신 뒤 더 마셨다. 넌 어디 가는 길이니 하고 할머니가 말한다 번도런이요 하고 내가 말한다. **번도런이라**, 할머니가 말한다, **벼룩들이 전도사를 먹어버린 곳 말이냐!**

한 모금 더 마셔라 얘야, 존 제임스 위스키를 한 모금쯤 마신 게 처음도 아니잖니.

그러고 나서 할머니는 창문을 활짝 열어젖히고 밖을 향해 소리친다. 마음대로 해봐라 흐루시초프 이 대머리 자식아! JFK가 혼쭐을 내줄 테니!

할머니는 영국에 딸 여섯 명과 패키라는 아들이 있다고 내게 말했다. 아드님은 출세했겠죠 하고 내가 말한다, 좋은 직장도 있죠? 그래, 할머니가 말한다, 아 우리 패키는 혼자서도 얼마나 잘 해냈는지 몰라 그런데 **네가** 그걸 어떻게 알

았니? 아드님 밑에서 일하는 사람이 열 명이죠 하고 내가
말한다 그러자 할머니는 무지 기뻐하면서 위스키가 더 있
는지 보러 갔다가 여기저기 쾅 하고 부딪힌다. 나는 조 퍼
셀을 만나러 가는 길이에요 하고 내가 말한다, 조 퍼셀이라
고 할머니가 말한다 그게 누군데. 세상에 좋은 친구만 한
건 없어 하고 할머니가 말한다, 처음 얼음 위에서 그 녀석
을 만난 날부터였어요 내가 말한다. 넌 운이 좋은 녀석이구
나 할머니가 말한다, 세상에 그런 친구가 있는 사람은 많
이 없어. 알아요 내가 말한다. 그렇지 그래서 그 친구를 만
나러 가는 길이라고 그럼 더 행운을 빌어주마 나도 저 문간
에 서 있는 곱사등이 녀석 말고 그런 친구가 있으면 좋겠구
나. 네? 내가 말한다 주위를 둘러보자 문간에 누가 서 있냐
면 윗부분을 접은 장화를 신고 모자를 쥐어짜고 있는 농부
뿐이었다 그가 말한다 이제 끝났어요 다음 주 이맘때쯤이
면 그쪽에서 이미 거절한 뒤일 거예요 밭에는 어린 수소 한
마리도 안 남아 있을 걸요 이 마을의 남자고 여자고 아이고
짐승이고 죄다 질려버렸다고요!

　농부가 나타난 건 다행한 일이었다 내가 밖을 내다보았
더니 날이 어두워지고 있었다 젠장 하고 나는 말한다 이제
가봐야겠어요. 농부가 입을 헤 벌리고 나와 할머니를 본다.
행운을 빌어요 할머니 하고 내가 말한다 하지만 들리는 거
라고는 **정말 위스키가 한 봉 있었는데 너도 대머리 흐루시초프도 그**

누구도 날 못 막아!

나는 서너 번이나 하마터면 배수로에 빠질 뻔한다 조심해 하고 내가 말하지만 죄인이 하나도 보이지 않아서 흐루시초프가 여기서 할 일이 별로 없다 여긴 이미 끝났군 하고 나는 말했다 그러고는 와와 야야 신이 나서 언덕을 내려가자 다시 탁 트인 시골 풍경이 나왔다 소들이 배수로를 내려다보고 있었다, 어딜 가는 거야 프랜시 가서 네 일이나 봐 이 참견쟁이 꼬맹이야, 민들레야 조심해라 내가 간다! 나는 내 몸속에 들어 있는 그 많은 위스키와 얼굴에 부딪히는 바람과 세상의 끝을 향해 사방에서 튀어나가는 자갈들 때문에 웃음을 멈출 수 없었다 나는 말한다 무슨 소리를 하는 거야 지금은 세상의 시작이라고 끝이 아니야.

내 말이 맞지 조?

당연하지! 프랜시 녀석 하고 조가 말한다.

흐루시초프는 번도런에서 할 일이 별로 없었다 보이는 것이라고는 중앙로 한복판에서 드잡이를 하고 있는 신문조각 두 개, 항구의 배 한 척뿐이었다 사육제 공원에는 아무것도 없고 바퀴 없는 트럭 한 대와 울타리에 묶여 있는 앙상한 잡종개 한 마리뿐이었다. 집들은 회색과 파란색이고 물기에 젖어 있었으며 겨울이라 샐쭉하니 토라져 있었다. 부우우 이젠 우리들 안에서 머무르려고 찾아오는 사람이 하나도 없어. 나는 그것들이 어디서 묵주기도를 드리는지 궁금했다. 나는 자갈 연못에 침 한 방울을 떨어뜨렸다 거미 같은 촉수들과 화려한 산호 색깔들이 그 안에서 어른거렸다. 평생 감자와 소금만으로 살아갈 각오가 됐어, 애니? 당신이 여자한테 줄 수 있는 게 그것뿐이에요 베니 브래디?

그들은 캔들위크* 침대보 위에 누워 있었다 날이 밝아올 때까지 사람들이 댄스홀에서 집으로 한들한들 돌아오는 소리가 들렸다. 창밖에서 파도가 쉬쉬거리는 소리만 들려왔다. 그 하숙집을 사람들이 뭐라고 부르는지 나는 알고 있었다. 오버더웨이브스. 그 집이 어디 있는지는 몰랐지만 그게 뭐 대수인가? 딸랑딸랑! 늙은 쿵쿵 씨가 하숙집을 찾아내는 건 어렵지 않을 겁니다, 전혀요. 죄송하지만 사소한 일로 선생님의 도움이 필요한데요. 그래 말해보게 내가 어떻게 도와주면 되지?

앨저넌 캐러더스. 틱틱틱 와와 바닷가를 따라 지붕널들이 덜컹덜컹 소리를 냈다. 프론티스 얘야 이제 식사시간인 것 같구나.

나는 호텔로 들어가 앉았다 차랑차랑거리는 실로폰 소리

---

* 표면에 보풀이 일어난 것처럼 만든 천

식기가 부딪히는 소리가 멀리서 들려왔다. 여자가 말한다 뭘 드시겠어요 전부 다 하고 내가 말한다. 전부 다라니 무슨 말씀이세요 나는 베이컨 달걀 소시지 콩 차 전부 다 하고 말한다. 여자는 수첩에 받아 적는다. 배가 많이 고프신가보네요 하고 여자가 말한다. 맞아요, 내가 말했다, 냅킨을 옷깃 속에 끼워 넣으면서, 지금이라면 살아 있는 암탉도 먹을 수 있을 것 같아요.

대머리에 안경을 쓴 남자가 반대편 끝에 앉아 있었다. 그는 험프티 덤프티*의 형제 같았다. 어쩌면 이 마을에 수사를 하러 온 건지도 모른다는 생각이 들었다. 난 범인을 알아! 놈들이 당신 형제를 미는 걸 봤어! 나는 그에게 이렇게 말할 것이다. 하지만 그 남자는 수사를 하려는 게 아니다. 그는 그냥 〈아이리시타임스〉를 읽고 있었다. 내가 앉아 있는 곳에서도 일 면에 뭐가 있는지 볼 수 있었다. 쿠바 위기 새로운 두려움. 새로운 두려움? 웃기는 일이었다. 지금만큼 기분이 좋았던 적이 없었다. 놈들이 나한테, 가서 우리를 위해 공산당 놈들을 모조리 쏴버려 프랜시! 하고 말한다면 나는 물론이지 친구 하고 말했을 것이다.

나는 험프티에게 말한다. 내가 바로 적임자야! 나는 그를 두들겨 패서 제정신이 들게 만들어줄 것이다. 오호 그래!

---

* 마더 구스의 동요집에 나오는 달걀 모양의 인물로 담장에서 떨어져 깨져버린다

실수하지 말라고! 남자는 안경을 들어올리고 나를 내려다 보았다. 좋은 재킷에 스튜며 이런저런 것들이 묻어 있고 쓰레기 냄새를 풍기는 내가 좀 꼴불견이었을 것 같다 그 남자가 그 냄새를 알아차렸는지는 모르겠지만. 어쨌든 나는 그 냄새를 맡을 수 있었으니까 그 남자도 맡았을 것이다. 하지만 그게 어때서? 음식쓰레기? 그게 무슨 상관이야! 음식쓰레기가 뭐라고!

나는 그린랜턴이나 휴먼토치처럼 허공으로 펄쩍 뛰어올라 험프티의 식탁에 내려앉고 싶었다. 좋아어 험프티 당신 형제에 대해 이야기해보자고! 난 그 공산당 놈들에 대한 기밀 정보를 원해 당장!

하지만 그럴 때가 아니었다. 늙은 험프티가 심장마비를 일으키게 하고 싶지는 않았다. 나는 냅킨을 칼라 안으로 쑤셔 넣으며 말한다. 오호 하지만 놈들은 비겁한 똥개야, 못되고 사악한 짐승들이라고 하지만 험프티는 내 말을 들은 기색을 전혀 드러내지 않았다. 하지만 놈들이 이번에는 상대를 제대로 만났지. 그럼, 그렇고말고. 이번에는 놈들이 너무 설쳤어! 존 F. 케네디. 나는 마치 존 웨인처럼 이 이름을 말했다, 존 아유프 케네디. 그래! 내가 말했다, 놈들이 제대로 만났어!

험프티는 신문을 뻣뻣하게 흔들더니 안경을 들어올린다 좀 조용히 해주겠니 내가 신문을 읽을 수가 없잖아.

여자가 그에게 아침식사를 가져오자 그는 신문을 접고 뭘 했냐면 그냥 자기 입술을 핥았다. 아! 그가 말한다, 완전히 기쁜 기색이 되어서. 나는 그것을 손가락질하며 웃었다 내가 말한다 좋은 음식에는 이길 수가 없지 하지만 그는 아무 말도 하지 않았다 들리는 것이라고는 포크가 그릇에 부딪히는 소리 우적우적 소리뿐이었다.

내가 말했다. 여기가 바로 거기야! 바로 거기라고!

그는 코앞에서 베이컨이 흔들흔들하는 모습으로 나를 바라본다.

여기가 거기라니? 그가 말한다.

그 사람들이 신혼여행을 왔던 곳이지 당연히!

무슨 소리야, 신혼여행이라니? **누가** 어디로 신혼여행을 왔다고?

그가 내 말을 전혀 이해하지 못하고 있기 때문에 나는 처음부터 끝까지 모든 이야기를 들려줄 수밖에 없었다.

그렇군 하고 그는 말하고 나서 계속 나를 바라보았지만 나는 그가 내 이야기를 절반도 제대로 안 들었다는 걸 알고 있었다. 그래 그런 거야, 내가 말한다. 이제 두 사람이 머물렀던 하숙집을 찾아야 한다고. 오버더웨이브스라는 이름이었어. 그게 어디 있는지 알아?

아니, 남자가 말한다 난 이 마을에 대해서는 하나도 몰라 그저 출장을 왔을 뿐이야.

나는 괜찮아 괜찮아 당황할 필요 없어 험프티라고 말할
작정이었지만 그럴 기회가 없었다 그가 곧바로 일어서서
입을 닦고 아침식사 절반을 접시에 그냥 남겨둔 채 뭐라고
중얼거리며 가버렸기 때문이다. 그건 쓸모가 아주 많을 것
같았다. 그래서 여자가 다시 왔을 때 나는 물어보았다. 여자
는 잘 모르겠지만 알아봐주겠다고 말했다. 여기 한동안 계
셔야겠네요 하고 여자가 접시 위의 커다란 음식 더미를 보
며 말한다. 바로 맞혔어요 하고 말하고서 나는 포크를 들고
시작했다. 내가 마지막으로 남은 달걀을 긁어내고 있을 때
여자가 지배인과 함께 다시 온다. 어떤 집을 찾고 있다고
들었는데 번도런이라면 내 손바닥처럼 잘 알지. 오버더웨
이브스가 어디 있나요 하고 내가 말한다 이런 곤란하군 하
고 지배인이 말하더니 얼굴을 찡그리며 계속 머리를 긁적
이기 시작한다. 하지만 이러면 어떤가, 내가 알아봐줄 수 있
어. 내가 차를 더 마시고 났을 때 지배인이 백 살은 되어 보
이는 노인네와 함께 온다. 이분은 도니걸의 모든 산을 알고
계셔, 지배인이 말한다 그러자 노인이 난 진짜 유명한 사람
이야! 하고 말하는 듯한 표정으로 나를 바라본다.

그래! 노인이 말한다, 난 도니걸의 모든 산을 알고 있어!
산을 아는 게 도대체 무슨 소용이 있다는 건지는 모르겠다.
하지만 나는 상관없었다 저 노인이 산에 대해 알고 싶으면
알라지 내가 원하는 건 그 하숙집뿐이었다. 내가 오버더웨

이브스라고 말하자 노인의 얼굴에 반짝 불이 들어왔다 아하! 노인이 말한다 내가 얼마나 잘 아는데, 매일 우체국에서 오는 길에 그 앞을 지난다고. 잘됐군! 지배인이 환하게 웃는다, 내가 뭐랬나 그 뒤에서 여자가 마술사의 조수처럼 나도 잊어버리지 마 하고 말한다.

노인은 해안의 산책로에서 비틀거리며 나와 나란히 걸었다 온통 마이클 콜린스 이야기만 늘어놓는 것이 돼지 학교의 정원사와 조금 비슷했지만 노인은 그가 나라를 팔았기 때문에 지상에 태어난 나쁜 놈들 중에서도 최악이라고 말했다. 말씀 한번 잘하시네요 하고 내가 말했다, 그럼 드 벌레라*는요? 내가 이 말을 했을 때 노인은 또 저만큼 떨어져 있었지만 나는 노인의 말에 한 마디도 귀를 기울이지 않았다. 나는 또 어질어질하고 반짝반짝해져서 머릿속에 생각나는 거라고는 오버더웨이브스 오버더웨이브스 거기서 모든 게 시작됐을뿐이었다. 그 친구는 여전히 프리스테이터**지, 노인이 말한다, 둘 다 머리에 한 방 먹여주고 싶어. 네가 찾는 곳이 저기 있다 하고 노인이 지팡이로 저 아래쪽을 쿡쿡 찔러대며 말한다. 좀 걸어야 하지만 너야 건강하니까 끄

* 아일랜드 독립운동가
** 영국-아일랜드 전쟁의 휴전조약을 지지하는 사람들을 반대파가 부르던 말. 이 조약으로 아일랜드는 대영제국 지배하의 자치를 인정받았다. 마이클 콜린스는 이 조약을 지지했으나 나중에 반대파에게 살해당했다. 드 벌레라는 조약 반대파

떡없겠지. 나는 너무 흥분해서 하마터면 노인을 난간 너머의 바닷속으로 밀어버릴 뻔했다. 내가 집들이 늘어선 길을 몇 번이나 왔다 갔다 했는지 모르겠다. 나는 창문을 들여다보다가 다시 시선을 돌렸다가 했다. 나는 주차된 자동차 뒤로 가서 내 재킷에 말라붙은 스튜를 조금 긁어내려고 했다. 잘 긁어지지 않아서 부러진 사탕막대로 긁어대야 했다. 나는 속으로 생각했다. 이거 괜찮네 그날 나랑 조가 얼음을 두들겨낼 때 쓴 것도 사탕막대였던 것 같은데. 그랬던 것 같다. 거의 확실하다. 보이는 것이라고는 황동 냄비들과 커다란 나무들 커다란 고무나무들과 그림자 속에 걸려 있는 말이나 요트 사진들뿐이었지만 그런 건 상관없었다 집들은 여전히 뚱해 있어서 사람이 무슨 짓을 해도 기분을 풀지 않을 것 같았다. 우리를 좀 봐, 집들이 말했다. 우리보다 더 좋은 집은 없을걸 그런데 어느 놈도 여기에 머무르러 오질 않아. 내가 뭘 할지 말해주지 집들아 하고 내가 말했다. 내가 타임로드가 돼서 손가락을 튕기면 어떻게 되는지 알아? 아이들이 날 봐요 날 봐요 하고 소리를 지르고 난간에서 미끄럼을 타고 하면서 집 주위에서 뛰어놀게 될 거야! 손가락을 튕기면 사육제장의 공중그네와 밝은 음악 리본을 단 선물처럼 마을을 빙글빙글 도는 회전목마가 획 날아갈 거야. 바다! 나는 소리쳤다, 거품이 이는 커다란 파도가 방파제에 철썩 부딪히며 포효했다. 바닷가 사방에서 기쁨에 찬 환성이 들렸다. 수십 척의 배가 저 멀리 수평선에 나가 있었다. 등대 여행이 시작됩니다! 아 그래 자네도 다녀왔지 펀치. 아냐 안 갔어. 아냐 갔다 왔잖아 펀치! 아니라니까 안 갔어 이 뻔뻔스러운 자식들아!

베이컨과 달걀이 프라이팬에서 튀겨지는 냄새가 열린 창문들에서 흘러나온다. 핏줄이 튀어나온 여자들이 비틀거리며 걷고 있다 이건 최고의 휴일이야. 그래 정말이야 프랜시 브래디 덕분이지 타임로드 말이야. 이건 정말 좋은 마법이 될 것이다.

나는 초인종을 울렸다, 초인종을 향해 덤벼들었다 그렇지 않았다가는 진짜 여름이 올 때까지도 그냥 오락가락하기만 하고 있을 거라는 사실을 알기 때문이었다. 아 죄송하지만 여긴 27번지예요 17번지가 아니라. 앗 미안합니다 하고 내가 말했다 도대체 내가 왜 앗 미안합니다 같은 말을 했는지 모르겠다 마치 《비노》에 나오는 투츠나 리틀 모 같았다. 그 뒤로 내가 들른 집이 몇 군데나 되는지는 모르겠다 열 집이나 열한 집이나 열두 집이나 열세 집쯤 될 것이다 하지만 애당초 그 집들을 다 들러볼 필요는 없었다 처음에 제대로 봤다면 금방 알아차렸을 테니까. 닻과 선원 모양이 그려진 간판이 있었다, 그리고 문 바로 위에 '오버더 웨이브스 방 있습니다'라는 말이 있었다. 나는 거의 도망칠 뻔했지만 그러지 않았다 나는 옷매무새를 정리하고 기침을 하고 파리를 때려잡은 자국과 스튜를 최대한 긁어냈다 그리고 문이 열리더니 여자가 나왔다. 나는 여자가 그런 모습일 줄 알고 있었다, 체인이 달린 안경까지도 모두.

여자가 일단 말을 시작하고 나니 막을 길이 없었다 아 옛날에 비하면 이건 아무것도 아냐 하고 여자가 말한다. 옛날에는 이 집에 한 번에 스무 명이나 서른 명이 묵었어 그래서 나는 아 그럼 손님들을 전부 기억하지는 못하겠군요 하고 말한다 하지만 아냐 하고 여자가 말한다 그건 네가 잘못 생각한 거야 비록 내가 늙었지만 사람 얼굴은 잊어버리는 법이 없거든. 난 얼굴을 아주 잘 기억하기 때문에 이 집에 발을 들여놓은 사람 중에 내가 기억 못 하는 사람은 하나도 없어. 그러고 나서 여자는 옛날이야기를 처음부터 하기 시작한다. 하지만 가장 좋았던 해가 언제냐면 하고 여자가 말한다 성체대회 때야, 영광 있으라 이 나라에 사람이 그렇게 많은 줄은 몰랐지, 기차역 플랫폼에 얼마나 많은 사람들이 내려섰는지. 물론 전쟁 뒤에는 영국에서 사람들이 몰려왔지. 너 그거 아니, 그 사람들은 조금도 속을 썩이지 않았어, 요금은 반드시 제때 지불하고, 소란을 일으키는 법도 없었거든. 모든 사람이 그런 건 아냐, 아니고말고!

너 차는 괜찮아, 여자가 말한다. 나는 말했다. 괜찮아요.

아 더 마셔라 하고 여자가 말한다. 그럴게요 하고 내가 말했다.

한창때는 중요한 손님들도 많았어, 아, 그럼. 너 조세프 로크라는 이름 들어봤니? 여자는 입을 꾹 다물고 나를 바라보았다. 나는 평생 한 번도 그 이름을 들어보지 못했지만 잔 가장자리 너머로 여자를 빤히 바라보며 말했다. **조세프 로크요?**

그래! 여자가 말했다. 그 사람이 이 집에 세 번이나 묵었다고.

나를 위해 노래도 불러줬지 하고 여자가 말한다, 응접실에서. 아 그날 밤은 정말 얼마나 근사했는지 몰라. 매년 데리에서 오던 학교 선생님이 있었는데, 매게니프 선생님이라고, 그분이 피아노를 쳤지. 톰 무어의 노래. 너 톰 무어가 누군지 아니? 하고 여자가 말한다.

나는 닭장에서 일하던 톰 무어를 알지만 여자가 말하는 게 그 사람이 아니라는 것도 알고 있었다. 그래도 그 사람을 안다고 말할 수는 있었다. 알아요, 내가 말한다.

난 죽을 때까지 그날 저녁을 못 잊을 거야 하고 여자가 말한다.

그러고 나서 여자는 또 다른 곳으로 날아갔다, 이 집에 묵으면서 시를 읊어주던 배우도 있었어. 〈작은 노란색 하느님의 초록색 눈〉, 여자가 말한다. 그렇군요, 내가 말했다, 그리고 〈샘 맥기의 화장〉도 있죠!

나는 앨로 삼촌의 파티 때 그것을 들은 기억이 났다.

맞아! 여자가 말한다, 그리고 기쁨에 들떠서 내게 비스킷을 건넨다.

맞아, 여자가 말한다. 연예계 손님들이 항상 참 많았어, 항상.

나는 의자 가장자리에 걸터앉아 아빠가 여자를 위해 노래를 해주던 이야기를 꺼낼 기회를 기다렸다. 그러느라 찻잔 속의 차는 까맣게 잊어버렸다. 그때 여자가 내게 말한다 내 사진을 보고 싶니. 이 지붕 밑에서 하룻밤이라도 보낸 사람들의 사진을 거의 모두 갖고 있단다. 여자가 갖고 있는 사진이 몇 장이나 되는지는 모른다, 아마 천 장은 됐을 것이다. 빛바랜 갈색처럼 보이는 얼굴에 통 넓은 바지를 입은 젊은이들. 건초더미 옆에 여자들과 함께 앉아 있었다. 손으로 눈에 그늘을 만들어 저 멀리 바다를 바라보기도 했다. 소풍 사진도 있었다. 나는 계속 계속 사진을 보았지만 엄마와 아빠의 사진은 전혀 보이지 않았다.

아 그건 이러이러한 사람이야 하고 여자가 말하곤 했다 그 사람은 한 달 내내 여기서 묵었지. 그 사람은 더블린에서 온 판사님이야, 그 여자는 이러이러한 사람의 친척이야, 등등. 여전히 아빠는 보이지 않았다. 사진을 모두 본 뒤 여자는 사진을 한데 모아 정리하고 시선을 들었다. 그래 네 아버지 이름이 뭐라고?

브래디요 하고 내가 말했다.

브래디 하고 여자가 다시 말한다, 루시어스 브래디가 있었지 음악가인데 피아노를 쳤고 노래도 잘했어 네 아버지가 무슨 노래를 불렀다고 했지?

〈내가 대리석 홀에서 사는 꿈을 꾸었네〉요, 내가 말한다.

흠, 여자가 말한다, 그 노래야 당연히 알지만 딱히 떠오르는 게 없는걸. 아빠가 그 노래를 불렀어요, 내가 말했다, 아빠가 나한테 말해줬다고요. 아줌마가 아빠랑 엄마를 위해서 깔개 밑에 열쇠를 넣어뒀잖아요! 음? 여자가 깜짝 놀란 얼굴로 말한다. 어머 난 그런 짓 절대 안 해! 절대 안 해! 여자가 이 말을 몇 번이나 했는지 모르겠다.

그래도 하고 여자가 말한다, 찾아보자. 여자는 브래디라는 이름의 사람을 몇 명 더 생각해냈다, 나는 그때마다 아뇨, 그 사람이 아니에요 하고 말할 수밖에 없었다.

네 아버지의 정식 이름을 다시 말해볼래? 여자가 말한다. 버나드 브래디요 하고 내가 말했다 여자는 나를 따라 그 이름을 몇 번 중얼거리면서 고개를 저었다 내가 **베니**라고 말한 뒤에야 비로소 입을 떡 벌리더니 완전히 다른 표정으로 나를 바라보았다. 어디서 왔다고 했지, 여자가 말한다, 내가 대답하자 여자는 사진을 한데 모으면서 음음, 어어 하며 말을 더듬었다. 내가 말한다, 아빠는 항상 여기서 있었던 일을 얘기했어요 정말 아름다웠다고요 하지만 갑자기 여자는 더 이상 그 이야기를 하기 싫어졌는지 난 이 사진을 모아서 정리해야겠다 어디서부터 손을 대야 할지 정말 모르겠구나 하고 말한다. 나는 그럼 제 아빠 얘기는요, 아줌마가 말했잖아요 하고 말했다.

그러자 여자는 아 글쎄다, 내 기억이 예전 같지 않아서 하고 말한다. 여자는 그냥 웃어넘기려고 했다. 나도 이제 늙어가는 모양이야 하고 여자가 말한다 하하. 여자는 사진을 전부 상자와 앨범에 넣고 있었다 나는 왜 말을 안 해주세요, 말해주겠다고 했잖아요 하고 말했다. 여자는 그냥 고개만 저었다. 제발 말해주세요 하고 내가 말했다 꼭 들어야 하는 이야기예요 꼭 들어야 한다고요 안 돼 하고 여자가 말했다 이거 놔라. 내가 듣고 싶은 것은 엄마와 아빠가 누워서 창밖의 바다 소리를 듣던 이야기뿐이었지만 그런 건 중요하지 않았다 어차피 그 이야기를 듣지 못했으니까. 내가 여자한테 얼른 말해주세요 말해준다고 했잖아요 하고 말하자 여자가 말했다. **얼른 내 몸에서 손 떼지 못해!** 아내 앞에서 그런 식으로 행동한 남자에 대해 내가 무슨 말을 하겠어. 돼지보다 나을 게 없지, 여기서 자기 얼굴에 스스로 먹칠을 했으니. 신부님을 그런 식으로 모욕하다니. 가엾은 맥기브니 신부님은 이십 년이 넘도록 이리로 날아오는 파리 한 마리조차 함부로 해치지 않은 분이야! 그분이 벨파스트의 고아원에서 얼마나 열심히 일했는지는 하느님도 아시는데, 그런 남자한테 그런 꼴을 당하시다니! 하느님 그 가엾은 여자를 도와주세요, 그 여자는 신혼여행 내내 그 남자가 술이 깬 꼴을 한 번도 못 봤을 거예요!

그리고 나서 여자가 뭘 했냐면 **미안하다** 하고 말했다 하지만 여자가 이 말을 할 때 나는 복도에 있었고 어차피 그런 건 이제 중요하지 않았기 때문에 나는 그냥 출입문을 찰칵하고 부드럽게 닫았다. 나는 계속 거리를 걸어가다가 누구를 만났냐면 바로 식당 지배인이었다. 아 하고 지배인이 말한다 찾던 곳은 찾았니. 네 찾았어요 하고 내가 말한다 나는 지배인에게 엄지손가락을 올려 보였다 번도런에서 즐겁게 지내다 가라 하고 지배인이 말한다 네 그럴 거예요 하고 내가 뒤에서 외친다 바람이 불어왔다 나는 어떤 가게로 들어가서 담배를 좀 산 뒤 바닷가로 내려가서 담배 몇 개비를 피웠다 바다는 행주처럼 더러운 회색이었다 배가 몇 척 있었다 세 척이었던 것 같다 나는 담배를 또 피웠다 내가 방금 피운 담배들 중 일부는 반밖에 피우지 않았고 나머지는 끝까지 모두 피웠다. 나는 담뱃갑 안에 담배가 몇 개비나 남아 있는지 세어보았다. 하나 둘 셋 세 개비가 남아 있었다. 나는 마을로 올라갔다 밖에 나와 있는 사람이 몇 명밖에 없었다 그들은 각자 자기 볼일을 보았다 쇼핑하는 여자 맨홀 위에서 방수복을 입고 있는 시의회 의원 카페 밖에 있는 수녀원 여자들 나는 빗을 하나 샀다 머리가 온통 헝클어지고 있었다. 하지만 내가 빚을 산 가게 옆에 가게가 또 있었다 오는 길에 못 보고 지나친 모양이었다 음악 가게였다. 출입문 위에 걸려 있는 개가 트럼펫 안을 노려보며 주인의 목소리를 찾으려고 애쓰고 있었다. 난 이 안에 있어 날 좀 꺼내줘 피도 하고 주인이 말한다. 어떻게요 하고 피도가 말한다. 그걸 내가 어떻게 알아 하고 주인이 말한다 그냥 꺼내줘 그럴 거지 내 착하고 귀여운 개야? 창문에는 당신이 원하는 모든 것이라고 적혀 있다. 음악과 관련된 모든 것이겠지. 은빛 색소폰을 사려면 살 수 있었다. 트럼펫도. 높게 쌓여 있는 레코드도 머리카락은 아래로 흘러내리는 듯하고 음표를 짜 넣은 스카프가 입에서 둥글게 나와 있는 뺨이 빨간 여자도. 그 여자는 모든 사람에게 자기를 따라 노래를 부르라고 했다. 나라면 부를 것이다. 나라면 따라 부를 것이다. 내가 안으로 들어갔더니 카운터 뒤에 누가 있었냐면 음악 하는 남자 혼자서 콧노래를 부르며 악보에 음표를 적어 넣고 있었다 아빠가 항상 타워에만 가 있기 전에 그랬던 것처럼. 그 음악 하는 남자는 전신기사 같았다 찰칵 찰칵 애빌린의 경찰서장에게 전보요 등등, 남자의 조끼에 커다란 금시계가 매달려 있었다. 내가 남자한테 말했다. 나 아저씨에 대해 알아요.

아 하고 남자가 말한다 뭘 안다는 거냐?

아저씨는 세상의 모든 노래를 알고 있어요 하고 내가 말한다. 모르는 사람도 없을 거예요.

전부 아는 건 아냐 하고 남자가 빙긋 웃으며 말한다 그래도 상당히 많기는 하지, 그래 상당히 많은 편이야. 나는 가게 안을 돌아다녔다. 축음기, 몇 개, 스무 개쯤. 온갖 것이 있었다. 커다란 트럼펫, 작은 트럼펫. 원하는 건 뭐든지. 그때 내 귀에 무엇이 들렸냐면 쿨럭쿨럭하는 소리였다 고개를 돌려 보니 그 음악 하는 남자가 자기 찻잔에 차를 따르고 있었다. 좀 마실래? 남자가 말한다. 차 한 입, 남자가 말한다. 남자는 좋은 말을 할 줄 알았다. 그의 말에 나는 너무나 행복해져서 울고 싶었다. 그런데 세상에! 느닷없이 케이크들이 나온다, 말도 안 돼 이건 나비 모양 빵이야! 젠장, 내가 말한다, 어떻게 알았어요? 남자는 그저 미소만 지으며 자 먹어라 하고 말했다 차가 호를 그리며 잔 안으로 쿨럭쿨럭 쏟아졌다 적당할 때 그만 따르라고 말해 하고 남자가 말한다. 나는 남자가 어떻게 알아냈는지 지금도 모르겠다 하지만 그건 중요하지 않았다 나는 남자에게 엄마와 아빠 이야기를 들려주기 시작했다 감자와 소금과 노래와 바위 위에서 드린 묵주기도 등 모든 것에 관한 이야기. 그래 트럼펫을 연주하셨구나 하고 남자가 말한다, 네 아버지가. 네 하고 내가 말한다 나는 남자에게 노래를 몇 곡 말해준다. 그걸 솔로로 연주할 수 있었다면 하고 남자가 내가 말한 노래 중 한 곡에 대해 말한다 네 아버지는 확실히 트럼펫을 제대로 불 줄 아는 분이셨어! 물론이죠 하고 내가 말한다 손가락에 묻은 크림을 핥으면서. 밖에서는 거리가 유리를 여명의 색으로 바꿔놓았다. 음표처럼 생긴 모빌들이 천장에 매달려서 찰랑거렸다 찰랑 찰랑 치링 하는 소리밖에 들리지 않았다. 쌓여 있는 레코드를 나는 하나씩 살펴보았지만 레코드가 금방이라도 산산조각 날 것 같아서 조심해야 했다. **조심해 프랜시!** 나는 이렇게 말하고서 웃음을 터뜨렸다. **걱정마, 조심할 거야!**

존 매코맥은 나도 아는 사람이었다. 아빠는 그 사람의 노래가 시작되면 허공에서 지휘를 했다, 검지로 허공을 크게 가르면서. 나는 다시 웃음을 터뜨렸다. 그때 그것이 보여서 나는 하마터면 기절할 뻔했다. 전에도 많이 보았던 것 같은데 이유를 잘 모르겠다. 내 다리가 톱밥 다리로 변했다. 뽈뽈뽈뽈 슬픈 눈의 당나귀가 수레를 끌며 저 멀리 안개 긴 산과 파란 구름 속으로 들어간다. 그 그림 바로 위에 커다란 검은색 글씨로 '아일랜드의 에메랄드 보석'이라고 적혀 있었다. 나는 책장을 계속 넘기며 모든 이름들을 읽었다 나는 음악 하는 남자에게 돈을 내러 가서 사방에 동전을 떨어뜨리고는 필립과 조에 대해 모든 이야기를 털어놓기 시작했다 마치 기병대가 돌진하는 것처럼 말이 내 입에서 쏟아져 나왔다 이 많은 말들이 어디서 나오는 건지 나도 몰랐다. 이제 끝난 줄 알았겠지만 언덕을 넘으면 산더미 같은 이야기가 또 있어요 이히 이것도 들어야 돼요. 남자는 내가 하는 말을 끝까지 모두 들어주었다 그 남자의 눈을 보면 이 프랜시 브래디라는 녀석이 조 퍼셀인지 뭔지에 대한 이야기는 그만하고 제발 입 좀 다물었으면 좋겠다는 생각이 없다는 걸 확실히 알 수 있었기 때문에 나는 남자가 내 이야기를 정말로 듣고 싶어 한다고 확신했다. 그러고 나서 남자는 무엇보다 좋은 말을 한다. 하지만 지금은 그보다 훨씬 더 좋은 책이 나와 있어. 바로 네 뒤에 있다. 훨씬 더 좋은 책이야. '아일랜드 곡조의 보고'라는 제목이었다. 표지에는 당나귀와 수레 대신 숄을 걸치고 반쪽짜리 문 앞에 서서 산 뒤로 넘어가는 해를 바라보는 할머니가 있을 뿐이었다. 그러니까 이게 더 좋은 책이라고요, 내가 말한다. 그럼 하고 음악 하는 남자가 말한다, 훨씬 더 좋지. 그럼 이걸 살래요! 내가 말한다, 완전히 들떠서 내가 어떻게 했냐면 바닥에 동전을 더 떨어뜨린다. 음악 하는 남자는 그걸 아주 우스워했다. 그는 내게 그 책을 팔 생각이 전혀 없다. 내게 그냥 **주겠다고** 한다. 네 아버지처럼 트럼펫을 잘 부는 사람의 아들을 만나는 게 날마다 있는 일은 아니지, 남자가 말한다. 노래를 좋아하는 것만으로도 충분하지 않겠어? 그러고 나서 남자는 혼자 새로운 노래를 콧노래로 부르며 책을 포장한다. 나는 내게 그것을 건네주는 남자를 빤히 바라보기만 한다. 빨리 조한테 보여줘야지! 내가 말한다. 하지만 남자는 들뜨지 않왔다. 만약 사람들이 창문을 두드리면서 외계인이 마을의 아이들을 모조리 먹어치우고 있다고 소리를 지르면 남자는 어떻게 할까? 이렇게 말할 것이다. 아 그렇군. 조금만 기다려요. 가게 문부터 닫고. 남자는 내가 만난 최고의 사람이었다 나는 책을 자꾸만 바라보며 내가 이 책을 건네줄 때 조가 어떤 얼굴을 할지 생각해보려고 했다 나는 학교로 가는 길을 잘 몰라서 몇 번 길을 잘못 들었다 이 책을 어떻게 생각해 하고 내가 그들에게 물었더니 좋은 책이야 하고 그들이 말했다 그래 하고 내가 말했다, 이건 조 퍼셀한테 줄 책이야, **에메랄드 보석**은 이것에 비하면 아무것도 아냐.

검은 길이 구불구불한 시골 풍경 속을 리본처럼 구불구불하게 드나들었다 그 길 끝에 조의 학교가 있었다 조가 뭐라고 할까 아 젠장 프랜시, 너 또 저질렀구나! 야 조! 나는 이렇게 소리칠 것이다. 안장을 얹어! 같이 나가는 거야! 이호! 나는 엄마처럼 점점 심해지고 있었다. 이 길로 휭 저 길로 휭. 이랬다가 저랬다가. 또 휭. 나도 안다 나는 조와 과거의 추억에 대해 조금 더 생각해볼 것이다. 그러고 나서, 좀 더 웃을 것이다. 잉크 가루로 만들어진 커다란 달팽이 모양의 구름이 하늘을 달리고 음악책은 내 뒷주머니에 끼워져 있었다. 그때 학교가 노란색 창문을 온통 반짝이며 밭들 속에서 솟아올랐다 이것도 창문이 백 개나 되는 집이었다.

하지만 이번에는 달랐다, 한 창문 뒤에 조가 있었다 이 생각을 하면서 나는 축구공처럼 달까지 닿을 만큼 높이 뛰어올랐다. 프랜시 브래디가 마을 대표로 뛴다 40야드 나갔다 30야드 나갔다 20야드 10야드 나갔다 롱 슛 골키퍼가 놓쳤다 그래 프랜시 브래디가 마을 대표로 골을 넣었다 프랜시가 골을 넣었다 달이 네트 뒤에 있다!

나는 한 시간 넘게 걸은 뒤에야 그것을 보았다 그런데 모퉁이를 돌자마자 무슨 일이 벌어졌는지. 불이 꺼졌다. 푸슉! 하나도 남김없이. 이봐 당신들이 뭔데 불을 끄는 거야? 그냥 켜놔! 이래가지고 내가 어떻게 조 퍼셀을 찾아! 이봐! 내 말 안 들려!

그러다 갑자기 이런 생각이 들었다. 이건 틀림없이 누전트 부인의 농간이야. 내가 조를 만나러 간다는 이야기를 듣고 그 여자가 술수를 부린 것이다. 누전트 부인이 신부들에게 불을 모두 끄라고 했다 몰래 숨어서 나를 기다리려고 내가 조를 찾으면서 멍청이처럼 뛰어다니다가 지치면 그 여자가 어둠 속에서 나타나 사람들과 함께 서서 씩 웃을 것이다. 그래 그 애를 못 찾겠지? 그거 안됐구나 프랜시스 안 그러니 나는 그걸로 끝이라는 걸 깨달았다 다시는 조를 찾을 수 없을 것이다. 하지만 이것이 너무나 바보 같은 생각이라서 나는 죽어라고 웃어대기 시작했다. **말도 안 돼**, 내가 말했다, 누전트 부인이 이걸 망치게 둘 수는 없어!

그때까지 여러 가지 생각을 했지만, 이거야말로 가장 미친 생각이었다.

나는 뒤로 돌아가다가 음식쓰레기가 가득 든 통과 하마터면 딱 부딪힐 뻔했다 내가 음식쓰레기의 왕이니까 그런 것쯤 미리 알아차려야 한다고! 나는 주방 뒤에 있었다. 그르르 하고 개가 말한다.

시끄러 하고 내가 말했다 나는 개 옆을 무사히 지나가는 데 성공했다. 화장실에서 쉿쉿 소리가 났다. 쉿쉿, 우린 널 보고 있다 프랜시. 나는 뒷주머니에 그 책이 아직 있는지 계속 확인했다. 결국 내가 다다른 곳이 어디냐면 축구화와 겨드랑이 땀 냄새가 가득한 방이었다. 이런 망할 나는 다시 시작해야 했다. 짜잔! 벽에 붙어. 움직이지 마! 느닷없이 군인 여섯 명이 나타나 총을 겨눴다, 벽에 붙어 이제야 잡았군 브래디 군! 아니, 그런 일은 전혀 없었다, 코 고는 신부들과 찌질이들뿐 하지만 다 어디 있는 거지? 여기에는 없었다 빈 침대 하나와 약병이 가득한 수납장뿐이었다. 이걸 한번 살펴봐야겠다 하고 나는 색색의 알약 몇 개를 작은 갈색 병에서 손바닥으로 퍼냈다. 약들이 구멍 안으로 넘어 내려갔다. 무슨 약인지 궁금하다. 모르겠다. 야아, 복도 반대편에서 누군가가 고함치는 소리가 들린 것 같았다 왼쪽으로 돌고 그다음에는 오른쪽으로 돌아 프랜시 그 녀석을 금방 찾을 거야. 나는 누군지는 모르지만 고맙다고 인사하려고 돌아섰지만 아무도 없었다. 그때 알약이 말했다. 아 그건 나였어 프랜시. 알약, 내가 말했다, 이 자식! 자 자 프랜시 하고 알약이 말했다 그런 말을 했으니 네 발을 스펀지로 만들어버리겠어. 타일을 따라서 찰싹 차알싹. 이게 뭐지 세상에서 제일 큰 종이 계단 밑에 있었다. 내가 말했다. 누전트 부인 만약 그 종 뒤에 숨어 있는 거라면 밖으로 나오는 게 좋아요. 당신이 거기 있는 거 다 알아요 누전트 부인 날 속일 생각은 마세요.

그러고 나서 나는 웃기 시작했다 멈출 수가 없었다. 평범한 웃음이 아니었다 아무것도 아닌 일에 웃어대고 농담이 끝난 지 한참 뒤에도 콧물을 줄줄 흘리며 웃어대는 찌질이의 웃음이었다. 나는 어떻게 해야 할지 알겠다고 말한다 이 종을 한 대 때려주고 어떻게 되는지 봐야겠다. 이 세상의 모든 기숙학교에 다니는 찌질이들을 완전히 귀가 먹은 녀석까지 깨울 만큼 큰 소리가 날 것이다. 자 간다…… 썩 꺼져! 내가 그렇게 했다면 사람들이 무거운 벽돌더미처럼 나를 덮쳤을 것이다 어쩌면 조까지 혼내줬을지도 모른다. 안돼 그러지 마 알약아 이 프랜시 님이 그렇게 쉽게 속을 것 같아. 알약아, 내가 말했다, 예의바르게 굴어!

나는 걷잡을 수 없이 웃어댄 덕분에 말짱해졌다. 흠 하고 내가 말한다 조가 이런 곳에서 무슨 꿍꿍이를 꾸미고 있는 지 궁금하네. 이불을 묶어 만든 줄을 타고 기숙사를 빠져나가 보트 창고에서 열리는 한밤중의 파티로 반드시! 퍼셀 너를 못된 놈이라 부르노라! 넌 완벽한 악당이다! 젠장! 혹시 비밀 통로 같은 건 없나 하고 내가 말했다. 난간 손잡이에 떨어지는 순간 아아아아아아! 그리고 죽은 찌질이 소년들의 해골과 거미줄이 가득한 검은 복도를 내려갔다.

계단을 올라가니 이건 뭔가, 나무문이 삐걱삐걱 우리 주 예수가 어둠 속에서 느닷없이 나타났다 십자가에 매달린 채로 그래 안녕 무슨 일로 왔니? 저는 조 퍼셀을 찾고 있어 요 예수님. 계단 꼭대기로 곧장 올라가라. 그렇군요 예수님 고마워요.

이게 다 뭐야 하고 내가 말했다, 잠든 찌질이가 백 명이나 되잖아! 하지만 머지않았다. 곧 나와 조의 활약을 보여 주마!

짜잔!

찰칵 빛이 마구 쏟아지자 모두 실눈을 뜨고 이불을 끌어당긴다. 무슨 일이야 누가 불을 켰어? 나는 야 나야 앨저넌 캐러더스! 하고 말할 뻔했다.

이 생각이 떠올랐을 때 나는 다시 몸을 구부렸다 보이는 것이라고는 나를 빤히 바라보는 녀석들뿐이었다. 다들 반장에게 쟤는 누구야 네가 어떻게 좀 해 네가 할 일이 그거 잖아 하고 떠들어댔지만 반장은 나설 생각이 전혀 없어서 다른 애들과 똑같이 담요만 잡아당겼다.

나는 음악책을 둥글게 말아서 내 허벅지를 탁 쳤다. **조! 어딨어 조? 내가 왔어! 안장을 얹어! 같이 나가는 거야!**

나는 있는 힘껏 이렇게 고함을 지르고 혹시 조가 못 들었을까봐 또 고함을 질렀다. 이 말을 하자마자 내가 그동안 걱정했던 모든 것이 산들바람에 날려가는 실크 스카프처럼 날려가버리고 나는 이제 조를 기다리기만 하면 된다는 것을 알 수 있었다 이번에 우리는 영원히 떠날 것이다. 기분이 너무 좋아져서 나는 다시 소리쳤다. 조. 야마 야마 야마! 야마 야마 야마!

그러고 나서 나는 이렇게 말했다. 이호! 놈들을 미주리로 데려가!

우리는 말을 타고 산으로 갈 거야 조 거기서 며칠 동안 걸을 수 있어. 밤이면 코요테 소리를 들으면 돼. 코요테들이 달을 향해 우는 소리 그렇게 하면 녀석들은 기분이 좋아지거든 녀석들은 뭐든 걱정이 있으면 마구 짖어대. 그리고 나서 나는 흉내를 냈다. 아우우! 아우우! 나는 눈을 감고 초원 저편까지 들리게 소리를 질렀다.

그러다 고개를 들어 보니 누가 오고 있었냐면 신부였다. 여우 신부였다 본명이 여우라서가 아니라 주둥이가 길기 때문이었다 흠 나랑 얼굴이 비슷한 이 친구를 어떻게 속여 넘긴다? 안녕하세요 여우 신부님 하고 내가 말했다, 저는 조 퍼셀을 찾고 있어요. 네가 **뭘 하고 있다고!** 신부가 말한다 나는 여우 신부가 결코 착한 여우가 아니라는 것을 알 수 있었다 그의 얼굴이 온통 어두워지고 그의 눈은 이제 이 친구를 어떻게 속여 넘긴다 하고 말하지 않았다 그 눈은 한마디를 더 했다 당장 나가라 이 녀석 내가 이 칼라를 떼고 그리스도의 이름으로 널 때려눕힐 거다 그렇게 할 거야 내가 안 그럴 줄 알고. 여우 신부님 놀라운 말씀을 하시네요! 그런 소리 하지 마세요!

이건 앨저넌 캐러더스가 했을 법한 말이었다. 하지만 나는 이 말을 하지 않았다.

난 그저 조를 찾고 있는데 좀 도와주실래요? 하고 말했다.

여우가 반쯤은 혼잣말 같고 반쯤은 찌질이들에게 하는 말처럼 뭐라고 했냐면 정말 믿을 수가 없군 도저히 믿을 수가 없어! 신부는 고개를 흔들었다 찌질이들은 신부의 그런 모습을 보고 역시 고개를 흔들었다 문이 쾅쾅 부딪히는 소리와 소란스러운 소리와 계단을 달리는 발소리가 들렸다.

그러더니 신부 두 명이 더 들어왔다 두 사람이 누굴 데려왔냐면 바로 조 퍼셀이었다.

조! 내가 소리쳤다. **젠장!**

그런 소리를 하지 말았어야 하는데, 해버렸다. 여우가 붕하고 주먹을 날렸지만 나는 피했다. 여우가 다시 때리려고 했지만 그것도 소용이 없었다 내가 옆걸음으로 피했기 때문에 여우는 스스로 놀림거리가 됐을 뿐이다. 이제 내가 할 일은 조에게 곧장 걸어가는 것뿐이었다 실제로 그렇게 하려고 했지만 그때 무슨 일이 있었냐면, 조 뒤에 누가 서 있었냐면 필립 누전트였다. 필립은 전보다 키가 더 커졌고 더 강해 보였지만 그래도 눈 위까지 머리카락이 드리워져 있는 필립일 뿐이었다. 필립이 나를 바라보았다 그렇게 나를 똑바로 바라본 건 처음이었다. 필립을 보자마자 모든 것이 잘못 돌아가기 시작했다 필립은 여기 있으면 안 되는 존재였기 때문이다. 내가 하고 싶었던 말들이 이제는 전혀 기억나지 않았다 그때 신부가 조를 데리고 다가왔다 나를 바라보는 조의 시선에 내 배 속이 요동쳤다 이건 조가 아니었다. 필립은 팔짱을 낀 채 여전히 문 옆에 서 있었다. 이 일이 다 끝난 뒤 필립이 신부들에게 무슨 말을 할지 알 것 같았다. 내가 그 둘과 어울리고 싶어 했는데 친 엄마에게까지 등을 돌린 놈이라고 할 것이다. 필립은 웃음을 터뜨리며 이렇게 말할 것이다. 그런 놈이 우리랑 어울리려 하다니!

조가 내게 말했다. 왜 왔어?

아니 조는 내게 이런 말을 하지 않았다. 조가 말했다. **너 왜 왔어?**

내가 함께 나가고 싶었다고 함께 옛날이야기를 하고 싶었다고 만약 우리한테 백만 천만 억만 달러가 생기면 뭘 할지 얘기하고 싶었다고 말해봤자 소용이 없었다 글쎄 산으로 가서 돌아다닐까 조, 이런 말을 해도 소용이 없었다 이 말이 제대로 나오지 않을 테니까 그래서 나는 아무 말도 않고 그냥 가만히 서서 조를 바라보았다.

조가 내게 다시 물었다. 왜 날 찾아왔어? 너 갑자기 귀머거리라도 된 거냐?

그러고는 조가 말했다. 내 말 들려. **왜** 날 찾아왔냐니까.

조가 그런 걸 물을 줄은 몰랐다 조가 그런 걸 물어야 할 거라고는 생각도 해본 적이 없었다 하지만 조는 물었다 그렇지 그 말을 들었을 때 나는 나 자신이 주루룩 빠져나가는 것 같은 기분이 들기 시작했다 막을 수가 없었다 내가 애를 쓸수록 점점 나빠져서 담배 종이처럼 천장까지 둥둥 떠올라갈 것 같았다 제발 조 나랑 같이 가자 내가 하고 싶은 말은 이것뿐이었다 멍청한 인간들은 위장 속에 구멍이 있다 그런데 이제 내가 그랬다 나는 세상에서 제일 멍청한 인간이라 무엇에 대해서든 할 말이 하나도 남아 있지 않았다.

이제 내가 가진 것은 하나뿐이었다 음악책이다. 땀자국이 사방에 묻어 책이 온통 뒤틀려 있었다 나는 걱정 마 프랜시다 괜찮을 거야 하고 말한다 나는 책을 조금 펴서 이렇게 저렇게 조에게 건넸다 그러다 떨어뜨렸는데 신부가 순식간에 우리 둘 사이에 끼어들어와서 말한다. **더는 못 참는다! 이 녀석은 네 친구냐 아니냐 퍼셀?**

나는 조를 바라보았다 제발 조 하고 나는 말하고 있었다 하지만 조는 나를 보지 않고 그저 피곤해서 제 방으로 돌아가고 싶어요 지금 새벽 3시니까요 하고 말했다.

그러고는 조는 고개를 저으며 말했다. 친구 아니에요.

그러고는 자리를 뜨면서 나가는 길에 필립에게 뭐라고 말하자 필립이 빙긋 웃었다. 나는 거기에 일 분쯤 더 있었다 나는 여전히 책을 비틀고 있었다 그러자 신부가 이제 너도 그만 가봐라 브래디 군 하고 말했다. 나는 네, 네 신부님 하고 말했다 사람들이 나를 정문으로 데려다주고 경찰을 부르지 않았으니 운이 좋은 줄 알라고 말했다 나는 네 그렇죠 하고 말하고는 어둠 속으로 나갔다 자전거를 어딘가에 놓아두었지만 어딘지 알 수 없었다. 어차피 그런 건 중요하지 않았다 나는 그냥 걸었다 걷고 싶었다 그건 조가 아니야 하고 나는 말했다 그게 누군지는 모르겠지만 하여튼 조가 아냐, 조는 사라졌어 놈들이 나한테서 조를 뺏어갔어 내 눈에 보이는 것이라고는 그래 맞아 우리가 그랬어 이제 네가

무슨 짓을 해도 조를 되찾을 수는 없을 거다 안 그러니 프
랜시스 돼지 이 작은 새끼돼지야 하고 말하는 얄팍한 입술
뿐이었다 나는 네 누전트 부인 맞아요 하고 말한다.

마을에 도착했을 때 모두 이리저리 뛰어다니며 세상이
끝날 거라고 말하고 있었다. 내가 가장 먼저 본 것은 미키
트레이너가 성모상을 수레에 싣고 가는 모습이었다 못 들
었니 하고 트레이너가 말한다 세상이 끝날 거래 어젯밤 뉴
스에 나왔어 모든 게 끝났어 하고 트레이너가 말한다 아 저
도 알아요 하고 내가 말한다 안다고요 아저씨가 나한테 말
해줄 필요 없어요!

우린 상관없다 하고 트레이너가 말한다 놈들이 나쁜 짓
을 할 테면 하라고 해 우리한테는 우리를 지켜줄 축복의 성
모님이 계신다 성모님이 내 딸한테 말하셨지 징조와 함께
나타날 거라고. 하느님의 사랑으로 얼른 가서 성모님의 말
씀을 들어라 브래디 이런 때에는 모두 자신이 지닌 불멸의
영혼을 돌봐야 돼!

트레이너는 내 어깨를 움켜쥐고 말한다. 나를 위해 그렇
게 해주겠니 프랜시 난 네 아버지랑 아는 사이였어.

그건 저도 알아요 하고 내가 말한다 아빠는 텔레비전 때
문에 아저씨를 찾아가려고 했지만 안 그랬죠 그래서 저는
누전트네 집에 가서 문어를 봐야 했어요. 그렇구나 하고 미

키가 말한다 난 이제 가봐야겠다 행운을 빌어다오 그러고
서 트레이너는 수레를 가지고 가버렸다.

나는 트레이너의 뒤통수를 향해 소리쳤다. 이제는 아저
씨가 그걸 고칠 수는 없죠 안 그래요?

트레이너는 돌아보지 않았다 어차피 그가 고칠 수 없다
는 건 나도 알고 있었다 아빠가 한 번 발로 차준 뒤에는 이
미 손을 쓸 길이 없었다. 완전히 끝장이 났다, 그 텔레비전.
그걸 당장 쓰레기장에 던져버렸어야 하는 건데 석탄창고에
서 자리만 차지하고 있었으니까. 나는 거리를 계속 걸었다
그러다가 누굴 만났느냐면 그 술 취한 남자였다. 얼른 타워
로 들어가요 하고 내가 말한다 하지만 술 취한 남자는 고개
를 저었다. 나는 무슨 소리예요 하고 말하고 술 취한 남자
는 트레이너의 딸 얘기 들었어? 하고 말한다. 나는 들었어
요 하지만 트레이너의 딸이 나하고 무슨 상관이에요 얼른
들어가요 하고 말하면서 5파운드 지폐를 꺼냈다. 아냐 하
고 술 취한 남자가 말한다 난 볼일을 보러 가야 돼 신부님
이 날 만나러 와 있어 하고 술 취한 남자가 말한다 이 이상
문제를 일으키면 안 돼. 너랑 돌아다니면서 이미 문제를 많
이 일으켰어 이제 가서 도미니크 신부를 만나야 돼 하고 술
취한 남자가 말한다 신부님이 날 위해 일거리를 마련해놓
으신 것 같아. 이만 가볼게 하고 술 취한 남자가 말하더니
나를 밀치고 낡은 외투 자락을 등 뒤로 펄럭이며 가버린다.

그래 가라 이 곱사등이야! 나는 남자의 뒤통수를 향해 소리
쳤다, 나랑 그런 짓을 할 때는 좋아했잖아!

나는 안으로 들어가서 담배 한 갑과 재킷을 깨끗이 닦을
것을 샀다 이 집에 있는 거라고는 샴푸뿐이다 그거면 될 거
야 하고 내가 말한다. 밖으로 나오니 코널리 부인이 거리
맞은편에서 꽃이 가득한 그릇을 들고 지나가는 것이 보였
다. 나는 손을 흔들었지만 코널리 부인은 얼굴이 새빨갛게
돼서 고개를 푹 숙이고 나를 본 것 같은 내색을 전혀 하지
않았다. 스피커가 휘파람 같은 소리와 끼익 하는 소리를 내
더니 찬송가가 시작되었다. 〈환난과 핍박 중에도〉라는 노래
였다. 나는 한동안 귀를 기울였지만 개떡 같은 찬송가일 뿐
이었다. 나는 빵집 앞에 서서 직접 노래를 불렀다. 티들리
신부 시절의 옛 친구인 매트 탤벗에 관한 노래였다. 이게
훨씬 낫네, 내가 말했다, 이게 진짜 찬송가야!

나는 내 판자가 세상에서 제일 좋아
추위와 서리와 비가 있어도
나는 내 고양이를 사랑해서 훈제 청어 차를 주지
하지만 무엇보다 사랑하는 건 내 사슬이야.

나는 노래를 몇 곡 더 불렀다 모두 사람들이 매트 탤벗
에게 이런 말을 하는 내용이었다. 우리가 술을 한잔 사줄까

매트? 썩 꺼져!

　나는 이 구절을 부르면서 신나게 웃었다, 담장 위에 앉아
서 지나가는 사람들에게 소리를 질렀다. 매트 탤벗을 대통
령으로!

　그러고는 노래를 더 불렀다. 나는 머리를 뒤로 넘겨 붙이
고 사탕막대를 향해 노래를 불렀다.

　그래 하나는 돈을 위해!
　둘은 쇼를 위해!

　나는 이 노래를 부르고, 또 노래를 불렀다.

　당신이 내게 바짝 다가올 때
　바로 그때 나는 온몸이 떨려!

　나는 노래를 또 불렀다. 고함을 질렀다.

　라디오 룩셈부르크에 프랜시 브래디가 나옵니다!

　그러고 나니 노래에는 싫증이 나서 젠장 하고 말했다, 젠
장맞을 노래. 나는 카페로 들어갔다 너구나 하고 남자가 말
한다 웬일이니 나는 소시지 베이컨 콩 칩 달걀 전부 줘요

하고 말한다. 미안하지만 지금 문을 닫을 시간이라서 미안하다 이제 문을 닫아야 돼. 나는 타이토칩 한 봉지를 사서 밖으로 나와 은신처로 갔다. 나는 샴푸로 재킷을 닦으려고 했지만 아무 소용이 없었다 샴푸 반병을 썼는데 오히려 더 나빠지기만 했을 뿐이다 나는 잠이 들었다.

나는 다음 날 아침에 일어나 도살장으로 갔지만 너무 일러서 거의 두 시간을 기다린 뒤에야 레디가 나왔다 여기 얼마나 오래 있었니 하고 레디가 말한다 한참이요 레디 사장님 하고 내가 말했다. 네 녀석이 낯짝을 내밀 때가 얼추 됐다 싶었다 도대체 어디 있었어! 아 하고 내가 말한다 여기 저기 돌아다녔어요. 돌아다녔다고 하고 레디가 말한다, 한가로이 돌아다니는 건 남는 시간에 해 브래디 네놈을 발로 차서 저 길을 돌아다니게 만들어버릴까보다. 글쎄요 하고 내가 말한다 이제 걱정 안 하셔도 돼요 이걸로 끝이니까요 이제 금방 끝날 거예요. 레디는 앞치마를 입고 말한다 호텔에 쓰레기 반 톤이 있다 네가 가서 가져왔어야 하는데 안 그래서 내가 아주 닦달을 당했다 오늘 가서 썩 처리해. 네 레디 사장님 하고 내가 말했다.

그러고 나서 우리는 도살을 시작했다 우리는 저녁식사 때까지 계속 일했다. 그러고는 레디가 앞치마에 손을 닦으며 말한다 난 저녁 먹으러 갈 테니 넌 저 수레를 끌고 나가봐라. 그리고 그쪽에 가서 분명히 말해 분명히 다음 주에는 네가 제시간에 쓰레기를 가지러 갈 거라고. 그럴게요 레디 사장님 하고 내가 말한다. 레디가 마을로 간 뒤에 나는 기절총을 못에서 내리고 도살용 칼을 서랍에서 꺼냈다. 오래된 음식찌꺼기인지 돼지 사료인지 하여튼 뭔가가 담긴 양동이가 문 옆에 있어서 나는 총과 칼을 그 안에 그냥 찔러넣고 휘파람을 불며 수레를 밀고 갔다. 그래 트레이너의 딸이 성모와 또 이야기를 했다고, 응? 다들 성모가 다이아몬드에 나타날 거라고 떠들어대고 있었다. 두 할머니가 그런 이야기를 하는 소리가 들렸다. 정말 자랑스러운 일이지 뭐야 하고 한 할머니가 말한다 주님의 어머니가 아무 마을에나 찾아오시는 건 아니잖아. 그거야 그렇지 하고 다른 할머니가 말한다 천사들도 같이 올지 궁금해. 그건 잘 모르겠지만 천사가 있든 말든 무슨 상관이야 성모님이 세상의 종말에서 우리를 구해주시기만 하면 신경 쓸 필요 없지. 그래 말 한번 제대로 하는군 말 한번 제대로 해. 어딜 가든 이제 멀지 않았다고들 했다.

나는 로시 박사의 집 앞을 지나갔다 풀밭 위에 늘어놓은 커다란 파란색 글자카드가 그 집을 둘러싸고 있었다. '아베 마리아 우리 마을에 오신 걸 환영합니다.' 저 카드들을 섞어서 '여기는 나쁜 새끼 로시 박사의 집이다'라는 문장을 만들 수 있을지 궁금했다, 하지만 카드를 세어보니 글자 수가 충분하지 않았고 어차피 글자가 맞지도 않았다.

레디한테 쓰레기를 제시간에 가지러 오라고 전해 안 그
러면 이번이 마지막이 될 테니까 하고 주방 남자가 말하더
니 거기 서서 내가 뭘 훔쳐가기라도 하는 것처럼 나를 바
라본다. 나는 그렇게 전할게요 하고 말하고는 쓰레기를 삽
으로 퍼서 수레에 담기 시작했다. 나는 삽질을 하고 휘파람
을 불면서 남자가 더 이상 불평하지 못하게 찌꺼기가 조금
이라도 남지 않았는지 확인했다. 그러고는 다시 여행을 떠
났다. 이제 모두 거룩하게 굴었다, 우리 모두 함께하는 거야
마을 사람들아, 찌질이들은 여자들에게 모자를 벗었고, 유
모차 안도 들여다보았다. 여기는 세상에서 제일 거룩한 마
을이다 하고 플래카드라도 써 붙여야 할 것 같았다.

다이아몬드에 훌륭한 제단이 있었다. 얼스터 은행 문 바
로 앞의 그 제단 위에서 천사 셋이 날고 있었다.

이 마을이 이렇게 좋아 보인 적이 없었다. 온 세상에서
가장 밝고 가장 행복한 마을 같았다.

나는 양동이를 흔들면서 뒤로 돌아갔다. 이웃집의 커튼
이 움찔거리는 것이 보였다 휘휘 안녕하세요 이웃 아저씨
저예요 프랜시 누전트 부인한테 특별히 배달할 것이 있어
요. 그러자 여자가 창문에서 멀어졌고 나는 누전트 부인네

문을 두드렸다 누전트 부인이 파란색 실내복 차림으로 나
왔다. 안녕하세요 누전트 부인 하고 내가 말했다 누전트 씨
안에 계세요 레디 사장님의 말씀을 전하러 왔는데요. 누전
트 부인은 완전히 하얗게 질려서 가만히 선 채 말을 더듬었
다 미안하지만 남편은 지금 없어 일하러 갔어 아 하고 내
가 말했다 괜찮아요 그러고서 나는 재빨리 누전트 부인을
안으로 밀었다 부인은 뭔가에 부딪히며 뒤로 넘어졌다. 나
는 등 뒤로 손을 돌려 문을 잠갔다. 누전트 부인의 얼굴은
하얀 가면을 쓴 것 같았고 입은 작게 ○자 모양으로 벌어
져 있었다 위장에 구멍이 난 멍청한 인간들의 기분을 이제
아시겠죠 누전트 부인. 소리를 지르려고 해도 못 질러요 어
떻게 하는지 모르거든요. 누전트 부인이 전화기나 문 쪽으
로 가려고 비틀거리며 움직였다 나는 스콘 냄새를 맡고 필
립의 사진을 본 뒤 누전트 부인을 흔들고 차기 시작했다 몇
번이나 찼는지는 모르겠다. 누전트 부인은 신음하면서 제
발이라고 말했지만 나는 그 여자가 신음하든 제발이라고
말하든 뭐라고 말하든 신경 쓰지 않았다. 나는 여자의 목을
잡고 말했다. 당신은 나쁜 짓을 두 가지 했어 누전트 부인.
내가 엄마한테 등을 돌리게 만들었고 조를 나한테서 빼앗
았어. 왜 그랬어 누전트 부인? 여자는 대답하지 않았다 나
도 아무 대답도 듣고 싶지 않았다 나는 누전트 부인을 잡고
벽에다 몇 번 쿵쿵 부딪었다 부인의 입가에 피가 번지고 손

이 나를 잡으려고 뻗어 나왔지만 나는 기절총을 겨눴다. 나
는 한 손으로 여자를 바닥에서 들어올려 머리에 곧장 기절
총을 쏘았다 슉 하는 소리가 났다, 금붕어가 어항 속으로
떨어질 때처럼. 누구든 붙잡고 돼지를 어떻게 죽이느냐고
물어보면 목을 가로로 그어 죽인다고 말할 거야 하지만 당
신은 아냐 당신은 길게 긋지. 그러자 여자는 턱을 쭉 내민
채 그냥 가만히 누워 있었다 나는 여자의 몸을 열고 배 속
에 손을 집어넣은 뒤 이층 방 벽 사방에 '돼지'라고 썼다.

나는 음식쓰레기로 여자를 확실하게 덮었다 음식쓰레기
는 아주 많았다 수레 바닥에 누전트 부인이 있는 걸 보면
사람들이 좋아하지 않을 것 같아서 나는 수레의 손잡이를
들어올려 또 여행을 떠났다 처치힐에는 기도서를 들고 오
락가락하는 사람들과 찬송가 소리가 더 늘어나 있었다. 거
기서 누굴 만났냐면 자전거를 타고 핸들에 비옷을 걸쳐둔
남자였다. 이번에는 완전히 상냥하고 행복한 모습이었다
성모님이 오신다 하고 남자가 말했다. 아주 오랜만이구나
하고 남자가 말한다 지금도 세금을 걷고 있니? 아뇨 하고
내가 말했다 그 일은 다 끝났어요 지금은 수레를 밀어요.
주님의 어머니가 이 마을에 오는 날이 올 줄은 꿈에도 몰랐
지, 응? 하고 남자가 말하더니 마치 그 모든 일을 마련한 사
람이 바로 나라고 말하는 것 같은 표정으로 나를 바라보았

다. 아뇨, 내가 한 게 아니에요, 내가 말했다, 마을 사람들이 행복해하는 것은 틀림없지만요. 행복하고 행복하지 하고 남자가 말하더니 주머니에 손을 넣어 담배를 꺼내서 뻐끔뻐끔, 이제 무슨 이야기를 할까 아무것도요 하고 내가 말했다 최고의 행운을 빌어드릴게요 저는 이제 가봐야겠어요 그래 하고 남자가 말한다 심술쟁이한테는 휴식이 없지 맞아요 하고 내가 말한다 어느 누구에게도 휴식은 없어요 이 수레 바닥에 누전트 부인이 있을 뿐. 하지만 남자는 내 말을 듣지 않았다.

나는 잠시 수레를 놓고 담배를 사려고 가게로 들어갔다 설탕 진열대 옆에 여자들이 있었지만 코널리 부인은 없었다. 나는 담배를 사고 여자들에게 코널리 부인이 안 계시다니 아쉽네요 하고 말한다 제가 했던 말에 대해 이야기하고 싶었는데 물론 당연히 그건 농담이었죠! 하고 내가 말했다. 제가 무엇 때문에 코널리 부인한테 그런 말을 하겠어요! 저와 코널리 부인은 오랜 친구였는데요! 이미 춤을 춘 대가는 받았는걸요! 예쁘고 맛있는 사과! 나는 담배에 불을 붙여 한 모금 빨았다 하하 하고 여자들이 말했다 아 그래 걱정 마라 프랜시 하고 여자들이 말했다 누구나 나중에 후회할 짓을 저지르는 법이니까 안 그래요 여러분. 네 하고 내가 말했다 특히 누전트 부인이 그렇죠 나는 연기 속에서 웃음을 터뜨렸다. 그러자 여자들이 말했다. 뭐? 하지만 나는 말했다. 아 아무것도 아니에요.

한 여자가 핸드백 끈을 비틀어 새끼손가락에 감으며 말했다 이렇게 특별한 순간에 남한테 앙심을 품는 게 무슨 소용이 있어. 맞는 말씀이에요 하고 내가 말했다, 정말 맞는 말씀이에요.

자 여러분, 내가 말했다, 제가 일이 있어서 좀 가봐야 돼요 심술쟁이한테는 휴식이 없으니까요 그래 그렇지 프랜시 머리가 셋 달린 여자가 말했다 그리고 옛날처럼 웃음을 터뜨렸다. 나는 이미 담배를 다 피웠고 가게에는 연기가 자욱했다 나는 연기를 아주 빨리 내뿜고 있었다 그래서 내가 어떻게 했냐면 새 담배에 또 불을 붙였다. 프랜시 브래디 나는 하루에 담배 백 개비를 피운다! 그래 맞아! 프랜시 브래디가 그렇게 말했어! 아냐. 누지 부인을 수레에 싣고 돌아다닐 때만 그래. 나는 허공을 향해 새끼손가락을 내밀고 그림 속에서 뭘 꺼내듯이 담배를 빨아들였다. 나는 여러분 좋은 하루 보내세요 하고 말한다, 이 말을 하자 여자들이 다시 웃음을 터뜨렸다. 앨저넌 캐러더스 선생과 그의 누전트 수레. 좋았어 누지 가볼까 하고 내가 말했다, 프랜시 브래디 데드우드 무대가 펼쳐지고 있어. 술 취한 남자가 또 다른 성자를 수레에 싣고 지나가다가 나를 보더니 고개를 움츠렸다.

멈춰 도둑! 그 성자를 돌려줘! 나는 이렇게 말하고 다시 웃음을 터뜨렸다. 그 남자를 막아요! 술값 때문에 그 가엾은 성자를 팔아버릴 거예요! 나는 휘파람을 불면서 계속 걸었다 우리 꼰대는 쓰레기 청소부 청소부 모자를 쓰고 있다. 그 노래들이 다 어디서 나온 건지 모르겠다. 뭐 하나는 돈을 위해서다. 나는 어린 새끼돼지 당신들 모두에게 알린다. 네 여긴 라디이오 루욱세엠부르크에서 방송되는 새끼돼지 쇼입니다!

안녕하십니까. 날씨가 좋군요. 뭘 주문하셨습니까? 커다란 스테이크 1킬로그램이요?

혹시 누전트 부인 200그램이었습니까?

죄송합니다 여러분, 누전트 부인은 판매하는 물건이 아닙니다! 부인은 오랜 친구 프랜시 브래디와 함께 여행을 떠났어요. 나는 메리의 사탕가게 앞을 지나다가 안으로 들어가 정향 사탕을 샀다. 나는 오랜 친구 메리에게 인사를 하려고 들어왔어요 내가 말했다 옛 시절을 잊을 수 있겠어요 메리! 캠든 타운에서 이십 년이라니! 어때요! 우리 안으로 들어갈까요 피아노로 우리한테 노래를 불러줘도 돼요!

나는 또 담배에 불을 붙이고 계속 수다를 떨었지만 메리는 아무 말 없이 은색 삽으로 봉지에 사탕을 퍼 담기만 하더니 상자를 빙글 돌려서 끝을 비틀자 최고의 정향 사탕이 든 울퉁불퉁한 봉지가 되었다 그렇지. 그러고 나서 메리는 다시 창가에 앉아 광장 저편을 바라보았다. 저것 좀 봐요 메리! 정향 사탕은 옛날 그대로야! 내가 말했지만 메리는 여전히 아무 말도 안 하고 미소만 지었다 그것도 미소라고 할 수 있을지 모르겠지만. 나는 메리가 누구를 생각하는지 알고 있었다. 메리는 앨로 삼촌을 생각했다 메리가 생각하는 게 바로 앨로 삼촌이었다. 걱정 말아요 메리 하고 내가 말했다, 고생은 끝났어요 메리 타임로드 프랜시 브래디가 여기 있잖아요!

하지만 이 말을 하자마자 바보짓을 한 것 같아서 나는 완전히 다른 말을 생각해내려고 했지만 아무 말도 생각나지 않았기 때문에 그냥 사탕을 주머니에 넣고 밖으로 나갔다 종이 딸랑딸랑 울리고 문이 내 등 뒤에서 닫혔다. 메리는 가만히 앉아서 재를 뚫어지게 바라보던 엄마와 똑같은 표정이었다 웃기는 얼굴이었다 그 얼굴이 서서히 자라나서 마침내 어느 날 보면 전부터 알던 사람은 사라져버리고 보이지 않게 되었다. 대신 반쯤 유령 같은 존재가 앉아서 똑같은 말만 했다. 이 세상의 아름다운 것들은 전부 거짓이야. 결국 그것들은 아무런 의미가 없어.

그게 사실이라 해도 나는 아이들이 있는 길을 여전히 돌아다녔다 어쩌면 이것이 내 마지막 기회일지도 몰라 하고 내가 말했다. 예상대로 아이들은 오렌지색 상자 위에 장난감 찻잔세트를 늘어놓고 엄청나게 큰 신발을 신은 채 쿵쿵 걸어다니고 있었다. 나도 같이 놀아도 돼 하고 내가 말했다. 어른이 어떻게 같이 놀아요 하고 한 아이가 말했다, 비키세요! 한 아이가 사탕막대로 만든 뗏목을 웅덩이 한가운데로 밀어 보내고 있었다. 나는 그 아이에게 말했다. 백만 천만 억만 달러가 생기면 뭘 할 거니?

아이는 생각해보지도 않고 나를 보며 말했다. 플래시바를 무진장 살 거예요. 아 젠장, 나는 웃음을 터뜨렸다, 그러고 다시 그 자리를 떠났다 아이는 사탕막대로 물을 휘저으며 즉석에서 멋대로 만들어낸 곡조를 휘파람으로 불었다.

내가 도살장으로 돌아갔더니 도대체 어디 갔다 오는 거야 하고 레디가 말한다. 아, 장난을 좀 치고 다녔어요 내가 말한다, 장난을 치려거든 쉬는 시간에 쳐 하고 레디가 말한다 난 작업장에 가봐야 하니까, 여긴 네가 맡아라. 알았어요, 내가 말했다, 저도 좋아요, 그러고 나서 나는 수레를 창자 구덩이 옆에 내려놓고 레디에게 석회를 어디 두었느냐고 물었다. 꺼져 그라우스! 내가 소리치자 녀석이 창자 한 줄을 물고 문으로 냅다 튀어나갔다. 나는 삽을 가져와서 석회 부대를 찢어 열었다 내 눈에 따뜻한 눈물이 고였다 메리를 위해 아무것도 해줄 수 없었기 때문에.

누전트 레디 럽드 씨가 그날 저녁 집에 왔을 때 정말 웃기는 일이 벌어졌을 것이다. 부르르 날씨 한번 춥네 유후! 나 왔어 오늘 차는 뭐야 여보? 여보 아 여보 내 아내는 너무 바빠서 아무 소리도 못 듣는구나. 스콘 냄새가 나고 검고 하얀 타일이 반짝반짝해서 얼굴이 비칠 정도야. 아 아내는 뭘 사러 가게에 갔나보다 신경 쓰지 말고 텔레비전에서 뭘 하는지나 보자. 뉴스를 하는군. 뉴스. 음, 필립이 기숙학교로 간 뒤에 집이 좀 조용하지 않아? 음, 내 아내가 천국에 간 뒤로 집이 좀 조용하지 않아 하고 누전트 씨는 곧 이런 말을 하게 되겠지만 아직은 그걸 몰랐다. 메뉴가 무엇이 될지 궁금하다. 베이컨과 달걀이나 누전트 부인의 특별 스테이크와 콩팥 파이일 것이다! 하지만 가엾은 누전트 씨는 아주 오래 기다린 뒤에나 그런 음식들을 먹을 수 있을 것이다. 아 그래, 슬픈 일이었다. 그리고 그것이 뉴스의 끝이다. 흠. 똑딱. 이 사람이 어딜 간 거지. 내 아내가 어딜 간 걸까? 안녕하세요 이웃분 제 아내 보셨나요? 아뇨, 하느님 앞에서 정직하게 말하건대 못 봤어요. 아 이런 하고 누지 씨가 말했다. 똑딱 누지 씨는 부엌을 서성거린다 이제는 침묵이 그다지 좋지 않았다 누지 씨는 자꾸만 말한다 이 투명인간 누전트 부인은 어디 있는 거야? 똑딱 몰탄 레디 럽드 따위 아무래도 좋아, 내 아내는 어디 있어! 누전트 씨가 붉게 충혈된 눈을 크게 뜨고 있는 걸 보라! 몰탄 레디 럽드…… 최고예요 부후후! 텔레비전으로는 그다지 좋아 보이지 않을 것이다. 아내가 이층에 있나? 아내가 이층에 가서 잠들었을까요 이웃분? 뭐 그랬을 수도 있겠죠 안 그래요? 우리 가서 조사해볼까요? 좋은 생각이에요 하고 누전트 씨가 말한다 그리고 그들은 한 번에 두 칸씩 계단을 올라간다 하지만 그들이 문을 열었을 때 벽에 온통 칠해진 것이 보인다 아 안 돼 누전트 씨는 도저히 서 있을 수가 없다 그리고 이웃분은 보지 말아요 보지 마!

뭐 어쨌든 부인은 여기 없는 것 같군요 하하 혹시 경찰이 알지 몰라요 전화해서 물어보죠 내가 할게요 누전트 씨. 땀에 젖은 지문이 전화기 사방에 묻는다 여보세요 소시지 경사님이세요 아니 거기 경찰서죠?

내가 휘파람을 불다가 시선을 들어 보니 소시지와 마을 출신이 아니라서 내가 한 번도 본 적이 없는 찌질이 경찰 네댓 명이 도살장 마당을 가로질러 오고 있었다. 그중 한 명은 계속 나를 가늠해보는 듯한 시선으로 바라보며 나와 눈을 마주쳐서 **젠장 이제 넌 꼼짝 못한다 이 녀석!**이라고 말하려고 애쓰고 있었다 하지만 나는 그냥 휘파람을 불면서 계속 가죽을 벗겼다. 내가 휘파람으로 불던 노래가 뭔지는 모르겠다 〈해저여행*〉에서 나온 노래였던 것 같다. 레디는 문간

* 1961년에 개봉된 미국 공상과학영화

에 서서 걸레로 손을 닦고는 분필처럼 하얀 얼굴로 나를 바라보았다. 경사가 말하는 소리가 들렸다. **오늘 아침에 저 녀석이 집 뒤로 돌아 들어가는 걸 이웃들이 봤어요.**

그러고 나서 레디가 뭘 했냐면 제정신을 잃어버렸다. 경사가 제지하기도 전에 레디가 나를 붙들고 밀쳐버려서 나는 냉장고 문에 부딪혔다 **네놈이 제대로 벌을 받기를 그리스도께 기도할 거다! 네놈이 여기 문간에 얼씬거리지도 못하게 했어야 하는 건데 네놈의 불쌍한 어미 때문에 네놈 말에 넘어가다니!** 레디는 주먹을 쥐었다 폈다 하면서 몸을 떨며 말한다. 레디가 나를 다시 밀치려고 했지만 나는 간신히 레디의 팔을 잡고 눈을 똑바로 들여다보았다 레디는 내가 무슨 말을 할 건지 알아차렸다, '돼지 자르기 대학'의 레디 사장님 지금 누굴 방콕까지 밀치고 있는 거예요 평생 방콕에는 가본 적도 없으면서 우리 아버지가 엄마를 뜯어먹었다느니 하는 말을 조심하는 게 좋을 겁니다 안 그러면 누전트와 같은 꼴을 당할 테니까 그러면 좋겠어요 돼지 레디…… 돼지 인간 레디 젠장 그러면 좋겠어요!

그러고 나서 나는 레디의 면전에서 웃음을 터뜨렸다 레디는 완전히 충격을 받은 얼굴이었다. 곧 아 제발 프랜시 정말 미안하다 그런 말을 할 생각은 없었어 내가 말실수를 한 거야 하고 말할 것 같았다.

내가 뭐라고 할 수 있을까? 이 미친 곳에서!

누전트 씨는 부들부들 떨고 있었고 나를 차마 바라보지 못했다. 부인은 어디 있어, 소시지가 말했다 목이 굵은 찌질이 경찰들이 양편에서 나를 붙들었다. 이제 놈들이 나를 완전히 움켜잡아서 나는 근육 하나 움직일 수 없었다. 아 하고 내가 말했다, 이게 틀림없이 세상의 종말인 모양이네요. 축복의 성모께서 날 구하러 와주시면 좋을 텐데!

부인은 어디 있어? 소시지가 다시 말한다.

몰탄 레디 럽드 플레이크, 그거예요! 나는 누전트 씨에게 이렇게 말하고 갈비뼈를 쿵 얻어맞았다. 그러자 그들이 좋았어 여길 샅샅이 뒤지자 하고 말하더니 정말로 그렇게 했다. 그들은 그곳을 완전히 뒤집어 놓았다. 그 찌질이 경찰들이. 그들의 목살로 베이컨을 구워도 될 것 같았다. 베이컨이 몇 개나 나올까? 넷. 아니, 괜찮다면 베이컨 두 개와 달걀 두 개로 하자!

이 암소 반쪽 뒤에 부인이 있을까? 아니, 그런 것 같지 않아. 저 방부제 탱크 밑은 어때? 아니, 부인의 흔적은 없어. 그러다가 그들은 히스테리를 일으켰다. 누전트 씨를 다른 곳으로 데려가야 했다. 부인한테 무슨 짓을 했어? 내가 누구요 하고 말하자 그들은 더 날뛰었다. 그들은 나를 두들겨 패고 나를 차에 태워 온 동네를 돌아다녔다. 닭장에 뭐가 드리워져 있었냐면 '우리 마을은 성모님을 환영합니다'였다. 나는 그들에게 말했다. 성모가 닭장 지붕에 내려앉으실 모양이에요 그러자 그들은 끽 하고 브레이크 밟는 소리를 내며 차를 길가에 처박았다 젠장 그렇게 불경한 소리를 지껄이는 그 혀를 네놈 머리에서 맨손으로 뜯어버려야겠다 하고 소시지가 말한다. 하지만 그렇게 하지는 않았다, 그러고 나서 우리는 다시 출발했다 어디로, 강으로. 부인이 여기 있는 거야? 누구요, 나는 다시 말했다. 그 모든 일을 거치고 나서 그들은 나를 다시 경찰서로 데려가 죽어라 발길질을 해댔다. 한창 발길질을 하는 와중에 굵은 목 하나가 뭐라고 했냐면, 이놈을 나한테 맡겨주면 내가 아주 피똥을 싸게 만들어주지!

이 말이 나를 완전히 끝장냈다. 나는 그의 말투를 그대로 흉내 내기 시작했다. 피똥을 싼다고! 너나 그래라!

놈들이 어떻게 했냐면, 비누를 양말에 넣었다 놈들이 그걸로 나를 몇 번이나 때렸는지는 모르겠다 그건 몸에 자국을 남기지 않는다. 그래도 내가 피똥을 싸게 만들기는 했다!

부인은 어디 있어 하고 소시지가 말했다, 부들부들 떨면서. 캐슬바 소시지…… 그게 제일 맛있어! 내가 말했다. 프라이팬에서 그 소시지가 지글거리는 소리를 들어보라고…… 소시지 경사님이 말씀하시잖아!

그러다가 그들은 모두 진력이 나서 놈을 감방에 처넣어

하고 말했다 아침에 녀석을 또 혼내줄 테니까. 그들이 카드 놀이를 하는 소리가 들렸다. 오오 버언 카드잖아! 등등. 오 오늘 바아암에 자네한테 들어온 패에 중에 최에에고인 걸! 나는 한 마디도 놓치지 않으려고 벽에 귀를 바짝 갖다 댔다. 그들이 말하는 소리가 들렸다. 나라면 저 위험한 녀석 한테는 한순간도 등을 보이지 않겠어!

그들은 다음 날 하루 종일 나를 감방에 가둬두었다 형사 가 더블린에서 오기를 기다리는 중이었다. 사람들이 거리 를 오가는 소리가 들렸다 이리로 좀 와봐 이 자식아 나는 창살 사이로 술 취한 남자에게 소리를 지른다 당신 나한테 빚진 거 있잖아 그 자식은 엄청난 속도로 도망쳐버렸다. 안 녕하세요 코널리 부인 하고 나는 소리쳤다 저 사람들이 절 여기다 가둬버렸어요! 거기 자전거를 타고 가시는 분, 나는 소리를 지른다. 돼지 통행세를 안 냈다가 이렇게 됐어요! 전 이렇게 돼도 싸요!

하하 남자가 이렇게 말하면서 하마터면 자전거를 벽에 박을 뻔했다. 그때 감방 창문에 누가 나타났냐면 미키 트레 이너와 기적을 일으키는 자 매쿠이였다. 난 널 위해 기도하 고 있단다, 매쿠이가 말한다. 그는 수레 뒤쪽의 건초 꾸러미 두어 개에 마리아 고레티를 기대어두었다 그가 말했다 저 여자는 성모님이 출현했을 때 피를 흘릴 예정이었어. 그러고 나서 그가 말한다 지난 며칠 동안 마을에 나쁜 일이 있었다고 하던데. 잘 지내니 얘야, 매쿠이가 말한다, 난 너의 불멸의 영혼을 위해 기도하고 있단다, 결코 두려워하지 마라. 창살을 통해 고레티가 양손을 맞잡고 멍하니 하늘을 바라보는 모습이 보였다. 저 아름다운 눈을 잘 봐라, 매쿠이가 말했다, 저 아름다운 성자의 눈을 잘 봐라 그러면 빨갛고 빨간 루비 같은 피 두 방울이 나타나 하얀 뺨을 타고 흘러내릴 것이다. 슬픈 일이에요 매쿠이 씨, 내가 말했다. 뭐, 얘야, 매쿠이가 말했다, 이 눈물의 골짜기에서 우리는 모두 집을 찾아 헤매는 방랑자인 거냐? 아뇨, 내가 말했다, 당신처럼 뚱뚱한 노친네들이 토마토소스를 죄다 낭비하고 있어. 오 예수님 마리아님 요셉님 하고 미키가 말하면서 혹시 매쿠이가 기절할까봐 손을 뻗는다. 넌 못되고 심술궂고 사악한 녀석이다 넌 네 어머니의 마음을 아프게 하고서도 그 가엾은 여인의 장례식에도 안 갔어! 나는 당신이 뭘 안다고 그래 트레이너 당신이 뭘 알아아 당신은 텔레비전도 못 고치잖아 안 그래 무슨 소리를 하는 거야! 하고 말했다. 내 말들려 트레이너? 이 시발놈아! 당신도 당신 딸도 성모도 다 시발놈이야! 나는 트레이너가 내게 이런 말을 하게 만들었다고 말할 생각은 없었다 거리의 사람들이 모두 내 말을 듣고 모두 서로를 바라보며 성호를 그었다 아 예수님 마리아님 요셉님 그러고는 굵은 목들과 형사가 들어와 또 발차기를 해대면서 이게 끝나면 드라이브를 갈 테니 이제 그만 입을 열지 그래 브래디 안 그러면 진짜로 혼쭐이 날 거야 하고 말한다. 나는 그것이 끝나고 나서 마치 잠을 자는 것 같은 상태에 빠져 코널리 부인과 그들 모두가 밖의 광장에서 나를 위해 묵주기도를 드리는 소리를 들었다. 고개를 들어 보니 벗시와 데블린이 창살 사이로 안을 들여다보고 있었다. 기도라도 해 놈들이 널 목 매달 거야 하고 벗시가 말한다 우리가 어떻게 할 거냐면 넌 돼지니까 돼지답게 끈으로 매달아 올릴 거야. 벗시는 완전히 말쑥한 차림이었지만 이내 **내 누이한테 무슨 짓을 했어** 하고 꺽꺽 소리를 질러대기 시작해서 데블린이 억지로 데리고 나갔다. 나는 이제 좀 시원하다고 말하고 아이를 시켜 메리의 가게에서 사오게 한《비노》를 읽었다. 점보 장군에게는 대단한 군대가 있었다, 아주 작은 로봇 부하들을 장군은 친구인 프로페서 씨가 만들어준 손목 패널로 조종했다. 옛날에 나는 이런 생각을 했다. 온 마을 사람을 조종할 수 있는 이런 패널이 하나 있으면 괜찮겠는데. 그럼 나는 사람들을 전부 강가로 행진시킨 다음에 찰칵! 거기 강가에 그대로 멈춰. 그러면 사람들은 휴 다행이다 하마터면 저기 빠질 뻔했어, 이야! 하고 말할 것이고 나는 그때 단추를 누를 것이다. 이 연놈들아 다 빠져 버려라 이히! 그러면 사람들이 모두 물에 빠질 것이다.

소시지가 혼자 나타나서 무릎 위에서 모자를 돌리며 슬픈 눈으로 나를 바라보았다 이 세상에는 슬픈 일들이 왜 이렇게 많은 건지 모르겠다 프랜시 난 이제 나이가 많아 더 이상은 못 견디겠다. 나는 그 눈을 보고, 속으로 말했다, 가엾은 소시지 이건 불공평해. 좋아요 소시지 하고 내가 말했다 부인이 어디 있는지 가르쳐드리죠 고맙다 프랜시 하고 소시지가 말했다, 네가 말해줄 줄 알았어. 이만하면 됐어. 불행도 슬픔도 이만하면 됐어. 맞아요 그래요 경사님 내가 말했다.

새로 온 형사가 앞좌석에 있었다, 나는 텔레비전 드라마의 주인공 이름을 따서 그 형사를 경시청의 페이비언이라고 불렀다 나는 뒷좌석에서 굵은 목 두 명 사이에 끼여 있었다.

소시지는 일이 잘 해결돼서 페이비언 앞에서 웃음거리가 되지 않았다며 완전히 의기양양했다. 이제 금방 다 끝날 거다 프랜시 하고 소시지가 말한다 넌 지금 옳은 일을 하고 있어. 알아요 경사님 하고 내가 말했다. 차가 도로에 들어서자 소시지는 아이들을 피하기 위해 천천히 차를 몰았다 아이들은 이제 뭘 하고 있었냐면 탁자 위에 만화책을 놓고 팔고 있었다. 아이들은 거기 서서 우리를 눈으로 뒤쫓았다 술장식이 우리를 가리키는 것이 보였다, 봐 브렌디 그 형이야!

우리는 닭장 앞에 차를 멈췄다 페이비언은 혹시 모르니 자네들 두 사람은 여기 밖에 있어 하고 말한다 언제든 조심해서 나쁠 건 없으니까. 알겠습니다 하고 그들이 말했고 나와 경사와 형사와 다른 두 명은 안으로 들어갔다. 환풍기가 붕붕 돌아가는 것을 보니 슬퍼졌다. 닭들은 여전히 바닥을 할퀴어대고 있었다 프랜시랑 같이 온 이 인간들은 대체 누구지?

우리는 나뭇조각 더미 사이를 헤치고 나아갔다 나는 경찰들에게 멀지 않아요 저 뒤쪽으로 조금만 가면 돼요 하고 말했다. 페이비언은 계속 가도 되는지 미심쩍은 모양이었다 안이 너무 어두웠다 페이비언이 얼굴 앞에 매달려 있는 빛 속으로 걸어 들어가자 전구가 앞뒤로 흔들리며 벽과 천장에 커다란 그림자들을 그렸다. 닭들은 이제부터 무슨 일이 벌어질지 알았는지 흥분해서 정신없이 떠들어대기 시작했다. 나는 제길 누가 이런 걸 여기다 놔뒀어 하고 말하고는 일부러 발이 걸린 척하며 넘어졌다. 조심해 안이 어두우니까 하고 소시지가 말한다 페이비언이 날 부축하려고 다가왔을 때 나는 손에 사슬을 잡고 있었다 사슬은 전부터 항상 그랬던 것처럼 짚더미 밑에 놓여 있었다. 내가 사슬을 한 번 휘두르자 페이비언이 비명을 질렀다 내게는 그것으로 충분했다 나는 뒷방으로 냅다 뛰어 들어가 문에 빗장을 걸었다. 그리고 잠시도 지체하지 않고 사슬을 던진 뒤 창문을 활짝 열고 밖으로 나가 죽어라 뛰었다.

그 많은 경찰관들이 다 어디서 온 건지는 모르겠지만 그들이 나를 찾느라고 위아래를 샅샅이 훑고 있었다. 경찰관들이 들판을 가로질러 움직이며 서로에게 고함치는 것이 보였다. 뭣 좀 찾았어? 숲 뒤편은 아직 안 찾아본 거야?

이런 말을 듣고 있자니 너무 웃겼다 나는 은신처 안에서 모든 걸 볼 수 있었다 늙은 소시지는 자신이 두 번이나 바로 내 옆에 서 있었다는 걸 알면 정말 멍청한 자식이라며 자신을 발로 차고 또 찰 것이다.

경찰관들이 더 늘어났다 그들이 밤에도 낮에도 아침에도 여기저기를 쑤시고 다니는 소리가 들렸다 냄새 맡는 개들도 강둑에서 컹컹거렸다 무시무시한 프랜시 브래디에게는 이제 시간이 얼마 남지 않았다! 아니 아니지 넌더리가 난 표정을 짓고 있는 페이비언과 그 부하들에게 시간이 얼마 없는 거지 그 녀석들이 찾은 거라고 해봤자 도랑 속에 죽어 있던 고양이뿐이니까 그걸 경시청으로 가져갈 수는 없잖아. 잘했네 페이비언 형사! 브래디는 못 잡았지만 이건 붙잡았군. 구더기가 꿈틀거리는 늙은 고양이 말이야! 축하하네! 결국 그들은 녀석이 강에 있는 모양이라고 말했다 그래서 경찰 잠수부가 가서 끌고 와야 한다고 기자들과 벗시와 데블린과 마을 사람 절반이 잡초와 흙에 뒤덮인 내 몸이 떠오르는 걸 보려고 기다리고 있었지만 이번에 그들이 찾아낸 것은 철제 침대틀과 매트리스 반쪽뿐이었다. 잠수부들은 그 뒤로도 몇 번 더 와서 막대기로 덤불들을 찌르며 혼잣말로 투덜거렸다 아 젠장 녀석은 사라져버린 모양이야 그러고 나서 그들은 그냥 천천히 한들한들 가버렸다 이제 남은 것은 나와 쉿쉿거리는 강물뿐이었다. 야 물고기! 내가 말했다, 너희 운 좋은 줄 알아 저 새끼들한테 아무 말도 안 했으니까 그런 거야! 그러고 나서 나는 중앙로로 나갔다 거리에 죄인이 하나도 보이지 않았기 때문에 나는 휘휘 휘파람을 불며 마을로 향했다 나는 다시 행동하고 있었다. 늙은 농부가 혼자 콧노래를 부르고 있었고 그의 자전거가 배수로에 기댄 모습으로 눕혀져 있었다. 탁탁탁 나는 계속 갔다 곧 페달을 밟지 않고 바퀴가 스스로 구르게 하면서 모퉁이를 돌아 언덕을 내려갔다 그렇게 도로를 돌아서 집 뒤로 들어갔다 짜잔! 나 돌아왔어! 옛날에 엄마가 뭐라고 했더라? 치울 것이 너무 많아서 어디서부터 시작해야 할지 모르겠네. 나는 이마를 문지르다가 양손으로 엉덩이를 짚고 서 있었다. 정말 모르겠어! 여긴 냄새가 너무 심하잖아! 그라우스 암스트롱이 왔다 갔을 뿐만 아니라, 마을의 더러운 잡종개란 잡종개는 죄다 들락거린 것 같아. 어디를 봐도 개똥이 있었다! 귀퉁이에도, 벽에도. 나는 개똥을 최대한 모아서 부얼 한가운데에 크게 쌓아 올렸다. 뭐, 내가 말했다, 일단 이렇게 시작하면 되겠어! 자 저 곰팡내 나는 책들은 어쩌지! 나는 책 한 권을 들어올렸다. 이게 뭐야? 《그리스의 영광》! 베니에게 1949년.

나는 책장을 조금 넘겨보았다 종이가 내 손에서 조각조각 바스라졌다. 나는 책을 하나씩 차례로 전부 똥 더미 위에 던졌다. 귀퉁이에 옷 더미가 있었다. 집게벌레 몇 마리가 아빠의 알 카포네 외투 주머니에서 떨어졌다. 치마와 이상한 신발과 온갖 것이 있었다. 나는 그것들도 전부 똥 더미 위에 던졌다. 그러고는 싱크대로 가서 접시와 칼과 그 밖의 여기저기 흩어져 있는 것들을 모두 가져왔다. 나는 손을 닦았다. 아 이런 이런 이거 진짜 힘든 일이네 하고 내가 말했다. 아직 이층은 손도 못 댔는데! 나는 귀찮아서 서랍을 뒤지는 대신 그냥 엎어버렸다. 편지와 달력과 청구서 같은 것들이 있었다. 그러고 나서 나는 이층으로 가서 침대보와 옷장에 남은 모든 물건을 가져왔다. 우리는? 하고 벽에 걸린 사진들이 말했다. 아차, 내가 말했다, 내가 멍청한 짓을 했어! 하마터면 너희를 까맣게 잊어버릴 뻔했잖아.

아빠가 마우스피스를 입술에 대고 있는 사진이 있었다. 너도 가, 내가 말한다. 그다음에는 손가락 두 개를 올린 그리스도의 심장과 가시가 박힌 채 가슴 밖에서 타고 있는 심장의 그림이 있었다. 우리가 옛날에 드렸던 기도를 기억하니 프랜시? 하고 그리스도의 심장이 말한다. 무슨 말을 하는 거예요 그리스도의 심장님 하고 내가 말한다, 내가 그걸 어떻게 잊어요? 그리스도의 저주가 이 밤에 너 썩어빠진 헤픈 년에게 내리기를…… 이 기도도 기억해요?

기억하지, 그리스도의 심장이 말한다, 천국을 향해 눈을 들어올리면서, 그도 똥 더미로 간다 이건 어쩌지 내가 말한다 바로 존 F. 케네디 사진. 그럼 나는 하고 교황 요한 23세가 말한다 나도 꼭 그렇게 버려야겠니? 죄송하지만 교황님 나도 어쩔 수 없어요 안 그랬다가는 다른 것들을 처리할 때 애를 먹을 테니까요 그러니까 가세요 이제 얼마 안 남았어요. 텔레비전을 옮기는 건 힘든 일이었다 나는 텔레비전을 원하는 대로 물건 더미 위에 간신히 올려놓았다. 텔레비전 속의 내장들이 여전히 밖으로 삐져나와서 전선과 전구가 사방에 흩어졌다. 레코드는 아직 계단 밑에 있었지만 내가 원하는 건 하나뿐이라서 나머지는 역시 쓰레기 더미에 던져버렸다. 축음기의 플러그를 꽂았더니 아주 잘 돌아갔다 나는 그것을 부엌으로 가져가서 싱크대 근처에 놓았다. 됐다 하고 내가 말한다, 이제 제대로 해보자고.

나는 석탄창고에서 파라핀을 가져다가 사방에 뿌렸지만 주로 쓰레기 더미 위에 뿌렸다. 빙글빙글 머리가 돈다 냄새 때문에 자 간다 하고 내가 말한다 그런데 세상에.

성냥이 없다! 망할 성냥이 없다! 아 젠장! 내가 말했다.

거리로 나왔을 때 나는 믿을 수가 없었다 이건 또 무슨 일이야 하고 내가 말한다. 〈바람과 함께 사라지다〉에서 도시가 불타는 장면과 조금 비슷했다. 다리가 절반밖에 없는 사람들과 다리가 몽땅 사라져서 뭉툭한 뿌리만 남은 사람들. 트레이너의 딸은 입에 온통 거품을 문 채로 두 수녀들 사이에 끼여 끌려가며 다이아몬드를 지나가고 있었다. 술취한 남자는 새 타이를 매고 교통정리를 했다. **성모님께 가는 길은 이쪽입니다, 친구분들!** 그들은 성모를 기다리느라 정신이 없어서 내가 성냥을 구하려고 뛰어다니는 것에는 신경도 안 썼다. 나는 가게로 들어갔다 정말 고마워요 메리 하고 내가 말한다 이제 작별 인사를 해야겠네요 하지만 메리는 아무 말도 없이 가만히 앉아만 있었다.

집으로 돌아온 나는 문을 죄다 잠근 뒤 성냥 두어 개에 불을 붙였다. 이내 성냥이 쓰레기 더미에 떨어지자 더미가 화르르 솟아올랐다!

나는 레코드를 걸고 안으로 들어가 부엌 바닥에 누워서 눈을 감았다 옛날처럼 엄마가 노래를 부르는 것 같았다.

내가 살던 그 아름다운 도시에서
푸줏간 소년과 잘 아는 사이였다네
그는 내게 사랑을 구했지만
이젠 내 곁에 머무르려 하지 않아

헛되고 헛되고 헛된 나의 소망

다시 아가씨가 될 수 있다면

하지만 결코 다시는 될 수 없지

버찌가 담쟁이덩굴에 열리는 날이 오지 않는 한

그는 이층으로 올라가서 문을 부쉈어

그녀가 밧줄에 매달려 있는 것이 보였지

그는 칼을 꺼내서 줄을 자르고 그녀를 내려주었어

그녀의 주머니 속에 이런 말들이 있었어

아 내 무덤을 크고 넓고 깊게 만들어줘요

머리와 발에 대리석을 놓아줘요

그리고 중간에는 호도애를

내가 사랑을 위해 죽었다는 걸 온 세상이 알게

나는 울고 있었다 이제 우리가 함께 있으니까. 아 엄마
하고 내가 말했다 집이 우리를 향해 온통 타오르고 있어요
연기로 만든 주먹이 내 입을 후려쳐요 다 끝났다 하고 엄마
가 말한다 이제 다 끝났어.

그건 네 생각이지! 누군가가 말한다 내가 고개를 들었더
니 세상에.

말도 안 돼! 내가 말했다. 소시지!

아 프랜시 너 도대체 무슨 짓이냐! 하고 소시지가 말한다, 양손으로 모자를 비틀면서.

페이비언이 그 뒤에서 한쪽 눈을 감고 못된 표정으로 나를 바라보고 있었다 너 이놈 어디 또 한번 도망쳐봐라!

내가 깨어날 때마다 침대 옆에 있는 굵은 목이 바뀌었다.

나는 상태가 나빴다, 그건 의심의 여지가 없었다. 나는 거울을 바라보았다.

이건 뭐지? 하고 내가 말한다.

보이는 것이라고는 붕대뿐이었다, 투명인간 같았다.

아이! 내가 말한다. 얼른 나와 하고 간호사가 말한다 **얼른!** 안 나오면 남자 간호사를 부른다.

얼마 뒤 사람들이 내게 목발 한 쌍을 주어서 절뚝거리며 돌아다니고 있는데 실내복을 입은 찌질이가 내게 말한다. 어떻게 된 거야? 얼굴이 전부 탔잖아!

나는 고아원에 한밤중에 불이 났는데 아이들이 모두 탈출했지만 가엾은 어린 소년 하나는 도망치지 못했다고 자세히 이야기해주었다. 그 비명을 견딜 수가 없었어 하고 내가 말했다. 그 애가 이층 창가에 서서 살려줘 살려줘 하는 걸 우리 모두 볼 수 있었어!

그래서 네가 그 애를 데리러 다시 들어간 거야? 찌질이가
입술을 쭉 내밀고 말한다.

내가 그저 어깨만 으쓱하자 안 돼 안 돼 말해봐 말해봐
하고 찌질이가 말해서 나는 나와 작은 녀석이 맨 꼭대기에
서 뛰어내렸다는 이야기를 해주었다. 내 이야기가 끝났을
때 찌질이는 눈에 눈물이 글썽했다. 그러더니 나한테 담배
를 주고 싶은 마음이 흘러넘친 나머지 담배를 떨어뜨려서
바닥에 담배가 온통 흩어졌다. 찌질이는 손이 계속 덜덜 떨
려서 내 담배에 불도 제대로 붙여주지 못했다. 뻐끔뻐끔 붕
대를 통해 보이는 것이라고는 담배와 밖을 내다보는 두 눈
뿐이었다. 그 찌질이는 내게 담배를 실컷 주지 못했다. **그래
서 또 어떻게 됐어?** 찌질이는 이런 말로 입을 열었다.

그러던 어느 날 페이비언이 존 웨인처럼 걸어 들어왔다
표정을 보니 단단히 마음먹고 왔음을 알 수 있었다. 좋아
이 개자식아 빨리 움직여 당장 밖으로 나갈 거다 그러시죠
페이비언 형사님!

나와 소시지와 경시청의 페이비언은 그렇게 출발했다 내가 혹시 또 자기를 웃음거리로 만들까봐 맨 앞에 선 소시지는 유령처럼 새하얀 모습이었다 나는 도망칠 생각이 없었다 저 페이비언 새끼가 원하는 게 그것이었으니까, 소시지 앞에서 마음껏 우쭐거릴 수 있게 되는 것. 레디의 도살장은 전부 잠겨 있었지만 거름 더미는 아침의 도살 덕분에 아직 따뜻했다. 다 왔어요 하고 내가 말하자 소시지가 말한다. 좋아, 땅을 파!, 그러고는 내게 갈퀴를 건네준다. 이런 손으로 어떻게 땅을 파요 경사님 하고 나는 붕대가 둘둘 감긴 뭉툭한 손을 들어올렸다.

소시지는 이렇게 말하려는 것 같았다. 그 손이 뭐가 어떻다고 그래 거짓말 하지 마 하지만 소시지는 페이비언이 **뭘 우물쭈물하고 있어 이 촌뜨기야** 하고 말하는 듯한 표정으로 자기를 노려보는 것을 보고 자기 손에 침을 뱉더니 갈퀴로 땅을 파기 시작한다. 이제 생각해보니 내가 그 여자 몸에 석회를 부은 것이 아쉬웠다 만약 그 여자가 없으면 저 사람들은 내 말을 믿지 않을 것이고 그러면 모든 것이 처음부터 다시 시작될 것이다 어서 말해 프랜시 우린 이미 다 **알고 있어** 등등. 하지만 걱정할 필요는 없었다 얼마 뒤 경사가 뭔가에 부딪혔기 때문이다 경사가 갈퀴를 들어올리자 그 끝에 다리 일부와 누전트 부인의 털부츠가 매달려 있었다. 그때 페이비언은 그다지 세련되지 못하게 굴었다. 이런 세상에!, 그가 말한다, **우왁!** 그러고는 자기 발 위에 먹은 것을 온통 토해버린다.

법원의 개미 레그는 절룩절룩 오락가락하며 나더러 이걸 말해줘 저걸 말해줘 하고 말하기만 하면 되는 줄 아는 것 같았다 그래 젠장 내가 다 말해주지 하고 내가 말했다. 아! 방청석에서 들리는 소리는 이것뿐이었지만 나와는 상관없는 일이었다 그러고 싶으면 그러라지. 하지만 소시지가 나더러 한 번만 더 그런 상스러운 소리를 하면 단단히 각오를 해야 할 거라고 그래서 나는 좋아 알았어요 하고 말했다. 그래서 개미 레그가 이걸 했느냐 저걸 했느냐 물었을 때 나는 네 했습니다 하고 말했다. 나는 계속 그 말만 할 생각이었다 개미 레그가 돈에 대한 이야기를 꺼냈다. 거기 증인석에 앉아 있는 내게 곧장 다가온다. 그것은 잔혹하고, 사전에 준비된 고의적인 범죄였습니다. 범인은 미리 범행을 치밀하게 계획했을 뿐만 아니라, 특히 무엇보다도 비열하고 경멸스럽기 짝이 없는 동기로 살인을 저질렀습니다. 강도질과 약탈이 목적이었으니까요! 나는 제정신이 있는 사람이므로 개미 레그가 이 말을 하자마자 달려들려고 했지만 소시지가 나를 노려보는 것이 보였다. 안 돼 프랜시 그래서 나는 당신이 뭘 알아 개미 레그 아무것도 모르면서 엉뚱한 소리 하지 마 난 누전트의 집에서 아무것도 안 훔쳤어 옛날에 그 집에서 필립의 만화책을 빼앗아왔을 뿐이야 그것도 돌려줄 생각이었어 맹세해 조한테 물어봐 하고 말했다. 소시지는 내게 **잔혹한 돼지 살인, 충격적인 재판!**이라고 써 있는 신문을 보여주었다.

신문에는 서 있는 나를 그린 그림이 있었고 그 밑에는 **프랜시스 브래디는 돼지**라는 말이 있었다.

젠장 웃기고 있네 하고 내가 말한다 신문도 이런 소리를 하다니 하지만 신문의 문장에는 내가 보지 못한 뒷부분이 있었다. **프랜시스 브래디는 돼지를 도살하는 일을 하고 있다.**

내가 소시지에게 말했다. 사람들이 내 목을 매달까요? 그러면 좋겠는데.

소시지는 나를 보며 말한다. 미안하지만 프랜시 이제 교수형은 없어. 교수형이 없어요? 하고 내가 말한다. 아 젠장!

이 나라가 어떻게 되려고!

하지만 소시지가 옳았다, 더 이상 교수형은 없었고 몇 주일 뒤 우리는 모두 다시 출발했다 나와 뒤쪽의 경사는 백개의 창문이 달린 **또 다른 집**을 향해 퐁퐁 또 길을 떠났다. 하지만 이번에는 호호히 여기 사람들이 너한테 예의니 뭐니 하는 걸 좀 가르쳐줄 거다 하는 말은 없었다, 우리는 그저 엄마와 아빠와 마을에서 지내던 옛날 일들에 대해 이야기했다 계단에서 작별 인사를 할 때 소시지는 내게 세상에는 슬픈 일이 아주 많은데 이것도 그중 하나야 프랜시 하고 말했다.

안녕히 가세요 경사님 하고 내가 말했다, 그래 하고 페이비언과 굵은 목들이 말한다 그러고는 다들 순찰차를 타고 대로를 달려갔다 내가 오랜 친구 소시지 경사를 본 것은 그때가 마지막이었다.

놈들이 내 옷을 가져갔다 나쁜 새끼들 두 놈이 내 옷을 거의 찢다시피 벗겼다 어서 어서 하고 놈들이 말한다. 그러고는 나한테 뒤에서 묶는 하얀 것을 주었다. 이게 뭐예요 하고 내가 말한다 구급병동 십?

한 놈이 내 갈비뼈를 푹 찌르며 그런 소리를 하고도 무사할 줄 알아 이제 네 상대는 할머니들이 아냐 브래디 하고 말한다.

알아요 하고 내가 말한다 그러고는 그놈에게서 도망치는
데 성공했다. 날 속이려고! 내가 소리쳤다. 나한테 거짓말하
는 거지! 날 정신병원에 넣을 거면서!

그는 눈 밑이 조금 빨갛게 변했다 그가 주먹을 꽉 쥐는
것이 보였다. 나는 웃음을 터뜨렸다. 괜찮아요 하고 내가 말
했다, 그냥 농담이었어요, 나 참!

그것도 벌써 아주 오래전 일이다. 이십 년이나 삼십 년이
나 사십 년 전, 잘 모르겠다. 나는 오래전부터 혼자 지내고
있다 나는 《비노》를 읽고 풀밭을 내다보는 일밖에는 아무
것도 하지 않았다. 그러다가 그들이 내게 말했다. 당신 혼자
그 병동에 갇혀 있는 건 무의미한 일이야. 인간적인 살인자
를 우리 환자들에게 데려갈 생각은 아니겠지?

인간적인 살인자라니! 당신이 날 그렇게 부르는 걸 듣고
누전트 부인이 좋아할 것 같지 않은데, 의사 선생, 내가 말
했다. 아 이런 이런 하고 의사가 말한다 그건 다 끝난 일이
야 그 일은 다 잊어버려 다음 주면 당신의 고독도 끝날 거
야 어때 흠? 나는 의사의 면전에서 웃음을 터뜨리고 싶었
다. 어떻게 고독이 끝나지? 지금까지 들은 이야기 중에서
가장 웃겼다.

하지만 나는 웃지 않았다. 난 그저 그거 굉장하네 하고

말했을 뿐이다 그다음 주에 의사는 나를 바구니나 뚱뚱한 테디베어를 만드는 찌질이들에게 소개해주었다. 뭐 원하는 거라도 있나, 의사가 말한다. 그래, 내가 말했다, 《연간 비노》하고 트럼펫. 자 여기 있어 하고 의사가 다음 날 말한다. 그래서 이제 내게는 트럼펫이 생겼다 혹시라도 사람들이 나를 본다면 알 카포네 외투를 입고 이곳을 돌아다니는 내가 아빠와 똑같이 보일 것이다. 가끔 사람들이 홀에서 노래를 부르다가 나한테 노래를 부탁한다. 어서 해봐! 다들 말한다, 당신은 강력한 음악자야! 당신은 노래할 수 있어 그래서 내가 노래를 시작하면 오래지 않아 다들 신이 난다, 바로 이거야! 푸줏간 소년 거참!

다들 즐겁게 보내는군 하고 의사가 말한다 그래 하고 내가 말한다, 찌질이 탱고를 추면서. 엉덩이를 내밀고, 코를 치켜 올리며.

어느 날 내가 부엌 뒤편의 커다란 웅덩이에서 얼음을 부수고 있을 때 한 놈이 내게 다가와 말한다 뭘 하는 거야 또는 이 얼음으로 뭘 하려고? 내가 백만 천만 억만 달러를 딸텐데 그 돈으로 뭘 할 건지 생각 중이야, 내가 말한다. 백만 천만 억만을 딸 거라고? 그가 말한다. 맞아, 내가 말했다. 그러자 그가 내게 몸을 기울이며 속삭인다. 내 충고 하나 하지 여기 있는 자식들한테는 아무 말도 하지 마. 다들 거짓말 말라면서 속을 긁어댈 테니까.

오호! 내가 말한다, 걱정 마 다시는 누구도 내 속을 긁지 않을 거야!

나도 그래! 그가 말한다, 말 한번 제대로 하는군!

그러고 나서 그는 나한테도 막대기 좀 줘봐 하고 말했고 우리 둘은 오렌지색 하늘 아래에서 함께 얼음을 깨기 시작했다. 그는 돈을 따서 뭘 할 건지 내게 말해주었다 나는 이제 등산을 갈 때라고 말했다, 그래서 우리는 갔다, 눈 속에서 우리의 발자국을 세며, 뼈가 앙상한 그의 엉덩이가 철컥거리고 내 얼굴에는 눈물이 흘러내렸다.

푸줏간 소년에 보낸 찬사

강렬하고 불편하고 독창적인 소설…… 정신없이 달려 나가면서도 독자에게 모든 것을 보여주는 산문.

앨런 실리토(소설가)

놀라운 걸작, 날카롭기 그지없는 블랙유머가 가득하다. 언뜻 보기에는 순진한 듯한 어린아이의 논리가 알아채기 힘들 만큼 아주 조금씩 혼란스럽고 광적인 논리로 변해가는 강렬하고 충격적인 소설.

더모트 볼저(소설가)

거칠고 분노한 아이가 자신을 포함한 모든 이들에게 폭력을 휘두르는 과정을 속도감 있게 묘사한 이 소설에는 작은 마을의 삶 속에 잠재되어 있는 모든 폭력이 나열되어 있다. 프랜시는 즐거우면서도 불편하고 조야한 구어체로 공격적인 허장성세를 곁들여 자신의 이야기를 들려준다. 무질서하면서도 유창한 이야기톤이 끝까지 유지되는 가운데 매케이브는 희비극적이고 주인공답지 않은 주인공을 정신이 이상하고 아무 생각이 없는 반항아로 그리고 있다. 주인공은 모든 것에 눈길을 주지만 아무것도 분석하지 않는다. 눈을 뗄 수 없을 만큼 재미있지만 또한 복잡한 작품…….

〈아이리시타임스〉

읽는 사람을 완전히 끌어들여서 압도해버리고, 독자의 의식을 자기만의 분위기 속에 푹 담가버리는 책이 가끔 있다. 《푸줏간 소년》이 바로 그런 책이다. 이 책은 무섭고 공포스러운 이야기로 가득하지만, 속사포처럼 톡톡 쏘아붙이는 듯한 문체와 신랄한 재치가 독자를 프랜시 브래디의 세계로 깊숙이 끌어들인다. 그 속에서 이리저리 부딪히던 독자는 결국 숨을 쉬려고 수면으로 올라온다.

〈아이리시에코〉

우울하고 어두운 재미랄까, 누구나 프랜시 브래디의 세계로 끌려들지 않고
는 배길 수 없지만, 그가 자기 집에 오는 것은 누구도 원치 않을 것이다. 주
인공의 삐뚤어진 정신과 그에 대한 촘촘한 묘사가 충격적인 작품!

〈가디언〉

소년의 행동은 소름 끼치고, 생각은 가련하다…… 우리의 심금을 울리는 것
은 프랜시의 풍부한 표현력이다. 프랜시는 생각이 그다지 분명하지 않은 사
람만이 생각해낼 수 있는 서정적인 표현을 불쑥불쑥 내뱉는다. 죄책감과 즐
거움이 동시에 밀려온다.

〈데일리텔레그래프〉

본능과 신체적 욕구가 이성과 지성이라는 세련된 덕목들과 맞닥뜨렸을 때
필연적으로 생겨나게 돼 있는 갈등과 상심을 훌륭하게 들여다본 작품. 프
랜시는 사랑스러운 악당이고, 조금은 귀여운 구석도 있는 정신병자다. 그는
트루먼 커포티의 《인 콜드 블러드》에서 페리 스미스가 그랬던 것처럼 독
자들에게서 애정과 관심을 이끌어낸다. 소년의 머릿속 혼란을 예민하게 포
착해낸 매케이브의 필력은 이 책을 예술의 경지로 끌어올렸다.

〈뉴욕타임스〉

놀라울 정도로 독창적이다…… 문학적 복화술의 걸작! 거장 알프레드 히치
콕의 플롯이 사뮈엘 베케트의 독백을 만났다. 지나치게 거슬리지 않으면서
도 훌륭한 기술적인 능력과 놀라운 확신이 낳은 거의 완벽한 소설. 게다가
지독하게 재미있기까지 하다. 그러면 안 된다는 것을 알면서도 밤새 책을
읽게 만드는, 고약하고 충격적인 작품.

〈워싱턴포스트〉

단언컨대, 근래 아일랜드에서 발표된 소설 가운데 가장 특별하다.

닐 조던(영화감독)

푸줏간 소년

1판 1쇄 인쇄 2015년 9월 21일 **1판 1쇄 발행** 2015년 9월 30일

지은이 패트릭 매케이브 **옮긴이** 김승욱
펴낸이 김강유
책임편집 박정선 장선정 **편집** 이승희 김은영
책임디자인 조명이
저작권 차진희 박은화
책임마케팅 김용환 김새로미 이헌영
마케팅 김재연 백선미 고은미 정성준
홍보 고우리 박은경 함근아
책임제작 김주용 박상현 **경영지원** 양종모 김혜진 송은경 한주임
제작처 코리아피앤피 금성엘앤에스 대양금박 정문바인텍

발행처 비채
주소 경기도 파주시 문발로 197(문발동) 우편번호 10881
등록 1979년 5월 17일 (제406-2003-036호)
주문 및 문의 전화 031)955-3200 **팩스** 031)955-3111
편집부 전화 02)3668-3291 **팩스** 02)745-4827 **전자우편** literature@gimmyoung.com
비채 카페 cafe.naver.com/vichebooks
트위터 @vichebook **페이스북** www.facebook.com/vichebook

ISBN 978-89-349-7217-4 04840 책값은 뒤표지에 있습니다.

비채는 김영사의 문학 브랜드입니다.
이 도서의 국립중앙도서관 출판시도서목록(CIP)은 서지정보유통지원시스템 홈페이지
(http://seoji.nl.go.kr)와 국가자료공동목록시스템(http://www.nl.go.kr/kolisnet)에서
이용하실 수 있습니다. (CIP제어번호: CIP2015025509)